UMA CANÇÃO DE AMOR PARA RICKI WILDE

Também de Tia Williams

A escolha perfeita
Sete dias em junho

TIA WILLIAMS

UMA CANÇÃO DE AMOR PARA RICKI WILDE

Tradução
Carolina Candido

1ª edição
Rio de Janeiro·RJ / São Paulo·SP, 2025

VERUS
EDITORA

Título original
A Love Song for Ricki Wilde

ISBN: 978-65-5924-375-4

Copyright © Tia Williams, 2024

Tradução © Verus Editora, 2025

Direitos reservados em língua portuguesa, no Brasil, por Verus Editora. Nenhuma parte desta obra pode ser reproduzida ou transmitida por qualquer forma e/ou quaisquer meios (eletrônico ou mecânico, incluindo fotocópia e gravação) ou arquivada em qualquer sistema ou banco de dados sem permissão escrita da editora.

Verus Editora Ltda.
Rua Argentina, 171, São Cristóvão, Rio de Janeiro/RJ, 20921-380
www.veruseditora.com.br

CIP-BRASIL. CATALOGAÇÃO NA FONTE
SINDICATO NACIONAL DOS EDITORES DE LIVROS, RJ

W691s
    Williams, Tia, 1975-
        Uma canção de amor para Ricki Wilde / Tia Williams ; tradução Carolina Candido. - 1. ed. - Rio de Janeiro : Verus, 2025.

        Tradução de: A love song for Ricki Wilde
        ISBN 978-65-5924-375-4

        1. Romance americano. I. Candido, Carolina. II. Título.

25-96317   CDD: 813
                CDU: 82-31(73)

Gabriela Faray Ferreira Lopes · Bibliotecária · CRB-7/6643

Revisado conforme o novo acordo ortográfico.

Seja um leitor preferencial Record.
Cadastre-se no site www.record.com.br e receba informações sobre nossos lançamentos e nossas promoções.

Atendimento e venda direta ao leitor:
sac@record.com.br

Para meu professor de inglês do oitavo ano, sr. Marchese, do Colégio Osterholz American Junior, em Osterholz, na Alemanha. Ele me disse que eu estava destinada a escrever romances, e eu acreditei.

PRÓLOGO

Anos bissextos são estranhos. Como 29 de fevereiro só existe uma vez a cada quatro anos, é um dia raro, nebuloso. Antigamente, na minha cidade, as pessoas cochichavam entre elas que era um dia de encantamento. Quando o véu entre este mundo e o outro se tornava tão fino quanto uma teia.

Essas mesmas pessoas também acreditavam que, se você calçasse sapatos de menino, poderia engravidar. Então nunca acreditei nelas. Não até Ricki e Ezra.

Dependendo de quão cético você seja, pode achar que a história deles é: (a) prova de que existe uma magia maravilhosa e inexplicável no mundo ou (b) apenas uma história fantasiosa. Bem, não posso dizer no que deve acreditar. Mas posso afirmar que a verdade, geralmente, está bem debaixo do nosso nariz.

Então, abra bem os olhos e preste atenção.

Anos bissextos são, de fato, estranhos. E nada é o que parece.

CAPÍTULO 1

PRA RIR OU PRA FLORAR

11-21 de junho de 2023

Ricki Wilde tinha vinte e oito anos e muitos talentos. Ela conseguia encontrar as roupas mais estilosas nos brechós mais fuleiros. Fazia restaurações belíssimas em móveis. Tinha um arsenal de palavras interessantes (como "exclarrogação": a combinação dos pontos de exclamação e interrogação, usada para expressar consternação). Além disso, fazia as melhores balinhas de maconha e, com apenas três notas, conseguia dizer o ano exato em que foi lançada qualquer música pop, R&B ou de hip-hop.

Mas Ricki era péssima em uma coisa muito importante. Ser uma Wilde.

Como a caçula de uma célebre dinastia familiar — os Wildes, das Casas Funerárias Wilde S.A., uma rede de alcance nacional fundada em 1932 —, Ricki sabia que a viam como uma Pessoa Desligada. A única similaridade que tinha com os Wildes era o rosto, a cópia exata dos de suas irmãs socialites, Rashida, Regina e Rae. (As três, que tinham apenas um ano de diferença entre si, costumavam ser chamadas de Rashidaginarae.) Mas enquanto as irmãs eram rosas de hastes longas, Ricki, quinze anos mais nova que Rae, era um dente-de-leão. Uma plantinha que *se parecia* com uma flor, mas, na verdade, era uma erva daninha: feita para se desfazer em tufos e flutuar ao sabor do vento.

Era noite do jantar de domingo dos Wildes. Mas não era um simples jantar. Era a reunião de negócios semanal da família. Não eram permitidos maridos, filhos ou atrasos. Ricki fez uma baliza apressada no fim da entrada de carros e subiu a escada correndo até a porta da frente da propriedade dos pais em Buckhead, Atlanta. Na correria, verificou a hora no celular. Estava quatro minutos adiantada — pela primeira vez! Normalmente, Ricki chegava correndo bem na hora em que o primeiro prato estava sendo servido, gaguejando um pedido de desculpas. Por vezes seu atraso se justificava (o trânsito no caminho), mas, em grande parte dos casos, não (uma transa casual com um cara que a mantivera presa em um trailer). De toda forma, os atrasos nunca eram esquecidos.

Naquela noite, Ricki teria que se comportar como nunca. Pela primeira vez, ela tinha notícias importantes para compartilhar. Do tipo que mudariam vidas, que mudariam tudo.

Rapidamente, checou seu reflexo no vidro embutido da porta. Precisava se sentir poderosa, autêntica, o que se traduzia em um vestido de alcinha estilo anos setenta, plataformas douradas dos anos sessenta e brincos de argola estilo anos oitenta, todos garimpados em seus brechós favoritos. Ela deu uma ajeitada nos cachos, que chegavam à altura dos ombros, e sorriu.

Perfeito, pensou com uma atitude ousada. *Você é uma mulher forte e confiante com um plano empresarial esplêndido e um grande futuro pela frente. Você é você, e você é suficiente.*

Após refletir um pouco, removeu o piercing do septo.

E então, adotando a postura aprendida na Escola de Etiqueta Beauregard (frequentada por sua mãe, turma de 1968), Ricki endireitou os ombros e entrou na casa com elegância.

O restante dos Wildes já estava sentado na imponente sala de jantar, comendo entradinhas e conversando.

— ... Regina, ninguém mais vai preso por evasão fiscal — dizia a mãe dela, Carole, quando Ricki entrou depressa.

O pai de Ricki, Richard, se interrompeu no meio do gole de vinho para olhar para a filha mais nova. As sobrancelhas cheias de botox da irmã, que não se moviam um milímetro havia décadas, tentavam, a todo custo, franzir em desaprovação.

Ricki sentou-se em sua cadeira. A mesa estava posta com elegância para a entrada, um leve gaspacho preparado por James, o mordomo de longa data de seus pais. Impecável em um terno cor de noz, James combinava com a madeira escura e os estofados de chintz da sala de jantar. Ele diligentemente enchia as taças de todos, exceto de Carole, que bebia vodca pura em um copo de cristal que todos fingiam estar cheio de água. Então Ricki cumprimentou a família.

— Oi, mãe. Oi, pai. — Ela abriu um sorriso enorme para os dois e depois acenou com a cabeça de forma seca na direção de suas irmãs. — Três mocinhas elegantes.

Rashida a fuzilou com o olhar.

— O que eu perdi, gente? — perguntou Ricki, mais empolgada do que jamais estivera em um jantar de domingo.

— Esqueça o que você perdeu. Por que está vestida como se tivesse saído dos anos setenta? — perguntou Regina.

Como Rashida e Rae, ela usava roupas de grife impecáveis, de tons neutros, com o cabelo sedoso e liso. O típico uniforme Rashidaginarae.

— É ridículo vestir *roupas usadas* quando todo mundo sabe que temos dinheiro — zombou Rae, que nunca perdoara Ricki por roubar seu lugar como o bebê da família.

— Meninas, é deselegante falar de dinheiro à mesa — balbuciou Carole, os diamantes reluzindo nas orelhas. Ela já estava trêbada.

— Ela é uma esquisita, mãe — resmungou Regina. — Todo mundo sabe que essas roupas servem para distrair da personalidade insuportável dela.

— Não sou esquisita — protestou Ricki, pegando um pãozinho do prato da mãe. — Sou idiossincrática.

A vida inteira as irmãs de Ricki a zoaram por ser avoada demais, bagunceira demais, exagerada demais — e ela fingia que não ligava. Mas, no fundo, aquilo machucava. Ela vivia atormentada pelo medo de que sua personalidade fosse irritar todos ao redor.

— Meninas, deixem sua irmã em paz — resmungou Carole. Antes incrivelmente bonita, agora ela tinha a expressão perdida de uma rainha do baile presa nos confins dos seus setenta e poucos anos, sem carona para casa. — Ela se parece comigo, lá nos meus tempos. Mas nunca andei por aí com o decote à mostra. É como eu sempre digo, "Pra ter o visual perfeito, não vá pelo peito".

— Nunca ouvi você dizer isso — retrucou Regina.

— Bom, você é lisa que nem uma tábua — respondeu Carole, remexendo o gelo no copo.

Richard Wilde Sênior, um cavalheiro impecavelmente vestido que, apesar de parecer, não era um pastor depravado de uma megaigreja, permaneceu em silêncio. Um CEO milionário, rei do TED Talk e autor best-seller do *New York Times* com seu icônico livro de negócios *Até a morte: monetizando o inevitável*, Richard ganhava a vida falando, mas era um homem de poucas palavras em casa. Quanto menos ele oferecia, mais sedenta a família ficava por sua atenção. Sobretudo as filhas mais velhas, que tinham, cada uma, diversas franquias das Casas Funerárias Wilde e viviam competindo para ser a próxima mente brilhante dos negócios da família.

Ricki não tinha franquia alguma. Não tinha nada que fosse dela. Ainda.

— De volta ao trabalho — declarou Rashida. — Como eu dizia, estou atolada essa semana. Meu designer de interiores e eu estamos dando os toques finais na decoração da minha nova casa. É uma empreitada enorme...

— Você está fazendo com o Baylor Washington dessa vez? — perguntou Regina.

— Ninguém faz mais nada com ele desde que decorou o apartamento alugado daquela *ex-estrela de reality show*. — Rashida baixou a voz para um sussurro. — Rima com BeBe Reakes.

Carole deu um berro.

— Enfim — continuou Rashida —, apesar de estar sem tempo até pra respirar, acabei de assinar o contrato para nosso primeiro Café Último Adeus! — anunciou com um sorriso orgulhoso. — Agora podemos acertar os preparativos com as famílias de luto com tortinhas de frutas e cafés com leite com um toque de conhaque.

Ricki congelou no meio da mordida.

— A brunchificação da morte, Rashida? Sério mesmo?

Rashida jogou o cabelo para trás.

— No dia que eu aceitar dicas de negócios de uma *recepcionista* que mal se formou em uma faculdade *meia-boca* o inferno vai congelar.

— Não sou recepcionista, tá? Meu cargo oficial é diretora de primeiras impressões.

Em teoria, as duas estavam corretas. Ricki era a diretora de primeiras impressões da principal propriedade das Casas Funerárias Wilde na Peachtree Street, e essa era, de fato, uma maneira chique de falar "recepcionista". Nem é preciso dizer que a vida de Ricki não tinha se desenrolado da forma como deveria. Assim como as irmãs, Ricki deveria ter se formado em administração em uma universidade de prestígio, se destacado em um cargo de base na Wilde, galgado posições até chegar a um cargo de atendimento ao cliente e, por fim, aberto sua própria franquia — momento em que seria recompensada com um polpudo fundo fiduciário. Mas, desde sua concepção acidental, Ricki nunca seguira nenhum plano traçado para ela.

Quando se tratava dos negócios das Casas Funerárias Wilde, Ricki se interessava apenas por uma coisa: as flores. Os buquês, os ramos, as pétalas. Os arranjos fantásticos. Enquanto crescia, sua única válvula de escape da austeridade dos Wildes — e do sombrio negócio da morte — era um jardim arborizado a cerca de seiscentos metros da propriedade da família. Ela se esparramava languidamente na grama fresca e úmida de orvalho, enterrando os dedos na terra e sonhando com seu mundo perfeito e sem lógica. Plantava todas as sementes que achava, incentivando a vida a brotar. Voltava para casa sem fôlego, com o macacão curto coberto de pólen, as unhas sujas de terra e o cabelo salpicado de grama. Carole, apavorada, corria para a suíte e ligava apressada para a terapeuta.

A pequena Ricki vivia no mundo da lua, perdida em cenários de contos de fadas tão vívidos que, até os doze anos, sussurrava sozinha as vozes de seus amigos imaginários. Isso não facilitava na hora de fazer amigos de verdade. E seu jeito devaneador também não se traduzia em sucesso nos negócios das Casas Funerárias Wilde. Eis, então, a explicação para a trajetória profissional de Ricki.

O salário de recepcionista era deplorável, mas pagava o apartamento de um quarto que alugava e o carro usado. Estava tudo bem. A vida dela era simples.

Ricki tinha alguns conhecidos, mas amigos próximos? Não. Tinha medo demais para baixar a guarda. Porém namorar era fácil, já que sentia uma enorme atração por caras gostosos e superficiais, que não se preocupavam muito em saber quem ela era para além de uma bela Wilde. Chegou até a ficar noivas três vezes, antes de criar juízo e dar no pé.

A verdadeira intimidade — fosse de amizade, romântica ou sexual — a paralisava. E se as pessoas vissem o que os Wildes viam? Que ela era uma piada? A família havia transformado sua personalidade rebelde em mito. Mas Ricki queria criar sua própria mitologia. Queria viver *a própria* verdade, como a cultura de autoajuda pregava. Sempre sentiu que sua vida real estava acontecendo em outro lugar, bem distante.

E ela tinha certa noção de como chegar lá. Ricki tinha um sonho, um que a acompanhava desde que era aquela garotinha cheia de terra no jardim. E, diferentemente da maioria dos sonhos de infância, esse não se perdeu na memória. Continuou enraizado nela, crescendo mais e mais, e ela vinha alimentando-o a cada chance. Mas nunca tinha dito uma palavra a respeito disso para a família. As Casas Funerárias Wilde eram o planeta ao redor do qual todos orbitavam. Escolher outro futuro era quase como cometer um pecado.

— Ricki, é sua vez de compartilhar as novidades nos negócios. Estamos esperando ansiosamente — provocou Richard com seu suave barítono.

Perdida em pensamentos, Ricki não tinha percebido que as irmãs já haviam falado. Agora era a vez dela.

— Vocês sabem que ela não tem novidades — gracejou Rashida.

— A menos que esteja noiva de novo. — Regina riu.

— Vocês se lembram do noivo que photoshopou o rosto deles em uma foto de noivado de banco de imagens e vendeu para o *Atlanta Journal-Constitution*? — perguntou Rae, rindo.

— Por Deus! Nem fale nisso — suspirou Carole, derramando um pouco de vodca no vestido de linho. — Mal tive coragem de dar as caras no baile de inverno da Orquestra Noir.

— Se ao menos ela se esforçasse tanto no trabalho quanto em nos fazer passar vergonha. — Rashida deu uma risadinha.

Com o olhar abatido, Ricki ficou em silêncio, desconectada, enquanto as irmãs a esfolavam, unidas em sua perfeição e arrogância. Se tinha aprendido algo vivendo naquela família, era que, comparada a Rashidaginarae, ela jamais seria suficiente.

Conte seus planos para eles. Você se preparou para isso. Liberte-se.
— Tenho novidades — disse de repente, quase alto demais.
As irmãs se endireitaram, parecendo desconfiadas e curiosas.
— O que vocês achariam se eu... bom... — Ela parou e recomeçou, com mais seriedade na voz. — Certo, olha só. Quero abrir meu próprio negócio. Uma... uma floricultura.

Suas palavras pairaram no ar por um momento interminável e doloroso. Encostado na parede do fundo da sala, James balançou a cabeça com pesar e saiu do cômodo.

— Deus, mande logo o dilúvio — sussurrou Carole, acabando seu quarto copo de vodca.

— Eu sempre quis ter uma floricultura. Minha vida inteira. — E então os detalhes se derramaram de Ricki como lava derretida. — Vocês não sabem, mas eu faço arranjos florais. Sou apaixonada por isso! E sou boa. *Muito* boa. Na verdade, tenho uma conta de floricultura no Instagram. Eu mantive isso escondido de vocês, mas... é, ela tem trezentos e setenta e dois mil seguidores. Faço muitas parcerias com marcas — disse ela com um orgulho hesitante. — Fiz milhares na última publi, com um artesão de cactos incrível.

Perplexo, Richard olhou para Carole.
— O que que é um artesão de cactos?
— *Ricki, você tá usando coisas?* — lamentou Carole.
— Não estou usando drogas, mãe — suspirou Ricki. — Eu consegui dinheiro suficiente, com as parcerias, pra pagar o curso noturno na Chattahoochee Tech. Em maio, eu me formei com diploma de técnica em horticultura aplicada! E fiz isso enquanto mantinha três estágios de design floral.

— Tudo o que você acabou de falar parece pobre — disse Rashida.
— Não consigo vê-la administrando um negócio — debochou Regina. — Já vi você penando no Excel.
— Pense na imagem — pressionou Rashida. — Você quer mesmo ser a irmã que fracassou no negócio da família... para vender cravos? É uma ideia boba. Nós não somos bobos.

Ricki bufou.

— Falou então, Café Último Adeus.

— Posso perguntar — começou Richard, controlando sua tensão — se você tem um plano de negócios?

— Eu tenho! — E ela de fato tinha, mas agora estava perdendo a confiança rapidamente. — Meio que tenho? Acho que, antes de mostrar, queria saber a opinião de vocês. Queria a aprovação de vocês.

— Espere aí — soltou Rae. — Você é uma influenciadora de plantas em segredo? Qual é o seu perfil?

— Se chama Pra rir ou pra florar.

Rashida piscou.

— Isso não é um nome... é uma pergunta.

— É um *trocadilho* — respondeu Ricki. E então, porque já tinha perdido a paciência, explodiu. — E é um trocadilho muito bom! Agradeçam que eu desisti de usar *É sobre lírio e tá tudo bem*.

Furiosa, se levantou da cadeira de um pulo.

— Sabe de uma coisa? Vocês têm essa ideia fixa do que é sucesso. E tudo bem, mas não é assim que eu penso. Não quero viver a vida de vocês. Não nasci pra trabalhar com funerárias. É como se eu estivesse tentando encaixar um círculo em um quadrado. Sinto como se estivesse desaparecendo.

— E por que consigo ouvir você falando a onze decibéis, então? — lamentou Carole, levando a mão delicada à testa. Ela se levantou, um pouco cambaleante. — Como você tem coragem de cuspir em tudo que o Richard fez para nos dar tantos privilégios? Vou dormir. Que Deus cuide de você, Rae.

— Ricki — corrigiu Rae.

— Isso mesmo — balbuciou ela sem pensar. E então James reapareceu para levá-la.

— Já ouvi o bastante. — Rashida se levantou. — Ricki, você perdeu a cabeça de vez. Boa sorte, Barbie empresária.

Regina e Rae se levantaram, viraram-se em seus saltos e seguiram Rashida. Então sobraram apenas Ricki e o pai. Com toda a calma, ele tomou o último gole de vinho e olhou para a filha mais nova. A que ele mais gostava. Seu bebezinho, que deveria ser um menino e receber o nome dele, Richard Wilde Jr., e que, desde o começo, se recusava a seguir o caminho traçado para ela.

O bebezinho dele, que, apesar de ser uma menina, recebeu o nome de Richard Wilde Jr. de todo modo, porque a mãe já não conseguia pensar em bons nomes de meninas começando com R.

Cansado, ele franziu a testa para ela.

— Richard — começou ele.

— Sim, Richard?

— Eu sempre me esforço para ser paciente com você. Por causa da sua doença... hã... déficit... problema de atenção.

Os ombros de Ricki caíram.

— Obrigada?

— Suas irmãs são megeras insuportáveis.

— É o que *eu digo*!

— Mas estão certas. Você não é esperta o bastante para abrir o próprio negócio. Se fosse, teria se esforçado mais para abrir sua franquia de casas funerárias só para receber sua parte do dinheiro. Então teria capital para investir em quinhentas floriculturas.

— Eu queria começar com o meu dinheiro — retrucou ela baixinho.

— Louvável. — A voz dele estava carregada do sarcasmo de um homem que, aos vinte e quatro anos, tinha ressuscitado o negócio do avô com um generoso financiamento da máfia. (Dizem as más línguas.)

Ela continuou, secando as mãos suadas no vestido de algodão.

— Eu te amo, pai. Mas preciso começar do zero, criar meu próprio negócio, do meu jeito. Vai saber? Talvez eu tenha herdado alguns dos seus genes geniais.

Richard inclinou a cabeça na direção dela. E então assentiu devagar, revelando o menor indício de um sorriso. Seria de diversão? Incredulidade? Orgulho?

Mas logo seu calor se esfriou, substituído pela frieza de sempre.

— Você deixa as coisas acontecerem com você, Ricki. Se mete em problemas com frequência e demora muito para perceber. Essa é uma característica perigosa, nos negócios e na vida. — Ele franziu a testa. — Não somos parecidos.

— Posso surpreender você, pai — sussurrou ela, um nó se formando na garganta.

— Talvez. — Richard verificou a hora no relógio. Conversa encerrada. — Vou entender isso como seu aviso prévio de duas semanas. Depois disso, está por conta própria. Vamos ver quanto de mim há em você.

Então Richard Wilde Sênior saiu, deixando Richard Wilde Jr. sozinha.

Uma semana e meia depois, Ricki estava ferrada.

Seu plano de negócios era impecável, mas ela ainda não tinha encontrado um local para a loja. Em três dias, estaria desempregada. E cada segundo trabalhando nas Casas Funerárias Wilde parecia uma eternidade. Uma monstruosidade arquitetônica, o prédio neomediterrâneo ostentava terraços, fontes e um número impressionante de anjos querubins. Era o lugar perfeito para homenagear seus entes queridos, se imaginasse o Além como um palácio opulento em frente a um supermercado.

O trabalho de Ricki era receber as famílias enlutadas na casa e, enquanto aguardavam por um assistente social, convencê-las a gastar mais, sugerindo complementos caros para a experiência funerária. Serviços glamourosos antes do funeral? Um forro de caixão de seda da Gucci? Um ator pago para performar luto caso o falecido não fosse popular o bastante para atrair uma multidão? A Wilde tinha de tudo.

Obsceno. Nunca teve coragem de extorquir os clientes em nome do capitalismo. E agora, prestes a sair desse emprego, estava ainda menos inclinada a cumprir seu dever.

Ricki estava encostada em um arco de mármore na entrada, descascando o esmalte das unhas. Quase catatônica de tanto tédio, mal notou a mulher à sua frente.

— Ah! — Ela se endireitou no mesmo instante. — Bem-vinda às Casas Funerárias Wilde — recitou de forma mecânica —, o lugar de descanso eterno e pacífico de seu ente querido.

A pessoa saiu do brilho do sol. Era uma mulher idosa, deslumbrante em um cafetã de linho, óculos escuros de armação branca enormes e cabelo afro curto e grisalho. Suas mãos tremiam e estavam retorcidas (artrite, com certeza), e ela estava levemente curvada. Mas, fora isso, projetava uma vitalidade chique.

— Olá, querida. Sou Della Bennett.

— Ricki Wilde, senhora. É um prazer. Como posso ajudá-la, sra. Bennett?

— Ah, pode me chamar de dona Della. Eu só tenho alguns minutos... meu motorista está ali. — Sua voz tinha aquele tom pomposo, quase britânico, adotado por mulheres negras do Sul de alta classe para indicar status. Como Tina Turner e a primeira Tia Vivian.

Ela tirou os óculos, revelando olhos tristes e marcantes cercados por uma pele fina e cheia de rugas. Uma sombra de dor passou por seu rosto.

— Meu marido, dr. Eustace Bennett, faleceu.

— Meus sentimentos, senhora. Espero que ele tenha ido em paz.

— Bem, ele foi, o que é irônico.

— Perdão?

— O dr. Bennett era neurologista especializado em narcolepsia e morreu dormindo. — Corajosamente, ela levantou o queixo. — Meu marido sempre teve um senso de humor contagiante.

Ricki já tinha lidado com uma boa quantidade de cônjuges enlutados, dos que choravam desesperadamente aos que pareciam até aliviados. Era óbvio que dona Della amava o marido, mas não era do tipo que expunha os sentimentos para todo mundo.

— Gostaria de um chá no nosso Salão do Sono Eterno? — Se Ricki fosse boa mesmo no que fazia, teria oferecido um tratamento facial de cento e vinte e cinco dólares na Suíte Spa A Vida É Para Ser Vivida.

Dona Della recusou, dizendo que o sofá próximo ao arco seria suficiente.

Ricki sentou-se ao lado da mulher mais velha.

— A senhora é de Atlanta? — perguntou.

— Não, mas o dr. Bennett nasceu aqui. Morávamos a cerca de vinte minutos da Rota 75 até alguns anos atrás, quando o convenci a comprar uma casa no Harlem. Já esteve por lá?

— Já! Nós parávamos na Igreja Abissínia a caminho da casa de praia todo verão. Não vou desde os catorze anos, quando fui proibida de passar os verões com a família. — Ela fez uma careta. — Mas eu amo o Renascimento do Harlem. Imagine viver naquela época. O estilo! A música! As *festas*.

— Gosta de romantizar as coisas, pelo que vejo.

Ricki sorriu.

— Pois é, eu romantizo tudo.

— Deus a abençoe. — dona Della deu um leve tapinha no antebraço de Ricki, com um ar de leve desprezo. — Por que você foi proibida de passar os verões com sua família?

— Ah, um incidente com o Porsche da minha mãe. Sabia que perus selvagens atacam carros quando veem o próprio reflexo nas janelas?

— Descobriu isso da pior maneira, imagino.

— Na verdade, eu tinha lido a respeito na *National Geographic* e, então, dirigi até a Fazenda de Aves perto da casa de praia para testar. Eles destruíram a porta do carro e foram embora sem nenhum arranhão. — Ricki suspirou. — Meu psiquiatra me diagnosticou com "curiosidade crônica".

— Veja só! — Dona Della pronunciou como *Vê, Jasó*, como se fosse o apelido de uma mulher, e então soltou uma risada cristalina como um sino.

— Então — começou Ricki —, por que vocês se mudaram para o Harlem?

— Humm. Por onde começar?

Ricki percebeu que dona Della era, talvez, a pessoa mais refinada e educada que já havia conhecido. Ela se perguntava se a mulher já havia tido algum momento de descuido.

— Era o meu sonho, acho. Veja bem, tenho noventa e seis anos e...

— Noventa e seis? *Você?*

— Hidroginástica. — Ela piscou. — Enfim, na minha época, as mulheres deixavam de lado os próprios desejos para apoiar os maridos. Eu amava o dr. Bennett mais do que tudo nessa vida, então fiquei feliz em fazer isso. — Ela juntou as mãos. — Ele era meu alguém. Você tem alguém especial?

— Não, senhora. Acho que nunca tive.

— Você terá. — Ela sorriu. — Para mim, amor é como ouvir um álbum. Algumas pessoas pulam direto para as músicas favoritas e ignoram o resto. Outras ouvem o álbum inteiro várias vezes, até que tudo se torne familiar, querido, e elas conheçam cada nota de cor. Eu e o dr. Bennett nos amávamos dessa forma. Ele era a música que eu poderia escutar para sempre.

Ricki piscou, encarando o rosto fascinante daquela desconhecida. Ela nunca tinha experimentado um amor assim e duvidava que não fosse nada além de lenda urbana. Mas, do jeito que dona Della descrevia, aquele amor transformador de repente parecia alcançável. Ela se perguntou se algum dia viveria isso.

— O dr. Bennett parece ter sido um homem maravilhoso — disse Ricki, encantada pela mulher mais velha. — Não consigo imaginar como deve ser amar e perder uma alma gêmea.

— O amor não acaba só porque ele se foi — respondeu dona Della, com uma praticidade meticulosa. — E, respondendo à sua pergunta anterior, eu sempre quis viver no Harlem. Depois de passar a maior parte da minha vida seguindo os passos do dr. Bennett, era hora de realizar o meu sonho.

— É como naquele poema de Langston Hughes — disse Ricki. — "O que acontece com um sonho protelado? Feito uva ao sol, fica seco e enrugado? Vai ver é como um fardo que levantar ninguém pode... Ou será que ele explode?"

Ricki mordeu o lábio inferior. O poema ficava pendurado na parede de sua sala de catecismo. Para a pequena Ricki, adiar um sonho parecia uma tortura.

Dona Della a olhou com uma leve preocupação.

— O que a está incomodando, querida? Parece que está com o coração apertado.

— Está tão óbvio assim?

— Bom, eu entendo de tristeza, sabe? — Ela baixou a voz. — Dizem que o temperamento instável corre na minha família.

— Sério? A senhora parece tão positiva, tão pra cima.

— Escitalopram — revelou. — E você? O que a está incomodando?

A presença gentil e o jeito preciso e direto de falar de dona Della eram muito reconfortantes para Ricki. Mulheres negras mais velhas sempre a derretiam. Sendo filha de pais mais velhos, suas avós e tias-avós já tinham falecido antes de ela nascer, e Ricki sempre ansiou por essa conexão. Essa mulher fazia com que ela quisesse botar todos os sentimentos para fora.

— Minha família é dona desse negócio. Mas isso não é pra mim. O que eu faço bem, o que eu amo, não tem valor aqui. — Ela suspirou, infeliz. — Gosto de cultivar flores.

A boca de dona Della se abriu.

— Você gosta de cu-o-*quê*, como é?

— Não, de CULTIVAR flores, tipo horticultura. — Ricki pronunciou com cuidado.

— Ah, minha audição. Continue.

— Flores, plantas, verde... são tudo pra mim. Quero abrir minha própria floricultura. Um espaço mágico, perfumado. Quero me cercar de vida, não de morte. — Ela olhou para dona Della, envergonhada. — Há um galpão abandonado na floresta, a alguns quilômetros da casa dos meus pais. É meu lugar favorito no mundo. Ele é tão antigo, que a natureza tomou conta, com trepadeiras e arbustos crescendo à vontade. Quero uma loja assim, onde o exterior se misture com o interior. Um oásis urbano.

— Parece muito bonito, como o Éden.

Os olhos de dona Della se suavizaram, e uma conexão silenciosa se estabeleceu entre as duas. Foi a primeira vez que Ricki ouviu algo além de "ridículo" em relação à sua ideia. Era emocionante ter um vínculo tão instantâneo com uma desconhecida. A sensação era de alívio.

— Estou guardando metade do meu salário pra isso há anos! Mas os lugares que consigo alugar são todos errados. Muito industriais, modernos demais. — Ela olhou para as mãos. — Eu só tenho uma chance de provar o meu valor. Ninguém acredita em mim, e eu vivo me questionando, mas sei que posso fazer essa loja dar certo. Sabe quando algo simplesmente faz sentido?

— Humm — fez dona Della, enigmática. Então ela puxou uma foto da carteira e a entregou para Ricki. — Não sei se você está disposta a sair do estado. Mas essa é a minha casa no Harlem. Moro nos três andares de cima, e há um apartamento no térreo, fechado desde os anos vinte. Deus é testemunha de que não sei o que fazer com ele. E pode soar engraçado, Ricki, mas o apartamento parece estar segurando a respiração. Como se esperasse a pessoa certa para trazê-lo de volta à vida. Não daria uma floricultura encantadora?

Ricki olhou para a foto. No mesmo instante, sentiu algo dentro dela ser atraído. Um formigamento insistente no peito. Com o coração acelerado, abriu a boca para falar, mas dona Della já tinha mudado de assunto.

— Agora vamos discutir os preparativos para a despedida do dr. Bennett?

Mais tarde, Ricki não conseguiria se lembrar do que havia respondido. Só sabia que, com certeza, tinha encontrado sua fada-madrinha da vida real e que se sentira muito confusa e deslumbrada, como se tivesse sido tocada por uma varinha mágica.

Muito tempo depois, ela perceberia que aquilo não tinha sido nada aleatório.

CAPÍTULO 2

DAMA-DA-NOITE

Setembro de 2023-fevereiro de 2024

Ricki se mudou no começo de setembro. Era uma daquelas tardes douradas de Nova York, quando o verão se recusava a ir embora. A luz do sol se infiltrava pelas ruas arborizadas, salpicando as calçadas e iluminando a cidade com calor. O dia tinha um certo ar de magia, e Ricki estava em casa.

225½ West 137th Street, Harlem.

Até o endereço parece mágico, pensou ela, observando o sobrado de dona Della ao vivo pela primeira vez.

Ela tinha pesquisado bastante e sabia que a casa de dona Della era perto de Strivers' Row, o requintado bairro histórico onde aristocratas negros viveram durante o Renascimento do Harlem. Mas nada a teria preparado para esse quarteirão de tirar o fôlego, repleto de sobrados italianos do século XIX, tão imponentes que parecia quase impossível. Assim como a foto de dona Della sugeria, o número 225½ era uma antiga construção lindamente restaurada, emoldurada por trepadeiras verdes e flores silvestres vibrantes. Para

Ricki, uma amante de longa data de épocas passadas, o prédio todo parecia um presente entregue pelo tempo. Mágico.

Dona Della vivia nos três andares superiores. Mas, no térreo, à esquerda de uma escadaria majestosa e fechado com tábuas, estava o apartamento desocupado, com um jardim. Lá dentro, a grande sala da frente, com uma imensa janela saliente voltada para a rua, seria a loja de Ricki. E o pequeno estúdio nos fundos seria sua casa. Ela não tinha intencionalmente manifestado esse lugar distante para abrigar sua nova vida, mas *esse* era *o* lugar.

Antes da dona Della e do dr. Bennett comprarem a casa há alguns anos, ninguém vivera ali desde 1928. Eles logo reformaram a estrutura para atender aos padrões modernos, e, como odiava bagunça, dona Della se livrou da maioria dos objetos dos anos vinte que haviam pertencido aos últimos inquilinos. ("Nostalgia e melancolia são gêmeas fraternas", declarou dona Della a uma Ricki horrorizada.) Felizmente, no apartamento vazio com jardim, dona Della havia deixado alguns móveis originais cobertos com musselina, pensando que quem enfim alugasse o espaço poderia gostar de um toque histórico.

Prendendo a respiração em expectativa, Ricki abriu a barulhenta porta da frente para a espaçosa sala. O piso de taco estava afundado, o reboco estava lascado e o ar cheirava a serragem, desinfetante e spray aromatizador, mas, ah, era encantador. Ricki puxou um pedaço empoeirado de musselina da parede, revelando, em uma das pilastras, um espelho enferrujado que refletia a luz do sol no ambiente.

Ela passeou pelo cômodo, projetando o espaço em sua mente. Quando chegou ao parapeito da janela, espiou a rua, imaginando como deveria ser quando o Harlem era o epicentro do glamour da Era do Jazz. Melindrosas dançando em cetim, homens de esporas e chapéus. A loucura frenética e desenfreada dos anos vinte. O centro da cultura negra!

Mas não era mais assim. Até aquele momento, Ricki só havia visto famílias brancas de classe média alta perambulando por ali, com carrinhos de bebê caríssimos e crianças pequenas. Era o tipo de quarteirão onde bandeiras do Vidas Negras Importam tremulavam em todas as fachadas, mas poucas vidas negras residiam ali.

Como Ricki costumava dar tudo de si para qualquer coisa que amasse, havia passado os últimos três meses se educando sobre a cultura do Harlem. Releu Nella Larsen, Ralph Ellison e Amiri Baraka. Assistiu a *Lua sobre o Harlem* (1939), *Inferno no Harlem* (1973) e *Perigosamente Harlem* (1991). Leu a autobiografia de Pat Cleveland e comprou fotografias de Van Der Zee. Ela já conhecia *Harlem World*, do Mase, de cor, mas, mesmo assim, o ouviu mais quarenta e sete vezes enquanto arrumava as coisas para a mudança.

Foi então que Ricki notou um cartão no parapeito da janela. DELLA BENNETT estava gravado em dourado no topo, e a mensagem fora escrita em uma caligrafia fina e trêmula.

Querida Ricki

Este lugar estava esperando você. Faça sua mágica. Duas condições para morar aqui: 1) Pague o aluguel em dia; 2) Visite sua senhoria idosa uma vez por semana, para tomar chá e assistir a Bake Off Reino Unido. *Ouvi dizer que ela ficou viúva recentemente e gostaria de companhia.*

Bjs, D.B.

Apertando o bilhete junto ao peito, Ricki rodopiou, ansiosa para ver o resto. Na parte de trás do que logo seria a loja, havia uma porta que levava a um corredor estreito com um banheiro minúsculo, equipado com uma banheira de pés da década de 1910. O corredor terminava em um compacto estúdio com um fogãozinho, alguns armários e uma pia escondida em um canto.

O piso antigo rangia enquanto ela corria de um lado para o outro puxando a musselina dos móveis, com o pó dançando nos feixes de luz que entravam pela janela. Ofegando de alegria, descobriu uma poltrona verde desbotada que mais parecia um trono.

Mais espetacular ainda, encontrou um piano de carvalho antigo com um banco.

Ela nunca tinha visto um piano quadrado antes. Era tão pitoresco e antiquado, como se fizesse parte do cenário de O *ocaso de uma estrela*. Sentou-se no banco, deslizando os dedos pelas superfícies gastas de carvalho e depois pelas teclas de marfim. Com um floreio, Ricki tocou uma sequência dramática de notas por todo o teclado.

Esse piano tem um charme antigo, meio apagado, refletiu. *Quem será que o tocava? Quais vidas foram vividas aqui?*

Não havia tempo para pensar nisso. Ricki tinha trabalho a fazer.

Depois de vender seu carro e os três anéis de noivado — e de esvaziar as economias que tinha de seus contratos das parcerias com marcas —, Ricki conseguiu garantir os custos de vida e negócios por seis meses. Só isso. Recusando-se a gastar um centavo com ajuda na reforma, ela lixou os pisos até os dedos sangrarem, pegou emprestada a escada de um vizinho para pintar desenhos oníricos no teto e depois caiu do terceiro degrau, torcendo o tornozelo. Com os dedos enfaixados, reformou aquele antigo trono verde-esmeralda até que se tornasse uma peça perfeita para o Instagram e, mesmo mancando, arrastou-o do estúdio para a loja. Acordava todos os dias às cinco da manhã, pegava a linha A do metrô para o Distrito das Flores de Chelsea e enchia caixotes com o estoque que usaria para treinar seus arranjos caprichados, que reproduziria em alguns meses para clientes de verdade.

O trabalho era uma loucura de tão exaustivo. Mas ela nunca se divertiu tanto na vida.

A inauguração estava marcada para 1º de dezembro. Ela tinha pouco mais de dois meses para transformar o espaço em uma experiência, uma fantasia maximalista repleta de tesouros inesperados. E um nome fantástico era fundamental! Infelizmente, Ricki não conseguiu registrar Pra rir ou pra florar (pelo que disseram, não se podia "possuir" uma pergunta). Seu nome alternativo era ainda melhor: Rickezas.

Atolada em reformas dignas de um programa de TV, Ricki percebeu que não tinha tido um momento para ser uma verdadeira flâneuse, uma das suas palavras favoritas. Era uma ideia tão romântica: vagar pela cidade absorvendo novas paisagens e sons, observando as pessoas, jantando sozinha e explorando livrarias sem se preocupar. (Ricki decidiu que uma flâneuse deveria exalar glamour aventureiro, o que se traduzia em um luxuoso xale mostarda exagerado, preso sobre uma calça masculina dos anos cinquenta — tudo garimpado em vendas de garagem pelo bairro.)

Em uma tarde de muito vento, depois de visitar todos os pontos turísticos — Red Rooster, Sylvia, o Schomburg, o Apollo —, Ricki se acomodou em um banquinho no Lenox Coffee. Estava encantada com sua aventura solo; sentia-se aquecida e satisfeita, uma empresária independente e autossuficiente. Enquanto tomava um café com leite e conferia os recibos da semana, ouviu uma explosão de risadas em uma mesa próxima. Um grupo de jovens na casa dos vinte, com olhos brilhantes e ar descolado, estava reunido em torno de um celular, rindo. O som era contagiante, e ela sorriu também. Mas então parou.

Espere, por que estou sorrindo? pensou, sentindo os primeiros sinais de pânico e solidão. *Não faço parte da piada deles. Eles não são meus amigos. Além de dona Della, não conheço ninguém aqui! Estou completamente sozinha na cidade mais cara do mundo, onde decidi abrir uma floricultura em uma rua residencial tranquila em que o comércio mais próximo é um restaurante. Eu considerei o fato de que estarei dividindo o fluxo de pessoas com um lugar chamado Taco Sexy? Não. A mesma pessoa que pede mezcal e burritos* vai querer comprar meus arranjos florais delicados? PRO-VAVELMENTE NÃO. Já fracassei em uma carreira e, se fracassar nessa, estará confirmado que sou uma perdedora. Sem casa, sem dinheiro, sem família, sem orgulho. Ah, claro, sem amigos também.

Será que a família estava certa a seu respeito esse tempo todo? Eles sempre acreditaram que ela era fraca, que fracassaria. Mas, apesar deles, Ricki nunca se sentiu uma perdedora. Apenas deslocada. Como um pato criado por esquilos. Sempre suspeitou que, se tivesse a chance de fazer o que sabia fazer de melhor, teria sucesso.

Mas, naquele momento, Ricki tinha certeza de uma única coisa. Estava sozinha. Seus problemas com a Rickezas talvez fossem mais fáceis de suportar se tivesse amigos. Em teoria, ela mataria para fazer parte daquele grupo no café. Mas, na prática, a ideia de conversar até formar uma amizade significativa parecia… impossível. Fazer amigos era difícil para Ricki. Seus velhos instintos introvertidos diziam para ela se retrair e, em vez de falar com outras pessoas, apenas sonhar no chuveiro com cenários em que ela e alguma garota pegariam o pedido uma da outra por engano em uma lanchonete charmosa e *puff*: a melhor história de amizade instantânea. Era mais fácil do que tentar conversar e depois ver a decepção disfarçada por educação da pessoa ao perceber que a aparência dela não combinava com a personalidade.

A beleza de Ricki era comum, nada de extraordinária. Ela tinha um sorriso amigável e olhos brilhantes. As pessoas esperavam que ela fosse agradável, e não uma mulher com ansiedade paralisante perto de qualquer pessoa que não conhecesse havia vinte anos. Que contava piadas de tiozão quando ficava nervosa. Uma mulher que, ao tentar jogar conversa fora em festas, podia acabar falando, em pânico, sobre o último peixe assustador descoberto na fossa das Marianas. Ou sobre a Grande Inundação de Melaço de 1919. Ou sobre as cinco principais razões pelas quais Mark Zuckerberg deveria ser julgado por crimes contra a humanidade.

Por medo de ser rejeitada ou se sentir envergonhada, Ricki sempre se manteve distante das pessoas. E, no fim das contas, era só ela que se feria com isso. As pessoas realmente a achavam uma pateta desastrada ou eram as vozes de suas irmãs que a sabotavam de dentro de sua mente? De qualquer forma, estava claro que era hora de Sair por Aí.

Quando leu no Twitter sobre um evento de networking para negros inovadores da região, Ricki se jogou na oportunidade. Assim, na noite de 3 de novembro, ela entrou no Edge, um restaurante rústico jamaicano-britânico na Edgecombe Avenue, pronta para ser sociável. O ambiente era sexy. Com batidas de afrobeat e bolinhos de bacalhau. Um olhar rápido para os adesivos "olá, meu nome é..." revelou diretores de tudo quanto era coisa. Com quase trinta anos, Ricki estava apenas começando sua carreira dos sonhos, mas aqueles convidados já eram figurões corporativos havia anos!

Ricki estava murchando. Por que todo mundo parecia saber como socializar, ser normal e descolado, menos ela? Ninguém mais ficava paralisado com a ideia de soltar a colisão de trens que era sua personalidade em um estranho desavisado? Sua autocrítica era uma prisão.

Então ela virou dois moscow mules, um atrás do outro. Fechou os olhos e recitou a afirmação de seu aplicativo de ansiedade (*Não estou em perigo, estou desconfortável, isso vai passar e sou confiante*). Em seguida, praticamente se jogou em direção a uma mulher simpática de calça pantalona. O crachá dela dizia: LYONNE, DIRETORA DE MÍDIAS SOCIAIS, DANÇA TEATRAL DO HARLEM.

— Sem querer parecer estranha — gritou Ricki, toda estranha, por cima do som grave pulsante —, mas qual é o seu perfume? É... tão gostoso.

— Desculpa, não consegui ouvir! O que você disse?

Com a barriga se revirando, Ricki repetiu.

— Na verdade, é manteiga de cacau com óleos essenciais — respondeu Lyonne. — Meu namorado que faz. Posso conseguir um pouco pra você.

— Sério? Obrigada. — E então Ricki se autodestruiu. — Eu amo manteiga de cacau. Minha pele é tão seca que me identifico como uma eczema americana.

Lyonne arregalou os olhos.

— Você é mexicana-americana?

— O quê? Não, eu...

— Acabei de ver um TikTok sobre uma comunidade de negros mexicanos descendentes de escravizados fugitivos. Sua cultura é fascinante. É isso aí, diáspora.

Sem saída, Ricki apenas assentiu, com as bochechas queimando.

— Gr-gracias? — gaguejou ela, sua alma deixando o corpo. — Acho que estou meio bêbada. Preciso ir. Prazer em conhecer você.

E saiu correndo da festa, horrorizada.

Mas, então, três milagres aconteceram um atrás do outro.

O primeiro foi Ali. Depois do quarto machucado (um dedão esmagado pelo martelo), Ricki decidiu que precisava de um faz-tudo. E então encontrou Ali, que contratou em um site de serviços gerais. Ele montou prateleiras e instalou um espaço de trabalho na loja em quarenta e cinco minutos. No aplicativo, Ali recebera ótimas avaliações pelo serviço.

As avaliações não mencionavam que ele era bem-dotado.

Em uma noite, quando ele desceu da escada, Ricki lhe entregou uma cerveja. Parado ali, tomando a Heineken parecendo um Jesse Williams de baixa resolução, ela se empolgou.

Seduzir alguém era mil vezes mais fácil do que fazer amigos. Não havia mistério, especialmente porque sempre era uma nova versão do mesmo cara. Ela se sentia atraída por caras bonitos que, em vez de terem uma carreira estabelecida, diziam ser "colecionadores de experiências". Beijavam bem, mas moravam em lugares suspeitos. Homens que nunca tentavam descobrir quem ela era de verdade, mas se contentavam em devorar a versão fácil e sexualmente acessível que ela mostrava.

Em resumo, homens como Ali. Depois da cerveja, eles batizaram a cama que ele tinha acabado de montar.

O sexo não foi nada de outro mundo, e os assuntos de Ali se resumiam a: (a) cristais e (b) teorias da conspiração (como a que sugeria que Ted Cruz era, na verdade, Rob Kardashian). Mas ele era gentil. E um artista! Pintou alguns retratos de Ricki, e eles eram lindos.

Ela não sabia muito mais a respeito dele e achava que era isso que queria.

Mas, lá no fundo, as palavras de dona Della ecoavam dentro dela. *Ele era uma música que eu poderia escutar para sempre*. Ela se perguntava como seria se conectar intensamente com alguém. Um homem que parecia feito sob medida para ela. Mas então se interrompeu. Isso parecia raro demais, o tipo de coisa que só acontecia com alguns poucos sortudos. Então enterrou esse pensamento e adormeceu ao lado de Ali assistindo a mais um vídeo "O pouso na Lua — A maior farsa do mundo!!!"

O segundo milagre veio na forma de uma ex-estrela mirim em decadência. Uma tarde, Ricki estava desenrolando papel de parede quando a porta da loja foi escancarada.

— Me esconde! — gritou uma mulher de pele levemente sardenta e coque baixo e liso. Ela se arrumara para manter-se anônima de propósito. Com a maquiagem discreta, um conjunto de ioga e um casaco acolchoado, ela podia ser qualquer Gostosa do Harlem. Mas não era.

— Puta merda, você é...

— Sim, sim, sim. Me ajuda!

— Banheiro! — berrou Ricki, apontando para o corredor.

Tuesday Rowe passou disparada por ela, corredor adentro. *A* Tuesday Rowe. A estrela de TV que poderia ter sido uma estrela de cinema, se sua carreira não tivesse sido interrompida aos vinte anos, quando acusou seu agente de Hollywood de assédio sexual. Em vez disso, a beldade de pele marrom foi demitida da sitcom em que atuava desde os sete anos. *Tá certo, Alberto* era sobre um viúvo branco bonitão que adotava cinco crianças de origens culturais diferentes, todas com um incrível alcance vocal, e formava um grupo pop. Quando a série começou, a personagem de Tuesday era a Garota Negra Descolada das Tiradas Engraçadas. Mas, conforme crescia e se tornava uma adolescente linda, virou a Garota Negra Charmosa com Sustos de Gravidez. Agora, aos vinte e nove anos, ela vivia de forma anônima e confortável com os direitos de reprises enquanto lutava para escrever suas memórias, *Tuesday tem seu tempo*.

Ricki correu até a janela e viu três homens de meia-idade caminhando devagar pela 137th Street com os celulares em mãos.

— Eles foram embora — gritou Ricki, sentindo o coração disparar de adrenalina. Em um piscar de olhos, Tuesday estava ao lado dela na janela para confirmar.

— Você me salvou. — Tuesday estava sem fôlego, mas sua voz era exatamente igual à versão da sitcom que Ricki tinha crescido ouvindo. — Ufa! Valeu, amiga.

— Claro. Sempre que precisar.

Tuesday exibiu seu sorriso poderoso. Ricki retribuiu, e as duas se cumprimentaram com um soquinho. Uma energia conspiratória surgiu entre elas.

— Eu sou Ricki. Quer dizer, Ricki Wilde.

— Porra, com certeza você é. Nome icônico. — Tuesday alisou o cabelo e suspirou fundo. — Argh, aqueles nerds babões estavam me perseguindo desde o Taco Sexy.

As sobrancelhas de Ricki se arquearam. Podia ser que, no fim das contas, o Taco Sexy trouxesse movimento para a loja.

— Que invasão de privacidade — protestou Ricki. — E assustador. Isso acontece muito?

— Com homens, sim. Eu fui o primeiro tesão deles, então acham que sou um objeto. Mas vai saber, né? A mente masculina é complexa demais pra eu me preocupar.

Ricki lembrou quando, aos dezenove anos, Tuesday disse aos repórteres que "não acreditava muito nos homens, como conceito ou gênero". Foi logo após seu breve casamento com um astro da NBA supostamente no armário, uma união que os blogs de fofoca juravam ser armação de seu empresário desonesto.

Tuesday deu uma olhada rápida ao redor do espaço, viu o trono esmeralda e ficou boquiaberta. Caminhou até o centro da loja e girou lentamente.

— Esse lugar é foda. — Ela olhou Ricki de cima a baixo. — *Você* é foda. Que graça de macacão.

— Você gostou? — Ricki abriu um sorriso radiante. O encontro aconteceu tão rápido que sua típica ansiedade social nem teve tempo de aparecer. — Fiz a partir de um vestido havaiano de brechó. Garimpar e costurar são meu autocuidado.

— Humm. Uma diva sustentável. — Ela estreitou os olhos. — De onde você é?

Tuesday fez a pergunta com ares de superioridade, embora fosse ela a invasora da loja. Ricki deu a versão resumida da história de sua vida enquanto Tuesday explorava a decoração cheia de plantas. Finalmente, ela parou diante de uma tigela de pedrinhas transparentes.

— Bonitas, né? Pega uma — ofereceu Ricki. — Meu namorado, ou melhor, meu "não namorado"... meu *faz-tudo* que me deu. Na teoria, elas acalmam.

— Todas nós já tivemos um faz-tudo, amiga. — Tuesday pegou uma da tigela, a colocou na boca e engoliu. Ricki gritou.

— São cristais, não comprimidos! São pra colocar no sutiã, sei lá!

Tuesday, que pensou se tratar de um ansiolítico esquisito, disse:

— Eu não uso sutiã.

Atônita, Ricki explodiu em risadas. Tuesday riu ainda mais. E, a partir daquele momento, elas se tornaram cúmplices. A situação absurda do cristal fez Ricki se sentir à vontade para ser ela mesma. E, para Tuesday, o fato de Ricki nunca ter vendido a história do cristal para blogs de fofoca significava que ela era "de verdade" (depois de ser traída por ex-amigos, a atriz não esperava muito de amizades). Nada é mais unido do que melhores amigas que nunca tiveram uma melhor amiga.

O terceiro milagre foi o mês de dezembro. Quando a Rickezas teve sua grande inauguração, foi um sucesso instantâneo. Claro, parte disso se devia à época festiva. Mas, em um momento em que as tendências florais eram minimalistas, a loja de Ricki era um verdadeiro mundo encantado de inverno! Imagine cactos de Natal e amarílis listrados como bengalas de doce; buquês de Kwanzaa com flores tropicais vermelhas, pretas e verdes; e guirlandas de Chanuca misturando papoulas azuis com orquídeas brancas.

Até o Ano-Novo, ela havia faturado o dobro do previsto.

E até o final de janeiro, tinha perdido cada centavo.

As pessoas simplesmente... pararam de aparecer. Ricki não conseguia entender. Em dezembro, mal conseguia manter as flores em estoque, os pedidos eram muito rápidos e intensos. O que ela fez de errado?

— Eu sei o que você fez de errado — comentou Tuesday certa noite depois de fecharem a loja.

O movimento fora péssimo naquele dia. Agora, ela e Ricki mexiam em tigelas de papel reciclado plantável, infundido com sementes de flores silvestres. Ricki queria fazer cartões elegantes com o papel feito à mão para vender como compra de última hora no caixa. Se algum dia ela voltasse a vender.

— Aquelas promoções semanais de janeiro — continuou Tuesday — eram esotéricas demais pra ter apelo com os clientes.

Ali, que estava agachado em um canto consertando um prego exposto, parou de trabalhar por tempo suficiente para pesquisar "esotérico" e "apelo" no celular. Ninguém estava mais surpreso do que Ricki pelo fato deles ainda estarem juntos. Era um lance de encontros três vezes por semana, mas a presença carinhosa e descomplicada dele era reconfortante.

— Mas os temas eram tão engraçados! — exclamou Ricki, lutando contra as lágrimas. — Você é íris-sistível? Eu narciso de você? Ninguém nem experimentou meus biscoitos caseiros que vinham de brinde.

— Eu amo seu biscoitinho. — Ali fez uma expressão zombeteira, sorrindo com a insinuação. E então acrescentou: — Mas, seguindo minha onda de sinceridade radical, preciso dizer que seus biscoitos *de verdade* estavam supersecos. Você usou gordura vegetal?

Ricki parou de mexer no papel, os ombros caindo em desânimo.

— Eu te ofendi! — Ali se levantou e colocou um braço ao redor da cintura de Ricki. — Não acredito que disse algo tão burro.

— Não? — Tuesday arqueou uma sobrancelha. — Dez minutos atrás você perguntou se eu pagava as taxas dos illuminati com sangue.

— E você não respondeu.

— Por favor, pare de assistir a vídeos de teorias da conspiração, Ali. Eu imploro. Leia um livro.

— Só gado valoriza livros. Um livro é só uma coleção dos pensamentos aleatórios de alguém...

— Mas você é alguém aleatório.

— E curto meus *próprios* pensamentos. Meu *próprio* trabalho interno. Minha *própria* jornada pra viver com intenção energética.

Tuesday resmungou:

— Ricki, seu namorado está dando uma de maluco de novo.

Ricki estava tão perdida nas preocupações crescentes com a Rickezas que nem registrou essa conversa. Ela precisava sair, tocar um pouco de grama. Em casa, quando a vida ficava muito agitada, escapar para a floresta atrás da casa dos pais trazia uma serenidade instantânea. Era disso que ela precisava.

— Ei, há algum jardim aqui por perto? Algo pequeno, talvez? Preciso de um pouco de natureza.

Nascida no Harlem, Tuesday conhecia cada canto do bairro.

— Sei de um jardim comunitário fofo lá na 145th.

— Mas está escuro — protestou Ali. — Vou com você pra te proteger.

Ricki sorriu.

— Nesse bairro? Proteger de quem, publicitários e executivos de finanças?

Tuesday entregou a colher para Ricki e disse:

— São os mais perigosos de todos.

Estava frio, mas de um jeito revigorante. E Ricki estava preparada para o tempo com protetores de ouvido e um casaco peludo. Ela caminhou dez quarteirões. Na entrada, havia uma placa de madeira ornamentada, pintada com letras coloridas que pareciam feitas por uma criança: JARDIM COMUNITÁRIO DA 145TH STREET.

Além do portão decorado, havia flores perenes, ervas, árvores frutíferas e um pequeno lago com peixes dourados. Ricki seguiu um caminho de tijolinhos pelo meio da vegetação, até o centro do jardim. Ajoelhou-se e respirou fundo, sentindo o alívio. Com os olhos fechados, afundou os dedos na terra, o coração de tudo. E funcionou como sempre.

Você consegue, pensou ela, sentindo-se mais calma. *Seja persistente. Seja resiliente. Mas não desista.*

Enquanto estava ali, algo em uma pequena plataforma de madeira reluziu, chamando sua atenção. Limpando a terra das mãos, ela caminhou até lá para investigar. Era uma placa.

AQUI FOI O CABARÉ EDEN LOUNGE
1927-1929

NOITES ESTRELADAS, MÚSICA DE PRIMEIRA, ESTILO QUE DEFINIU UMA ÉPOCA.

A FESTA ACABOU CEDO DEMAIS QUANDO UM INCÊNDIO ELÉTRICO DESTRUIU A CASA NOTURNA, MARCANDO INFORMALMENTE O FIM DA ERA DO RENASCIMENTO DO HARLEM — QUANDO A GENIALIDADE NEGRA ENCANTAVA O MUNDO.

Ricki leu a última linha em voz alta. Pensou em como era ser negro nos anos vinte, enfrentar obstáculos inimagináveis e ainda assim impressionar o mundo. Se Josephine Baker conseguiu sair de um casamento aos treze anos e comer restos de lixo em Saint Louis até se tornar uma estrela da Broadway cinco anos depois, por que Ricki estava chorando? Seus maiores problemas eram se machucar fácil demais e não ter espaço no guarda-roupa.

Foi então que ela notou um perfume inconfundível: o aroma doce e marcante de dama-da-noite. Uma brisa fria levou o perfume até ela, envolvendo-a por completo. *Suspirou*. Era seu cheiro favorito. Reconheceria em qualquer lugar. Ricki seguiu o caminho até um canteiro exuberante de jasmim, onde as delicadas flores brancas e amarelas subiam por uma parede.

Hipnotizada pelas flores noturnas, quase não se deu conta de que estava sendo observada. Mas então, sentiu. Virou-se de repente e ficou boquiaberta, levando a mão à boca.

Uma figura estava nas sombras.

Ele era alto e forte. Usava um casaco de lã volumoso, calça jeans escura. Suas feições pareciam esculpidas em granito, com um maxilar impressionante e sobrancelhas firmes e autoritárias, mas havia um toque sensual e surpreendente em sua boca. Isso dava à sua masculinidade esculpida uma suavidade vulnerável e sedutora. O efeito era hipnotizante.

Meu Deus do céu, ele é lindo, pensou ela, encarando-o sem disfarçar. *Ele seria lindo em qualquer época, em qualquer lugar.*

Então Ricki percebeu a intensidade no olhar dele. Ela congelou. Era algo além da surpresa, além do choque.

O homem parecia apavorado.

Ricki sentiu um soco de emoção no peito quase a derrubando. Aquele momento era importante. Ela não sabia por quê, mas *era*. Ela não o conhecia, mas *conhecia*. Os pelos dos braços se arrepiaram, e cada célula do seu corpo despertou. Sua mente se encheu de imagens vagas demais para compreender. Ela estava desnorteada. Todos os lugares secretos onde se escondia pareciam expostos. Estava diante daquele homem, aquele estranho glorioso, e se sentia completamente nua. Desnuda, sem defesas.

Um sentimento intenso de inevitabilidade pulsava dentro dela, e então percebeu que se sentia tão aterrorizada quanto ele parecia estar.

Ele deve ter sentido o mesmo.

Mas, antes que pudesse perguntar, ele desapareceu. Como se nunca tivesse estado lá.

E Ricki ficou ali, sozinha no jardim, sentindo o coração acelerado.

Atordoada, só mais tarde ela foi se dar conta de que o homem misterioso não era o único motivo para ela ter deixado o jardim tão inquieta. O cheiro de dama-da-noite não fazia sentido. A planta só florescia de julho a outubro. E era inverno.

Primeiro de fevereiro.

CAPÍTULO 3

CAROLINA SHOUT

1-2 de fevereiro de 1923

— Primeiro de fevereiro! O mês do amor, primão. E hoje você vai se dar bem — anunciou Sonny, descendo a Lenox Avenue alguns passos à frente de seu primo, Brisa, que estava um tanto atordoado.

Sonny era o rei das declarações ousadas — cada pensamento e sentimento que tinha era carregado de empatia —, por isso Brisa tinha certo ceticismo em relação aos anúncios do primo. Além disso, ele não estava com cabeça para o amor. Ao menos não com uma pessoa.

Brisa estava no começo de uma paixão que duraria a vida inteira, uma que, após meras vinte e quatro horas na cidade, o envolvera em suas garras e se recusara a soltá-lo.

O Harlem.

Era o Novo Mundo. E aos vinte e três, a mesma idade do jovem século, Ezra "Brisa" Walker III (ou seria IV?) deixara uma vida inteira em Fallon, na Carolina do Sul. Brisa saíra do trem na manhã do dia anterior, pegara no metrô até a 135th com a Lenox e fora direto para a Associação Cristã de Moços do Harlem. Lá, ele dormiu exatamente uma hora antes de perambular sem rumo, atônito, até muito depois de escurecer.

Ele achava que sabia o que esperar. Sonny enviara, por correio, exemplares do *Amsterdam News*, *Negro World* e do *Crisis* o ano todo. Então Brisa sabia que o Harlem era o Paraíso em Sépia. Mas não estava preparado para a sensação inebriante da cidade. Bondes buzinando, calçadas resplandecentes, prédios luxuosos. Sotaques caribenhos pouco familiares anunciando a venda de frutas de que nunca ouvira falar. Mulheres glamourosas fofocando em uma gíria tão veloz que ele mal conseguia acompanhar. Intelectuais de renome reunidos atrás das janelas de cafeterias, planejando sabe lá Deus o quê. Uma nova peça? Uma revolução? Seja o que for, parecia memorável. Até mesmo os traficantes, sussurrando caros chamarizes nas esquinas, transbordavam estilo.

E todos nesta porra são negros. De todos os tipos. De pele marrom-escura, marrom-clara, pálida, baixo, gordo, alto. Doutores, líderes de bandas, advogados, cantoras de corais, clérigos, debutantes, poetas: todos repletos de uma arrogância espalhafatosa que teria causado problemas em qualquer outro lugar. Mas ali, naquele reduto de pessoas habituadas ao urbano, as velhas regras já estavam mortas e enterradas, e ser negro não era errado. Ser negro era o certo.

Brisa sabia, no fundo, que ali era seu lugar, aquela terra cosmopolitana de farturas. Tudo o que vivera antes disso parecia uma mentira.

— Hoje — continuou Sonny — vou te levar a um salão.

— Por quê? Tô precisando cortar o cabelo?

Sonny bateu com a palma da mão na testa. Uma cabeça mais baixo que Brisa, com a energia frenética de um chihuahua, o primo estava elegante com suas polainas nos sapatos, terno de lã e chapéu panamá. Brisa podia ter ficado com toda a beleza e altura da família, mas Sonny tinha o estilo.

— Brisa! Um salão é um bar. Um bar clandestino.

— Eu sei o que é um bar clandestino. Não fale comigo como se eu não soubesse de nada.

— Você não sabe. Precisamos repassar algumas coisinhas antes de hoje à noite. Vou te dar uma aula rápida, pra você não parecer um neófito.

— Neófito? Vou neofitar sua cara agora mesmo. — Brisa tinha estudado até a sexta série, mas lia tudo o que passava por suas mãos. As palavras o encantavam.

— Prefere que eu te chame de persa?

Brisa franziu a testa.

— De quê?

Rindo, Sonny deu uma tragada no cigarro.

— Um persa é um negro que acabou de chegar do Sul. Sabe, porque você quis *vir para o Norte depressa*.

— Como você, um ano atrás — provocou Brisa.

Então ele congelou, boquiaberto.

Três garotas passaram por ele em uma névoa de pele negra, perfumes caros e confiança. Pareciam ter saído direto de um filme, com sapatos de cetim e usando chapéus cloche com o cabelo modelado à la marcel. Uma delas virou a cabeça e piscou para ele. As outras duas riram e continuaram desfilando pela calçada, fazendo todos os homens no caminho se derreterem.

Brisa sabia que estava de queixo caído. Não podia evitar; nunca vira mulheres negras se vestirem tão bem assim. Nunca vira nem mesmo mulheres *brancas* se vestirem tão bem.

Sonny o segurou pelo cotovelo e o sacudiu, tirando-o de seu estupor.

— Ao menos, quando eu era persa, tinha o bom senso de não andar na Lenox de calça de trabalho e camisa sem colarinho, parecendo um lavrador — retrucou Sonny, em um sussurro alto.

Brisa *era* um lavrador. A família inteira era. Ele nascera em Fallon, na Carolina do Sul, uma cidadezinha empoeirada e miserável, em uma longa linhagem de homens chamados Ezra Walker. (Seu primeiro filho também se chamaria Ezra. Não fazia ideia do porquê. Era uma tradição, e a maioria das tradições não fazia sentido.)

Ele era um bebê quieto em uma família de titãs musicais. Big Ezra, seu pai tocador de gaita, tinha viajado com uma trupe de vaudeville quando pequeno. Sua mãe, Hazel, dava aulas de ukulele, e o contralto de sua irmã Minnie fazia a congregação chorar. Então, quando Brisa nasceu, todos aguardaram o momento em que ele mostraria sua musicalidade. Mas ele não tinha nada disso. Não cantava, não cantarolava e passara anos sem falar. Apenas ouvia o mundo, com a testa franzida. Então, em seu terceiro aniversário, ele correu até o piano depois do culto e, com o sorriso cativante do pai, tocou "Down in the River to Pray" com um ouvido afinadíssimo e uma emoção adulta de surpreender. O menino tinha compasso! Como se já fizesse isso há tempos. Calmo como o vento, suave como uma brisa.

Quando os aplausos diminuíram, ele olhou para a congregação e disse sua primeira palavra, uma pergunta: "Mais?"

Depois disso, a congregação de alguma forma juntou dinheiro para comprar um piano do século XIX de segunda mão para Brisa. O piano tinha algumas teclas faltando e fios esfrangalhados. Aos cinco anos, ele já sabia tocar de tudo: ragtime, boogie-woogie, hinos, cantos de trabalho. Aos sete, já tocava em cultos por todo o condado de Fallon. Aos treze, tinha aprendido algumas lições de vida: tocar para o Senhor atraía as garotas mais bonitas; fazer shows em bares dava dinheiro rápido; e tocar em bordéis, enquanto seus pais religiosos achavam que trabalhava como vigia noturno em uma fábrica de tecidos... bom, isso ensinava mais do que qualquer escola rural caindo aos pedaços.

Brisa deu no pé em 1917, quando foi convocado para a 93ª Divisão de Infantaria, composta apenas por negros, e enviado para a França durante a Primeira Guerra Mundial. O trabalho brutal, porém, era melhor que estar em casa, porque ele era valorizado e, sob o comando das tropas francesas, sua unidade estava a salvo da raiva sem sentido e exaustiva dos americanos brancos, embriagados por uma mentira racial que eles mesmos haviam criado. Ele nunca imaginara que os brancos não eram iguais em todos os lugares.

Foi na França que Brisa sentiu o gosto da liberdade pela primeira vez. Ele tinha aproveitado cada segundo, destacando-se em combate, liderando a banda de sua infantaria e até apresentou aos franceses deslumbrados o som selvagem do piano nos bares imersos em gim.

E, quando tudo acabou, Brisa voltou para casa como um soldado condecorado. Era junho de 1919, e ele era um homem diferente. Esperava que a América também estivesse diferente. Mais tarde, os jornais chamariam essa temporada de Verão Vermelho. Em todo o país, turbas de brancos despejaram uma violência enorme contra comunidades negras, provando seu ponto aos soldados atrevidos que ousaram sonhar com igualdade.

Certo dia, Brisa cometeu o erro quase fatal de dizer "obrigado" a um comerciante branco em um tom que, aparentemente, "sugeria superioridade". O comerciante e seus filhos o estrangularam até que perdesse a consciência. Ele recobrou os sentidos algumas horas depois, caído de bruços em um campo deserto, fora da cidade.

Não haveria nenhuma recepção como herói.

O dia seguinte era um domingo. O reverendo Green havia planejado um culto especial para os militares que retornavam. Brisa estava mal; respirava com dificuldade, os ouvidos zumbindo e a garganta ardendo. Hazel estava preocupada. Ela insistiu para que o filho ficasse em casa enquanto a família o representava na Primeira Igreja Batista. Ao sair, ela beijou sua testa febril. Minnie deu um soquinho de leve em seu ombro e, em uma tentativa de fazê-lo rir, sussurrou: "Sei que você não está doente... só está faltando o culto para visitar a Ida-Prue Freedman". Big Ezra, com a testa franzida em uma fúria silenciosa, parou na porta e fez uma saudação militar ao filho.

Brisa nunca mais os viu.

A Ku Klux Klan ateou fogo à igreja e matou a congregação inteira. Homens, mulheres, crianças. O único sobrevivente fora Sonny, que, logo depois, fugiu para o Norte com o braço direito ainda em carne viva até o ombro. Mas Brisa ficou, apesar das súplicas do primo. Ele ficou e se desfez em um milhão de pedaços que não podiam mais ser montados.

Ele merecia ficar naquele inferno, assombrado pelos fantasmas da família que não conseguiu salvar. Merecia ficar naquele barracão, onde o colchão de palha que dormia servia como um lembrete constante de que ele estava *cochilando* enquanto sua família queimava até a morte. A penitência de Brisa era a companhia do luto e deixar que ele o destruísse.

Era para ter sido eu. O pensamento ecoava em sua mente todos os dias quando retornava aos campos. Ele parou de falar, parou de tocar música. Durante quatro anos perdidos, Brisa ouvia sua vida se esvair enquanto colhia algodão, o saco pesado em suas costas. E, quando as costas já não aguentavam mais, ele engatinhava, colhendo duas fileiras de cada vez, indo e voltando. Ele ouvia enquanto preparava o tabaco, a gosma pegajosa e irritante tingindo suas mãos de roxo. Ele ouvia, atento e crítico, enquanto capinava os campos — e, pela manhã, acordava com as mãos inquietas batucando um ritmo em seu peito.

Sempre que tinha tempo, lia os jornais escritos por negros que Sonny enviava pelo correio. As manchetes contavam sobre um mundo cheio de brilho e esperança que era completamente estranho a Brisa, feito de luzes ofuscantes, noites intensas e música. Ele sentia uma atração insistente, um chamado. O Harlem o chamava.

Pelos jornais, descobriu que quatro pianistas lendários do jazz moravam lá: James P. Johnson, Fats Waller, Willie "the Lion" Smith e um tal de Duke Ellington, que, na verdade, não era duque nenhum. Eles eram *os* caras. (Especialmente Johnson, que estava compondo um sucesso garantido chamado "The Charleston".) Tocavam um novo estilo de jazz chamado stride, que tomava conta do

Harlem como um batismo de gim. Nas noites de sexta, em lugares secretos, organizavam "concursos de duelo de piano", onde Johnson tocava sua música de batalha, a dificílima "Carolina Shout", e desafiava todos os pianistas presentes a tocá-la. Se o pianista fosse bom? Ganhava reconhecimento instantâneo, o que levava a shows, gravações e fama. Se fosse vaiado? Era hora de voltar correndo para casa.

Um dia, Brisa recebeu um pacote enorme pelo correio. Sonny tinha enviado o vinil de "Carolina Shout". Ele correu seis quilômetros até a igreja, tocou-o no gramofone barulhento e, ao ouvir uma única vez, seu mundo inteiro entrou em foco. Sua seca no piano tinha acabado.

Tarde da noite, exausto do trabalho nos campos, ele se sentava ao piano de segunda mão e aprendia sozinho a tocar aquela melodia. Não demorou muito para que conseguisse reproduzir a gravação de James Johnson. Mas, enquanto evocava as notas repetidas vezes, imprimindo-as na memória, Brisa sentia que havia um som novo bem na ponta dos dedos, algo que ainda não conseguia alcançar. E ele sabia que, em Fallon, nunca conseguiria.

Quando decidiu que estava bom o suficiente, Brisa comprou uma passagem só de ida para Nova York, com as roupas do corpo. Nada o segurava em Fallon, um inferno sem graça que tirara todos que amava da face da Terra, trinchara seu interior e o deixara oco. No trem, enquanto a paisagem coberta de poeira ia ficando para trás, ele se afastava da plantação onde trabalhara e vivera a vida toda. A plantação da família que havia subjugado seus ancestrais. A plantação onde Big Ezra, Hazel e Minnie Walker haviam, apesar de tudo, criado um lar repleto de amor. De olhos fechados, enviou à sua família uma promessa silenciosa de que daria orgulho a eles, de que tornaria o nome Walker imortal.

Em Manhattan, Brisa não tinha certeza de nada. Onde moraria? Daria para criar galinhas ali? Qual metrô o levaria para o emprego no açougue que Sonny arranjara para ele? Mal entendia o sotaque do Norte (e chegara a descer do trem em Nova Jersey, porque o "Newark" do locutor parecia *Nova York*). A cidade podia engoli-lo, mas, antes disso, ele tinha um objetivo: encontrar o concurso de piano daquela noite e tocar "Carolina Shout" como nunca antes.

A única certeza que Brisa Walker tinha era de ser um grande pianista de jazz. Quando tocava, por alguns minutos, seu mundo quebrado se encaixava de novo, como um quebra-cabeça. Mas não tinha evidências para confirmar sua reputação. Naquela noite, ele queria provar isso.

— Tá ouvindo? — Sonny estalou os dedos com cicatrizes de queimadura na frente de seu rosto. — Continue andando... estamos quase na loja de ternos. Hoje vamos cair na gandaia; você tem que estar tinindo. Nunca se sabe quem podemos encontrar nos cabarés. Pode ser o encanador de alguém, Zora Hurston, meu dentista, Mae West, Louis Armstrong, a moça que vende couve na 143rd... todos no mesmo lugar! — Sonny arrancou uma rosa de um arranjo em frente a uma delicatéssen, entregou para uma dama toda formosa e gritou por cima do ombro: — Bota na minha conta, James!

Com a Lei Seca, Sonny estava trabalhando como caixeiro. Seu trabalho era entregar sacolas de dinheiro para os policiais em troca da permissão para o álcool lubrificar os melhores estabelecimentos da cidade. Ele e Brisa haviam sido criados da mesma forma, em barracos com telhado de zinco, sem eletricidade, água encanada, aquecimento ou sapatos. Para Brisa, essa persona cosmopolita de Sonny era nova e, ao mesmo tempo, engraçada e irritante.

— A Mae West sabe que, quando você chegou aqui, tentou apagar a luz elétrica soprando a lâmpada?

— Você mente que nem um cachorro perneta — protestou Sonny, olhando ao redor para se certificar de que ninguém tinha ouvido. — Me arrependo de ter escrito todas aquelas cartas pra você.

Sonny parou para cumprimentar um policial branco, apertando a mão dele. Era óbvio que trabalhavam juntos. Brisa baixou a cabeça por instinto, tomando o cuidado de não olhar nos olhos do policial.

— Não precisa fazer essas coisas aqui, primo — disse Sonny, jogando o braço sobre os ombros de Brisa enquanto cruzavam a multidão. — Esses branquelos não são como os de casa. Eles querem ser como a gente!

Brisa deu uma risadinha.

— Eu nasci à noite, mas não foi ontem.

— É sério — insistiu Sonny, fechando a cara de repente. — Deixe essa baboseira de *sim, sinhô* em casa. A América não é lugar de preto humilde.

Naquele momento, Sonny parou em frente a uma loja requintada. A vitrine exibia em caligrafia dourada: *Loja de ternos e artigos masculinos de luxo do sr. Stein, desde 1892*. Um homem atarracado saiu da loja usando o terno mais limpo que Brisa já tinha visto.

— Sonny! Esses ternos custam quinze dólares. Não tenho como pagar... só começo a trabalhar na segunda.

— Deixe comigo. Escute, duas coisas podem ser verdade ao mesmo tempo. Você é um baita galã? Sim. Está vestido que nem um maltrapilho? Também. Ninguém vai te levar a sério como músico ou qualquer outra coisa se parecer um caipira. Deixe que eu te arrumo.

Brisa aceitou e jurou pagá-lo de volta. Sabia que estava destoando. Pelo menos precisava *parecer* que pertencia ao lugar. Estava embriagado pela promessa de Nova York. Ele queria tudo.

Sonny e Brisa seguiram pela 133rd Street entre a 7th e a Lenox Avenues, que a depender de a quem você perguntasse, poderia se chamar Swing Street ou Jungle Alley. Eram três da manhã, e jovens sofisticadas, playboys, celebridades e moradores locais saíam de táxis, animados e prontos para qualquer parada.

Sonny descobriu onde era o concurso de piano. No salão The Nest!, o ninho. Escondido no porão de uma churrascaria, era um lugar onde qualquer desejo podia ser atendido (quer você gostasse de meninos, de meninas, de ambos ou, no caso muito específico de um gangster de Atlantic City, um manequim de loja chamado Mama). Além disso, a bebida era de primeira e, nas quintas-feiras, a cantora coberta de lantejoulas que interpretava as músicas de Ma Rainey no piano era, de fato, Ma Rainey.

Brisa seguiu Sonny até uma porta de porão com grades. Seu primo murmurou um código secreto para o porteiro gigantesco atrás das barras:

— O Charlie de Uma-Bola morre ao entardecer. — Com um aceno, o porteiro os guiou para o pandemônio.

Lá dentro, Brisa foi atingido pelo som. O lugar era pequeno, mas selvagem. A batida frenética dominava, fazendo o chão tremer enquanto os foliões dançavam foop e jig-jag. Às mesas de coquetel, políticos se misturavam com socialites de olhos escuros, sofisticados demais para cair na dança. Brisa não reconheceu o pianista, mas ele acompanhava *a* Bessie Smith enquanto ela cantava seu novo single, "Tain't Nobody's Bizness If I Do". Um barman gigantesco despejava gim caseiro na boca de duas garotas jazzistas de vestido de cetim de cintura baixa. Rindo, elas se beijaram de língua e caíram sobre a mesa de um senador, de pernas para o alto.

— Roupa de baixo é opcional por aqui, pelo que vejo — comentou Brisa.

Percebendo que estava olhando demais, desviou o olhar. Perguntava-se se algum dia se acostumaria com as visões e os sons de Manhattan. Talvez estivesse cansado demais. Arrastando consigo aquele velho e familiar peso do luto, que abafava a energia vibrante da cidade. Ele era apenas um espectador.

Só preciso tocar, pensou. *Sonny encontra paz na farra, eu vou encontrar na música.*

— Aquelas são Ora e Veja, o número do cabaré — explicou Sonny. — Certo, algumas regras antes de nos separarmos. Primeira: não fique surpreso se algo absurdo acontecer.

— Defina "absurdo" — pediu Brisa, observando Veja rastejar pela mesa do senador e se inclinar sobre uma garrafa de vinho, levantando-a sem as mãos.

— Você vai saber quando vir. Aqui. — Sonny tirou uma lata de palitos de dente do bolso do terno e a entregou a Brisa. — Mastigue um palito. Vai te dar algo pra fazer pra que ninguém perceba que você está com essa cara de caipira.

— Caaaaara, eu tô no mesmo lugar que a Bessie Smith — disse ele, quase para si mesmo. — Bessie Smith! Você acredita nisso?

— Viu? Isso é pensamento de caipira. Segunda regra: *não pareça impressionado com gente famosa*. Ou com nada. Nunca se impressione. Terceira regra: não fique bêbado. Porque você tem que tocar "Carolina Shout" como nunca tocou.

Com isso, Sonny sumiu na multidão, e Brisa ficou sozinho. Em uma festa digna de cinema. E vestido à altura também, em um terno listrado, polainas e sapatos oxford. Mais cedo, naquela noite, ele se olhara no vidro de um táxi e precisara piscar duas vezes. A única coisa que restava do velho Brisa era seu rosto — e suas mãos, ainda manchadas de preparar tabaco.

Há dois dias, eu estava nos campos, lembrou-se, e então tentou enterrar essas memórias bem fundo, lá no fundo. Ele observou o espetáculo ao redor, maravilhado com uma cena que nunca imaginou ver com os próprios olhos. Era 1923, ele tinha vinte e três anos, e sua vida nova no Harlem começava agora. Ele se recusava a ficar preso ao passado.

Com olhos de águia, Brisa escaneou as mesas de coquetel. Viu a atriz Fredi Washington dando uma risada cintilante ao lado de Louis Armstrong. E A'Lelia Walker, herdeira da fortuna de Madam C. J. Walker, fumando charutos com três rapazes usando ruge. Então ele congelou.

James Johnson, Fats Waller, Willie "the Lion" e Duke estavam sentados na frente, a fumaça de cigarro rodopiando acima deles. Brisa fechou os olhos, maravilhado de estar respirando o mesmo ar que seus ídolos. Por um momento, ficou quieto. Grato.

Então, Brisa ouviu o clamor da multidão. Seus olhos se abriram. Em segundos, o caos se instalou. Doze dançarinas com lingerie de penas, tornozeleiras emplumadas e cocares com bicos de pássaro atravessaram a multidão em direção à pista de dança. Todos começaram a entoar em coro: "*Pra onde as aves vão toda noite? Para o ninho! Para o ninho!*"

As garotas fingiam procurar uma vítima para puxar para a pista. Antes que Brisa pudesse se mover, um holofote âmbar o iluminou bem no meio da pista. Em um instante, várias "aves" o cercaram, se contorcendo e se remexendo em uma requebrado ousado.

Rindo, Sonny gritou de sua mesa:

— Peguem leve com meu primo! Ele é novato!

Ora, sorridente, se aproximou por trás de Sonny, apoiando o queixo no ombro dele.

— O Brisa vai ser uma estrela — gabou-se para a dançarina. — Você vai ver.

— Ah, estou vendo, pode crer. Acho que estou apaixonada.

— Não, eu sei o que você ama — retrucou ele e, discretamente, tirou um saquinho minúsculo do bolso do terno. Ela passou cinquenta centavos para ele e sumiu na multidão agitada.

Na pista de dança, a apresentação enfim terminou. As garotas cobriram as bochechas de Brisa com beijos e o empurraram da pista. Envergonhado, mas sempre educado, ele tirou o chapéu e cumprimentou a dançarina mais próxima.

— Você é uma linda galinha, broto — disse ele, com a voz arrastada.

— GALINHA? — gritou ela, ofendida. — *Eu sou uma cacatua!*

A dançarina saiu bufando, penas voando para todos os lados. Brisa não tinha sorte. De todas as coisas que ele esperava que acontecessem naquela noite, ser assediado por um bando de aves tropicais com certeza não estava nos planos. E na frente de seus heróis?

Deus, será que não podem chamar o concurso logo?, pensou. Não podia se distrair agora; havia muita coisa em jogo.

Como se estivesse lendo sua mente, Bessie Smith levantou seu cálice de xerez e se dirigiu à multidão.

— Rapazes! Vamos ver do que vocês são feitos. A seguir, o concurso de piano. Todos os aspirantes a "dedos de marfim", venham para uma chance de glória.

Um punhado de pianistas esperançosos se alinhou e, um depois do outro, tocavam, com níveis variados de habilidade, enquanto todos na pista continuavam dançando em êxtase.

Eles não eram Brisa, no entanto. Com os dedos formigando e a mente inquieta, ele sabia o que eles não sabiam. Ele ganharia esse concurso.

— Quem é o próximo? — chamou James Johnson.

Era a hora. Com o palito de dente na boca, Brisa se aproximou do piano com as mãos tremendo.

— É a isca de pássaro — comentou James Johnson. — Qual é o seu nome, rapaz?

— Brisa Walker, senhor. — *Brisa Walkê, sinhô.*

— Mostre o que você sabe fazer, garoto.

Aquela era a chance dele. A vida inteira, Brisa ansiou por tocar para músicos de verdade, impressioná-los, ser notado, ser ouvido. Provar que sua intuição sobre seu talento estava certa.

A primeira coisa que Brisa pensou ao se sentar ao piano foi que era diferente de qualquer outro em que já tocara. A madeira parecia sedosa e cara. A segunda coisa? *Hora de dar uma lição na concorrência.*

Então ele começou, tocando as primeiras notas. Ficaram um pouco desajeitadas enquanto se acostumava com o instrumento, mas, após o primeiro compasso, ele pegou no embalo. Sua melodia era tecnicamente perfeita; ele tocou a música inteira com uma perfeição de tirar o fôlego. Mais tarde, Sonny diria que, se fechasse os olhos, pensaria que era o próprio James Johnson tocando. Quando Brisa terminou, encerrando "Carolina Shout" com um crescendo arrebatador e emocionante, olhou para cima, triunfante. E então percebeu que a multidão estava em silêncio.

— Isso aqui não é um recital de escola! — exclamou James Johnson, arrancando risadas da plateia. — Não toque como eu. Toque do seu jeito! Ninguém aqui se impressiona com imitadores ou perfeição, chefe. O Duke recusou uma bolsa na Universidade Pratt.

Brisa olhou para Duke. Tinham a mesma idade, vinte e três anos, mas o astro estava anos-luz à frente em sofisticação.

— Você recusou uma bolsa?

Duke, a epítome do desinteresse, deu um trago no cigarro.

— Não precisava.

— Se você não consegue badalar — disse James —, melhor cair fora dessa, Brisa. Ou, pelo jeito como você está parado agora, talvez seja melhor eu dizer...?

Ele colocou a mão ao redor da orelha e se inclinou para a plateia. Todos gritaram:

— PARALISA!

Irritada, a multidão começou a vaiá-lo. Até as dançarinas sensuais acenavam para que ele saísse do piano.

Devastado, Brisa se levantou. Será que estava delirando? Por que achou que poderia fazer aquilo? Todos os pianistas que se apresentaram antes dele eram refinados. Dava para perceber pela postura das mãos. Brisa era autodidata, um amador.

Mas é exatamente isso, pensou ele. *Se consigo tocar igual ao compositor sem treino formal, posso fazer qualquer coisa. Como soaria se tocasse do meu jeito?*

— Posso tentar de novo, senhor? — perguntou ele.

Com as sobrancelhas erguidas, James assentiu.

Brisa se sentou de novo. E os sons vieram à mente. O apito do trem, trechos de canções que prostitutas cantaram para ele, o som dos grilos, as lágrimas, a dor interminável, as canções de trabalho, o maldito Sul, a pobreza incessante, seus pés calejados caminhando sobre o cascalho, o contralto radiante de sua irmã, a gaita do pai, o ukulele da mãe, o gemido de seu barracão ao vento forte, o ranger de suas costas curvadas pelo trabalho nos campos. As explosões e os silêncios repentinos do combate. Tudo isso rondava sua mente, formando a sugestão de um novo som, um ritmo sincopado que ele ainda não entendia por completo, mas que estava ali, bem na ponta de seus dedos ainda manchados de tabaco.

Brisa tocou "Carolina Shout", de fato. Calmo como o vento, suave como uma brisa. Mas despejou uma torrente de emoção em cada nota. Era tudo que ele não podia dizer, não podia expressar, e estava emocionalmente destruído demais para sentir. Ele tocava e tocava, de cabeça baixa, sem ouvir a multidão, sem se importar, apenas despejando o ritmo de seu coração. Ele foi para a esquerda quando devia ir para a direita, substituiu um acorde de Sol por um de Si. Soava como o êxtase instintivo de quando você e sua parceira se procuram no meio do sono, quase inconscientes, sem pensar, só *sentindo*. Ezra "Brisa" Walker tocou "Carolina Shout" como se fosse uma canção de amor. Era jazz, mas também era blues. Ritmo e blues.

E, quando terminou, suas lágrimas reluziam nas teclas. E, mais uma vez, houve silêncio. Mas tudo bem. O público não tinha que entender um som na primeira vez que o ouvia. Então o cigarro de Fats caiu da boca e mergulhou no uísque, chiando. James the Lion e Duke começaram a aplaudir. Em seguida, o lugar inteiro explodiu em aplausos.

Brisa sorriu e disse apenas uma palavra.

— Mais?

CAPÍTULO 4

BENFEITOR MISTERIOSO

3 de fevereiro de 2024

Ricki estava parada em sua estação de trabalho na Rickezas após o dia mais lento da loja até então. Tirando o entregador do Taco Sexy (que tinha virado seu restaurante favorito), ninguém tinha entrado o dia inteiro. Ao revisar seu software de orçamento, percebeu que seu problema era dinheiro. Estava gastando demais nas espécies exóticas e raras. Seus arranjos eram de tirar o fôlego — do tipo que garantiram uma enorme base de seguidores no Instagram —, mas, na vida real, essa abordagem de "qualidade acima de tudo" iria levá-la à falência.

Preciso ser mais inteligente com o orçamento, pensou, encaixando um galho elegante de buganvília em uma guirlanda. *Preciso parar de... parar de...*

Parar de pensar nele. Preciso parar de pensar nele.

Com um suspiro frustrado, apertou os olhos e sacudiu a cabeça. O rosto do Cavalheiro do Jardim não parava de surgir em sua mente. De forma abrupta e inesperada. Ele era um pensamento intrusivo de quase um metro e noventa. Fora só um encontro aleatório, duas pessoas que assustaram uma à outra no escuro. Então por que ela sentia aquele frio glacial na barriga toda vez que pensava nele?

Pare com isso, pensou Ricki. *Você já está saindo com uma pessoa superlegal. É, o Ali acha que o nome da vice-presidente é Caramela Harris. Mas ninguém é perfeito, muito menos você.*

— ...então, a que horas nós vamos?

Ricki balançou a cabeça, voltando à realidade. Ali estava sentado no trono esmeralda, mexendo no celular.

— Desculpa, estava viajando. Onde nós vamos?

— Vai ter aquela festa de arte comunitária na confeitaria Doce Colette hoje à noite. Eu sou um dos artistas em destaque. Vou expor três obras.

— Ah, verdade!

— Pois é, 2024 é o ano de lucrar com minha arte. Está na hora de arrumar meu próprio espaço. Meus colegas de apartamento são legais naquele lance de energia e tal, mas morar com um trisal já está tão caído. — Ele remexeu no bolso. — Cadê meus cristais de abundância?

— Quais pinturas você vai expor? Os retratos que fez de mim, talvez? — Ricki piscou de um jeito paquerador, brincando com ele.

— Você anda tão distraída com o trabalho, minha rainha. Lembra que eu disse que o dono usou um dos seus retratos para o convite nas redes sociais? E hoje ele imprimiu e espalhou panfletos pelo bairro, bem vintage. Seu rosto está por todo o Harlem.

Ricki estava tão focada na loja que nada além da última entrega de orquídeas tinha captado sua atenção.

— Eu preciso mesmo sair mais — disse ela, esfregando os olhos cansados. — Então você vai mostrar um dos meus retratos. E os outros dois?

— Meu espírito ainda não me guiou para essa resposta. Talvez exponha trabalhos da aula que comecei na New School semana passada. — Ele piscou. — Vai ser surpresa.

Na noite de 3 de fevereiro, o ar estava gelado, mas o céu, azul-cristalino e sem nuvens. Do ponto de vista social, uma festa era exatamente do que Ricki precisava. Depois de superar o episódio da nacionalidade equivocada naquele evento de networking, decidiu que se apresentaria para uma pessoa por dia. O especialista em smoothies do seu bar favorito. O dono do restaurante de culinária da África ocidental em que jantava todas as semanas. O atendente de sua livraria preferida, que conhecia sua paixão pelos romances eróticos de Eva Mercy. E, a cada conexão feita, sentia-se mais em casa.

Uma hora após o início da festa, a Doce Colette estava vibrando com boas energias. As pessoas dançavam ombro a ombro ao som de músicas no estilo mid-tempo e se deliciavam com bolos no palito e martínis. Ricki se sentia linda em uma blusa de renda dos anos quarenta e uma saia justa. Além disso, estava vencendo a batalha contra a ansiedade. Tinha se apresentado com a cara e a coragem a Glenroy St. Jermaine, dono da Doce Colette e artista iniciante, e estavam tendo uma conversa divertida.

— Então, vamos revelar as obras em uns trinta minutos. Espere até ver minha pintura. O tema é um pássaro abstrato e superdimensionado — disse Glenroy, um cara esguio de quimono esvoaçante e Adidas. — Óleo sobre tela. Traços nebulosos, quase holográficos.

— Parece surreal. — Ricki suspirou. — Como se você tivesse visto o pássaro em um sonho.

— Mas eu vi em um sonho! Como você adivinhou? — Glenroy deu um empurrãozinho brincalhão em seu ombro. — Somos almas gêmeas. Você me entende, mana.

— Sempre. — Ela o conhecia havia apenas sete minutos.

— Mas, enfim, para fazer o corpo, pintei minha bunda carimbei a tela. Ia ser um caranguejo, mas, quando comecei os detalhes, virou um pássaro.

Não faça isso, pensou Ricki. *Não conte sua história sobre caranguejos; não se autossabote...*

— Ei, você sabia que a natureza já transformou cinco tipos de animais não crustáceos em caranguejos ao longo da história? Dizem que é a forma perfeita. Estudos sugerem que um dia todos nós teremos a forma de um caranguejo. Loucura, né?

Ele a encarou, depois caiu na gargalhada.

— Acho que você precisa de uma bebida, sra. cientista.

Balançando a cabeça, Glenroy desapareceu na multidão. Lentamente, Ricki encostou-se na parede, agarrada a seu martíni como se fosse sua tábua de salvação e tentando respirar fundo para conter a vergonha. Era, de fato, uma boba. Não existia cenário em que aquele fato científico fosse apropriado, exceto talvez em uma convenção de fãs do lado científico do Tumblr em 2012.

Exasperada, fechou bem os olhos mais uma vez. E, como era de se esperar, o rosto do Cavalheiro do Jardim tomou conta de sua mente. Ela estava enlouquecendo.

Quando abriu os olhos, lá estava Tuesday, segurando um biscoito em uma mão e — porque estava sóbria havia três anos — uma Shirley Temple na outra. Como sempre, tentava manter o anonimato com seu estilo despretensioso: calça de moletom, tênis robusto e cabelo preso em um coque liso.

— Você veio!

— Claro que vim. Tinham doces grátis na jogada. — Ela piscou repetidas vezes. — Reparou em algo na minha pele?

Ricki avaliou a pele dela.

— Cara, você está radiante.

— Meu novo hiperfoco durante o bloqueio criativo é skincare. Passei o dia todo comprando cosméticos de luxo coreanos on-line. Quero ter uma pele sem poros e superlisa. Tipo um ciborgue sensual. — Ela lambeu o glacê do dedo. — Ah, nunca vou terminar minha biografia. *To jest okropne.*

Foi estranho ouvir Tuesday soltar uma frase em outra língua.

— O que foi que você disse?

— *To jest okropne.* Significa "isso é terrível" em polonês.

— Você sempre me surpreende, amiga.

— Minha mãe é polonesa! Ela se mudou para cá aos dezoito anos e virou atendente de chapelaria no Roxy, onde conheceu meu pai, um aspirante a rapper de Houston. Eles se apaixonaram ao som do hip-hop dos anos noventa, me tiveram e depois ele foi deportado por administrar um serviço de telefone erótico fraudulento, no qual fingia ser várias mulheres sedutoras. No fim das contas, ele não era texano; era um refugiado ruandês e mestre em sotaques. — Ela mordeu o cupcake, pensativa. — Odeio escrever biografia. É impossível saber o que é interessante de verdade na minha vida.

Ricki riu.

— *Isso* é interessante. Essa é a história da sua origem. Você herdou o talento de atuação do seu pai, que, se tivesse tido a chance, já teria ganhado um Oscar.

Tuesday sorriu.

— Você é inteligente pra caramba. Quer escrever meu livro? Eu sou péssima nisso. E por falar em coisas péssimas... cadê o Ali? Realinhando os chacras por aí?

— Já ia falar dele — Ricki abaixou a voz. — Preciso de um conselho.

— Acaba com ele.

— O quê?

— O quê?

— *Tuesday.*

— Olha, eu durmo pronta pra guerra. Me chama se precisar riscar algum carro.

Visto que Tuesday já tinha vencido uma briga de balada tripla com Selena Gomez e uma figurante de *High School Musical* que chegou a sair na *In Touch Weekly* em 2008, Ricki acreditava nela.

— Eu sempre fujo de relacionamentos — Ricki continuou. — E preciso me reinventar. Será que devo tentar transformar esse lance em algo... sério?

— Eu sou super a favor de quebrar padrões tóxicos. Mas com o Ali? O que você sabe a respeito dele, de verdade? Você já passou a noite na casa dele?

— Não, mas é só porque ele mora com um trisal.

Tuesday juntou as mãos em posição de oração, encostando os dedos na testa.

— Amiiiigaaa.

— Eu sei, eu sei.

— O Ali faz você se sentir adorada? Você se sente acolhida, física, mental e astrologicamente? Se não, termina com ele. Não por causa do seu padrão de comportamento, mas porque você merece mais.

Ricki mordeu o lábio, relutante em admitir que concordava. Naquele momento, uma loira animada em um vestido longo se aproximou delas.

— Você é a Tuesday Rowe? Eu adorava você! Por que não trabalha mais?

No pouco tempo em que conhecia Tuesday, Ricki já tinha presenciado essa cena com frequência. Bastava uma pessoa reconhecê-la para que a notícia se espalhasse como fogo. Para manter a sanidade, Tuesday sempre respondia à pergunta de "por onde você tem andado" com sarcasmo descarado.

— O que você tem feito desde *Tá certo, Alberto*? — perguntou a mulher.

— Indo atrás do meu sonho de projetar aquários.

— Diva! — e a loira saiu rebolando.

Ricki entregou a Tuesday seu cupcake ainda intocado.

— Aqui, você precisa disso.

— Tuesday Rowe? — gritou outro convidado. — Sou muito seu fã! O que você anda fazendo?

— Tomando banho com o sangue dos meus inimigos.

— Arrasou, vilã — respondeu ele, e passou por elas.

Tuesday colocou seus óculos escuros (às oito da noite, dentro de um lugar fechado).

— Amo você, amiga, mas tem uma máscara de vitamina C que promete melhorar minha pele me esperando em casa.

— Eu entendo. Mas, antes, olha bem pro Ali, ele tá perto dos bolos no palito. Ele é meu futuro?

Tuesday olhou na direção de Ali, franzindo a testa.

— Ele parece vazio. Como se estivesse esperando um solo de violino emocionante para dizer o que deve sentir.

Ricki fez uma careta.

— Não vai dar em nada, né?

Tuesday jogou um beijo no ar e já estava saindo quando "Ain't Nobody", de Chaka Khan, começou a tocar. Ela parou e se virou para Ricki, surpresa.

— Uma história engraçada... Conheci o tecladista da Chaka Khan no Grammy. Ele disse que fez esse refrão depois de ouvir um cara tocando em um piano em Vegas. Mas não lembrava o nome dele. Quando a Chaka o perguntou quem era, ele disse: "Ain't Nobody", não era ninguém, Ha! — Seus olhos brilharam. — Parece maneiro. Ser tão influente na arte e ainda assim ser anônimo? Ninguém projetando nada em você. Ninguém inventando mentiras, se sentindo seu dono, decidindo se você é uma santinha ou uma vadia antes de *você* mesma saber. Mas é diferente para os homens. A cultura crucifica as garotas. — Ela suspirou. — A fama é uma prisão.

Ricki sorriu para ela com doçura.

— Seu primeiro capítulo começa aí.

Quando Tuesday se afastou, Ali se aproximou de Ricki, passando o braço pela cintura dela. Ele cheirava a serragem e patchouli.

Lado positivo: o perfume dele é masculino e sensual, pensou ela. E sorriu.

— Está se divertindo? — perguntou Ricki.

— Com certeza! Essas frequências de energia positiva me elevam.

Lado negativo: ele fala como um líder de retiro de silêncio.

— Todo mundo aqui é gente boa. Na verdade, estava agorinha trocando uma ideia com um cara de economia da Universidade Columbia. Ele soltou umas pérolas de sabedoria que eu gostaria de compartilhar com você, em nome da sinceridade radical.

— Ah é? Pois...

— Ele disse que seus buquês são caros demais.

Ricki levou as mãos à cintura. Como ele ousava falar sobre o negócio dela com um estranho? E como esse estranho ousava estar certo? Ela estava cansada de todo mundo dizendo como deveria lidar com a loja. Não podia aprender uma lição valiosa em paz?

— Eu trabalho com espécies raras, muito caras — retrucou, na defensiva. — Sei que não vou lucrar tão cedo, mas queria pelo menos não sair no prejuízo. Pra isso, preciso cobrar caro.

Ali apertou a mão dela.

— Liberte-se das correntes do consumismo, minha rainha.

A paciência de Ricki estava se esgotando.

— Mas... eu vendo coisas para viver.

Para sua sorte, eles foram interrompidos por dona Della, uma visão deslumbrante em um cafetã creme, óculos enormes de armação vermelha e um chapéu do tipo fascinador estruturado. Estava conversando com seus fãs do bairro. Como sempre, carregava uma xícara de chá.

Ricki ficava encantada com o fato de dona Della sair por aí com uma xícara de chá de verdade. Não era uma caneca térmica nem um copo de viagem. E era sua melhor porcelana, como se estivesse recebendo convidados na sala de estar. Tinha a mesma confiança caótica de uma criança indo para a primeira aula sem mochila.

— Dona Della! — Ricki abraçou seu corpo magro, inspirando seu perfume: pó de maquiagem da Fashion Fair, perfume Beautiful da Estée Lauder e pomada de ervas, que passava nos dedos artríticos.

Instintivamente, Ricki endireitou a postura. Algo na presença de dona Della sempre fazia Ricki querer agradá-la e eliminar qualquer resquício de dispersão da sua personalidade. A mulher não era só a personificação da elegância; parecia operar em um nível superior a todos os outros.

— Ali, já volto. Prometi à dona Della que iríamos pegar um donut juntas — disse, entrelaçando o braço com o da mulher mais velha.

Ela precisava de um tempo dele.

Enquanto caminhavam, dona Della sussurrou:

— Disseram que era uma festa. Onde estão os chapéus?

— Chapéus elegantes são uma arte perdida, infelizmente — disse Ricki, com simpatia.

— Você parece preocupada. Alguma coisa a incomoda?

— Só estou preocupada com a Rickezas, como sempre. Mal posso esperar pelo dia em que vou poder criar os arranjos luxuosos e extravagantes que sonho fazer.

— Não adianta esperar pelo cenário ideal. Só existe o agora — disse com firmeza. — Feche os olhos. Você está satisfeita neste momento?

Ricki obedeceu, deixando que o som das risadas e conversas da festa preenchesse seus ouvidos. Sua loja estava em perigo. O aluguel de repente parecia insustentável. Seu futuro com Ali era sombrio...

Quem é o Cavalheiro do Jardim? Será que vou vê-lo de novo? Será que quero?

Tire esse belo estranho da cabeça, pensou Ricki, cerrando os punhos. *Pare de se atormentar.*

Rápida, ela voltou sua atenção para dona Della. E mentiu:

— Sabe de uma coisa? Acho que estou satisfeita, sim.

— Então está fazendo tudo certo — disse dona Della com convicção. — Ah, ali está Soraya. Ela é uma das artistas em destaque. Você deveria conhecê-la antes da exibição. Ela é uma figura.

Dona Della a guiou até onde sua amiga Soraya estava no centro das atenções. Professora do ensino fundamental por formação, Soraya se autodenominava vegana marxista.

— Prazer em conhecê-la, mana. — Soraya envolveu Ricki em sua voz calma, perfeita para um podcast. — Estava explicando minha obra. É uma fotografia de bananas.

— Sou alérgica a bananas — confessou dona Della, dando um gole em seu chá.

— Mas, escondida na fotografia, incluí uma banana *pintada*. Ela se parece com as outras, mas está um pouco... fora do lugar. Estou explorando as coisas que notamos e não notamos na vida. Por exemplo, você notaria se alguém não tivesse sombra? Ou tivesse asas escondidas embaixo do casaco? Você veria a banana pintada se eu não tivesse dito?

Ricki assentiu, intrigada. Perguntava-se o quanto realmente percebia do mundo ao seu redor. Às vezes, ela se fixava tanto em uma coisa — jardinagem, leitura — que esquecia até que era uma pessoa até alguém falar com ela. Tipo, *Ah é! Eu existo*.

— Criei a obra como um lembrete para abrir meus olhos para o mundo — continuou Soraya. — Nunca sabemos quem ou o que anda conosco.

Um calafrio percorreu as costas de Ricki, e os pelos dos braços se arrepiaram. Então sentiu a distinta sensação de estar sendo observada. Virou a cabeça em direção às janelas e examinou a multidão. Nada.

Ela precisava se recompor. O encontro com o Cavalheiro do Jardim claramente tinha embaralhado seu cérebro.

— Sem dúvida, vou notar a banana — disse Ali, que havia se juntado ao grupo. — Sou, por natureza, perceptivo a todas as dimensões da experiência.

— Ele é empático — explicou Ricki, envergonhada dos pés à cabeça.

— É um dom. — Ali entrelaçou os dedos com os de Ricki. — Deus é tão intrincado.

— Vocês estão juntos? — Soraya parecia surpresa, olhando de Ali para Ricki. — Ali, estou na sua aula de retrato na New School. Não me reconheceu?

— Sério? Me desculpa. — Ali soltou a mão de Ricki. — Não te reconheci com tranças.

— Mas você teria notado a banana? — Dona Della, afiada como sempre, aos noventa e seis anos.

Ali não teve resposta, e Soraya preencheu o silêncio com elogios efusivos:

— Ricki, sempre senti inveja do talento do Ali nas aulas. Pintar a partir de modelos vivos é difícil. — E então inclinou-se e sussurrou no ouvido de Ricki: — Só pra você saber, também sou adepta do poliamor.

— Mas... eu não sou adepta do poliamor — disse Ricki, olhando para Ali, que agora se remexia no lugar.

— O que significa essa palavra, exatamente? — perguntou dona Della.

— É quando você mantém várias relações ao mesmo tempo, senhora — explicou Soraya.

Dona Della inclinou a cabeça.

— Veja só. Bem, não há pecado em ser fogosa.

E então, da maneira direta que só os mais velhos têm quando decidem que seu tempo seria mais bem gasto em outro lugar, ela de uma apertadinha no ombro de Ricki e saiu em busca de seu motorista.

Nesse momento, Glenroy St. Jermaine bateu em uma taça de vinho com seu anel cocktail gigante.

— Queridos! Obrigado por terem vindo à Noite de Arte Comunitária. Como um aspirante a pintor lendário, todos os artistas aqui esta noite me inspiram. E agora, sem mais delongas, convido vocês a revelarem... e a venderem suas peças como se o aluguel estivesse atrasado, pessoal. Porque está. — Ele gargalhou.

Aliviado por se livrar da conversa sobre poliamor, Ali correu até suas obras de arte. As três telas estavam apoiadas em uma prateleira, com o verso virado para fora. Com os olhos brilhando, ele virou cada uma. E então todos do lado dele da sala arfaram.

Ricki arfou mais alto do que qualquer outra pessoa.

Havia um retrato dela. Era um nu bonito e discreto, suave, delicado e elegante. Mas os outros dois nus não eram nada discretos, nem retratavam Ricki. Em vez disso, a modelo lembrava uma das colegas da Beyoncé no Destiny's Child com tranças sinuosas. Em uma pintura, ela mostrava o busto e o corpo por completo. A outra era da perspectiva de alguém muito próximo, olhando para seu corpo perfeito enredado nos lençóis. As peças transbordavam sensualidade.

Em um instante, os convidados se aglomeraram na parede, tirando fotos com iPhones e se empurrando para serem os primeiros a comprar uma. Alguém chegou a dar uma cotovelada em Ricki, tentando se aproximar da deusa de tranças. Ambas as pinturas foram vendidas no mesmo instante. Ninguém reparou no retrato de Ricki.

Abandonando por um momento sua brilhante obra de bananas, Soraya foi até ela.

— Não quis passar dos limites. É só que a Kiana, a modelo das pinturas... nós a pintamos ao vivo na aula. E pintou um clima entre eles. É evidente que Ali começou a sair com ela. Você merece saber a verdade.

— Obrigada — disse Ricki, e estava grata mesmo.

Ela foi até Ali, arrastando-o pelo bíceps até um canto dos fundos da confeitaria. E surtou.

— Sei que não éramos exclusivos, mas o que aconteceu com a "sinceridade radical"? É *assim* que descubro que você está dormindo com outra pessoa?

— Minha rainha, ela era apenas a modelo! Não dormimos juntos.

— Conta outra.

— Tá, só dormi com ela algumas vezes. Mas foi tudo em nome da arte! Picasso era casado e tinha uma musa. Não quis te contar porque sabia que você ia surtar.

— Meu Deus, não acredito que você está se comparando a Picasso. Que, aliás, era um puta misógino. — Ricki colocou as mãos no rosto e começou a murmurar para si mesma. — Só pode ser brincadeira que tentei transformar Ali em um relacionamento sério! Eu preciso de terapia. E eu nem posso pagar pela terapia!

— Uau. Certo. Entendo que você está brava. Recebo isso. Mas sei que você também acha outros caras atraentes. Sustente sua verdade. Não seja uma hipócripta.

Ricki lançou um olhar fulminante para ele.

— Uma *hipócrita*, seu Buda de loja de souvenir.

Ela saiu furiosa, com raiva de si mesma. O fato de ter cogitado levar Ali a sério era prova de que seu radar para namoro era um desastre.

Ricki tomou uma decisão. Era hora de dar um tempo dos homens. Eles nunca traziam nada além de problemas, mas o ponto comum entre eles era *ela*. Não podia confiar em si mesma para escolher os certos. Estava desperdiçando o próprio tempo!

Exasperada, Ricki pegou o casaco e foi em direção à porta. Estava tão absorta em seus pensamentos que, quando sentiu um toque em seu ombro, deu um pulo de susto.

À sua frente estava uma mulher pequena, com pouco mais de um metro e meio, provavelmente com cinquenta e tantos anos. Ela exibia um corte de cabelo repicado com mechas grisalhas, uma túnica florida e, nos olhos, sombra azul-turquesa. Não parecia de Manhattan. Parecia uma avó de subúrbio de Scranton.

— Ah! — exclamou Ricki. — Desculpe, você me assustou. Eu... eu te conheço?

— Não — respondeu ela com uma voz firme e um leve sotaque latino europeu. Português, talvez? Espanhol? — Preciso daquela pintura. Aquela. A que retrata você.

Ricki franziu a testa ao ver a mulher apontando para seu quadro. Estranho. Ninguém havia comentado sobre a pintura, e agora essa recém-chegada a estava exigindo?

— Tem certeza?

— De novo, preciso daquela pintura de você. Agora. — A mulher pegou a mão direita de Ricki e pressionou um maço de dinheiro nela. — Aqui estão cinco mil dólares. É suficiente?

De boca aberta, Ricki encarou o maço com toda a sutileza de uma orquestra improvisando.

— Eu... eu não sou a pintora. — Ela olhou ao redor depressa em busca de Ali, mas não o encontrou. — E, na verdade, nem vale tanto! O preço de venda é cento e cinquenta dólares.

— O preço é indiferente.

— Bem... quer dizer, não entendi, mas tudo bem, vou garantir que o pintor receba o dinheiro. Mas espere, por que você quer essa? Qual é a urgência?

— Não tenho permissão para dizer. — A mulher fitou o rosto de Ricki por um segundo a mais do que seria confortável, e algo fervilhava em sua expressão. — Você é tão linda quanto imaginei. — Ela balançou a cabeça rapidamente, como se estivesse se corrigindo. — Problema.

Mas o que é que ela queria dizer com aquilo? E por que estava sendo tão enigmática? A mulher parecia estar com pressa para ir embora.

— Quem é você?

— Sou irrelevante — resmungou a senhora. — Na verdade, você vai se esquecer de mim em um mês, de todo modo. A pintura é para o meu chefe. Como assistente, estou apenas cumprindo ordens. Posso levar?

A mulher passou por Ricki e pegou a tela da prateleira.

— Espere, preciso saber quem é você! — insistiu Ricki, seguindo-a.

— Meu chefe é um filantropo que gosta de apoiar jovens artistas. Nada mais, nada menos. Como eu disse, você vai se esquecer de mim em um mês.

Ela fala tão formalmente, pensou Ricki. *Sem abreviar. "Estou", pronunciando certinho. "Vai se esquecer", em vez de "vai esquecer". Quem fala assim?*

— Pode me dar o contato dele? O arroba do Instagram? Qualquer coisa? Pelo menos para o artista poder agradecer.

A mulher se dirigia à porta, a sola de borracha de suas botas Ugg fazendo barulho contra o piso.

— Desculpe, mas não.

— Espere! — chamou Ricki, enquanto a mulher saía da loja e se apressava em ir embora. — Pare!

Era uma noite gelada de fevereiro, e os primeiros flocos de uma nevasca começavam a cair. A mulher já estava no meio do quarteirão quando Ricki a alcançou.

— Só me dê um número! Qualquer coisa! — implorou ela. — Por favor!

Irritada, a mulher se virou e fez um som impaciente. Roía as unhas, andava de um lado para o outro e parecia estar em um grande dilema. Ricki a observava, tentando encontrar algum sentido em todos esses encontros estranhos e surreais que vinham acontecendo. Primeiro o Cavalheiro do Jardim, e agora ela?

— Droga — murmurou a mulher. Ela parou e então suspirou, parecendo derrotada, como se estivesse cedendo. — 212-555-5787. Satisfeita? — E então, com a tela embaixo do braço, disparou pela rua e virou a esquina, desaparecendo na noite.

Ricki repetiu mentalmente 212-555-5787, 212-555-5787, 212-555-5787, 212-555-5787 sem parar, até encontrar o celular na bolsa. Ela adicionou o número aos contatos sob o nome Benfeitor Misterioso.

CAPÍTULO 5

SUA VIBE ATRAI SUA TRIBO

4 de fevereiro de 2024

A hora do chá da tarde com Ricki era sagrada para Della. Ela gostava do fato de que sua neta de coração se adaptou à sua rotina, mesmo ela não sendo a ideal para alguém que tinha acabado de abrir uma loja. Era o ponto alto da semana de Della: bater papo com Ricki, bebericando o mais novo sabor de sua assinatura de chás enquanto Bake Off Reino Unido passava baixinho ao fundo.

Em pouco tempo, a jovem se tornara mais do que uma inquilina para ela. Ela era família. Della a tratava com um jeito caloroso, superprotetor e mandão e, como toda avó que se preze, sempre tinha na bolsa uma quantidade razoável de balas de caramelo e drops de frutas, os favoritos de Ricki. Se bem que, para Della, o razoável para chamar de "bolsa" era uma Pierre Cardin de 1950. Della não tivera filhos nem netos, e Ricki nunca tivera uma avó viva — até agora.

Elas não tinham laços de sangue, mas, quando se tratava de almas afins, não havia regras definidas sobre como elas apareciam na sua vida. Às vezes, sua inquilina virava sua neta, e isso era um presente. Simples assim.

Ricki tornava os dias dela cheios de vitalidade. É claro que a vida de Della já tinha muito charme, de todo modo. Antes de falecer, seu amado dr. Bennett se assegurara de que ela estaria tão confortável quanto possível. Mandara instalar um elevador para que não tivesse que depender das escadas, contratara uma empregada que vinha todas as semanas e providenciara um serviço de entregas de supermercado. Para ajudá-la a lidar com os episódios de tristeza que enfrentava há anos, garantiu uma ligação semanal com sua terapeuta de Atlanta e providenciou a entrega automática de seus antidepressivos pela farmácia.

Graças a todas essas medidas, Della levava uma vida deliciosamente ativa. Além da já mencionada hidroginástica, ela era tesoureira do Clube Links de Caminhada da Melhor Idade e fazia zumba nas manhãs de domingo antes da igreja. Mesmo enquanto conversava com Ricki no sofá da sala, Della fazia exercícios leves de bíceps com halteres de um quilo e meio.

— Foi surreal, dona Della — disse Ricki, ocupando seu lugar de sempre na poltrona cor de ametista. Della decorara o triplex com peças ecléticas: madeira-zebra e mogno, superfícies espelhadas e tudo em tons fortes e coloridos.

— É o que parece mesmo — respondeu Della, resplandecente em suas roupas de ficar em casa: pijamas de seda soltinhos e seus característicos óculos geométricos de armação grande. — O dr. Bennett e eu fomos a um casamento em Londres certa vez. Não consegui me acostumar a dirigir do outro lado da estrada. Parece que o mundo todo fica de pernas para o ar. Sem contar que as placas de trânsito não fazem sentido.

— De pernas para o ar é uma ótima expressão... — Ricki quase não disfarçava a inquietação e a distração, e Della se perguntava quanto tempo demoraria para ela tocar no assunto que a estava incomodando.

— Beba seu chá, querida.

Obediente, Ricki deu um gole enorme e queimou a boca.

— Desculpe, dona Della, acho que vou pular o chá hoje. Estou com o estômago embrulhado.

Então, sem parar para respirar, Ricki começou seu relato de tudo o que havia acontecido na festa da Doce Colette depois que Della fora embora. Sendo sincera, estava com certa dificuldade de acompanhar a história. Qual parte tinha deixado Ricki tão perturbada?

— Então uma mulher comprou o quadro de Ali por uma fortuna — repetiu com todo o cuidado. — Isso é uma bênção. Por que todo esse alvoroço?

— Porque a conversa toda foi misteriosa. Por que parecia que ela me conhecia? Quem é o chefe dela? Estou me sentindo em um daqueles thrillers psicológicos dos anos noventa.

Della resmungou com a explicação.

— Está me parecendo que você está atrás de confusão. Dinheiro inesperado é um presente, na minha opinião. Nem tudo precisa ser investigado.

Inclinando-se para a frente na cadeira, Ricki respondeu:

— Mas coisas estranhas e surreais têm acontecido comigo ultimamente.

Coisas estranhas e surreais acontecem o tempo todo, pensou Della. Nos meses desde a morte do dr. Bennett, ela vinha sonhando com familiares que não encontrava havia anos e amigos do que já parecia outra vida, da infância. Às vezes, naqueles intervalos entre o sono e o despertar, imaginava ver sua amiga de infância, Jean-Marie, sentada no chão de seu quarto, de maria-chiquinha e um vestido tipo avental, com um curativo no joelho ralado, tão nítida como se fosse 1931. Sem dúvida, era a forma que seu cérebro havia encontrado para meditar sobre a perda, um jeito de silenciar a corrente de tristeza que a acompanhava desde a perda do marido. Foi lindo no momento, mas, quando acordou de vez, tudo o que sentiu foi um vazio. Por mais reconfortantes que fossem esses reencontros subconscientes, a única pessoa que daria tudo para ver era seu dr. Bennett, mas ele nunca estava lá.

Ela pensou em contar tudo isso a Ricki, mas desistiu. Della era uma mulher metódica. Tudo em seu mundo tinha um lugar. Seu conjunto de chá ficava na prateleira inferior direita do armário de porcelanas, e seus pensamentos privados permaneciam em sua cabeça. Além disso, aquela garota já tinha imaginação de sobra. Não precisava piorar a situação com mais histórias mirabolantes.

— Falando no Ali — comentou Della, mudando suavemente de assunto. — Graças a Deus você enfim terminou com ele.

— O Ali talvez seja a pessoa *mais* incoerente que já conheci. No que eu estava pensando?

— Vai saber. Mas sei que nele faltam muitos parafusos, com certeza.

— Ha! — Ricki gargalhou. Mas, devagar, voltou a mergulhar em sua preocupação, as sobrancelhas franzidas em concentração. — Não consigo parar de pensar na noite passada. É engraçado... antes de sair de Atlanta, meu pai disse algo que não saiu da minha cabeça. Ele disse que eu deixo as coisas acontecerem comigo. Que acabo em situações malucas das quais preciso ser resgatada. — Ela balançou a cabeça. — Não. Não vou aceitar esses encontros estranhos sem fazer nada. Vou descobrir tudo sozinha.

Della pousou a xícara no pires, tentando controlar as mãos trêmulas.

— Você idolatra seu pai, não é?

— Não, ele é horrível — respondeu Ricki, rápido demais. — Bem, não. De certa forma, eu o admiro. Todo mundo o admira. Não sei... Sempre senti uma conexão inexplicável com ele. Ele é rígido e com certeza não é do tipo... falante. Mas, às vezes, trocamos olhares, um reconhecimento silencioso quando algo absurdo ou engraçado acontece. Ele não faz isso com mais ninguém. Às vezes, sinto que ele está do meu lado. Mais do que minhas irmãs e minha mãe, pelo menos, vai saber. Em outra vida, ou talvez se eu não fosse filha dele, ele acreditaria em mim.

— Ah, então é isso que você está fazendo aqui, com a Rickezas. Está criando uma vida diferente. Para que ele veja seu valor.

Ricki ficou sem palavras, encarando-a por alguns instantes, os olhos sempre expressivos arregalados de forma cômica.

Sou tão boa nisso, pensou Della. *Nasci na época errada. Se fosse uma mulher moderna, seria uma psicóloga incrível. Talvez até escrevesse alguns livros de autoajuda. Já me disseram que meus óculos têm um ar intelectual.*

— Escute aqui — continuou Della, inspirada. — Você mudou sua vida inteira. Está recomeçando em uma nova cidade. Abriu a floricultura mais bonita que já vi e construiu a maior parte com as próprias mãos. Não são riscos enormes? Seu pai parece um homem impressionante, mas discordo dele. Você *não* é uma mulher que deixa as coisas só acontecerem.

Ricki ficou ali, aparentemente atordoada com essa informação. Della se perguntou se ela já tivera alguém que acreditasse nela daquela maneira. Por baixo daquela mulher de vinte e oito anos, Della enxergava uma criança negligenciada. E Della sabia muito bem como era isso. Nunca conhecera seus pais e fora criada pela avó, que vivera a época Pós-Guerra de Secessão. Filha de ex-escravizados, Nana era uma mulher rígida e severa, que venerava Deus, limpeza e silêncio. Para o bem delas, crianças deviam ser vistas, não ouvidas — embora, pensando bem, nem vistas deviam ser. Para a pequena Della, a aprovação de Nana era como uma curva perigosa na estrada: um caminho difícil demais para seguir.

Gostaria de poder dizer à sua recém-descoberta neta que a coisa mais inteligente que poderia fazer por si mesma seria estabelecer seus próprios padrões de vida. Que se danasse o pai. Mas Ricki teria que aprender essa lição sozinha.

— Chega de falar de mim — suspirou Ricki, abanando a mão no ar, como se quisesse varrer a conversa para longe. — Como você está? Nem perguntei como tem passado ultimamente. Sua terapeuta está te ajudando a lidar com o luto?

Com um suspiro resignado, Della enfiou a mão no bolso da calça do pijama, pegou o controle remoto da TV e desligou o aparelho. Depois, virou-se para encarar Ricki.

— Cochilei na última sessão.

— Não! Me diga que é mentira.

— Ah, mas é verdade. Posso parecer bem como a Jane Fonda, mas sou velha, afinal de contas. Jane provavelmente diria que, quanto mais velha você fica, mais difícil é permanecer acordada quando se está entediada — disse Della, dando de ombros. Na verdade, ela estava começando a sentir um pouco de sono naquele momento. — Além disso, como uma estranha vai me dizer a forma que devo lamentar meu Bennett, meu amor, que ela nem conheceu? Não dá para driblar o luto, Ricki. É preciso trabalhar com ele. Acomodá-lo.

Os olhos de Della ficaram marejados, e uma sombra de sorriso iluminou seu rosto.

— Sabe, o dr. Bennett foi um dos primeiros neurologistas negros do país. Ele ia a conferências médicas no mundo todo. Sabia que eu amava pijamas de seda e comprava um par onde quer que fosse. Tenho que mostrar os de estampa de cobra que ele trouxe de Hong Kong; são de uma excentricidade terrível. Bem a sua cara. — Ela tomou um gole de chá. — Conhecia ele desde que que tinha dezesseis anos, e nunca me ocorreu que um dia um de nós partiria. E o outro ficaria sozinho. Éramos como feijão com arroz.

— Daquele tipo de amor que faz ignorar o inevitável, né? — Ricki se sentou ao lado dela, segurando sua mão. — Parece tão raro, fora dos filmes ou dos livros. Eu com toda a certeza nunca vi algo assim. Meus pais agem mais como colegas de trabalho do que amantes. O momento mais feliz da minha mãe foi quando ela estava com um curandeiro espiritual.

Della bufou.

— Essas besteiras funcionam?

— Não, quis dizer que ela estava *com* o curandeiro mesmo, tipo, dormindo com ele. Ele trabalhava em um quiosque do shopping Phipps Plaza.

— Ora, quem diria.

— Quando meu pai descobriu, o expulsou da cidade. Minha mãe não para de beber desde então — Ricki suspirou e mexeu no cabelo. — Enfim, você e o dr. Bennett parecem um sonho.

Della abriu um sorriso suave.

— Eu converso com ele todos os dias. Antes de dormir, conto tudo o que está na minha cabeça. No dia em que ele responder, saberei que finalmente perdi o juízo.

E então, com um aceno curto, encerrou de vez a conversa. Havia exposto mais da sua verdade emocional do que gostaria.

— Ah, Ricki! Contei para você sobre minha lista de metas de viúva?

— Não. E exijo que me conte tudo, agora mesmo.

— São algumas coisas que sempre quis fazer. Fui muito feliz no meu casamento, claro, mas uma mulher sempre tem seus desejos secretos. — Della trocou os óculos habituais pelos de leitura e depois rolou a tela do iPad, com a fonte em tamanho colossal. — Ah, aqui está.

1. Pintar o cabelo de rosa-choque.
2. Sair com uma mulher. De preferência, mais jovem.
3. Visitar uma daquelas casas de banho russas para nudistas.
4. Sobrevoar Manhattan de helicóptero.
5. Deixar o rancor de lado.

Ricki aplaudiu, encantada.

— Sair com uma mulher, dona Della? Acha que pode ser bissexual?

— Sem rótulos, sou curiosa. — Ela fez uma pausa, para dar ênfase. — O que eu não sou, é poliamorosa.

Ricki riu olhando para o celular em seu colo. Tomou o restante do chá em dois grandes goles.

— Fiquei muito feliz com isso! Agora, sinto muito, dona Della, preciso ir. Se não desvendar o mistério daquela assistente, vou me desintegrar. E gostaria de viver o suficiente para conhecer sua namorada.

Para Della, estava claro que se cercar de drama e caos fazia Ricki se sentir mais segura do que ficar parada. Como alguém que passara a vida inteira ocupando-se das necessidades do marido — sem tempo para analisar as próprias —, ela conseguia compreender. E ficava tocada pela vulnerabilidade de Ricki.

E a protegeria, tanto quanto Ricki permitisse. Enquanto se preparava para uma soneca da tarde, Della se perguntava, vagamente, por que o universo as tinha aproximado. Nunca acreditara em coincidências ou encontros ao acaso. Mas era surpreendente encontrar tanta afinidade em sua idade avançada. Sobretudo com alguém tão jovem.

Adormecendo, decidiu não se preocupar com o motivo de terem se encontrado. Se havia aprendido algo ao longo dos anos, era que respostas para perguntas difíceis geralmente apareciam quando menos se esperava.

Ricki fechou a Rickezas uma hora mais cedo, o que provavelmente não foi uma decisão de negócios inteligente, considerando que sua loja precisava do dinheiro. *Ela* precisava do dinheiro. Naquela manhã, teve que se forçar a enviar pelo correio os cinco mil dólares para Ali (junto com a escova de dentes dele, camisinhas e cristais).

Quanto mais suas ligações para o Benfeitor Misterioso ficavam sem resposta, mais sua obsessão aumentava. Era como um cubo mágico de confusão, um enigma impossível de resolver. Repetidas vezes, ela repassava cada detalhe, tentando entender o que tinha acontecido. Estava claro que a assistente a conhecia de algum lugar, mas Ricki simplesmente não conseguia imaginar como ou de onde. Ela não tinha raízes em Nova York. Suas únicas duas amigas eram uma atriz envolvida em escândalos e uma nonagenária cheia de energia, nenhuma das quais jamais conhecia aquela mulher. Ricki sabia disso porque havia perguntado às duas várias vezes.

Não restava nada a fazer a não ser convocar uma reunião de emergência com Tuesday, que, naquele momento, estava empoleirada na cama de Ricki. O aquecedor antigo chiava, emitindo um calor quase tropical, enquanto as duas tentavam desvendar o mistério. Esse era o único som no quarto além do álbum instrumental obscuro de Stevie Wonder, *Journey Through the Secret Life of Plants*, Jornada pela vida secreta das plantas, de 1979. Ricki tocava aquele álbum todas as noites para suas flores. No fundo da sua alma, ela tinha certeza de que as músicas as tornavam mais radiantes, felizes e vivas. Como um fertilizante em forma de som.

— Com todo respeito, mas que álbum vanguardista esquisito é esse que estamos ouvindo?

— Stevie.

— Nicks?

— Wonder. Ele escreveu como trilha sonora para um documentário botânico. As músicas ativam a consciência espaço-temporal das minhas flores.

— Ainda bem que você me encontrou — murmurou Tuesday, passando distraidamente um rolinho de jade nas maçãs do rosto. — Certo, mais uma vez: quando você perguntou para a mulher estranha quem era o chefe dela, ela respondeu, "não tenho permissão para dizer". Achei meio formal demais.

— E ela parecia meio irritada. Como se estivesse incomodada por eu continuar perguntando — Ricki estava sentada em seu lugar favorito, o banco do piano antigo.

Ela havia mobiliado o estúdio microscópico com uma mistura criativa de coisas que achara em vendas de garagem e peças da IKEA, mas, apesar de ter criado um espaço para lá de aconchegante, com várias superfícies macias, seu lugar preferido para se sentar, criar e pensar era aquele piano. Às vezes, depois de um longo dia na Rickezas, ela se jogava ali e acabava dormindo, com a bochecha apoiada na tampa lisa, inalando o aroma amadeirado e envelhecido. Para Ricki, o piano era tão confortável quanto a mais macia das camas.

Tuesday achava que ele parecia uma ilha de cozinha, e, bem, até parecia. Mas Ricki não ligava; ela o adorava.

— Você ligou para o número e nada?

— Liguei tantas vezes que eu queria *me* bloquear — Ricki enfiou um dos pés embaixo da perna. — Mas isso me faz pensar na motivação. Aquele quadro era bom, mas cinco mil dólares?

— Aquele quadro era sexy. Estou te dizendo, o Benfeitor Misterioso está a fim de você. Ele deve ter visto seu retrato nos panfletos espalhados pelo bairro. Depois, mandou a assistente comprar o quadro. Nossa, isso é tipo alguém jogando xadrez, e agora é a sua vez de fazer a jogada. O Benfeitor Misterioso quer ser encontrado. Estou sentindo isso.

— Por que estamos tão certas de que é um homem?

— Boa pergunta — respondeu Tuesday. — Pode ser qualquer um. Porque, se um homem gasta milhares, ele não manda uma assistente. Não importa o quão ocupados estejam, se estão interessados em você, eles aparecem. Olha, o B2K estava no meio de uma turnê mundial e, ainda assim, todos os membros foram à estreia do meu filme de Halloween da ABC Family, *Em bruxa do paraíso*.

— A banda toda? Até o Omarion?

— Bem... não. Só o Lil' Fizz.

— Mas coloca a banda toda na sua biografia.

— Combinado — concordou ela, anotando no celular. De repente, levantou-se de um pulo, derrubando três travesseiros no chão. — ESPERE. Ricki, qual é o número? O código de área?

Ricki pegou o celular no topo do piano, rolando os contatos.

— É 212. Por quê?

— Então é um telefone fixo de Nova York. *Um telefone fixo!* Você sabe o que isso significa?

Ricki arfou.

— A pessoa não atendeu porque provavelmente não estava em casa! Talvez esteja em uma viagem de negócios ou algo assim? Quem ainda tem telefone fixo em 2024?

— A questão — disse Tuesday com toda a paciência — é que podemos rastrear um telefone fixo até um endereço real.

— Você sabe fazer isso?

— Cara, eu já fui muito tóxica. Me dá seu celular.

Meros doze minutos depois, Tuesday encontrou um endereço.

— 592 West 152nd Street. Isso é em Sugar Hill, caríssimo. Não tem número do apartamento, então a pessoa mora na casa inteira. Benfeitor Misterioso *Milionário*.

Cada instinto, cada impulso, dizia a Ricki para ir ao endereço. Mas essa não era sua versão antiga? Ela não havia recomeçado a vida inteira para escrever um novo capítulo?

Sua mãe sempre contava a história sobre como, no primeiro dia de aula de natação para bebês, todas as outras crianças de dois anos estavam aterrorizadas, agarradas às babás, mas Ricki estava indignada por não poder nadar sozinha. Mais tarde, em casa, quando ninguém estava olhando, ela correu para o quintal e se jogou na parte funda da piscina. Sem hesitar. Por sorte, Rae, sua irmã de dezessete anos, viu a cena da janela do quarto e, quando finalmente pescou Ricki, ela já estava perdendo a consciência. Depois de uma frenética reanimação boca a boca, Ricki despertou, tossindo e engasgando como louca. E então, como louca, caiu na grama, rindo de alegria. Para ela, tinha sido uma aventura!

Ricki ainda tinha infecções de ouvido todo ano por causa daquela aventura. Não podia arriscar mais consequências. Até porque não tinha mais plano de saúde.

— Talvez... talvez a gente não devesse ir — disse, hesitando. — Sério, Tuesday, o que vou ganhar descobrindo quem é o Benfeitor Misterioso? Eu escuto podcasts de *true crime*... e se isso for uma armadilha elaborada para me atrair e me matar? Sendo sincera, nada disso importa. No fim das contas, somos só poeira presa a uma rocha flutuante no espaço.

— O Benfeitor Misterioso pode, de fato, te matar. Mas todos morremos de alguma coisa.

Incrédula, Ricki encarou a amiga.

— Olha, o que eu preciso agora, de verdade, é de uma pessoa sã para me desencorajar dessas ideias.

— Sua vibe atrai sua tribo, amiga. — Tuesday deu de ombros. — Não fui eu que inventei isso.

Por mais que Ricki precisasse resolver aquele mistério, ela reconhecia a sensação de se sentir atraída por um homem em uma situação impossível. Era uma batalha contra ela mesma. Esse era o seu antigo eu, e ela tinha se mudado para milhares de quilômetros de distância para renovar sua personalidade. Para ser mais disciplinada, focada.

Ricki olhou para Tuesday. Tuesday olhou para Ricki. As duas se levantaram de um pulo e pegaram os casacos no armário.

Eram sete e meia da noite, Ricki e Tuesday ainda estavam acampadas do lado de fora do número 592 da West 152nd Street, e o Benfeitor Misterioso não havia dado as caras. Escondidas atrás de um enorme carvalho do outro lado da rua, elas vigiavam a elegante casa de pedra calcária havia quase duas horas. A cada vinte minutos, davam uma volta no quarteirão para evitar parecerem as bisbilhoteiras que claramente eram. As cortinas estavam fechadas, e sua única esperança era flagrar o Benfeitor Misterioso entrando ou saindo da casa.

O sol já havia se posto, e agora elas estavam congelando, batendo os pés no chão para tentar se aquecer.

— A gente deveria voltar outra hora, não? — perguntou Ricki, esquentando as mãos com luvas no terceiro copo de café fumegante que comprara em uma mercearia ali perto. Quinze minutos antes, ela havia perguntado à atendente do local se ela sabia quem morava no endereço e recebera um olhar gélido em resposta.

— Tá usando uma escuta?

— Não! Jamais trabalharia com policiais — insistiu Ricki. — Foda-se a polícia, certo?

A mulher estalou o chiclete, entediada.

— De onde você é?

— Geórgia.

— Dá pra ver — respondeu, olhando por cima do ombro dela. — Próximo.

De volta ao carvalho, Tuesday se apertou contra Ricki, buscando calor. Seus dentes batiam de frio, mas ela se recusava a abandonar a missão.

— Não podemos desistir agora. Fomos longe demais! — sussurrou quase gritando. — A vida é engraçada, amiga. Pense bem, se você nunca tivesse conhecido Ali, ele nunca teria pintado você, e não estaríamos aqui pegando pneumonia.

— Sabe de uma coisa? Decidi que Ali foi um erro que eu precisava cometer — disse Ricki, tremendo. — O universo estava tipo: "quer continuar dormindo com palhaços? Vou te apresentar o rei dos palhaços pra ele te humilhar publicamente e você aprender de vez a lição".

Ricki parou de falar porque, de repente, Tuesday começou a puxar seu braço, em silêncio. Quando virou a cabeça depressa, viu a porta da frente se abrindo.

Um homem. Então *era* um homem. Mas a escuridão escondia seu rosto.

Deixando a porta da imponente casa aberta atrás de si, o sujeito desceu os degraus com pressa e atravessou a rua, indo direto em direção a Ricki. Antes que ela pudesse respirar, pensar ou falar, ele já estava bem na frente dela. E então ela o viu *de verdade*.

Ela reparou nas feições marcantes. No olhar incendiário e avassalador. Era ele.

O Benfeitor Misterioso era o Cavalheiro do Jardim.

— Vá embora — ordenou ele com uma voz grave e melódica. — Pare de tentar me contatar. Pare de olhar pelas janelas. E saia do Harlem agora, enquanto ainda pode. — Os olhos dele penetravam nos dela, a expressão como um relâmpago silencioso, uma força tremenda demais para ser traduzida em um único sentimento.

Então ele abaixou a voz, em um sussurro desesperado:

— *Por favor*, vá embora.

Estupefata, ela permaneceu firme e o encarou de volta. E então algo mudou. A expressão dele passou de alerta para uma ternura dolorosa. Em um piscar de olhos, ele se suavizou.

Ricki sentiu um turbilhão de emoções que quase a derrubou. Ela não conhecia aquele homem, não sabia o nome dele nem por que ele insistia tanto para que ela partisse. Ou por que, por um momento inconfundível, ele a olhara com uma doçura insuportável, que a derretera por dentro. Talvez fosse um estranho imprevisível, e ela estivesse em perigo. Mas seus instintos gritavam mais alto do que aquele pensamento. Ricki queria ir até ele, um desejo tão natural e certo quanto ceder à gravidade.

Toda a sua vida até aquele momento parecia insignificante, em tons sépia: um antes.

— Vá! — repetiu ele mais alto, como se quisesse assustá-la de volta à realidade.

Ricki saiu de seu transe. Agarrando o braço de Tuesday, as duas fugiram na noite.

CAPÍTULO 6

AVENTURAS PICANTES EM TONS DE SÉPIA

25 de novembro de 1927

— Vai embora! — berrou um homem corpulento e furioso, com um lápis equilibrado atrás da orelha, batendo a porta da frente com força. — *E não volta!*

Era um verdadeiro feito que Mickey Macchione conseguisse ser tão barulhento a ponto de Brisa Walker ouvi-lo do outro lado do clube noturno — e, além de tudo, em meio a um ensaio da banda. Mickey era o gerente-geral do mais elegante cabaré do Harlem, o Eden Lounge, e tinha um negócio para tocar! Mas continuava sendo interrompido por um fracassado insistente que esmurrava a porta.

Eram seis da tarde de uma sexta-feira, e o Eden Lounge estava se preparando para a maior festa de Ação de Graças que o Harlem já vira. As portas se abririam em duas horas.

Do ponto de vista de Brisa, no palco, ele via a figura rechonchuda e baixa de Mickey avançando pelo clube em sua direção, se balançando de um lado para o outro.

— Estou tentando trabalhar! — A voz de Mickey ressoava. — E aquele vagabundo imundo está de novo batendo na porta perguntando pelo Brisa. Eu tenho um espetáculo para organizar!

Na verdade, quem tinha um espetáculo para organizar era *Brisa*. Mas, fiel ao seu nome, ele nunca perdia a calma. Não podia. Como líder da banda da casa, ele dominava a arte de fazer mil coisas ao mesmo tempo em dia de show. Quer fosse para consolar um clarinetista que fora expulso de casa pela esposa ou para puxar conversa com os jornalistas que invadiam o Eden Lounge antes da casa abrir, manter a compostura era essencial.

Brisa Walker e os Friday Knights eram a atração principal do Eden. Bem, depois das dançarinas, que eram uma mistura de grandes belezas com talento duvidoso, grandes belezas com *outros* talentos e dançarinas de elite descartadas nas audições do Cotton Club por terem mais de vinte e um anos, menos de um metro e setenta ou não passarem no infame "teste do papel pardo" para medir a tonalidade de pele. O Eden Lounge tinha vergonha de contratar as rejeitadas pelo Cotton Club? Nem um pouco.

O Cotton Club só aceitava clientes brancos? O Eden Lounge era integrado. O Cotton Club oferecia um menu saboroso de comida chinesa? O Eden Lounge servia comida jamaicana de fazer qualquer um repetir. O Cotton Club tinha Duke Ellington, o monstro do piano, ícone de estilo e destruidor de corações, como líder da banda da casa? O Eden Lounge recrutara seu único rival em todas essas áreas: Brisa Walker, que, dependendo de para quem você perguntasse, era ainda mais elegante que Duke.

E sua banda era afiada também. Brisa acabara de liderar os Friday Knights em um ensaio de seu último sucesso, "Happy Sad", mas o som parecia... rígido. Murmurando para si mesmo, ele andava de um lado para o outro, marcando o ritmo no ar e tentando entender o que faltava.

— Brisa Walker! — gritou Mickey, com o rosto vermelho, abrindo caminho pelo meio das vinte e cinco dançarinas que ensaiavam com seus trajes mínimos.

— Brisa! — Ele parou na frente dele, com os punhos carnudos apoiados na cintura. — BRISA!

— O quê? Estou trabalhando!

— Ficou surdo? Estou chamando você! Tem um vagabundo lá fora tocando a campainha sem parar e atrapalhando o ensaio. Eu não tenho tempo pra lidar com seus fãs malucos.

— Eles não são malucos. São dedicados — respondeu Brisa com um sorriso, ajustando a boina que escorregava da cabeça de Mickey, do tamanho de um pernil. Brisa sinalizou para a banda fazer uma pausa. Não seria a primeira vez que ele impediria seu chefe de surtar.

Estava prestes a completar cinco anos em Manhattan, e quase não restava vestígio do garoto de olhos arregalados que descera a Lenox Avenue com Sonny, maravilhado com a vida cosmopolita da grande cidade. Naquele momento, ele estava impecável em um terno de três peças azul-marinho risca de giz, no estilo ajustado que Paris ditava, com lenço de seda no bolso, polainas e abotoaduras de madrepérola. Já tinha lido o dicionário de cabo a rabo pelo menos seis vezes e ostentava um vocabulário que mascarava com orgulho sua educação irregular e suas raízes rurais — exceto quando se animava ou ficava bravo. Nessas horas, expressões do campo ao estilo de Fallon escorriam dele como melaço quente. Ele comprara, à vista, sua casa de tijolos marrons. Quando cozinhava frango bourbon, a carne era de um mercado gourmet, não de um animal que ele mesmo abatera no quintal (apesar de ainda não ter se habituado a isso). Tinha aquecimento no inverno, ventiladores elétricos de última geração no verão e uma conta poupança respeitável. E sua música — sua mágica — levava as pessoas a lugares que a maioria dos pianistas não encontraria nem com um mapa.

Mesmo com todas essas melhorias glamourosas, Brisa Walker ainda era o mesmo. Filho de seus pais, irmão de sua irmã. O condado de Fallon e todos os seus horrores nunca estavam longe de sua mente. Em 1927, aos vinte e sete anos, Brisa havia aprendido que o único antídoto para o luto era continuar em movimento.

Ele compunha tantas canções que mal sabia o que fazer com elas. Ensaiava até tarde da noite. Curtia festas para não sentir nada, transava para sentir alguma coisa e dizia sim a todo show que estivesse à sua altura, porque sabia que tudo podia desmoronar a qualquer momento. Brisa amava sua cidade adotiva. Mas Nova York era uma sedutora cheia dos truques, insaciável e faminta. A chave era estar sempre um passo à frente. Se deixasse algo como o luto atrasá-lo, a cidade o engoliria por completo.

Ele já vira músicos, artistas, escritores e cantores celebrados ascenderem a alturas impossíveis, apenas para desaparecerem na obscuridade em um piscar de olhos. Ninguém permanecia no topo para sempre.

Brisa ficava assombrado só de pensar em se tornar uma nota de rodapé. Não, enquanto a música pulsasse em suas veias, ele precisava tocar. Era seu alimento espiritual.

— Malucos, dedicados, tanto faz — resmungou Mickey. — Escuta, sabe aquela jornalista do *New York Times*, Olive Randall? Ela chega daqui a pouco pra te entrevistar. Ela tá escrevendo sobre a vida noturna do Harlem... você sabe como é. Aventuras picantes em tons de sépia.

Brisa riu.

— Ela devia era entrevistar você, Mickey.

— Não, não sei falar bom, não.

— Não sei falar *bem* — corrigiu Brisa.

— Ah, para com isso. Você fala ótimo! — Mickey deu um tapa nas costas dele e saiu andando.

Brisa balançou a cabeça, se divertindo, e se virou para os Friday Knights.

— Banda! — chamou. — O que é jazz?

— Liberdade!

Brisa suspirou com uma desaprovação melodramática. Abrindo bem as pernas, com as mãos cruzadas às costas, repetiu:
— *O que é jazz?*
— *Liberdade!*
— Obrigado — disse ele, sério. — Jazz é *liberdade*. Jazz é *desobediência*. Jazz é um *desafio*. Então relaxem, pessoal! Vocês estão mais travados que prego em tábua. Estamos vendendo um sonho. Nunca deixem que percebam o quanto vocês trabalham. Agora, vamos *ao que fazemos de melhor.*

Os Friday Knights, devidamente energizados, correram para suas posições.

— Clarence! — gritou Brisa. — Pare com esse rufar de tambor; isso aqui não é mágica. Floyd! Menos cinco pontos por essa gravata-borboleta sem graça. Ou anda na beca ou desce do palco. Delroy! Dá uma olhada ao redor, por favor.

Delroy virou a cabeça de um lado para o outro, confuso.
— O que é pra eu procurar, chefe?
— O ritmo. Cadê?
Delroy murmurou:
— Rápido demais.
— Isso mesmo. Dá pra ver que ainda está abusando do pó. Tocando em um ritmo frenético — repreendeu ele. — O que foi que eu disse? Use cocaína, mas não a deixe usar você. Você tá fora hoje. Pode ir.

Brisa tomou seu lugar ao piano. Levantou a mão direita e a abaixou com força, e então os quinze músicos mais ferozes do Harlem se lançaram em "Happy Sad".

As pernas longas das dançarinas, lideradas pela renomada coreógrafa Ora Ellis explodiram em uma apresentação sincopada com chutes que tocavam o nariz e rebolados cheios de charme. Ora sabia criar uma coreografia de parar o show. Ela e sua namorada, Veja, tinham estrelado um número de vaudeville selvagem e cheio de drogas desde o começo dos anos vinte, mas enquanto Ora se livrara dos vícios, Veja não tivera a mesma sorte.

A cidade a engoliu por completo, pensou Brisa. Mas ele jogava em um nível inteligente demais para Nova York pegá-lo. Fechou os olhos, absorvendo as melodias, as risadas e até o cheiro.

Quando começou a trabalhar no Eden Lounge, não entendia por que o lugar tinha um cheiro tão intoxicante — só sabia que, toda noite, voltava para casa com o terno impregnado com um perfume floral intenso. Por fim, perguntou a Mickey o que era, e ele apontou para os vasos cheios de damas-da-noite que colocava sempre em cada mesa de coquetel. Era uma flor especial, que ficava fechada durante o dia e despertava à noite, exalando um aroma inebriante na escuridão. Quem diria que o hobby favorito de Mickey Macchione era cuidar de plantas?

Nesse instante, um toque no ombro de Brisa o tirou de seu devaneio. Diante dele estava uma loira séria, talvez com uns vinte e cinco anos, olhos verdes límpidos. Ela tinha a postura e o jeito de um ponto de exclamação bem-educado. Ao lado dela, Mickey, que tinha a aparência oposta, exibia um sorriso largo.

— Ei, Brisa, essa é a srta. Olive Randall, do *Times*. Ela tem umas perguntas pro nosso maestro.

Brisa tirou o chapéu e abriu um sorriso cordial.

— Bem-vinda ao Eden, senhora.

— Ah, já estive aqui antes, sr. Walker. Muitas vezes.

Ele fez sinal para o clarinetista substituí-lo e conduziu a repórter ao bar. Ela o seguiu, bloco de anotações em punho.

Brisa puxou um banco para Olive. Sem que precisasse pedir, o bartender deslizou um copo d'água com gás para ele.

— O que vai querer, srta. Randall? — perguntou Brisa, sentando-se.

— Apenas um Jack Rose, sem gelo. E, por favor, me chame de Olive. Nada de formalidades.

Entendi, pensou Brisa. *Ela é independente, liberal e quer que eu saiba disso.*

— É uma honra conhecê-lo, Brisa Walker — disse ela, animada, batendo a borracha do lápis no bloco, pronta para começar. — Ouço sua orquestra toda sexta-feira, quando o Eden Lounge transmite pelo rádio! Como você começou? Fontes dizem que foi descoberto em um bar clandestino, há uns cinco anos?

Ele tomou um gole de água com gás, assentindo.

— No The Nest. Ganhei um concurso de piano e conheci Duke, que me ensinou a escrever e ler partituras. Através dele, conheci um garoto do Brooklyn que já tinha escrito algumas composições para a Broadway, George Gershwin. Foi ele quem me deu minha primeira oportunidade. Trabalhamos juntos em um espetáculo estrelado por um dançarino chamado Frank Astaire... Não, Fred.

Pobre sujeito, pensou Brisa. *Queria trabalhar em Hollywood, mas os estúdios disseram que ele era careca demais para ser uma estrela. Espero que tenha sua chance.*

— Depois disso, ganhei fama tocando em todos os bares clandestinos da Swing Street e...

— E o resto é história! — Olive prendeu o cabelo curto e estiloso atrás da orelha enquanto seus olhos percorriam a sala. — Eu amo todas as suas músicas, "Hotcha Gotcha", "Midnight Jasmine", mas "Happy Sad" é selvagem. Impulsiva. Ela toca em algo primitivo, não acha?

Na verdade, Brisa não achava "primitivo" uma boa palavra. Então mudou de assunto.

— Posso perguntar por que está escrevendo esse artigo?

— Bem, porque amo isso aqui, a arte, sua música. Aqui é o único lugar onde me sinto viva! — Ela o encarou com intensidade. — Sua música trouxe os brancos até o Harlem. Só isso já vai mudar o mundo. É revolucionário.

Não tenho coragem de dizer que não vai mudar, pensou Brisa. *Não vai mudar o fato de que, de onde venho, somos caçados por esporte. Não vai mudar que, à esquerda da Lenox, os proprietários nos cobram aluguéis três vezes mais altos por cortiços infestados, porque sabem que estamos tão desesperados para fugir do Mississippi, Alabama ou Tennessee que trabalhamos até adoecer para pagar. Não vai mudar que o Harlem é um curativo sobre um câncer e que o vagabundo que fica esmurrando a porta do Eden Lounge, sem dúvida, é meu primo Sonny, que se afundou nas drogas para esquecer o que viu na nossa cidade natal. O mundo não vai mudar só porque você resolveu dar uma escapada até aqui para aproveitar um momentinho da "sensualidade negra". Isso só significa que você tem bom gosto.*

Brisa estava exausto.

Em alguns dias, os dias ruins, cada passo, respiração e nota o prendiam ao chão, como correntes. E então ele despejava tudo na música. Os jornais escreviam coisas como: "O som de Brisa é feito sob medida para multidões embriagadas de hedonismo!" ou "Música selvagem para tempos selvagens!", e ainda "Brisa Walker é capaz de engarrafar a euforia!"

O que eles ouviam como euforia frenética era o som de sua raiva. O que chamavam de libertação exultante era sua fuga, sua chance de escapar das memórias que o perseguiam. O jazz era liberdade. Mas o luto era seu combustível. Era tão simples quanto terrível.

Brisa sentia uma saudade ardente de sua família. Ele se obrigava a revisitar as memórias e então despejava o sabor amargo delas na música. Em algo bom.

Lembrava-se de quando acompanhava sua irmã, Minnie, pelas estradas rurais escuras enquanto ela tagarelava sem parar, levando seu coelho de estimação, Pulim, para passear. (Os passeios eram um tanto inúteis, já que Pulim era feito de saco de farinha e palha. Mas, como seu pai dizia: *Não importa o motivo ou o momento; sempre seja um cavalheiro.*) Lembrava-se de como, tarde da noite, quando não conseguia largar uma música nova que tentava dominar, a mãe o acalmava recitando receitas de couve, quiabo ensopado e biscoito amanteigado, com a cadência melodiosa de seu dialeto gullah nativo embalando-o até dormir. E lembrava-se de como seu pai o abraçara, abrupta e ferozmente, na estação antes de Brisa embarcar para a guerra. Big Ezra não era de abraços. Na verdade, aconteceu tão rápido que, por semanas, Brisa achou que tinha imaginado.

Sem sua família, ele não pertencia a lugar algum no mundo. E isso o enfurecia. Ele não conseguia aceitar a forma como haviam morrido. Em pânico. *Quem põe fogo em uma igreja?* Que tipo de gente consegue fazer isso e ainda se sentir… *certa*? Isso era o que o consumia de raiva. Brisa sabia que, nas histórias que essas pessoas contavam, elas estavam certas. Aquela fogueira era justificada para elas, era entretenimento. A esposa do xerife até tirara fotos! Brisa ouviu dizer que elas circularam em jantares nas casas mais refinadas de Fallon, até que o chefe dos correios derrubou gim nelas e arruinou as imagens.

Oito anos depois, o incêndio certamente fora esquecido. Os netos daquela turba e os bisnetos dos netos nem saberiam que seus ancestrais foram monstros. E Brisa sabia que aquilo que não se encara está destinado a se repetir. A América era como uma história de fantasmas sem fim.

Mas Brisa também tinha sorte. Ele tinha um dom. Teve a sorte de ser descoberto no bar certo pelas pessoas certas. De ser um homem sem esposa ou filhos dependendo dele — apenas com tempo infinito para lapidar as notas que o mantinham vivo.

Ele sabia que era afortunado quando conversava com as dançarinas substitutas e ouvia sobre os trabalhos extras que faziam para sobreviver. Quando pensava nas mães delas, que, antes do amanhecer, caminhavam em um desfile sombrio e humilhante pela 5th Avenue nos anos 1850 e 1860, chamando as mulheres brancas das casas ao longo do caminho na esperança de serem convidadas para um dia de faxina, para cozinhar ou para cuidar dos bebês. Sem dúvida, uma versão moderna da escravidão.

Meus pensamentos são um cemitério, pensou Brisa.

Às vezes, ele sonhava em beber, fumar ou se entupir de drogas para esquecer. Mas não tinha vícios. Era sortudo demais para justificá-los.

O mínimo que podia fazer para honrar sua família perdida era sentir sua ausência. Era lembrar.

Mas Brisa não contou nada disso a Olive. Ele estava triste e furioso, mas não era louco. Em vez disso, terminou sua água com gás e disse gentilmente:

— Por favor, não me leve a mal, mas nossa música já era revolucionária antes de os brancos gostarem dela e continuará sendo depois.

Olive arregalou os olhos, surpresa.

— Chega de falar de mim — disse Brisa, com um sorriso afável. — Vamos falar sobre o Eden Lounge.

— Está me dizendo como devo fazer meu trabalho, sr. Walker? — perguntou ela, com um toque de provocação.

— Eu? Jamais. Não posso dizer a uma escritora o que escrever. Batizei uma música de "Hotcha Gotcha".

Ela soltou uma risada alta, se divertindo enquanto continuava a anotar algo no bloco de notas e seguia para a próxima leva de perguntas.

Alguns minutos depois, Brisa ouviu um estrondoso TAP, TAP, TAP na porta dos fundos. Ele se levantou de um salto. Pedindo desculpas a Olive, foi correndo para os bastidores. Desviando de estojos de instrumentos, araras de figurinos e substitutas fumando em pequenos grupos, chegou até a porta e a abriu contra o vento cortante de novembro.

Era Sonny. Uma figura magra, abatida, com dois olhos roxos e o joelho da calça rasgado. Sem casaco, sem chapéu. Ele parecia tão miserável como sempre. Mas, dessa vez, trouxe algo novo: um terrier sujo, de cor lamacenta, com olhos tão vazios quanto os dele. O cachorro estava sentado junto aos sapatos gastos de Sonny, abatido e arfando sem parar.

— Ezra. Brisa. Primo. Me ajuda, por favor. Só um dólar. Cinquenta centavos.

Brisa olhou por cima do ombro para garantir que ninguém estivesse por perto para ouvir Sonny naquele estado. Todo mundo sabia que o primo havia se tornado um viciado. Sonny já não se importava com o que as pessoas pensavam, mas Brisa sempre quis protegê-lo.

No ano anterior, Sonny fora pego aos beijos com uma mulher branca dentro do seu novo Ford Modelo T, estacionado no Brooklyn. Alguns irlandeses saíram correndo de um bar com tacos de madeira, destruíram o carro e, depois, foram atrás de Sonny. Mas, antes, fizeram-no tirar a roupa. Eles o deixaram nu, sangrando e humilhado diante da mulher e dos policiais, que ainda o prenderam. Para um homem como Sonny, o incidente foi como a morte. O ataque não o matara de fato, mas a heroína acabou sendo o substituto mais próximo.

Eles querem ser como a gente, Sonny tinha dito certa vez, com uma confiança equivocada. Mas Brisa sabia que não era assim. *Sim, eles querem dançar, se vestir e falar como a gente. Mas viver na nossa pele? Nem pensar.*

Brisa havia acolhido Sonny por um tempo, mas o primo sempre desaparecia. Um dia, ele saiu e nunca mais voltou. Mas, às vezes, aparecia nos shows de Brisa daquela maneira, pedindo esmolas. Brisa tirou vinte dólares da carteira, como sempre fazia, e entregou ao primo. Sonny pegou o dinheiro com a mão direita marcada de cicatrizes, o lembrete constante de que era o único sobrevivente do incêndio na igreja do condado de Fallon. "Sobrevivente" era um termo questionável. Sim, ele tinha sido a única pessoa a sair viva daquele incêndio, mas o Sonny que Ezra conhecera antes tinha desaparecido, tornando-se quase irreconhecível, uma sombra de si mesmo. Mais um membro da família perdido.

Como agradecimento, Sonny segurou o dinheiro contra o peito. Antes que ele se afastasse, Brisa o segurou pelo ombro.

— Ei, você se lembra do que me disse uma vez? — perguntou Brisa, a voz falhando inesperadamente. — A América não é lugar de preto humilde. Lembre-se de quem você era, Sonny. Ele ainda está aí dentro.

Sonny soltou uma risada triste, com a boca cheia de buracos onde antes havia dentes.
— Ele foi humilhado.
E então foi embora.
Brisa ficou parado ali por tanto tempo que pareceu uma eternidade. Só percebeu o som baixo e faminto aos seus pés quando baixou o olhar e viu que Sonny tinha deixado o cachorro para trás.

Uma hora depois, Brisa estava sentado no bar, lutando contra uma melancolia paralisante e se perguntando o que é que faria com um cachorro. O vira-lata não saíra do seu lado desde que jogara um pedaço de bacon da cozinha.
Brisa não gostava da ideia de ter animais de estimação. Parecia antinatural manter um animal dentro de casa, humanizando-o. Mas então olhou para os olhos marejados e expressivos do cachorro e cedeu.
Tá bom, então. Acho que você é meu agora. Não posso salvar o Sonny, mas talvez possa salvar você, pensou, com uma resignação amarga. *Mas ainda odeio cachorros.*
A banda estava vestindo os ternos, e as dançarinas ensaiavam uma última vez. Brisa notou quando uma das principais dançarinas agarrou o tornozelo e saiu mancando do palco. Em segundos, uma substituta correu das coxias para assumir seu lugar.
Brisa seguiu a nova dançarina com o olhar. O cachorro levantou as orelhas.
A substituta não era a melhor dançarina. Nem a mais bonita. Mas ela fazia a coreografia como se tivesse algo a provar, como se houvesse injustiças a corrigir. Ela estava incendiária, impossível de ignorar. Brisa olhou ao redor; todos os olhos estavam nela.
Mas os olhos dela estavam nele. O olhar perfurava o vazio deixado por Sonny.
Após o ensaio, a nova dançarina ficou para trás. Caminhou devagar para fora do palco, indo deliberadamente na direção de

Brisa no bar. Parou, arrancou uma flor de um buquê e a levou até o nariz, inalando fundo, com um prazer quase luxurioso, enquanto encarava Brisa com uma fome descarada. Sem pressa, deixou a flor cair no chão e seguiu andando, as delicadas pétalas sendo esmagadas sob seus saltos.

O gesto era displicente, implacável — destruindo uma beleza tão frágil assim.

Era exatamente o tipo de destruição de que Brisa precisava.

CAPÍTULO 7

TRÁGICO OU ROMÂNTICO?

5 de fevereiro de 2024

— Nós não vamos falar disso? — perguntou Tuesday em meio a um bocejo.

Eram cinco horas de uma manhã de segunda. Desde o dia em que foram atrás do Benfeitor Misterioso, Ricki vinha ignorando suas ligações. Então, em um gesto de desespero, Tuesday decidiu acompanhá-la em sua ida diária ao Distrito das Flores, o animado quarteirão de mercados de flores na 28th Street, em Chelsea. Flores de fazendas do mundo inteiro — Países Baixos, Equador, Colômbia — eram importadas ali, com os mercados abrindo cedo para que os lojistas escolhessem as flores antes do movimento intenso.

— Não, não vamos falar disso — respondeu Ricki, com uma firmeza resoluta, enquanto percorria os estandes com uma cesta pendurada no braço.

— Mas e você e aquele cara? Ricki, aquilo não era uma vibe de desconhecidos. Vocês se reconheceram! Tô errada?

— Você está certa. Eu já disse que o vi naquele jardim comunitário outro dia.

— Não, eu quis dizer que parecia que vocês se *conheciam* mesmo. De um jeito mais intenso. Tipo, do seu passado. Festa de formatura? Ex-noivo? Cunhado que você pegou por acidente depois de tomar umas gemadas batizadas no Natal?

— Você nunca viu meus cunhados.

Ricki parou em um arbusto de begônias, ajoelhando-se para avaliar a cor. Ah, ela ficava tão animada com isso! Saltava da cama antes do amanhecer, animada para apreciar o espetáculo multicolorido de flores e folhagens. Para observar os experientes floristas de Manhattan escolhendo o estoque, imaginando tendências de design que em breve influenciariam tudo, de estampas têxteis a decorações de casamento, era uma verdadeira aula.

Fazer compras no Distrito das Flores era uma das coisas que ela mais amava em ser florista. Mas não agora.

A Rickezas acabara com essa paixão. Como suas criações caras e de curadoria refinada não estavam vendendo, ela tinha começado a comprar de estoques com desconto, o que se traduzia em buquês genéricos com cerca de oito horas de vida restante. Ela torcia para que, com o dia dos namorados chegando, talvez os arranjos se vendessem por si só, mesmo odiando ter que moderar sua estética para agradar um gosto básico.

Ricki sabia que comandar o próprio negócio seria difícil. Só Deus sabe o quanto fora forçada a ouvir os TED Talks do pai para entender que empreender significava tentar coisas novas, falhar, inovar e tentar de novo. Mas e se ela continuasse falhando?

E será que estava falhando por que seu foco estava… em outra coisa?

Era bem provável. Ela tinha tentado com todas as forças, mas não conseguia tirar o Cavalheiro do Jardim — que, agora, era o Benfeitor Misterioso — da cabeça. Não podia ser coincidência que fossem a mesma pessoa. Estava sendo seguida? Ou só estava sendo uma geminiana caótica? Não, Tuesday estava certa... havia algo ali.

Ricki não se satisfazia com perguntas não respondidas, ainda mais por ter sido criada em uma casa em que nada nunca era questionado. O mundo de Ricki fora definido antes mesmo que ela nascesse, e seu trabalho era seguir o que foi planejado.

— Seu pai é nosso líder — anunciara Carole durante um café da manhã, quando Ricki tinha cinco anos. — Se ele fala, é lei.

— Por quê?

— Os homens sempre lideram. É assim que o mundo funciona.

— Mas você também é a bambambã, não? É decoradora de interiores! Por que o papai é o líder só por que é homem? Por que as coisas que ele faz bem importam mais do que as que você faz bem?

— Porque Eva comeu a maçã.

— E se eu quiser ser a chefe?

— Um dia você vai comandar uma das franquias, que nem suas irmãs. Mas seu pai sempre será o chefão.

— O Corey Jacobs disse que o papai é um... um... "republicano traidor da raça". Isso é ruim?

— Meu senhor. Você gosta de ir à piscina do clube, não gosta?

— Eu amo!

— Então *shhh*. Seu único trabalho nesse mundo é fazer o que eu mandar. Para qual faculdade ir, de quais clubes participar, com quem se casar. Faça o que digo e você sempre será a garota mais bonita, mais inteligente e mais importante em qualquer lugar. Que nem suas irmãs. Elas eram anjinhos perfeitos que nunca causavam um problema sequer. E olha o que elas viraram.

A Ricki de cinco anos entendera muito bem a mensagem. Tão bem que tinha decidido praticar. Horas depois, Carole flagrou a pequena Ricki posando na frente do espelho de corpo inteiro, usando um de seus vestidos Armani de lantejoulas, carregada de maquiagem e usando um casaco de pele comprido. A penteadeira forrada de cetim branco estava carimbada com dedos cheios de batom. Um esmalte laranja havia escorrido pela frente do casaco de pele.

"Eu sou a mais bonita, a mais inteligente e a mais importante", sussurrava para si mesma, imitando o sotaque de Carole. "Mas o chefão sempre vai ser um homem republicano. Porque Eva gostava de maçãs."

Ricki jamais se esqueceria de quando se virou e viu a cor sumir do rosto de Carole no mesmo instante.

Carole tinha segurado a mão da filha e a arrastado pelo corredor até o banheiro, arrancara o casaco de pele e a empurrara para o chuveiro, com vestido e tudo. Ricki caiu no chão de azulejos chorando. Tudo era tão confuso! Ela só estava tentando ser como Carole! Não era isso que deveria fazer? Quando Ricki olhou para cima, ficou surpresa ao ver que sua mãe também tinha lágrimas nos olhos.

— É assim que você me vê? — A voz de Carole estava trêmula. — Talvez agora eu seja só uma piada. Mas um dia, quando você for mais velha, tudo o que eu disse vai fazer sentido. — Fungando, ela ajeitou os cachos macios moldados com bobes. — Só estou te ensinando a ser alguém mais fácil de amar.

Quando pequena, Ricki não tinha respostas. Mas a Ricki adulta fazia questão de encontrá-las.

Saia do Harlem agora, enquanto ainda pode.

O que aquilo significava? Por mais que quisesse virar a própria vida de cabeça para baixo e resolver esse mistério, entender a curiosa descarga de energia entre ela e aquele estranho, não havia como. Tinha um negócio para manter de pé e não tinha tempo para perseguir coelhos brancos.

Mas Tuesday não desistia.

— Você não está curiosa para saber quem ele é? Ou por que ele mandou você sair da cidade?

— O problema é que estou curiosa demais. — Ricki cruzou os braços. — Só sei que não posso me envolver. Homens bonitos com histórias complicadas são minha criptonita.

— Todas nós temos um passado.

— Temos mesmo. Mas... bom, o meu é especialmente absurdo. — Ricki hesitou por um instante. Nunca tinha compartilhado as partes mais ridículas de sua história com ninguém. Sim, ela e Tuesday tinham uma conexão instantânea e inegável. Mas, ainda assim, se sua nova melhor amiga soubesse demais sobre ela, será que não se afastaria?

— Olha, Ricki. Eu já vi e fiz de tudo. Você pode me contar o que for, que nunca vou te julgar — argumentou Tuesday, lendo a mente da amiga. Ela tirou uma flor da cesta de Ricki. — Juro por essa margarida.

Era um crisântemo, mas, ainda assim, Ricki ficou emocionada. Por um breve instante, pensou que, se não tivesse se mudado para o Harlem, nunca teria encontrado Tuesday. Aquela única decisão a levou a uma alma como a sua.

— Você já ouviu falar do UniverSoul Circus, né? — perguntou Ricki. — Quando tinha dezesseis anos, me apaixonei pelo acrobata da corda bamba, que tinha dezoito. Quando meus pais descobriram, me mandaram passar o verão na casa da minha tia, pra eu me esquecer dele. Mas, em vez disso, fugi e entrei para o circo.

Tuesday ficou boquiaberta.

— Fazendo... o quê?

— Bom, eu sei fazer malabarismo. Minha mãe me obrigou a aprender uns truques de festa pra entreter os convidados no jantar.

— Acho que temos a mesma mãe.

— No ano seguinte, vi um cara gatinho roubando camisetas. Ele disparou os alarmes na saída da loja, mas eu disse pra segurança que foi um engano, que ele estava comigo e achou que eu tinha pagado pelas camisetas. Esse cara disse que era novo em Atlanta e não tinha onde ficar, então eu o escondi na casa dos meus pais, e ele ficou no meu quarto por duas semanas. A casa é grande o suficiente pra ninguém perceber. Um dia, acordei e ele tinha ido embora. Tinha levado toda a comida não perecível da despensa.

— Não.

— *E* as perucas boas da minha mãe.

Elas caminharam em silêncio por um minuto antes de Tuesday responder.

— É engraçado, estou acostumada a ser a protagonista em qualquer situação. Agora, pela primeira vez, sou uma coadjuvante. Gosto disso.

Ali perto, um vendedor com cabelo cacheado e uns vinte e poucos anos gritou:

— Tuesday Rowe! Eu te adoro! O que você tem feito?

— Ah, apenas mudando com as fases da lua.

Ela ajustou os óculos escuros e as duas continuaram andando.

— Prossiga, Ricki.

— Enfim, estou cansada de aventuras tóxicas. Só quero me concentrar na Rickezas. Tuesday, eu preciso fazer isso dar certo.

Tuesday apoiou um dos braços nos ombros dela.

— E você vai, gata. Vai dar tudo certo! Não vamos permitir que um maluco rico apague seu brilho.

As duas continuaram explorando até enfim chegarem à loja favorita de Ricki, Flores Tropicais da Macchione. Kelly Macchione era uma mulher simpática de cabelo castanho que administrava a empresa da família, fundada pelo bisavô dela, um gerente de boate dos anos vinte que passou a trabalhar com flores durante a Grande Depressão. Kelly abriu um sorriso radiante para ela, que respondeu com um aceno tímido e constrangido. Havia semanas que Ricki não conseguia comprar as flores de Kelly.

Envergonhada, Ricki olhou para as flores de segunda opção na sua cesta: uma seleção triste de botões básicos com pétalas quase murchas.

— Olha só esses tons pastel sem graça — disse ela com um suspiro. — Que coisa mais insossa.

Tuesday assentiu com tristeza.

— Acho que esse é o começo do fim — afirmou Ricki.

De volta à Rickezas, exausta no fim de mais um dia sem movimento, Ricki saiu para uma caminhada despretensiosa, sentindo-se derrotada. Ela já estava a cerca de um quarteirão do Jardim Comunitário da 145th Street quando percebeu que era para lá que seus pés a levavam.

Era uma noite gelada, mas isso lhe dava a oportunidade de usar um casaco de lã com cinto dos anos cinquenta e uma dramática luva de pelo sintético herdados de dona Della. (Ricki acreditava que romantizar coisas desagradáveis, como os invernos de Nova York, era um tipo de autocuidado.) Parou no fundo do jardim, logo após a placa do Eden Lounge, com o rosto enfiado no arbusto de dama-da-noite. O aroma — voluptuoso, cremoso, cientificamente impossível — a deixava sonolenta. Intoxicada pelo cheiro e envolvida pela quietude cortante do início da noite, não percebeu o óbvio.

— Oi? — chamou uma voz masculina.

Ricki se virou no momento em que uma pessoa surgia das sombras.

Ela gritou. Por instinto, executou um chute desajeitado, mas eficiente, e sua bota de salto grosso acertou em cheio o braço do homem.

— Ai! — Ele segurou o braço, cambaleando para trás, surpreso. O Cavalheiro do Jardim. O Benfeitor Misterioso. *Porra*, era ele.

Ofegante, Ricki assumiu a postura defensiva que aprendera no Kick Start Artes Marciais, na oitava série, com os joelhos ligeiramente dobrados e os punhos protegendo o rosto.

— Você está me seguindo?

O Benfeitor Misterioso baixou a mão do braço, com uma expressão irritantemente indecifrável. Ricki o analisou com atenção desta vez. O brilho prateado da lua suavizava os traços angulosos do rosto dele. Tinha cílios longos e muito pretos, e uma boca impossível de não olhar. Naquela noite, vestia o típico look descolado e casual dos de vinte e poucos anos em Nova York: moletom, casaco azul-marinho de dois botões e botas de camurça.

— Vou repetir — avisou ela, tentando conter o tremor na voz. — Você está me seguindo?

— Não — respondeu, com uma resignação cansada. — Não.

O estômago de Ricki deu um nó, mas ela não abaixou os punhos. Era a primeira vez que o ouvia falar em um tom normal (mandá-la sair da cidade não contava). Aquele simples "não" fazia com que ele parecesse real, de carne e osso.

E isso era ainda mais assustador do que se ele fosse apenas um mistério enigmático.

— Não? Só isso? Você me deve uma explicação. — Ela esperava que ele não percebesse o quanto estava assustada.

Não havia mundo em que aqueles encontros fossem um acaso, uma reviravolta do destino, uma coincidência. Quem é que era aquele homem?

— Eu? Você que está me seguindo. — A voz dele era calma, e o rosto permanecia firme, mas seu tom estava carregado de tensão.

— Eu? Não estou seguindo você!

— Verdade, você está me *perseguindo* — corrigiu ele. — Ou não foi você quem ficou acampada na frente da minha casa, olhando pelas janelas? Tirando fotos? Por duas horas?

— Bem...

— E você ainda levou aquela garota de *Degrassi High* pra te ajudar a espionar. Ela não está em prisão domiciliar?

— Antes de mais nada, a Tuesday era de *Tá certo, Alberto*. Em segundo lugar, ela não é mais uma rebelde. Agora, é uma escritora de memórias bem-comportada. — Aos poucos, Ricki abaixou os punhos, com o coração batendo descontrolado. — Agora que esclarecemos isso, quem é você?

Ele não respondeu. Apenas ficou parado, uma expressão fechada sombreando seu rosto. Os dois se encararam, esperando o outro tomar a iniciativa. O momento parecia eletrizado. Então, quando ele abriu a boca para dizer algo, parou e se afastou.

— Ei! Aonde você vai?

Ignorando todos os sinais de alerta em sua mente, Ricki correu atrás dele.

Exasperado, ele se virou para encará-la.

— Eu vou embora. Esse jardim não é grande o suficiente para nós dois. Não quero problemas. Vim aqui tomar um pouco de ar fresco e fingir que medito no meu aplicativo de ansiedade.

— Ah é? — Isso despertou o interesse de Ricki, apesar de tudo. E então, como de costume, ela falou mais do que deveria. — Eu tenho TAG. Transtorno de ansiedade generalizada. Conheço todos os aplicativos. Qual é o seu?

— Ah, eu... não lembro o nome — murmurou ele, levemente envergonhado. — Não sei, minha coach de vida recomendou. Esqueça.

Ricki entendeu o recado. Aquele cara não era um livro aberto.

— Olha — começou ela, querendo apagar os últimos sessenta segundos. — Eu esperei mesmo por você na frente da sua casa. Mas não sou nenhuma doida te perseguindo. É que você pagou muito dinheiro por aquele quadro. Eu queria respostas.

— Certo. — Ele suspirou, impaciente, e então deu alguns passos na direção dela. Alargou a postura e a encarou de cima. Sua expressão séria e intensa ameaçava desestabilizá-la. — Você quer respostas?

— Quero. Quero, sim.

Ricki sentia-se irremediavelmente atraída por ele. A sensação ia muito além de sua tendência a se interessar por homens problemáticos. Esses eram deslumbramentos passageiros; isso parecia o começo de algo, a estrutura de algo grandioso, como uma treliça servindo de base para uma trepadeira.

— Certo, você tem cinco minutos — anunciou ele. — Pergunte o que quiser.

Ricki cruzou os braços.

— Você me conhece?

— Não.

— Estou em perigo?

Ele coçou a nuca, encarando o chão.

— Não.

— Então por que o drama? — Ela engrossou a voz, imitando-o. — *Vá! Agora!*

— Foi uma reação exagerada.

— "Saia do Harlem enquanto ainda pode" não é uma reação exagerada. É um aviso. Uma ameaça. Meu pai te obrigou a fazer isso? Pra me assustar e me fazer sair da cidade?

Ele arqueou uma sobrancelha, interessado.

— Quem é seu pai? Parece ameaçador.

— Richard Wilde. Ele é dono de uma rede nacional de funerárias.

— Onde ele enterra os inimigos?

— Ok, isso não tem nada a ver com meu pai — disparou ela, impaciente. Era enlouquecedor tentar arrancar uma resposta direta daquele homem.

Ele enfiou as mãos ainda mais fundo nos bolsos.

— Olha, eu vi seu retrato nos panfletos da Doce Colette colados pelo bairro. Achei bonito.

Ela baixou os olhos, encarando, tímida, os próprios sapatos.

— Você achou que eu era bonita?

— O *retrato*. Achei o retrato bonito — corrigiu ele, desajeitado. — Nem percebi que era você, a mulher que vi no jardim.

— Ah.

— Enfim, quis permanecer anônimo, então mandei minha assistente comprar. Ela mora aqui perto. Só gosto de apoiar jovens artistas. — Ele deu de ombros. — Já fui um jovem artista, um dia.

— Um dia? — Ricki semicerrou os olhos e deu três passos na direção dele. — Quantos anos você tem?

Ele recuou três passos.

— Vinte e oito.

A energia dele parecia confusa, como se estivesse dividido entre a vontade de fugir de Ricki e a de ficar.

— Você sabe como isso soa assustador, né? Comprar anonimamente... pra quê?

— Eu quis. — Ele deu de ombros de forma simples. — Só isso.

Ricki prendeu a respiração. Ele se movia com uma força fácil e masculina, até mesmo quando dava de ombros. Leonino.

— E você consegue tudo o que quer?

Ele coçou lentamente a mandíbula impecável.

— Não. Seria entediante, não seria?

Ricki sentiu a boca secar e engoliu em seco.

Isso não vai dar certo. Ela não podia se deixar levar por outro estranho bonito. Tinha um negócio para cuidar!

— Bom. Desculpa por ter te seguido — concluiu ela. — Que você tenha uma ótima vida.

Ricki se desviou dele e começou a caminhar em direção ao portão.

— Ei.

Dessa vez, foi ele quem a deteve. Ricki se virou.

— Desculpe por ter reagido daquela forma quando você apareceu na minha casa. Sou uma pessoa reservada. Não queria ser encontrado.

— Tanto faz — disse Ricki, ansiosa para sair dali.

Entre a presença esmagadora dele, a brisa perfumada das flores e o mistério irresistível que ele exalava, sentia que estava prestes a perder a cabeça. Precisava se salvar e ir embora.

Mas nenhum dos dois se moveu.

— Eu saio ou você sai? — perguntou Ricki.

— Com todo respeito, eu estava aqui primeiro. — Ele cruzou os braços, e ela percebeu seus bíceps flexionando sob o casaco.

— É um jardim comunitário — retrucou ela. — Pertence a todos nós.

— Não, é meu — respondeu ele baixinho, em um tom competitivo. Ele estava enrolando para ir embora. — Venho aqui há anos. Você é nova no Harlem.

No mesmo instante, Ricki franziu a testa na defensiva.

— Espere aí. Como você sabe disso?

— Dá pra perceber. Você tem aquele olhar fascinado. Tudo ainda é interessante pra você. Seus olhos estão famintos, como se estivessem olhando tudo ao mesmo tempo. Verdadeiros nova-iorquinos já viram de tudo.

— Sou de Atlanta, não da Antártica.

— Certo — disse ele, com um sorriso satisfeito e um tom meio zombeteiro. — Mas Atlanta não é Nova York.

Com as mãos na cintura, Ricki perguntou:

— E você mora aqui há quanto tempo?

— Não moro mais. Mas, sempre que estou na cidade, volto ao jardim. O cheiro me acalma, me ajuda a pensar. — Ainda com as mãos nos bolsos, ele apontou com o queixo para o alto e perfumado arbusto de damas-da-noite.

Ele também sente o cheiro, pensou Ricki, o que era desconcertante. Ela havia presumido que era um efeito colateral de sua imaginação hiperativa.

— Sabe como isso é raro? — perguntou ela. — Eu tenho uma floricultura. Essas flores desabrochando no inverno? Não faz nenhum sentido. Não tem explicação científica.

— É fevereiro de um ano bissexto — retrucou ele. — Nada faz sentido até março.

Ricki sentiu o olhar dele sobre ela. Ela recuou, encostando-se no arbusto. Pétalas caíram no chão, e ela as pegou com delicadeza, segurando-as na palma da mão. Algo brilhou na expressão dele, um lampejo rápido que desapareceu antes que ela pudesse interpretar.

— Odeio machucar a natureza — explicou ela, triste.

— Ela machuca a gente o tempo todo — respondeu, com a voz dura, mas o rosto suave.

Seus olhares se encontraram, e ambos desviaram ao mesmo tempo.

E então, porque ela estava fora de sua zona de conforto, porque suas defesas se derretiam um pouco, Ricki sentiu de novo: a terrível vontade de compartilhar um fato aleatório. A necessidade compulsiva de deixar as coisas estranhas com uma informação extremamente específica.

Não faça isso, pensou ela. *Não despeje a história das damas-da-noite nesse homem misterioso e enigmático, que já deixou claro que tem ansiedade e só quer...*

— A mitologia indiana tem uma história sobre a dama-da-noite — soltou ela de repente. — Havia uma bela princesa que se apaixonou pelo deus Sol, e ele também a amava. De todo coração. Mas a rejeitou, porque tinha medo de queimá-la. Ela não conseguia viver sem ele, então se incendiou. E das cinzas dela cresceu uma árvore exuberante com flores amarelas e brancas que só desabrocham à noite, exalando um perfume doce que simbolizava sua devoção eterna. Mas as pétalas se fechavam durante o dia, porque a memória do Sol, seu amor perdido, era dolorosa demais para suportar.

Ricki deu um longo suspiro, percebendo que, mais uma vez, tinha se envergonhado em uma situação social tensa. Ela se virou para sair.

— Mas você acha isso que é trágico ou romântico? — perguntou ele.

Ela olhou para trás, genuinamente surpresa por ele ter prestado atenção. E se importado o suficiente para responder.

— O que você disse?

— A história. É trágica ou romântica?

— Pra... pra mim, é romântica. Extremamente romântica.

— Eu acho trágica — retrucou ele, afundando um pouco no cachecol. — Abandonar seu amor porque sabe que vai machucá-lo? Parece uma tortura.

— Parece que você fala por experiência própria. — Ricki olhou nos olhos dele.

Ele assentiu.

— É melhor eu ir embora.

Ainda assim, ele não se mexeu. Por que era tão difícil? Ricki sentiu uma atração física poderosa a puxando para ele. Será que ele sentia o mesmo? Era inescapável. Toda vez que ela tentava sair, não conseguia. Bem, a verdade é que ela não queria. E estava claro que ele também não queria.

Talvez aquele fosse um jardim encantado. Ou talvez fosse só a estranheza de um ano bissexto. Resignada, ela sentou-se em um banco de ferro forjado sob uma macieira.

— Que tipo de artista você é? — perguntou.

— Músico. — A tensão no rosto dele diminuiu, como se estivesse aliviado por ela lhe dar um motivo para ficar.

— Um músico que finge meditar em jardins públicos.

Ele mordeu o lábio inferior antes de se sentar no outro lado do banco.

— Sou um cara da cidade, mas, às vezes, preciso estar perto de coisas verdes. Aqui é quase à prova de som. Mal dá pra ouvir os carros ou as pessoas. Nada daquele bafafá da cidade. Só os pássaros e o som da água do lago.

Bafafá? Uma palavra tão fora de moda.

— Os sons do campo às vezes são mais altos que os da cidade — comentou ela.

Ela percebeu que ele reparou em suas unhas encrustadas de terra em seu colo. Rapidamente, ela esfregou as mãos.

— Às vezes, gosto de me reconectar com a terra. Não sei, parece um ritual humano ancestral. Como se aconchegar perto de uma fogueira para se aquecer ou carregar um bebê no quadril.

Ele se recostou no banco, inclinando o rosto para o céu.

— Como admirar a lua.

Ela olhou para cima.

— É.

— Foi por isso que você abriu uma floricultura? Porque as plantas parecem elementares e poderosas, mais antigas que nós?

Ricki perdeu o fôlego. Ninguém nunca havia perguntado isso. Nem entendido sem que ela explicasse.

— Sim. E também porque amo coisas delicadas, suaves. Uma música bem composta. Bilhetes escritos à mão. Uma refeição deliciosa. Cultivar beleza me dá energia.

As árvores balançavam ao vento gelado, e a luz da lua escorria pelos galhos.

— Você é uma esteta — disse ele.

— Acho que sou — respondeu ela, radiante. Era bastante lisonjeiro que um estranho tão fascinante notasse isso nela. — Esteta. É uma das minhas palavras favoritas.

Ele não sorriu, mas seus olhos brilharam.

— Que tipo de músico você é? — perguntou ela, começando a relaxar. — Deixe-me adivinhar. Você parece um produtor. Trap? K-pop? Rap do Brooklyn?

E então aconteceu. A mais leve sombra de um sorriso surgiu no rosto dele. Ela viu uma pequena covinha e imediatamente sentiu o rosto corar. Meu Deus. Aquele sorriso era poderoso, único, o tipo que se guarda para ocasiões formais. Como as mais finas das joias.

— Dentre todos os gêneros, por que esses? — perguntou ele. — E o rap de Chicago é superior ao do Brooklyn.

— Porque é óbvio que você se deu bem na música, se pode investir milhares em pintores anônimos. Impressionante para a nossa idade. É tão difícil conseguir satisfação criativa e segurança financeira ao mesmo tempo.

Ele se inclinou para a frente, cotovelos nos joelhos, mãos entrelaçadas.

— A criatividade é mais importante do que a segurança pra você?

— Eu quero os dois — disse ela, com firmeza. — Quero tudo.

Os lábios dele se curvaram lentamente.

— Você vai conseguir.

Ricki ficou encantada com sua intensidade calma e solene. Com sua voz profunda e marcante. Suas pernas estavam moles feito gelatina, e ela nem sabia o nome dele.

Esse homem pode arruinar minha vida, pensou Ricki. *Vá. Agora.*

— Dito isso — disse ela, levantando-se —, eu preciso mesmo ir pra casa. Bom conversar com você, Cavalheiro do Jardim e Benfeitor Misterioso.

— Quem?

— Longa história.

Ele também se levantou e, com uma formalidade quase cavalheiresca, inclinou a cabeça e disse:

— Boa noite, senhorita.

Pela primeira vez, Ricki percebeu o ritmo lento e aveludado das vogais dele. Havia inflexões típicas de Nova York, mas também um toque de algo parecido com o sotaque da região da Carolina do Sul. De onde quer que fosse, a voz era tão charmosa que era quase insuportável.

Ela acenou de maneira desajeitada para se despedir e se apressou. Estava a meio caminho da saída quando o ouviu chamá-la.

— Mais uma coisa.

Ela parou. Ele caminhou do banco até parar a cerca de um metro e meio dela. De maneira casual, apoiou o ombro em um carvalho retorcido e perguntou:

— Qual é o seu nome?

— Richard Wilde Jr. Ricki.

— Prazer em conhecê-la — disse ele. — Agora já sei contra quem pedir uma ordem de restrição.

— Meus dias de *stalker* acabaram — retrucou ela, os olhos brilhando. — E o seu?

— Ezra Vaughn Percival Walker Quarto ou Quinto. Sexto? Sei lá.

Ricki ficou boquiaberta.

— Mentira. Sua família fez isso várias vezes antes de você?

— O primogênito de cada geração ganha esse nome. Não sei por quê, mas há piores. Tive um primo chamado Zeronald.

Ela riu, e o rosto dele se iluminou em um sorriso tão radiante que ela prendeu a respiração. Eles ficaram em um silêncio confortável demais para dois completos estranhos. Por cinco segundos que pareceram cinco horas, deixaram o momento os envolver.

Era intoxicante: a escuridão quase total salpicada de raios de luar, aquele homem impossível de decifrar, o luxo silencioso do jardim. O encontro de quinze minutos havia parecido um sonho delicioso. Mais tarde, ela culparia a mágica do momento pela ousadia do que disse a seguir.

— Você atiça minha curiosidade.

Ele deu um passo à frente, afastando-se da árvore.

— A curiosidade matou o gato, não foi?

— Matou. — Ela fixou o olhar em um arbusto de azevinho próximo. — Mas todo mundo esquece o resto do ditado.

— Qual é?

— A curiosidade matou o gato, mas a satisfação o trouxe de volta — disse ela baixinho, e então encontrou o olhar dele. — Seja o que for que viu ou sentiu, foi tão bom que morrer valeu a pena. O gato volta para mais. De novo e de novo. Sabe como é, sete vidas e tal.

— Correndo atrás do êxtase.

Ezra deu mais alguns passos em direção a ela, sua figura alta a tornando minúscula.

— E quantas vidas você tem sobrando?

Quando conseguiu recuperar a voz, respondeu:

— Acho que estou na última.

— Não desperdice.

Antes que sua mente pudesse formular uma resposta, ele disse:

— Eu vou embora agora.

— Certo. Tudo bem. — Ela pigarreou, quebrando o encanto. — Sim, vai lá.

— Mas podemos, por favor, concordar em evitar um ao outro? É melhor assim. Acredite em mim.

Acreditar nele? Ricki nem o conhecia! Mas ele tinha razão. Porque o que quer que fosse aquilo, era avassalador.

— Vou esquecer que nos conhecemos, Ezra Vaughn Percival Walker Sexto.

— Obrigado. E só pra você saber — disse ele —, também estou curioso.

Ele inclinou a cabeça em despedida e saiu para a 145th Street. E Ricki sabia, sem saber, que com toda a certeza veria Ezra de novo.

CAPÍTULO 8

UMA SACADA GENIAL

6 de fevereiro de 2024

Ricki estava se sentindo sobrecarregada. Uma caminhada inspiradora no começo da manhã parecia o ideal.

Armada com um mapa do Harlem da Era do Jazz que tinha comprado na internet, ela saiu pouco antes do amanhecer. O objetivo era uma caça ao tesouro para arejar a cabeça e encontrar bares clandestinos, restaurantes e residências de celebridades do passado: um pouco da magia dos anos vinte para acalmar sua alma. E tinha se vestido de acordo, com um sobretudo longo de pele sintética por cima de um vestido de alcinha (ambos garimpados em brechós e, se vistos de perto, bastante gastos). Mas não demorou muito para ela descobrir que a maioria dos clássicos da Velha Harlem tinha se perdido com o tempo. Um prédio comercial havia ocupado o lugar do Hotel Theresa (frequentado por Lena Horne e Cab Calloway, na época em que era chamado de "o Waldorf Astoria do Harlem"). O Cotton Club agora era um prédio residencial. O Savoy, um cabaré que antes atendia à elite mais exclusiva, agora era um supermercado.

O Harlem era um bairro moderno sobreposto a um antigo. Mas, nos espaços vazios, se olhasse com atenção, Ricki conseguia distinguir os contornos de uma cidade fantasma. Eles estavam nos detalhes em art nouveau da arquitetura. E nas placas de bronze afixadas sem cerimônia em prédios modestos, declarando que Billie Holiday foi descoberta aqui ou que Josephine Baker dançou ali.

Esses sussurros sutis do passado a lembravam que gigantes já tinham caminhado por essas ruas. Que, sob a versão de 2024 da cidade, existia um universo encantado — personagens, lugares e rostos suspensos no tempo, como em Pompeia. Mas, por mais romântico que fosse imaginar os dias de glória da Velha Harlem — e só Deus sabia como Ricki adorava romantizar tudo —, isso a enchia de melancolia. Tanto havia se perdido, seja pela gentrificação, seja pela passagem natural do tempo. Parada em frente ao número 169 da West 133rd Street, ela se perguntou quantos dos pedestres sabiam que o Centro de Saúde Comunitário Nest já fora chamado apenas de The Nest, um dos primeiros e mais agitados bares clandestinos da cidade.

Ricki consultou a descrição em seu mapa vintage. Pelo que parecia, o Nest tinha dançarinas vestidas como pássaros (fetiche estranho, mas, enfim, cada um sabe do seu), e tanto Bessie Smith quanto Ma Rainey haviam cantado lá. Parecia deslumbrante.

E, então, ela teve uma ideia. Uma sacada genial.

Ainda que seus estoques mais caros não estivessem vendendo, Ricki não suportava a ideia de se desfazer deles. Carregava aqueles designs em sua mente havia tanto tempo. Flores tropicais meticulosamente selecionadas, arranjos bem-pensados, tudo tão especial, único demais para ser descartado. Sobretudo o mais recente: um arranjo caleidoscópico de dálias, orquídeas, peixinhos-da-horta, asclépias e alecrim.

Mais tarde naquele dia, durante a pausa para o almoço, ela embrulhou o buquê em um delicado papel de seda amarelo-claro, amarrou com um barbante rosa e o decorou com um adesivo #Rickezas. Ricki levou o buquê até o centro de saúde comunitário. Ela o colocou na soleira com cuidadosa reverência, um presente anônimo para a história oculta de sua cidade adotiva. Em seguida, tirou uma foto para as redes sociais. A legenda dizia: #Rickezas encontradas no Centro de Saúde Comunitário Nest, que era o bar clandestino The Nest.

Algumas horas depois, durante um momento de calmaria na loja, Ricki rolava o feed do Instagram, distraída. Seu post já tinha mais de quatrocentos likes! Uma hora depois, tinha chegado a mil. Quanto mais olhava, mais os likes continuavam chegando, a todo vapor. E os comentários!

@prensado.e.intenso Minha tataravó me contou sobre o Nest. Quando era adolescente, ela saía escondida e ia rebolar a bund@ nas mesas. Ela também dançou nos primeiros filmes falados! Dá uma olhada nesse vídeo no YouTube...

@botinhadeestilo Já ouviu falar da Gladys Bentley, um drag king dos anos vinte? Ela tinha um bar clandestino gay na época, mas não consigo achar o endereço em lugar algum. Marlene Dietrich e Anna May Wong sempre apareciam por lá. Ela merece flores também!

@botar_pra_quebrar Sou babá de uma família perto da sua loja! A Rickezas parece incrível, amiga. Vou dar uma passada hoje. Só pra avisar, não preciso de flores agora, só tô carente de conversar com adultos.

Uma pequena e apaixonada comunidade havia se formado ao redor do post de Ricki — e isso era eletrizante. Era como uma validação.

Então ela fez o mesmo com outro arranjo que não tinha vendido: um devaneio colorido de ramos de astromélias, sempre-vivas, bagas de erva-de-são-joão e papoulas. Ela deixou esse buquê na entrada do número 2294½ da Adam Clayton Powell Jr. Boulevard. Esse lugar era o Smalls Paradise, o único cabaré com proprietários negros na Velha Harlem, onde garçons dos anos vinte dançavam equilibrando bandejas na cabeça e garçons dos anos quarenta incluíam um certo ativista chamado Detroit Red, que ainda não havia se tornado Malcolm X. Agora, era um franquia do restaurante IHOP. Ela repousou as flores sob o toldo azul, mandou um beijo e tirou uma foto para o Instagram. A legenda dizia: #Rickezas encontradas no IHOP, que era o Smalls Paradise.

Dessa vez, o post chegou a mil likes em menos de uma hora. Os comentários estavam animados. E, até as três da tarde, ela já tinha vendido buquês para três novos clientes. Ainda mais emocionante, a babá da vizinhança realmente apareceu e, como havia avisado, não comprou nada, mas Ricki com certeza ganhou uma nova amiga no bairro.

E *então*. Logo após o segundo post, um casal de tirar o fôlego entrou na Rickezas com uma solicitação. George Gabowski era um maquiador renomado, cujos talentos com contorno eram celebrados por estrelas pop, modelos, influenciadores e Tuesday. O noivo dele, Daniel MacClure, era descendente de um dos primeiros colonos nos Estados Unidos, com uma próspera prática em gestão de fortunas e uma ex-mulher muito cara. Era uma emergência. O casal havia planejado um casamento luxuoso para o Dia dos Namorados, mas o florista deles havia desistido de última hora por divergências criativas sobre uma coroa de flores para a cabra pigmeu de George. Todos os floristas da cidade estavam ocupados até o talo com o Dia dos Namorados. O casal estava desesperado.

A deslumbrante dupla loira era muito fotografada, caridosa e extremamente sociável. O grande dia deles precisava ser icônico! Flores fabulosas eram essenciais.

George era seguidor de Ricki desde os primórdios de sua conta @PRARIROUPRAFLORAR e achou os dois posts sobre a história do Harlem criativos e descolados. A estética maximalista dela era exatamente o que eles procuravam. Ele queria suas flores para o casamento, e não aceitava um "não" como resposta.

De repente, Ricki tinha apenas uma semana para encarar o trabalho mais importante de sua vida.

CAPÍTULO 9

AS COISAS PODEM FICAR PERIGOSAS

7-14 de fevereiro de 2024

Ezra e Ricki concordaram em ignorar um ao outro. Em janeiro, Ricki nem sabia quem ele era. Em fevereiro, o via por toda parte. Na verdade, desde a vez que se encontraram no jardim comunitário, eles se esbarraram por acaso todos os dias.

Ricki encontrou Ezra enquanto olhava a seção de negócios na livraria Sister's Uptown com dona Della. Ficou atrás dele na fila para pegar waffles de red velvet na Chocolat. Certa manhã, ela e Tuesday trombaram com ele a caminho da manicure.

Às vezes, ela sentia a presença dele antes mesmo que ele notasse que Ricki estava ali. Outras vezes, ela percebia que ele a observava de longe, o peso do olhar dele aquecendo sua pele. Toda vez, a reação era sempre a mesma: Ricki arfava, surpresa, Ezra recuava assustado e a falta de jeito tomava conta.

— Ah, hã, d-desculpa, pode passar. Não, eu vou... Tá, você, tchau — murmuravam antes de dispararem em direções opostas.

Ricki até tentou evitar isso. Em vez de ir ao mercado de sempre, caminhou vinte quarteirões até um mercado orgânico mais afastado. Quando foi abrir a porta, sentiu a resistência. Alguém a puxava do outro lado. Ela deu um tranco, e a pessoa do outro lado fez o mesmo. Ricki parou, com as mãos na cintura. Claro que só podia ser Ezra Walker, saindo pela porta com uma sacola de abacates.

Impossível! Mas, ao mesmo tempo, intrigante. Ricki não queria admitir, mas estava começando a ficar viciada na possibilidade de esbarrar com ele. A empolgação no ar, o choque repentino. Cada encontro parecia um pico de adrenalina, seguido de uma baixa até o encontro seguinte. Ricki não tinha tempo para essa montanha-russa de emoções. Precisava produzir arranjos florais para um casamento para, basicamente, ontem.

Na véspera do casamento, Tuesday e dona Della arrastaram Ricki de sua estação de trabalho abarrotada de flores para um brunch no restaurante Melba. Ainda bem, porque Ricki estava tão atolada de trabalho que mal havia comido nas últimas trinta e seis horas.

— Preciso refazer as lapelas e os arranjos de mesa — disse Ricki. Ficara acordada a noite toda criando os arranjos, e seus nervos em frangalhos eram a prova disso. — Não vou conseguir terminar a tempo!

— Ora, ora. Quem nunca tenta, nunca faz — retrucou dona Della, rainha dos ditados sulistas.

Ela tinha acabado de tingir seu minúsculo afro de rosa-choque, riscando o primeiro item de sua lista de desejos. Com seus cafetãs e óculos de grife enormes, parecia uma curadora de arte descolada.

— Para o meu primeiro evento, isso é *enorme* — disse Ricki. — Um casamento no Bar Exquise? Todo mundo vai estar lá.

O Bar Exquise era um restaurante sofisticado de dois andares que tinha sido inaugurado há alguns anos em uma área negligenciada da cidade, transformando o bairro da noite para o dia. Prédios de aço e vidro substituíram moradias populares, buracos nas ruas foram tapados e uma explosão de butiques orgânicas com artigos para bebês surgiu para atender jovens ricos e nômades digitais francófonos.

— O local perfeito para um casal glamouroso, bissexual e intergeracional como Daniel e George — comentou Tuesday. — A cara do Novo Harlem chique.

— Exato. Não posso errar em nenhum detalhe. — Ricki comia uma coxa de frango frita com garfo, já que seis de seus dedos estavam enfaixados por cortes causados por espinhos e tesouras. — Não sei se estou pronta para organizar um evento da alta sociedade de verdade.

Ricki sabia que criava arranjos magníficos. Sua confiança em suas habilidades de design era inabalável — sempre teve uma sensibilidade natural para cores, texturas e composições. Encarava seu estilo pessoal do dia a dia como um projeto artístico. E, embora às vezes as palavras falhassem, sempre conseguira se expressar visualmente.

Mas eram o tamanho do evento, a relevância social e a ostentação que a deixavam nervosa. Como uma Wilde, cresceu frequentando bailes e galas sem fim, acostumada a estar sob todos os olhares. Olhares admirados, encantados pelo titã dos negócios e pela sua família glamourosa. Um verdadeiro desfile de Primeiros Negros! A primeira aluna negra a se formar com as maiores notas da turma na escola Willowbrook. A primeira garota negra coroada Miss Georgia Adolescente. A primeira presidente negra do corpo estudantil na Universidade Cornell. A primeira mulher negra a presidir a ONG Junior League de Atlanta. A primeira tesoureira negra da Associação de Negócios dos Estados Unidos. Mas, quando esses olhares se voltavam para ela, Ricki murchava sob o peso do julgamento.

Ah, lá está a caçula… nunca foi a primeira negra em nada. Se bem que isso não era verdade; ela foi a primeira negra admitida no acampamento de verão Novos Horizontes, o reformatório para adolescentes ricas problemáticas para onde Carole a mandou *depois de ela beber demais no casamento de Rae e vomitar no Valentino com lantejoulas usado por Cookie Johnson. Tão bonitinha, uma pena ser tão problemática.*

Por toda a sua vida, eventos chiques eram apenas oportunidades para Ricki se lembrar de como era inadequada. A pressão para ser perfeita a estava sufocando. E não era apenas por exigir muito de si mesma — esse casamento era a chance de se afastar daquela sua versão antiga, da maneira como era rotulada nos círculos sociais de seus pais. Seria uma oportunidade incrível para o negócio. Ela queria ser vista como mais do que a rebelde dos Wildes, impulsiva e problemática. Queria ser reconhecida como uma empresária plenamente capaz.

Ela se perguntava se algum dia superaria a necessidade de provar para o mundo (e para si mesma) que era boa o suficiente.

Espetando o garfo na coxa de frango, suspirou:

— Esse casamento é muito mais do que normalmente entrego, gente. Por que eu topei?

— Porque, nesse momento, você não tem entregado nada — lembrou Tuesday.

— Ah, é mesmo. — Ricki se recostou na cadeira, seus olhos pousando em dona Della, que tomava um gole de café. Estaria imaginando coisas ou dona Della estava tremendo mais do que o normal? Quando levou a xícara aos lábios, sua mão estava tão trêmula que precisou apoiá-la de volta no pires.

Está cedo, pensou Ricki. *Talvez ela ainda não tenha tomado os remédios. Vou perguntar mais tarde.*

— Ah, lembrei, trouxe um presentinho pra vocês. — Ricki entregou a elas um bloquinho de papel para anotações de dez por quinze centímetros artisticamente embrulhados, feitos com o papel-semente que não tinha conseguido vender na loja. — A Tuesday me ajudou a fazer o papel do zero. É só enterrar e crescem flores silvestres.

Dona Della sorriu com educação e perguntou:

— Mas por que eu iria querer enterrar papel?

Ricki suspirou.

— É por isso que meu negócio está falindo! Não sei o que meus clientes querem.

— Vou alinhar suas expectativas criativas — começou Tuesday, com o boné dos Yankees enfiado na cabeça até as sobrancelhas, escondendo seu rosto facilmente reconhecível. — Você se identifica mais como Beyoncé ou Rihanna?

— Hum. Pergunta polêmica — comentou Ricki. — Em que sentido, exatamente?

— Personas de negócio. Rihanna cria arte para agradar a si mesma. Quem não gostar que se foda. Mas Beyoncé se importa. Cada nota, coreografia, visual, tudo é feito pra deixar a gente de queixo caído.

Ricki pensou por um momento, ajeitando os cachos atrás das orelhas.

— Com certeza sou uma Beyoncé. *Quero* que as pessoas amem meu trabalho. O que elas acham faz diferença para mim.

— Qual das duas é do Texas? — perguntou dona Della, tamborilando as unhas na xícara. Mesmo sem ter certeza de quem era quem, ela detestava ficar de fora de conversas sobre cultura pop.

— Beyoncé — responderam Ricki e Tuesday.

— Ah, não, eu gosto mais da outra.

À mesa ao lado, duas mulheres com tranças fulani iguais, do tipo sem nós, viraram a cabeça ao mesmo tempo, lançando um olhar de reprovação para dona Della. Quando perceberam que ela era mais velha, sorriram respeitosamente e voltaram aos seus omeletes.

Desculpe, Ricki articulou em silêncio na direção delas. As fãs de Beyoncé estavam em toda parte.

— Aquela menina, sim, é uma empresária de verdade — continuou dona Della. — Uma jovem trabalhadora que juntou as gorjetas que ganhava como garçonete para abrir o próprio restaurante de comida típica da Louisiana? Uma pena ter que beijar um sapo para conquistar aquele rapaz árabe bonito, mas ninguém disse que seria fácil.

Ricki olhou para Tuesday, que apertava os lábios para conter o riso.

— Dona Della, essa não é a Rihanna, é a *Tiana*.

— Quem?

Ricki ergueu a voz um pouco.

— Princesa Tiana, senhora! A princesa da Disney.

— Bom, quem consegue acompanhar? Vocês falam tão rápido. — Ela abanou a mão com impaciência.

— E tem mais — disse Ricki, mudando de assunto. — É meio vergonhoso admitir, mas tenho dificuldade com eventos grandes. Não sou a pessoa mais sociável do mundo.

— Mas você fica à vontade com seus clientes — apontou Tuesday. — Bem, com os poucos que já teve.

Dona Della faz uma careta.

— Porque estamos tagarelando sobre flores — explicou Ricki. — Eu poderia falar sobre plantas o dia todo. Mas jogar conversa fora? Fico nervosa e começo a tagarelar sobre minhas micro-obsessões. Vocês nunca devem ter notado.

Tuesday riu, cortando um pedaço do waffle sabor gemada.

— Nunca notei? Vi você dando uma palestra para um motorista do Uber sobre como a endogamia afetou a aparência da realeza europeia.

— Procura só por "mandíbula dos Habsburgo" no Google — sussurrou Ricki. — É bizarro.

Dona Della já tinha ouvido o suficiente.

— Escute aqui, mocinha. Não se preocupe com esse casamento, está me ouvindo? Você vai se sair muito bem. Não tenho nenhuma neta fracassada, entendeu?

Ricki se deixou envolver pelo calor dessas palavras. Amor e aprovação de alguém mais velho eram algo novo para ela e faziam com que sentisse que nada era impossível. Ela era invencível.

Ricki decidiu manter a voz de dona Della na cabeça durante o casamento, como um mantra para dar sorte.

Funcionou. Não só Ricki terminou todos os arranjos a tempo, como foi um arraso.

A cerimônia de casamento black tie havia ocupado o andar superior do Bar Exquise (o andar de baixo, uma sala de apresentações, estava fechado para reforma). Ricki transformou o espaço em um sonho elegante de inverno, com arranjos de flores brancas como a neve, folhagens congeladas e candelabros de marfim. No centro de cada mesa, colocou um emaranhado glorioso de orquídeas brancas e galhos de bétula (nos quais pintou delicados corações vermelhos à mão como um "presente de são Valentim" para cada convidado). Agora, a romântica cerimônia havia se transformado em uma recepção animada e regada a champanhe.

Era exatamente o que Ricki precisava para tirar Ezra da cabeça.

Ezra, pensou, mexendo em uma orquídea caída enquanto os convidados saboreavam coquetéis artesanais e dançavam ao som de música pop. *O misterioso Ezra. Quem se esforça tanto para evitar alguém, apenas para acabar encontrando essa pessoa o tempo todo?*

Ricki não acreditava em coincidências.

Tuesday, em um vestido dourado de corte sereia sem alças e lábios vermelho-carmesim, chegou desfilando até Ricki.

— Por que está tão tensa? Você conseguiu! Não está orgulhosa?

— Muito — respondeu Ricki, radiante, saindo de seu devaneio sobre Ezra.

Esses devaneios e fantasias estavam se tornando quase constantes... e um incômodo. Ela estava começando a imaginar que o via em lugares em que ele não estava, como uma miragem masculina. Quando o DJ chegou, Ricki chegou a olhar duas vezes, mesmo ele sendo uns quinze centímetros mais baixo que Ezra. E surinamês.

— As flores estão um luxo — elogiou Tuesday. — E você também, sua safada.

Ricki precisava admitir que estava se sentindo bonita. Estava usando um vestido longo dos anos trinta, de costas nuas e decote profundo, na cor de cranberries amassadas, completando o look com batom cor framboesa e um hibisco preso atrás da orelha.

— Femme fatale misteriosa foi a inspiração — ronronou Ricki, fazendo uma pose sinuosa.

— Femme fatale, com certeza. Mas você é um livro aberto demais para ser misteriosa. Faz parte do seu charme — retrucou Tuesday, acenando para um garçom que apareceu com uma bandeja de coquetéis.

Ricki pegou um e observou a amiga pegar dois.

— Sem querer julgar — sussurrou —, mas achei que você estivesse sóbria.

— Estou sóbria no estilo *estrela mirim* — respondeu Tuesday, virando um copo. — Nada de heroína.

— Ah, entendi.

— Lembra quando eu disse que fico com tesão quando estou alegrinha? Estou apaixonada pelo padrinho do noivo e preciso que ele me ame. Mas só até o fim da festa.

— Por que não depois?

— Não tenho tempo! — sussurrou-gritou ela. — Minha agenda está cheia!

— Tuesday Rowe. Seus únicos planos para essa semana são evitar escrever o capítulo quatro e fazer várias máscaras faciais de hidratação.

— Cuidar da minha pele recompensa mais do que cuidar de um relacionamento — retrucou ela, virando o outro copo. — Ah, olha, é ele.

Tuesday apontou para um cara de uns quarenta anos, um pouquinho rechonchudo e com uma barba rala, balançando a cabeça no ritmo da música. Ele parecia um agente de locadora de carros.

— Ele é... fofo? — disse Ricki, tentando soar empolgada.

— Eu gosto deles meio descuidados, amiga. Sem graça na rua, safado na cama.

Ricki caiu na gargalhada.

— Eu ofereceria *todos* os meus orifícios pra ele sem um *pingo* de dignidade. Vamos conquistá-lo.

Ela tentou arrastá-la para a pista de dança, mas Ricki protestou, alegando que seria uma postura pouco profissional. Porém, na verdade, não dançava em público desde suas aventuras no casamento de Rae, doze anos antes. Em sua defesa, Ricki sempre dizia que bebeu aquela garrafa de vinho só para lidar com a ansiedade paralisante que festas provocavam nela. Era o momento mais importante da vida de Rae, e Ricki queria ser um sucesso social por ela! Queria que, pela primeira vez, a irmã se orgulhasse dela. Mas, aos dezesseis anos, ainda não era muito experiente com a bebida. Foi de "alegrinha" a "CHAMA O SAMU" em quinze minutos. Antes de apagar de vez, lembrava-se de ter dançado de forma desajeitada, rebolando na presidente da subdivisão regional da fundação Jack e Jill, uma jovem no último ano da escola preparatória que era parente distante de Thurgood Marshall *e* Al Roker. O estrago estava feito. E ninguém tinha a memória melhor do que a elite negra.

Por que nada é fácil com você?, lamentou Carole, antes de largar Ricki em um centro de reabilitação durante o verão e depois passar três semanas se recuperando em um spa de luxo.

Pistas de dança estavam na lista de coisas proibidas de Ricki.

Quando chegou aquele momento, como em toda festa, em que a autoconsciência dos convidados evaporava — saltos altos jogados pelos cantos, cabelos desgrenhados, gravatas afrouxadas —, o DJ estava tocando músicas antigas de Britney Spears e Tuesday estava rebolando no crush dela. Ricki assistia enquanto eles se divertiam, ela mesma se mantendo longe da curtição. Era uma sensação desoladora, melancólica. Ela se perguntou como seria estar vendo tudo aquilo *com* alguém. Alguém que entendesse como era não conseguir participar. Uma pessoa que estivesse de boa com isso e topasse ficar com ela em um canto isolado e tranquilo.

Então, do nada, Ricki ouviu... algo.

Uma melodia suave tocando distante, por baixo de "Toxic". Era uma música que já tinha ouvido antes, mas não conseguia identificar.

Parou de dançar e inclinou a cabeça.

Ela estava ouvindo o som do piano. E a melodia era tão familiar. Tão cativante. O quê...

Ricki arregalou os olhos. "Thank You for Being a Friend." Mas de onde estava vindo?

À sua esquerda, ela ouviu um cara gritar para a mulher ao lado:

— É da série *Supergatas*! Você está ouvindo também?

Do outro lado da pista, alguém começou a cantar junto:

— *And if you threw a party, invited everyone you knew...*

E então a pista de dança explodiu em uma alegria regada a álcool. O DJ interrompeu sua música, e todos começaram a cantar desafinados ao som do piano invisível.

Quem estava tocando esse hino inesperado? E por quê? Ninguém sabia! E não importava. Era inesperado, espontâneo e bobo: todos os ingredientes para um bom momento.

E tão de repente quanto começou o tema de *Supergatas*, a melodia mudou... para a música tema de *The Jeffersons*. Em seguida, o piano passou para o tema de *A ilha dos birutas*. Depois vieram *Os Flintstones*, *Vivendo e aprendendo*, *A Different World* e *Família Soprano*. A cada troca, a multidão explodia em gritos, cantando alegremente fora do tom.

O piano passou para o tema de *Good Times*. E talvez fosse porque Ricki era a única sóbria no salão, mas ela não conseguia superar o absurdo completo de cem socialites em trajes de gala gritando a plenos pulmões que estavam "sobrevivendo com o pouco que conseguiam".

Intrigada, ela ficou imóvel e prestou atenção, tentando isolar o som do piano. Estava vindo de baixo. Incapaz de resistir à curiosidade, Ricki ergueu a barra do vestido e correu para a saída, descendo as escadas até o primeiro andar. O lugar estava em meio a uma reforma, um caos.

Seguiu a música até um grande tablado ao lado da janela. No centro da plataforma, havia um piano. E atrás dele estava Ezra Walker, com o rosto iluminado de euforia enquanto tocava uma versão gospel extravagante do tema de csi, arrancando gritos da multidão lá em cima.

— É VOCÊ! — exclamou Ricki, jogando as mãos para o alto.
— *Por quêêêê?*

Arrancado de seu devaneio, Ezra ergueu os olhos, parou de tocar e recuou as mãos como se as teclas estivessem pegando fogo. Pelo duto de ventilação, ouviram os convidados vaiando do segundo andar.

— Nããão. — murmurou Ezra, soltando um gemido de exaustão antes de enterrar o rosto nas mãos. — Não. Não. Não.

— Por que, nessa terra abandonada e amaldiçoada, você está em todo canto? — exigiu saber Ricki. — E por que está tocando essa mistura caótica dos infernos?

— Está tendo um casamento lá em cima? — respondeu Ezra, confuso.

— Ah, por favor! Não se faça de desentendido.

— Eu não sabia, de verdade — insistiu ele. — Uma das minhas churrascarias favoritas ficava por aqui. Estava procurando o restaurante, mas já era. Agora é um lugar chamado Lanches Afetivos, que vende versões gourmet de cebolitos e pãezinhos de mel por vinte e cinco dólares cada.

— Você só pode estar de brincadeira. Os donos são...

— Claro. — Ezra revirou os olhos. — Enfim, a faxineira me deixou entrar. Estava voltando pra casa e vi o piano pela janela. Não consigo passar por um piano sem tocá-lo, só pra testar o tom, a projeção, a clareza. É uma porra de uma compulsão. — Ele fez uma careta. — Desculpe.

Confusa, Ricki perguntou:

— Por que você está se desculpando?

— Não gosto de falar palavrão na frente de mulheres — respondeu.

Ela recuou um pouco, surpresa.

— Por quê? Porque somos criaturas delicadas? O sexo frágil? Você tem umas ideias bem retrógradas sobre mulheres.

— O que eu tenho — retrucou ele — são modos. Fui criado assim.

Ela estreitou os olhos.

— Isso é meio antiquado.

— Com que tipo de homem você tem andado? — Ele deu uma risada curta. — De qualquer forma, a verdadeira maneira de testar um instrumento é vendo se soa bem quando você toca uma música brega. E eu vejo muita TV — acrescentou. — Estava prestes a tocar a abertura de *Moesha*. Quer ouvir?

Ela ficou olhando para ele, incrédula. Ele a olhou dos pés à cabeça, um rápido e furtivo olhar. Suas pálpebra se estreitaram, como se a simples presença de Ricki, ainda mais naquele vestido deslumbrante de diva, tivesse bagunçado sua cabeça.

— Então, sabemos por que estou aqui. — Ele juntou as mãos no colo. — Por que você está aqui?

— Fiz os arranjos de flores para o casamento lá em cima. — Ricki segurou a saia do vestido com uma mão e subiu na plataforma. Ela o encarou de forma ameaçadora. — E sei muito bem por que estou evitando você, mas ainda não entendi por que você está me evitando.

— Eu já disse, sou uma pessoa reservada, tendo a ficar mais recluso.

— Você é da CIA?

— Como é que você chegou à conclusão de que sou da CIA? — perguntou Ezra, deixando escapar o sotaque do interior que ela tinha notado no jardim. — Se eu fosse espião, não poderia contar.

— Você é casado?

— Nenhuma mulher sã se casaria comigo.

Ela estalou a língua, porque ambos sabiam que aquilo era ridículo. Sua figura imponente e os olhos intensos, como brasas, podiam transformar o mais frio dos estoicos em um poço de emoção.

A presença física de Ezra estava gravada para sempre na mente dela.

— E por que você não serve pra casar? — perguntou, erguendo o queixo com imponência.

— *Eu. Sou. Recluso.* — Ele destacou cada palavra. — E, quando não estou em casa, estou viajando, tocando. Isso não é muito atrativo nos apps de relacionamento.

Ela bufou, frustrada.

— Olha, estou mantendo distância de você pra evitar problemas. Mas você? você parece... assustado de verdade quando me vê. Por quê?

Ele mordeu o canto da boca, parecendo irresistivelmente casual com uma boa calça jeans, tênis Vans e uma camisa de flanela de boa qualidade meio amassada, o tipo de camisa que você desejaria que um cara esquecesse no seu quarto. Ricki tentou com todas as forças não o ficar encarando, mas então reparou nas mãos dele, grandes, bonitas e de dedos longos. Ele cerrou os punhos sobre as teclas do piano, e ela tentou ignorar o contorno sutil dos músculos sob a camisa. De forma distraída, ele começou a tocar uma melodia. A música era estranhamente comovente. Ricki queria ouvir mais. Porém, tão repentinamente quanto começou, ele parou.

— Você já viu um tornado?

Ricki balançou a cabeça.

— Não, só no filme *Twister*. E você?

— Não, mas... dizem que, se você está olhando um e ele passa a impressão de estar parado, significa que está vindo na sua direção.

— Não faço ideia do que isso quer dizer. — Ela fez uma pausa. — Embora a entusiasta de curiosidades em mim ache essa informação fascinante.

— Você é o tornado, senhorita.

— E você está falando por charadas, senhor.

— Quando a vi pela primeira vez, tudo ficou parado.

Ele olhou nos olhos dela. E o que ela viu nos olhos de Ezra foi puro, intenso desejo. Isso a deixou sem fôlego, e estava completamente em desacordo com o que ele dizia.

— Parada e calma — continuou ele com seu sotaque profundo, sem desviar os olhos. — Como um tornado, antes de destruir tudo.

Ricki ficou boquiaberta.

— Mas... mas eu não sou um desastre natural! Sou uma mulher respeitável e equilibrada! Cresci em um bairro sofisticado, pelo amor de Deus!

O canto da boca dele se curvou para cima.

— Aham, você é a imagem da compostura.

Ela lançou um olhar de frustração.

— Não tenho medo de você — afirmou ele. — Tenho medo de nós.

A confusão de Ricki só aumentava.

— Mas não existe nós.

— Exatamente. E é melhor que continue assim.

— Mais charadas — Ricki revirou os olhos. — Olha, não fica se achando tanto assim. O que te faz pensar que quero que exista um "nós"? Você acha mesmo que eu te acho tão irresistível?

A expressão de Ezra não mudou, mas seus olhos brilharam com uma mistura de calor e malícia. Sem dizer uma palavra, ele deixou o olhar vagar lentamente dos olhos dela para a boca, e depois mais para baixo, até o decote profundo do vestido vermelho escandalosamente justo. Seu corpo, como se absorvesse a carga elétrica da conversa, estava praticamente apoiado no piano, o suave volume de seus seios transbordando, a curva de seu quadril destacada em uma provocação cheia de desejo. Ela exalava sexo. Descarado, lascivo, puro, do tipo "me possua".

— Posso ouvir seus pensamentos — observou ele, com ironia.

Ela sentiu uma onda de vergonha ardente. *Essa é a segunda vez esta noite que ouço que o que sinto está estampado na minha cara*, pensou. Ricki se afastou depressa do piano, ajeitando o cabelo e o vestido. Seu rosto queimava. Não se lembrava da última vez que um homem a tinha deixado tão fora de controle. Na verdade, será que algum homem *já a tinha* deixado tão fora de controle?

— Deus — murmurou entre dentes cerrados.

Ezra não teria conseguido esconder o sorriso, mesmo se tivesse tentado (e ele nem tentou).

— Você acredita?

— Em Deus? — Desarmada e atordoada pela mudança abrupta de assunto, respondeu: — Ah, eu... eu não sei. Fui criada no catolicismo do céu e do inferno ardente, que não me atrai nem um pouco. Não acredito no Deus tradicional, centrado no ego masculino. Mas há algo maior que nós por aí. Não sei como chamar. É apenas... uma Energia. Com *E* maiúsculo.

— Então, quando coisas extraordinárias acontecem, você não agradece a Deus, mas à Energia?

Ela deu uma risada curta. Assim como no jardim, Ricki percebeu que ela e Ezra mergulhavam em conversas profundas muito rápido. Era um terreno inexplorado: compartilhar reflexões filosóficas com um homem.

— Quando estou na natureza, especialmente na floresta, sinto que algo "além" me protege. Algo antigo, de antes dos humanos, antes da religião. Uma vez, me aventurei demais na mata atrás da casa dos meus pais, e não havia ninguém. Só árvores, flores, céu infinito. Podia ser aquele dia ou mil anos atrás. E senti uma presença tão forte que entrei em pânico. Quis correr. É uma reação humana natural, sabe, esse pânico que a gente sente quando está sozinho diante da grandiosidade da natureza. A palavra vem de Pã, o deus grego da natureza selvagem.

O deus grego da natureza selvagem?, pensou ela. *Pare. De. Falar.* Enquanto isso, Ezra absorvia tudo, claramente encantado.

— Seu cérebro deve ser um lugar fascinante de visitar — comentou ele.

— Na verdade, é um poço sem fundo de curiosidades inúteis. — Como Ezra conseguia desarmá-la com tanta facilidade? — Se você tiver tempo, posso falar sobre os primeiros artistas negros de vaudeville, línguas fictícias, a maldição dos Kennedys e o romance secreto entre Alice Walker e Tracy Chapman.

Um sorriso lento iluminou o rosto de Ezra.

— Curiosidades inúteis? Inúteis pra quem? Claramente você só não encontrou o público certo.

Ricki não soube o que dizer. Sentiu-se exposta e tola, mas também inesperadamente validada de uma forma que nunca havia experimentado. Disfarçou, ajustando seu enorme anel.

— A maldição dos Kennedys não é uma lenda urbana, a propósito. O velho Joe fez um pacto com o diabo — comentou ele. — E sei muito sobre artistas negros de vaudeville. Alguns Ezras Walkers antes de mim também eram músicos.

— Sério?

— Sério. Venho de uma longa linhagem de trovadores. E, em termos de línguas fictícias, sei Klingon e Alto Valiriano. Um pouco de Huttese. Algumas palavras em Élfico.

— Você é fã de fantasia? — Ela arquejou. — Como não percebi isso? Geralmente dá pra saber pelos sapatos.

— Mas não sabia sobre Alice e Tracy. Faz sentido. — Ele parou de falar, parecendo lutar internamente contra algo. Então, de um jeito quase tímido, perguntou: — Gostaria de se sentar?

Ele se levantou e puxou o banco para ela, limpando os detritos de obra com as mãos. Com cuidado, colocou o casaco sobre o banco para que ela não sujasse o vestido. Ezra tinha um cuidado tão meticuloso com cada palavra e movimento que estar perto dele fazia Ricki sentir-se cuidada também. Protegida. Segura. O que a surpreendia, dado o caráter estranho da conexão entre eles. Encantada, ela se sentou.

Ambos ficaram olhando para as próprias mãos, sem saber o que fazer a seguir.

Ezra falou primeiro.

— Então, quando você sentiu aquele pânico na floresta, correu?

— Claro que não. Como poderia? Estava em comunhão com o divino. — Ela sorriu, nostálgica, lembrando-se. — Acho que não tenho medo do que não entendo.

— Acho que o divino está em toda parte — respondeu Ezra. — O mundo é muito mais do que captamos com nossos cinco sentidos. E a maioria das pessoas nem se dá ao trabalho de perceber o óbvio. A multidão lá em cima? Eles ouviram música vinda do nada, mas você foi a única que investigou.

— Sou uma curiosa de carteirinha — sussurrou.

— Percebi — sussurrou ele em resposta.

— Posso confessar uma coisa? — perguntou ela. — Estou aliviada por ter achado você. Festas me deixam nervosa.

— Sério? — Ezra parecia surpreso. — Por quê?

— Minha família é muito social. Cresci indo a galas e jantares elegantes. Sou péssima nisso.

— Difícil de imaginar.

— É verdade. Não consigo relaxar, tenho medo de as pessoas me verem, me julgarem. Decidirem que não mereço o nome da minha família, a aparência, os privilégios. — E então ela revelou seu pensamento mais verdadeiro e assustador. — Tenho medo de não pertencer a lugar nenhum. Você já se sentiu assim?

Ela olhou para Ezra, os olhos arregalados de vulnerabilidade.

— Todos os dias — admitiu ele. — Pareço algo que não sou. E nunca me sinto em paz.

Ezra olhou para ela, o rosto desarmado. Suave.

Eles ficaram em um silêncio reflexivo, duas pessoas misteriosas que, de algum jeito, se entendiam bem até demais.

— Por que será que a gente continua se cruzando? — perguntou Ricki. — Será que é por causa do ano bissexto? Como você falou, todo quarto fevereiro as coisas ficam esquisitas.

— É mais do que isso. — A intensidade deixou sua expressão sombria. — As coisas podem ficar perigosas, Ricki.

Ezra diz meu nome como se já o tivesse dito antes, sozinho, para si mesmo. Ele diz como se saboreasse o gosto dele. Como se fosse algum prazer proibido, íntimo.

Ricki derreteu por completo sob o olhar de Ezra. Ela piscou devagar, encontrando os olhos dele. Eles se absorviam um no outro, indulgentes — por quanto tempo, Ricki não sabia. Quando estavam juntos, o tempo parecia se esticar e dobrar, como se estivessem perdidos em seu próprio mundo.

Ali, naquele espaço empoeirado e inacabado, estavam a eras de distância do barulho lá em cima.

Depois de alguns instantes, Ezra começou a deslizar os dedos pelo piano, preguiçosamente, em movimentos suaves e fluidos. Era um trecho do que ele havia começado a tocar antes. As notas pousaram sobre a pele de Ricki como cetim, fazendo surgir arrepios e acelerando seu coração. Era familiar, como se ela já conhecesse aquela melodia no fundo de sua alma, mas ao mesmo tempo parecia de outro mundo.

— O que... o que você está tocando? É lindo.

Antes que Ezra pudesse responder, a porta dos fundos se abriu e fechou com um estrondo. Saltos ecoaram pelo chão, seguidos por alguém caminhando logo atrás.

— PORRA, VOCÊ DE NOVO, NÃO! — berrou Tuesday para Ezra, avançando em direção ao piano como um borrão furioso de lamê dourado, com seu novo crush a seguindo. Ezra e Ricki se levantaram do banco de repente. Tuesday parou sobre o tablado, ofegante. O cara a segurou pelos ombros para mantê-la firme. — *Por que você está perseguindo a Ricki? Deixa ela em paz!*

Ricki correu para o lado de Tuesday.

— Calma! Está tudo bem, eu juro!

Tuesday apontou uma unha de gel para Ezra.

— Minha amiga não percebe que você é um babaca, porque é uma garota protegida da elite, mas eu não sou. Eu *meto a porrada* mesmo.

— É sério? — perguntou o crush dela, nervoso.

Ezra lançou um olhar na direção dele.

— Repensando a última meia hora, né?

Furiosa, Tuesday fez menção de avançar nele, mas Ricki a segurou.

— Tuesday, pare. Não faça isso, não no Mês da História Negra. Conversamos depois, tá bom?

— Qualquer coisa que você tenha pra dizer, pode dizer na frente do Bruce — anunciou Tuesday.

— Prazer, Bruce. — Ezra estendeu a mão, e Bruce a apertou com entusiasmo.

— Peço desculpas pela minha garota — respondeu Bruce, envergonhado.

— Tá tranquilo, cara. — respondeu Ezra de forma amigável. — Bem, acho melhor eu dar no pé. Tenham uma boa noite.

Ezra olhou para Ricki mais uma vez. Algo intenso e ardente brilhou nos olhos dele antes que se dirigisse para a porta. Ela o observou pela janela, incapaz de resistir, enquanto aquele enigma desaparecia na esquina para Deus sabe onde. Para alguém que não tinha medo do que não entendia, Ricki estava abalada.

Bruce também observava Ezra, com a testa franzida.

— Ele disse "dar no pé"?

— Tem algo de estranho nesse cara — sugeriu Tuesday. — Ele parece retrô. Tem cara de quem nunca pediu *delivery* nem abriu o Teams.

— E *você* já usou o Microsoft Teams, por acaso? — perguntou Ricki.

Com o coração disparado, ela mal acompanhava o que Tuesday dizia. Ainda estava atordoada pela maneira como Ezra parecia entender partes que ela escondia. Nunca encontrou isso em um homem, e nunca esperou encontrar.

— ESPERE AÍ — continuou Tuesday, balançando um pouco. Bruce a segurou pelo cotovelo. — Você me disse que o Ezra comprou o quadro porque gosta de apoiar jovens artistas. Mas ele sabe quem pintou o retrato? Ele já mencionou o nome do Ali alguma vez?

Não, ele não havia mencionado. Ricki tentou se lembrar de quem pagou pelo retrato. Alguém havia lhe dado o dinheiro e o número de telefone de Ezra... Quem foi? Ela meio que se lembrava de uma pessoa entrando no Doce Colette no final da festa, mas era uma lembrança turva, como uma imagem repostada tantas vezes que perdia a nitidez com o tempo.

Ricki não conseguiu se lembrar.

E, dias depois, esqueceu que sequer havia esquecido que uma pessoa esteve lá.

CAPÍTULO 10

COMPANHIA NOTURNA

15 de fevereiro de 2024

Após fechar a loja no dia seguinte, Ricki subiu direto para o apartamento de dona Della para o chá semanal. Elas não haviam tomado chá na semana anterior porque dona Della tivera uma consulta médica, então já fazia uns dias que não passavam um bom tempo juntas. Como dona Della fazia as vezes de terapeuta, âncora emocional e única voz da razão em sua vida, Ricki estava sentindo muita falta dela.

A mulher mais velha dominava todos os assuntos e, o que não fazia questão de aprender, descartava como irrelevante. Ricki pensava que viver assim era uma excelente forma de evitar o estresse. Por que deixar coisas insignificantes ocuparem espaço em seu cérebro? A mulher nascera em 1927. Já tinha visto quase um século da natureza humana. Ninguém conseguia convencê-la da utilidade de uma airfryer, e ela também não fazia questão de entender a diferença entre FDS, DIY, PQP e um DIU. E não havia problema nenhum nisso. Ela morava em uma casa linda e tinha a sanidade mental e a energia (e músculos tonificados) de uma mulher com metade de sua idade. O que mais poderia querer?

Ricki precisava injetar um pouco dessa praticidade direto nas veias.

A Rickezas estava engrenando, aos poucos, mas forte. O dia seguinte ao Dia dos Namorados era famoso por ser cruel com os floristas, as docerias e as lojas de departamento, mas os arranjos espetaculares de Ricki no casamento lhe renderam cinco encomendas — e das caras. No entanto, ela ainda tinha, na loja, buquês que não conseguia vender, e estava começando a aprender que essa era uma triste realidade do negócio de flores. Seguindo sua nova tradição, Ricki deixou seus buquês em endereços da Velha Harlem e seguiu em frente. Ela deixou um de ramos na 224 West 135th Street, onde ficavam, em 1909, os primeiros escritórios da NAACP — a Associação Nacional para o Progresso de Pessoas de Cor —, hoje um salão de beleza. Depois, deixou outro no número 2227 da Boulevard Adam Clayton Powell Jr., onde antes funcionava o Lafayette Theatre, famoso por seus espetáculos de vaudeville, agora em obras para a construção de condomínios.

Cada novo post com flores, criado com um brilhantismo artístico e concebido em um marco histórico há muito esquecido, rendia a ela mil curtidas a mais que o anterior. Não eram apenas fotos de flores, eram homenagens a capítulos da história negra. As publicações estavam começando a ser compartilhadas em todas as redes sociais. Vender os arranjos seria o ideal, claro, mas Ricki repetia para si mesma que aquele marketing nas redes era inestimável.

Com o aumento constante de seguidores, ela se empenhava cada vez mais, trabalhando até seus olhos não aguentarem mais.

Parte dela esperava que, quanto mais trabalhasse, mais distância colocaria entre si e a vontade insistente de desvendar o mistério de Ezra. De conhecê-lo. Era uma obsessão cuja solução estava tão fora de seu alcance que poderia enlouquecê-la. Odiava se sentir assim por um homem que nem era dela. Mas não podia negar, estava caidinha.

— Ah, você está caidinha — declarou dona Della, confirmando o que Ricki já suspeitava.

— Eu sei — suspirou, afundando na sua poltrona favorita. Deu um gole no chá de camomila que bebia na elegante xícara de fina porcelana inglesa de dona Della. — E nem ao menos o conheço direito. Só sei que ele é intenso, misterioso e... muito gentil.

— Olhe só pra você! Sorrindo de orelha a orelha.

— Ele é tão educado, um verdadeiro cavalheiro à moda antiga. E, dona Della, ele é um *gato*. — O olhar dela se anuviou por um instante, e então ela franziu a testa. — Vai ver eu tô ovulando. — Ela fez uma pausa. — Mas, apesar de só termos conversado a fundo duas vezes, cada uma foi como três conversas em uma só. Nunca revelei tanto de mim pra um homem tão rápido assim. Sabe quando você fica acordada até tarde lendo, e as linhas entre o livro e a realidade começam a se misturar, o tempo fica elástico, e você se perde na história?

— Meu Deus, menina. Que livros são esses que você anda lendo?

— É essa a sensação que tenho quando falo com ele. Uma experiência meio nebulosa, intensa. E depois minha cabeça fica a mil. Não consigo entender nada.

— Talvez ele não seja alguém para entender, mas para *vivenciar* — sugeriu dona Della, piscando um olho.

Pintar o cabelo de rosa tinha sido uma bela decisão. Ela estava fantástica, apesar de parecer estar tremendo mais do que o normal. Dona Della levantou as mãos para ajeitar os ombros do cafetã, mas as mãos tremiam tanto que o movimento fez o tecido ondular.

— A senhora está bem, dona Della? Quer um canudinho, talvez?

As sobrancelhas de dona Della alcançaram a raiz do cabelo.

— Um canudinho? Para tomar chá? É o equivalente a querer nadar de bicicleta.

— Só percebi que a senhora está tremendo um pouco mais do que o normal — respondeu com toda a delicadeza. — Já comeu hoje?

— Estou ótima, querida — retrucou ela, seca.

Ricki se arrependeu no mesmo instante de ter comentado. Dona Della se orgulhava de sua força e saúde, e não era a intenção de Ricki ofendê-la. Além disso, a senhora tinha uma rede de amigos ampla e presente, com quem falava e se encontrava com frequência. Não corria o risco de ficar doente sem que ninguém notasse.

Foi então que uma mulher adorável, de rosto redondo e bochechas rosadas, entrou na sala com uma bandeja de bolinhos de canela recém-saídos do forno. Cumprindo sua lista de desejos com maestria, dona Della conheceu sua nova namorada, Suyin Fong, em um encontro de lésbicas sêniores com mais de setenta anos. As duas se conectaram pelo amor em comum por Lola Falana, gamão e programas de culinária. Aos setenta e sete, Suyin era mais nova, mas tão interessante que dona Della felizmente ignorava a diferença de idade inapropriada. Suyin deixara a família e o bairro de Chinatown aos dezessete anos, apresentara-se como dançarina em bares lésbicos, marchara por direitos civis, se tornara advogada e ajudara a fundar o Lesbian Herstory Archives. Atualmente, no entanto, seu único foco era conquistar dona Della e aperfeiçoar suas habilidades de confeitaria.

A paquera ela já dominava. A confeitaria, nem tanto.

— *Et voilà*! Meu mais recente feito: bolinhos de canela e xarope de bordo. Vocês amaram? — Suyin exibia um sorriso radiante enquanto sua nova namorada e Ricki pegavam um doce da bandeja.

— Uma delícia, tia Su — exclamou Ricki, mordendo uma massa amarga cheia de farinha mal misturada.

— Divino — elogiou dona Della, engolindo com graça sua mordida acompanhada de um generoso gole de chá de camomila. — Você tem trabalhado tanto na cozinha, Su. Por que não se senta com a gente?

— De jeito nenhum, sei que esse é o momento especial de vocês. Continuem conversando... tenho uma torta de cereja e bacon no forno. Já volto, Rosita. — Ela deu um beijo carinhoso na testa de dona Della antes de desaparecer na cozinha, de onde uma nuvem de fumaça já começava a escapar pela porta.

Ricki sorriu.

— Vocês duas são uma graça.

— Aquela mulher ainda vai botar fogo na minha casa — suspirou dona Della, encantada.

— Mas vai valer a pena?

A senhora mais velha sorriu com timidez, as linhas ao redor dos olhos se aprofundando.

— Cá entre nós, e que as paredes não me ouçam, mas acho que a Su é o fino da bossa. — Ela apontou para a TV com o dedo trêmulo. — Você acredita que ela me convenceu a assistir a um programa sobre Jimi Hendrix em vez de Bake Off Reino Unido? Ela ainda é uma hippie, sabe?

— Você não curtia Jimi nos anos sessenta?

— Aquele arruaceiro? — retrucou ela. — Não, eu gostava de Dionne Warwick. Barbra Streisand, Aretha. Elas eram tão elegantes. Olhe só para ele! Parece que roubaria seu carro debaixo do seu nariz!

E era exatamente isso que Ricki achava que o tornava tão sexy. Rindo, ela olhou para o documentário da HBO na tela. Um crítico musical da revista *Rolling Stone* explicava como Hendrix criou a letra de "Voodoo Chile".

— Reza a lenda — explicava o crítico — que ele estava no bar Scene, em Nova York, passando o tempo. Um cara se sentou ao lado dele cantando algo sobre uma ex-namorada que fazia vodu e sobre a lua ficando vermelha. Jimi gostou da vibe psicodélica e anotou as frases em um guardanapo. Depois, quando perguntaram, ele nem se lembrava de quem era o homem. É louco pensar que um cara anônimo pode ter inspirado o maior refrão de blues-rock de todos os tempos.

Ricki suspirou, encantada com a história.

— Sempre adorei "Voodoo Chile". É tão sexy. O simbolismo do vodu era muito presente nas músicas de jazz e blues antigos. Deve ser uma homenagem a essa tradição.

Da cozinha, Suyin gritou:

— Exatamente! Jimi tocava o bom e velho Delta blues, mas sob efeito de ácido!

Dona Della sorriu com ternura na direção da cozinha. Então cochichou para Ricki:

— Ontem, durante minha conversa noturna com o dr. Bennett, contei para ele sobre a Su. Acho que ele a aprovaria.

— Claro que sim. Onde quer que ele esteja agora, com certeza só quer ver a senhora feliz.

— Sem dúvida — concordou. — Mas, olhe, não há competição, entendeu? Vou amar meu dr. Bennett para sempre. Até os mares se erguerem e nos arrastarem todos. E a Su sente o mesmo pela esposa dela, que faleceu há quatro anos. Então, não é nada sério. Há uma diferença entre um Grande Amor e um momento maravilhoso.

— E você está vivendo um momento maravilhoso? — perguntou Ricki, dando uma piscadela.

— Segure essa peteca aí. Su tem problema no quadril. Eu tenho artrite. Nenhuma de nós está em condições de aceitar... *companhia noturna*.

— Companhia noturna!

— Mas não é só amizade. Ela encosta no meu braço e sinto coisas. E ela está pesquisando casas de banhos russas para mim. Já risquei os primeiros três itens da lista.

Radiante, Ricki se levantou da poltrona, se sentou ao lado de dona Della no sofá e a abraçou. Estava maravilhada com a determinação daquela senhora de noventa e seis anos.

— Você é minha ídola, sabia?

— E você é a minha, querida! Se mudar para uma cidade grande do nada pra seguir seus sonhos? Eu invejo sua coragem. Você fez o que não podíamos fazer na minha época. Deveria se orgulhar.

Ricki apertou dona Della ainda mais, emocionada. Como podia ser a ídola daquela mulher que tinha vivido uma vida tão longa e extraordinária? Sentiu-se especial, escolhida. Mas também entendeu que, para dona Della, uma mulher de outra época, sua independência e sua ambição deviam parecer um presente extraordinário.

— Sabe, querida, às vezes me pergunto que marca vou deixar no mundo quando me for. Qual foi meu propósito aqui? Não tenho certeza. Acho que deveria descobrir isso logo, né? Ninguém nunca sabe quanto tempo ainda tem.

Ricki ficou em silêncio, pensando em algo para dizer. Por que dona Della estava falando assim? Claro, ela estava mais perto da morte do que longe, mas Ricki nunca a ouvira falar tão abertamente sobre o fim da vida.

Então, dona Della começou a tossir, um som forte e dolorido, e Ricki se afastou para dar espaço. Ela tossiu de novo — uma, duas, três, quatro vezes, protegendo com o braço.

— Ave Maria! Deve ter sido o chá que desceu pelo lugar errado.

Dona Della não tocava na xícara havia pelo menos cinco minutos.

— Voltando ao que eu dizia — continuou, a voz rouca —, não me entenda mal. Vivi uma boa vida. Só queria ter arriscado mais.

— Viveu uma boa vida? Por que está falando no passado?

— Tenho noventa e seis anos, querida — respondeu ela com uma risadinha sábia, ajeitando os óculos grandes no nariz. — Posso ir embora a qualquer momento.

Foi só então que Ricki notou três frascos de remédio em uma tigela de madeira na mesa de centro.

— Dona Della, esses remédios são novos?

Ela balançou as mãos em um gesto de descaso.

— Ah, não é nada para se preocupar, são só umas pílulas para fortalecer meus ossos velhos. Prevenir osteoporose, essas coisas. — Sorriu e deu um tapinha na coxa de Ricki. — Mas chega de falar de mim. Você precisa descobrir mais sobre esse tal de Ezra.

Ricki suspirou com o corpo inteiro.

— A Tuesday acha que ele vai me sequestrar e me matar.

— Ora, é impossível se divertir tentando não morrer. — Dona Della se recostou no sofá. — Tudo na vida é arriscado. Uma vez, o dr. Bennett e eu estávamos assistindo a uma corrida de cavalos. Um abutre morto caiu do céu rápido como um raio, direto na cabeça de um jóquei, e quebrou o pescoço do homem.

Ricki arregalou os olhos.

— Um abutre morto?

— Pelo que disseram, o pássaro teve um ataque cardíaco fulminante no meio do voo. — Dona Della balançou a cabeça, lamentando a tragédia, enquanto Ricki a encarava boquiaberta. — E não é que o cavalo venceu a corrida? Galopou até o primeiro lugar com o jóquei morto nas costas.

Ricki quase cuspiu o chá.

— Dona Della, isso não pode ser verdade.

— Sua geração faz um escândalo com esses filmes da Marvelle. Por favor! *Isso sim* era entretenimento. — Ela tossiu de novo, com força, parecendo vulnerável e frágil. Menor, de alguma forma. Mais próxima da sua idade. — O ponto é, você não pode prever o dia em que vai morrer, Ricki. E não pode evitá-lo também. Se quer alguma coisa, Agarre-a enquanto pode.

Da cozinha, Suyin começou a cantar "Get It While You Can", de Janis Joplin, a plenos pulmões.

Dona Della sorriu, os olhos suaves e ternos.

— Espero que ela esteja prestando atenção no forno. De qualquer forma, quero que você pare de se torturar tentando entender esse cavalheiro. Vamos brindar pra ver aonde a aventura a leva.

Dona Della tentou levantar a xícara de chá, mas as mãos trêmulas não permitiram. Então, a colocou de volta na mesa, e Ricki ergueu a própria xícara para brindar.

— Saúde.

Mais tarde, depois de dona Della e Suyin soltarem indiretas nada sutis de que estava na hora de assistirem a *Cake Boss*, Ricki arrastou-se escada abaixo até seu apartamento. Exausta do dia, foi tirando todas as camadas de roupas do inverno novaiorquino, deixando um rastro de peças pelo corredor até o quarto.

Enfim, vestindo apenas uma regata branca e uma calcinha confortável, colocou *Stevie Wonder's Journey Through the Secret Life of Plants* para tocar. Seus lírios-da-paz precisavam de um pouco de amor musical; estavam murchos. Sentou-se ao piano especial de formato quadrado, sem nem se dar ao trabalho de acender as luzes. Ricki havia praticamente virado três noites trabalhando sem parar. Estava à beira da exaustão, quase delirante.

Com cuidado, apoiou a testa na tampa fechada do piano. Esfregou-a lentamente para a frente e para trás contra a madeira lisa e antiga. Como sempre, ficou maravilhada com o quão... confortável... aquele lugar era.

Aquele piano tinha histórias antigas guardadas nele, histórias do Renascimento do Harlem, e parecia que as vidas embutidas no grão da madeira estavam ao seu lado, de alguma forma. Acalmando-a, acolhendo-a. Quando se sentava ali, Ricki se sentia segura.

Acho que você não escolhe seus lugares favoritos, pensou. *Eles escolhem você.*

Naquela noite, precisava ser acalmada. Falar em voz alta para dona Della como se sentia em relação a Ezra a havia desequilibrado. Sua pele estava em brasa, seu coração batia forte. Nunca tinha ficado tão encantada ou se sentira tão invadida por alguém assim. Era um conceito estranho; nunca havia se perdido em alguém antes. Com Ezra, não parecia uma escolha. Parecia a gravidade, puxando-a para baixo, para baixo, para baixo, e ela estava à beira de perder o controle.

Quando dissera a Ezra que não tinha medo do que não entendia, era verdade. Mas não estava satisfeita em aceitar que ele era insondável. Ricki ansiava por ir mais fundo. Precisava.

Ezra havia penetrado em seus pensamentos.

Soltando um suspiro lento, Ricki se endireitou, empurrando a tampa do piano para expor as teclas. Com suavidade, passou os dedos por elas. Testou algumas notas, que soaram com um baque atonal. Desejava poder ver Ezra tocar. Imaginava como seriam suas mãos em movimento, acariciando as teclas, persuadindo-as a cantar. A maestria, a concentração.

Porra, o aquecedor estava quente demais? Encostou a palma no peito, sentindo a pele ardendo como se estivesse queimada de sol, úmida de suor. Não era possível controlar a temperatura nesses prédios antigos de Nova York. Os radiadores barulhentos faziam parte do "charme". Passou as costas da mão pela testa, desabotoou o sutiã e o puxou pela cava da regata.

Ricki se perguntou onde Ezra havia treinado, se já tinha escrito uma música para alguma mulher. (Ah, claro que já.) Será que ela tinha valido a pena? Será que chorara com o gesto? Com a habilidade? Com a beleza? Será que Ezra era cuidadoso com o poder que tinha? Ou seduzia por diversão? Tudo nele — o cheiro, o tom grave da voz, o olhar demorado, carregado de calor —, tudo era uma maldita provocação. Mas ele tinha suas barreiras. E ela também.

Se Ezra já a deixava assim apenas com esses jogos, o que ele seria capaz de fazer se essas barreiras caíssem?

Com um gemido baixo e frustrado, Ricki apoiou a testa nos braços sobre o piano. Pressionou uma coxa contra a outra, tentando ignorar a pulsação surda e latejante, mas era impossível.

Involuntariamente, mexeu os quadris na escuridão pesada, imaginando as mãos dele em seu corpo. A boca dele, a ponta da língua deslizando sobre sua pele. Beijando-a, mordendo, provocando, fazendo-a tremer, fazendo-a ceder, fazendo-a dele.

Seu corpo inteiro vibrava agora. Ricki deslizou a mão entre as pernas, pressionando-se contra a palma. Um arrepio percorreu seu corpo, e ela arfou na escuridão, fechando os olhos. E então fez algo que surpreendeu até a si mesma.

Colocando um joelho sobre as teclas, Ricki subiu no piano. Deitou a bochecha sobre o dorso das mãos, sentindo a madeira macia contra seu corpo, inspirando o cheiro antigo, esfumaçado, amadeirado. Imaginou o piano pulsando, vibrando, latejando com a música sob ela. Era uma sensação vertiginosa. E então, porque era claro o que aconteceria, Ricki deslizou a mão para debaixo do corpo e para dentro do calor de sua calcinha. Pressionou os quadris contra a mão, movimentando-se devagar, suas coxas começando a tremer.

Em sua mente, ela tomava o poder de Ezra. Porque sempre fora *ela* quem provocava, quem atraía, quem decidia e sonhara com o que poderia fazer com ele, como poderia domá-lo, fazê-lo implorar, puni-lo por torturá-la assim.

Quero ele sem nenhuma vergonha, se afogando, pensou. *Preciso que ele se sinta tão desesperado quanto está fazendo eu me sentir.*

Será que ele sabia o que estava fazendo com ela?

Um suspiro entrecortado escapou de seus lábios enquanto ela se contorcia contra a própria mão, ondas de prazer subindo e subindo. Pressionou uma coxa contra a outra enquanto as primeiras fagulhas do orgasmo se espalhavam deliciosamente por seu corpo, prolongando-se até que ela ficou fraca, ofegando sem controle.

Quando Ricki recobrou os sentidos — e o bom senso —, dois pensamentos surgiram em sua mente.

O primeiro: *É sério que acabei de transar com um piano? Isso foi um novo auge ou um novo fundo do poço.*

O segundo: *Se Ezra Walker algum dia me tocar, eu vou morrer.*

CAPÍTULO 11

UM FAROL PARA OS PERDIDOS

15 de fevereiro de 2024

— Então, Ezra Walker — disse a dra. Arroyo-Abril, uma das coaches de vida mais bem avaliadas na área —, quando vai contar a verdade à adorável florista?

A coach de Ezra tinha a energia entusiástica e motivacional equivalente à melhor revendedora de Mary Kay. Com seu corte de cabelo estilo repicado com mechas descoloridas e calça capri elástica, ela projetava uma estética distinta de avó do Meio-Oeste. Ninguém jamais adivinharia que Pilar Estefania Luz Arroyo-Abril, de cinquenta e sete anos, nascera em uma família aristocrática de Barcelona, falava quatro idiomas e tinha doutorado. Sua aparência era intencional. A dra. Arroyo-Abril queria que seus clientes a vissem como uma boomer inofensiva e meio atrapalhada — assim, sua sabedoria sofisticada seria uma revelação impactante.

A revelação mais chocante, no entanto, era que ela já havia cumprido pena por vender água mágica falsa da Fonte da Juventude em Saint Augustine, na Flórida. Seu histórico de vigarista era útil quando realizava favores para clientes que precisavam. Em seus muitos anos como coach de vida certificada, a dra. Arroyo-Abril já havia se passado por ex-esposa, presidente de conselho de condomínio — e, no início daquele mês, "assistente" de Ezra.

Ezra entrou calado no escritório da coach, no 44º andar do Chrysler Building. Não estava com humor para conversar, muito menos para enfrentar a decoração do lugar. Do tapete de pelo de cabra roxo ao sofá rosa-choque no exato tom de sabão líquido de banheiro de posto de estrada, tudo parecia saído do set de *As patricinhas de Beverly Hills*. Como sempre, os maiores sucessos de Shania Twain tocavam suavemente de uma caixa de som portátil.

Apesar do humor, Ezra abriu um sorriso educado e apertou a mão da doutora antes de se sentar no sofá, quebrando o protocolo. A dra. Arroyo-Abril encorajava seus clientes a se deitarem no sofá — uma maneira de afirmar sua dominância enquanto girava na cadeira de escritório estampada de oncinha, soltando declarações perspicazes sobre a saúde mental deles.

Mas Ezra nunca se deitava. E também nunca derramava suas verdades.

Sempre tão equilibrado, estava, nos últimos tempos... fora de si. Segundo a dra. Arroyo-Abril na última sessão, ele estava *sobrecarregado de arrependimentos! Paralisado pela indecisão! Perdido em um mar de confusão!* Mas isso não era culpa dele. Anos atrás, havia recebido um diagnóstico que mudara o curso de sua vida, tornando-o incapaz de se comprometer com qualquer coisa ou pessoa por muito tempo. Mas o que faria? Se afundaria na dor? Claro que não. Ele se acostumou.

É esse o problema da resiliência, pensou. *Com tempo suficiente, até as circunstâncias mais bizarras se tornam banais.*

Mas agora ele conhecera Ricki. E não conseguia pensar em mais *nada* que não fosse ela.

Para protegê-la, precisava sufocar aquela fagulha antes que se transformasse em incêndio. E não fazia ideia de como fazer isso sozinho. Sorte que tinha uma coach de vida. Aparentemente, Ezra gostava de pensar em si mesmo como um homem moderno e evoluído. Na verdade, até apreciava as sessões. Bem, as tolerava.

Eu odeio as sessões, pensou Ezra, massageando a testa com a ponta dos dedos.

Mas confiava na boa doutora. Ela o havia guiado com graça e reflexão durante um dos períodos mais difíceis de sua vida. E agora ele dependia de suas visitas quinzenais. Colocar sua saúde mental nas mãos dela era um baita alívio. Como pagar alguém para limpar sua casa ou fazer seu imposto de renda. Delegar o trabalho sujo.

Ezra, um estoico assumido, não era feito para autoanálise. Diante de seus Sentimentos Importantes, ele travava. Não chorava (não era satisfatório e ainda atacava sua sinusite). Combatia a ansiedade cozinhando por horas (não se deixe enganar pelo porte robusto e as mãos grandes, ele sabia cortar com a precisão de um chef premiado). E, como regra, permitia que o sentimento durasse apenas um dia útil (depois disso, enterrava a dor tão fundo que esquecia onde a colocara).

Ele não precisava que a coach dissesse que sua dificuldade emocional tinha tudo a ver com onde e como havia sido criado, em uma cidade presa no tempo, afundada no passado. Seu pai, seu avô e todos os Ezras Walkers com talento musical que vieram antes dele tinham uma filosofia: se for desmoronar, melhor ficar logo em pedaços, porque o que vem no dia seguinte pode ser mil vezes pior. Não chore, crie música! Então ele se refugiava nas teclas e transformava sua raiva, tristeza e luto em algo belo.

Mas esse dom tinha parado de dar frutos havia anos. Ezra não terminava uma composição original havia tempo. Em vez disso, tocava trechos da mesma música incompleta que flutuava em sua mente. E, em tempos mais recentes, essa melodia quase completa o vinha assombrando. Tirando seu sono. Não conseguia ligar os pontos, não conseguia fazer a música funcionar. Ainda estava envergonhado por ter tocado parte dela para Ricki no Bar Exquise. Ezra nunca tocava algo inacabado para uma plateia.

Como Ricki Wilde ousava fazê-lo sentir-se tão calmo, tão em paz, a ponto de ele esquecer quem era?

Ezra não conseguia mais criar músicas autorais e então, naquele momento, trabalhava como músico anônimo, acompanhando outros artistas. E, como compor era seu mecanismo para lidar com as próprias questões, não tinha mais ferramentas para lidar com a confusão avassaladora que Ricki provocava. Ele precisava desesperadamente da ajuda da dra. Arroyo-Abril.

No momento, ela o encarava através de seus óculos bifocais vermelho-fogo, com um sorriso julgador e entusiasmado, cheio de covinhas.

— Vou perguntar de novo — disse ela —, quando vai contar a verdade à adorável florista? Porque, se você não contar, eu vou! O que será estranho para ela, já que, com certeza, a essa altura já se esqueceu de mim. Quanto tempo faz desde que falei com ela?

— Quase duas semanas — respondeu ele, desanimado.

— Então, nesse momento, sou apenas uma memória vaga para ela. Em breve, terei desaparecido de vez de sua mente!

Eu sei as regras, pensou ele, tentando manter a calma. *Podemos, por favor, chegar à parte em que você me ajuda?*

Ezra se inclinou para a frente, afastando as pernas até ocupar parte do sofá, com os cotovelos apoiados nos joelhos.

— O que exatamente eu deveria dizer para Ricki? E, a propósito, isso tudo é culpa sua. Eu dei o dinheiro para você comprar a pintura. Não era para passar meu número para ela.

A dra. Arroyo-Abril arfou, fingindo-se ofendida.

— Só acelerei o inevitável. Minha lógica era que, quanto mais cedo vocês conversassem, mais rápido poderiam encontrar uma solução para o... dilema de vocês.

— Ela apareceu na minha casa — disse ele, indignado. — Ela sabe onde eu *moro*. Você faz ideia de como isso é errado? Quanto menos ela souber sobre mim, melhor.

— Tarde demais — respondeu, com um sorriso despreocupado e um leve dar de ombros.

Ele balançou a cabeça, frustrado.

— Não consigo continuar a afastando, e minha desculpa de "sou reservado" soa muito idiota. Acho que ela percebe como eu... o jeito que eu... ela sabe...

— Sim, Ezra, tenho certeza de que ela consegue perceber como você se sente. — Ela suspirou. — Conte a verdade.

— Não posso fazer isso. — Em um gesto de derrota amarga, ele levantou o capuz do moletom com um tigre estampado no peito, e, devagar, puxou os cordões até que cobrisse todo o rosto, isolando-se do mundo.

— Bem, você não pode fazer *isso* — retrucou ela, apontando para o volume de tristeza indulgente sentado em seu sofá. — Escute, sei como os meses de fevereiro são difíceis para você. Especialmente este, sendo um ano bissexto e tudo mais.

Ezra assentiu, deslizando o capuz de volta. Abriu a boca para falar, mas a fechou de novo.

— Fale comigo — ordenou ela, batendo o pé calçado com um tênis reluzente. — Vamos lá, como você se sente?

— Sinto que outra tragédia está prestes a acontecer — disse com uma gravidade final. — Sei que vai. E não posso machucar Ricki. Não conseguiria viver com isso.

A dra. Arroyo-Abril apertou os lábios e assentiu. Finalmente estavam chegando a algum lugar.

— Estou orgulhosa de você, Ezra. Você trabalhou muito para superar a morte trágica da sua ex.

Ele estremeceu. Mesmo depois de tanto tempo, ainda doía.

— Só queria um dia sem pensar nisso — disse ele em voz baixa.

— Também quero isso pra você — assegurou ela. — Fez a lição de casa? O experimento do abraço? Encontrar uma pessoa para abraçar o máximo possível?

— É claro que não — respondeu ele, petulante. Ezra não abraçava. Não entendia o conceito. Quanto tempo deveria durar o abraço? Havia um tempo padrão aceitável? Por que um aperto de mão não bastava?

Abraçar sugeria segurança e conforto, o que, em sua experiência, sempre fora uma mentira. Uma farsa cruel.

— Abraços são uma forma simples, fácil e segura de obter endorfina e serotonina — afirmou a coach, rolando a cadeira para mais perto do sofá e balançando o dedo indicador no rosto dele. — Pare de ser tão resistente a mudanças, Ezra!

— Eu sou o que sou. Se você raspar um tigre, a pele ainda terá as mesmas listras do pelo.

— Claro, mas aí você terá um tigre furioso.

Ele piscou.

— Isso... não quer dizer nada.

— Bem, você seguiu algum dos meus conselhos sobre autorregulação? Experimentou o aplicativo de ansiedade? O que tem feito para se desestressar? Ouviu alguma coisa do que eu disse?

— Ouvi muito bem — respondeu, com aquele ar típico de cara melancólico e carrancudo. — Tenho assistido a uns vídeos no YouTube de muçulmanos colocando gatos em tapetinhos de oração. É bem reconfortante.

— Entendi. Bem, contanto que funcione — disse a dra. Arroyo-Abril, franzindo a testa. — Me conte sobre esses encontros com Ricki. O que acontece quando vocês se esbarram? Como você se sente?

— Eu só... — Ele suspirou. — Eu me sinto atraído por ela. Não importa o quanto tente evitar os lugares onde acho que ela estará, sempre acabamos nos encontrando.

Todos os dias, Ezra saía de casa para seu trabalho de meio período como cuidador de cachorros e, invariavelmente, cruzava com Ricki. Ou, às vezes, ela cruzava com ele. Não era como se ele se sentisse puxado em sua direção; ele se sentia *arrastado*. Estava caminhando pela 141st e, em um piscar de olhos, de repente estava indo na direção da 127th. Era bizarro, coisa de ficção científica.

Eu sabia que seria assim, pensou. *Fui avisado de que isso aconteceria. Mas isso não torna as coisas mais fáceis.*

— É terrível. Mas vê-la também é... também é...

A dra. Arroyo-Abril fez um gesto encorajador.

— Você avançou tanto nas suas habilidades de comunicação! Continue. Também é o quê?

— Também é o motivo pelo qual acordo de manhã — disse ele, a voz solene, torturada pelo desejo. — Mesmo que seja só pra esbarrar com ela na porta da farmácia. Minha vida orbita ao redor dela. Ao redor desses momentos.

Ele ansiava por esses encontros; desejava-os com toda a intensidade. Passava o dia inteiro tentando manifestar uma breve colisão de sessenta segundos com a mulher mais irresistivelmente radiante que já havia conhecido. Era atraído por ela de forma tão inevitável quanto se estivesse sendo puxado por uma corda.

O rosto de Ricki era como um farol para os perdidos.

E o que doía, o que de fato o *matava*, era ter que convencê-la de que não estava tão faminto para saber tudo a seu respeito a ponto de ser desesperador: queria saber o que ela pediria em um restaurante; conhecer cada centímetro de sua pele; saber quais músicas a faziam chorar; como sua voz soava às três da manhã, quando estivesse sonolenta, desarmada e respirando o mesmo ar que ele. Tudo o que queria no mundo era levá-la a um encontro normal: sentar-se à sua frente em um jantar, ouvindo-a falar sobre seu filme favorito, seu trabalho, seus sonhos. Ir a uma sessão de cinema à noitinha com ela, dividir bala de menta ou bala de goma, ou, quem sabe, ela fosse do tipo que preferia as azedas? Ele queria descobrir.

Ezra ansiava por fazer coisas comuns com Ricki. Mas ele não era um cara comum. E, se revelasse o verdadeiro motivo pelo qual não era, ela jamais acreditaria. Pior, poderia ligar para um hospital psiquiátrico.

— Terra chamando Ezra! — disse a dra. Arroyo-Abril, balançando a mão em frente ao seu rosto. — Para onde você foi?

— Ah, desculpe, doutora. — Sacudindo-se de seu devaneio, ele endireitou-se no sofá e a encarou. — Outro dia, me lembrei de uma vez em que estava em Washington para tocar em um clube no feriado de 4 de julho. De manhã, estava com o baixista, um cara chamado Big Arkansas. Já reparou que os caras mais durões sempre têm nomes de estados?

— É, sempre achei isso verdade.

— Enfim, naquela tarde, estávamos comendo em algum lugar na Georgia Avenue, fumando um baseado... ou melhor, uma erva... uma ganja...

— Está tudo bem, Ezra. Erros de linguagem são normais para pessoas com o nosso diagnóstico. — Ela deu um tapinha no joelho dele. — O termo técnico é "linguerros".

Ele a olhou com ceticismo.

— Você acabou de inventar isso.

— É um fato. Claramente descrito na *Revista de ciências perenais*, edição de inverno de 1974. Página trinta e sete, parágrafo quatro. Clássico!

Ela era tão esperta que só se podia acreditar em oitenta por cento do que saía da boca da dra. Arroyo-Abril.

— Bem, a erva estava batizada com alguma coisa. Era potente. Eu não conseguia me mexer. Por horas. Fiquei sentado em um bar tomado por uma paranoia enlouquecedora, esperando passar. Finalmente tomei coragem para sair e, no exato *segundo* em que pisei para fora, toda a banda marcial da Universidade Howard surgiu correndo pela calçada. Pratos, condutoras de banda, percussionistas — era uma debandada.

A dra. Arroyo-Abril jogou a cabeça para trás, se escangalhando de rir.

— Eu estava apavorado. Mas, então, saí do caminho, parei e ouvi. Pensei: essa banda é *massa*. É assim que me sinto toda vez que a vejo. Como se estivesse sendo atropelado por uma banda marcial de elite de uma universidade tradicionalmente negra.

— Humm — disse ela, assentindo com solidariedade. — Ezra, sei que você gosta de fingir que não tem sentimentos. Mas escute o que você acabou de descrever. Você se apaixonou por ela.

— Não me apaixonei.

— Você se apaixonou, sim. Aceite.

— Não me apaixonei. — Ele fez uma pausa. Deveria ser impossível sentir o que ele sentia por Ricki depois de conhecê-la por dois segundos. *Deveria* ser impossível. Mas negar a verdade era inútil. Especialmente diante de uma psicoterapeuta. — Sabe de uma coisa? É, me apaixonei por ela. E muito.

A dra. Arroyo-Abril vibrou, agitando os punhos no ar.

— Excelente trabalho! Respire fundo, de forma revigorante, e acolha essa emoção.

Ele ergueu a mão.

— Eu já falei, "acolher", não.

Com um ar solene, a doutora levou a mão ao peito, assentindo com compreensão.

— Agora que sabemos que você está louco por ela, vamos falar de soluções. Você tem duas opções.

— Estou ouvindo. — Ezra se inclinou para a frente de novo, unindo as mãos em expectativa. Finalmente, o conselho pelo qual estava pagando.

— A opção um é contar a verdade para Ricki, para que ela entenda claramente por que vocês não podem ficar juntos. E, então, comprar uma passagem para ela sair de Nova York.

— Não mesmo. Qual é a opção dois?

— Igual à opção um, mas sem passagem. Em vez disso, Ricki fica aqui, e vocês dois descobrem como resolver o problema. Juntos, como uma equipe!

— Então, de qualquer maneira, tenho que contar a verdade?

— A comunicação só funciona quando você diz o que realmente quer dizer. — A dra. Arroyo-Abril apontou o dedo no ar para dar ênfase. — Qualquer coisa que não seja a verdade é mentira.

Ezra fechou os olhos e se jogou contra o encosto do sofá para lá de rosa, tentando processar a informação. Quando os abriu, parecia derrotado.

— Acho que vou contar a verdade, então.

— Maravilhoso!

— Mas e se eu começar a linguierrar?

— Não tire sarro, Ezra. Essa palavra existe.

Ele riu. Adorava provocá-la um pouco. Poucas pessoas no mundo o entendiam como sua excêntrica coach de vida, e ele apreciava isso.

— Você deveria visitá-la na floricultura. O mais rápido possível.

— Não posso me encontrar com ela lá — disse Ezra, voltando à seriedade. — Você sabe que não.

Consegui evitar aquela rua desde aquele fevereiro horrível e ainda não estou pronto para enfrentá-la, pensou.

— Você vai ter que enfrentar isso em algum momento — disse a dra. Arroyo-Abril, lendo seus pensamentos. — E, falando nisso, quando foi a última vez que você tocou música? música sua?

Não posso contar para ela que passei a noite de quarta tocando temas de séries de TV para uma plateia invisível, pensou ele. *É muito vergonhoso. Mas, sinceramente? Foi bom ouvir a reação no andar de cima, através do teto. Fazer estranhos gargalharem, dançarem e cantarem juntos. Por um momento, foi divertido me conectar com o público de novo. É a melhor sensação do mundo. A única sensação no mundo. Mas não consigo imaginar tocar algo meu de novo. Estou dormente demais para tocar. Sem inspiração. Sem fome.*

Ezra se lembrou da primeira vez que ouviu "A Night in Tunisia", de Dizzy Gillespie. Em um êxtase frenético, deu o nome de Tunísia ao seu novo filhote de Doberman (que ele descanse em paz). Passou seis meses comendo apenas em um restaurante local de comida tunisiana. Estava pronto para largar tudo e *se mudar* para a Tunísia.

Esse era o poder transcendental de uma canção! As realmente boas eram capazes de reorganizar a topografia da sua alma. Era isso que alimentava a fome sublime de um músico.

Mas ninguém tinha preparado Ezra para o momento em que isso desapareceria, quando ele não mais saltaria da cama com um desejo avassalador de tocar até o mundo sumir. Ninguém o avisou sobre o vazio desolador que o cobriria quando esse apetite evaporasse.

— Você sabe que não toco mais. — O tom de Ezra deixava claro que o assunto estava encerrado.

— Mas isso não é bem verdade, é? — A dra. Arroyo-Abril não seria a dra. Arroyo-Abril se não insistisse.

Ezra recostou a cabeça contra a parede.

— Toda vez que a vejo, ouço os pedaços daquela música na minha mente. É frustrante. Consigo sentir a melodia bem na beirinha da minha mente, mas não consigo alcançá-la. Não consigo dar forma a ela.

— Humm — respondeu a coach. — O que você acha que seria necessário para completá-la?

Em vez de responder à pergunta incisiva, Ezra mudou de assunto.

— Já pensou que toda a sua vida é uma memória? — perguntou ele. — Tudo é passado, exceto o agora. E o agora desaparece em um piscar de olhos. — Lentamente, ele coçou a nuca, refletindo sobre isso. — Qual é o sentido de qualquer coisa?

— Ezra, escute. Você construiu sua vida para ser temporária. Eu sei por que fez isso. Mas aquela florista não sabe. Conte a verdade para ela.

E então, porque era algo que valia a pena repetir, a dra. Arroyo-Abril colocou a mão sobre a dele e disse:

— *Qualquer coisa que não seja a verdade é mentira.*

CAPÍTULO 12

CHUVA DE FLORES

15-16 de fevereiro de 2024

Ezra estava à flor da pele de tanta ansiedade. Havia meia hora que andava de um lado para o outro em uma sala que não era sua, enquanto Focaccia, uma enorme husky siberiana branca como a neve, que também não era sua, o seguia de perto. Andar não estava ajudando, então parou de repente, fazendo a gigantesca bola de pelos ir de encontro a ele. Focaccia soltou um ganido, olhando para seu cuidador com os olhos verde-claros cheios de surpresa.

— Ahhh, machuquei você? Mil perdões, menina.

Ele se abaixou para bagunçar o pelo dela, que se jogou em Ezra, toda feliz, derrubando-o no chão e lambendo seu rosto sem parar. Ele adorava aquilo. Para Ezra, enquanto grande parte das pessoas eram demônios, a maioria dos cães eram anjos.

Sempre que estava na cidade, ele oferecia seus serviços de cuidador de cães no Rover.com. Viajava tanto que não poderia adotar um, então isso era o mais próximo que conseguia chegar de ter um cachorro. Dos mais de vinte cães que já havia cuidado, Focaccia era, de longe, sua cliente favorita. Com todo o carinho, ele passou o braço ao redor do pescoço dela, bagunçando ainda mais o pelo.

Agora posso dizer para a dra. Arroyo-Abril que fiz minha lição de abraços, pensou.

Com um suspiro, ele arremessou a bola de tênis de Focaccia pelo cômodo, e ela correu atrás com entusiasmo. Nem mesmo Focaccia estava conseguindo distraí-lo de sua tortura autoimposta.

Ezra passara o dia inteiro tentando criar coragem para ligar para Ricki, mas estava paralisado. Não conseguia se lembrar da última vez em que hesitara tanto antes de ligar para uma mulher. Não costumava ter problemas nessa área porque, de forma geral, ele, de fato, gostava da companhia delas. Na verdade, Ezra geralmente enxergava algo de interessante ou de adorável em cada mulher que conhecia. Isso tornava ainda mais estranho o fato de nunca ter tido um relacionamento longo, um compromisso sério.

O início era sempre tão bom, com aquele entusiasmo de "como foi que nos encontramos?". Mas ele nunca conseguia ir além. Isso exigiria enfrentar seu diagnóstico sombrio, a eterna pedra em seu sapato, e ele não tinha coragem para aquilo. O que não era problema algum, porque, em poucos minutos de conversa, Ezra conseguia perceber, por instinto, se ela aceitaria seu tipo de relacionamento casual, sem amarras. Era preciso um tipo específico de pessoa. Elas também eram inquietas, lutavam contra o passado e carregavam um niilismo inquietante. Ou estavam presas a casamentos sem sexo e entediantes e precisavam de um momento de adrenalina. Mulheres desse tipo não queriam promessas. Apenas momentos curtos e intensos.

Mas então veio Ricki. Ela não tinha a sombra da tragédia como as outras. Era pura esperança, luz e vulnerabilidade artística cativante, tão luminosa e colorida quanto a luz do sol atravessando um vitral. Meu Deus, era impossível conhecê-la sem se perder. E machucá-la.

Batendo com o celular de leve no queixo, Ezra se sentou no chão do apartamento contemporâneo e minimalista de seu cliente, com Focaccia aninhada ao seu lado. Ele não sabia como explicar o desastre de seu passado, nem a falta de propósito de seu futuro. Nunca tinha feito isso antes.

Qualquer coisa que não seja a verdade é mentira.

Com o coração na garganta, ele encarou os olhos cristalinos de Focaccia.

— Diga que eu não preciso fazer isso, Focaccia.

Ela inclinou a cabeça e soltou um uivo suave:

— Auuuu.

— Fá sustenido. Meio desafinado, mas robusto. Agora manda um sol.

Focaccia arfou feliz e, então, atingiu a nota com precisão impressionante:

— *Auuuuuuu!*

Ela era a favorita de Ezra porque ele a ensinara a cantar.

— Focaccia está *arrasando* no vocal! — murmurou Ezra com orgulho.

Ele apontou para ela. Ela se endireitou, sentada. Ele virou a palma da mão para cima, e ela ergueu o queixo. Então ele levantou a mão devagar, e Focaccia soltou um uivo estridente de partir os vidros.

Sorrindo, Ezra aplaudiu e jogou um petisco. Com uma impressionante falta de jeito, ela pulou para tentar pegá-lo no ar, errou e foi atrás dele no chão.

Por que você está obrigando a cadela a fazer escalas vocais?, perguntou a si mesmo, enojado. *Ligue para a Ricki, seu covarde de merda. Encare isso. Ligue para ela.*

Ele não tinha outra escolha. Por fim, Ezra pegou o celular e digitou o número da Rickezas. Tocou uma, duas vezes, e então...

— Rickezas, Ricki falando.

A voz dela ao telefone era rouca, o timbre sensual de uma mulher perigosa de um filme noir. Contrastava com seu comportamento radiante, o brilho permanente em seus olhos. Ouvir a voz sexy e incorpórea de Ricki em seu ouvido o deixou completamente desnorteado. Ele nem conseguia responder.

— Rickezas... olá, olá, *oláááááá*.

Certo, isso arrancou Ezra de seu transe.

— Alô? Bom dia... ou melhor, boa tarde, Ricki. — Ele pigarreou. — É o Ezra.

Silêncio. Três respirações no mais absoluto silêncio. Com o estômago revirado, Ezra tentava adivinhar o que se passava pela cabeça dela.

— Humm — disse ela, por fim. — Então você tem um celular.

— Todo mundo tem, não?

— Bom, tudo que eu tinha era seu telefone fixo.

A dra. Arroyo-Abril detestava celulares. Usava o dela para jogar Tetris e abusar do aplicativo Encontre Meu Carro. Ela decorou o telefone fixo de Ezra, mas não o celular.

— É, acho que sou mesmo das antigas, como você mencionou. Os modos de outros tempos, o telefone residencial.

— Gosto do seu estilo senhorzinho. É bem original.

Merda, isso vai doer, pensou Ezra.

Antes que ele conseguisse dizer algo apropriado, Ricki o interrompeu, desta vez com um tom ligeiramente mais formal, como se estivesse se esforçando para não parecer íntima ou falante demais.

— Então, como posso ajudar?

— Peço perdão se a incomodo. Sabe como é, ligar assim do nada. Eu só... eu queria saber... bom, o que você está fazendo?

— Agora?

— Agora, claro. Ou mais tarde.

— Bem... são duas da tarde. Estou trabalhando.

— Ah é, claro que está! — Ele fez uma careta, gemendo baixinho. Focaccia, solidária, se aconchegou ao lado dele, lambendo sua mão.

— Você parece nervoso — disse Ricki, percebendo pelo tom de voz.

— Eu *estou* nervoso — admitiu. Era aquele nervosismo de primeiro encontro. Nervosismo de primeiro beijo. Nervosismo de tudo pela primeira vez.

— É mesmo? Por quê?

Ezra fechou os olhos e encostou a cabeça na parede.

— Preciso contar uma coisa, mas não é do tipo que se diz pelo telefone.

— Entendi — respondeu Ricki. Ela fez uma pausa, e o silêncio ficou pesado. — Ezra, concordar em nos evitarmos foi uma ideia inteligente. Não posso me dar ao luxo de distrações. Alguma coisa em você me faz perder a cabeça. Sinto que estou ficando louca.

Ouvir Ricki dizer o nome dele causou um arrepio em seu corpo. Ele queria dizer que também estava louco, que, desde que se conheceram, cada momento longe dela parecia um desperdício.

Eu nem sei o nome do meio dela, pensou. *Não sei o livro favorito ou a lembrança mais constrangedora da escola. Mas isso não importa, porque já estou perdido.*

Como se termina com alguém que nem é sua namorada? Era o mesmo que entregar papéis de divórcio para um estranho na fila do caixa da farmácia.

— Concordo — disse Ezra, baixinho. — Devemos tentar ficar longe um do outro.

Qualquer coisa que não seja a verdade é mentira.

— Só tem um problema — continuou ele.

— Qual?

— Eu não quero. E você?

Quando Ricki não respondeu, Ezra continuou falando. Sem filtros, sem hesitação.

— Tudo o que faço é me perguntar quando vou ver você de novo — admitiu. — Não, "me perguntar" é fraco demais. Essa vontade de estar perto de você? Mesmo que por trinta segundos em um mercadinho ou fora de um café? Sou forte, consigo aguentar muita coisa, mas isso é insuportável. E, a propósito, você naquele vestido vermelho no casamento foi a melhor e a pior coisa que já me aconteceu. Você me fez perder o controle, e, para ser honesto, estou farto de fingir que essa imagem não é a última coisa que vem à mente antes de dormir. E você... você é tão engraçada, tanto quando quer como quando é sem querer, e eu... só quero estar perto de você. Mas estou devastado, porque não posso... nós não podemos... ir além. E eu gostaria de contar toda a verdade, cara a cara. Você me permite?

Ezra respirou fundo e tentou controlar os batimentos cardíacos. Não esperava que fosse despejar tudo aquilo de uma vez. Ouvir as próprias palavras tornava os sentimentos ainda mais reais.

Ele voltou a falar, quase em um sussurro.

— Por favor, Ricki. Você me permite?

Houve quase um minuto inteiro de silêncio assustador antes que Ricki respondesse:

— Não abro a loja amanhã, então estarei livre. Me encontre ao meio-dia.

O dia seguinte estava quente. Estranhamente quente. Sob nenhuma circunstância normal o mês de fevereiro em Nova York deveria ter ares de Palm Beach. Mas a peculiaridade disso era empolgante. Todos no Harlem estavam na rua, aproveitando a sorte antes que passasse, sabendo que algo tão raro e estranho não duraria.

Às onze e quarenta e sete, Ezra se encontrava na esquina oposta ao número 225½ da West 137th Street, tentando apagar da mente tudo o que sabia sobre aquele edifício.

A construção tinha a mesma cara de sempre: igual a todas as outras da rua, com sua fachada imponente. Mas agora havia uma loja exuberante e encantadora ao lado da escadaria dramática. A Rickezas.

Era um lugar novo, com uma nova história. Era a vez de Ricki estar ali. Ele se perguntava como era lá dentro. Sentia um desejo quase físico de ver onde Ricki vivia, dormia e trabalhava. Como ela havia transformado um lugar que guardava memórias terríveis em algo tão bonito.

E então, lá estava ela.

Ezra viu Ricki pela janela, equilibrando-se em uma escada íngreme e alcançando o teto. Um cinto de ferramentas surrado pendia de sua cintura. Ela parecia estar pregando ganchos lá em cima. E então, um por um, foi prendendo fios transparentes decorados com flores silvestres de seda até o chão. O efeito era de flores caindo do céu, suspensas no ar. *Como ela pensou nisso?* A instalação parecia a sequência de um sonho psicodélico e flutuante saído de um filme tecnicolor.

Assim estava Ricki, no topo da escada com tamancos plataforma, calça justa estilo anos setenta e um top curto, que deixava uma faixa de pele à mostra quando ela se esticava. Meu Deus, ela era uma mistura fascinante de fragilidade e vigor. A tensão entre a força implacável em sua postura e a maciez sedutora de seus cabelos, de seus quadris...

Por um momento delirante, Ezra esqueceu por que estava ali.

Com toda a certeza não era para ficar bisbilhotando escondido. Então, mesmo antes da hora, tocou a campainha. Pela janela, viu Ricki se assustar. Ela desceu os degraus devagar, com uma lentidão que parecia deliberada... *a bunda dela, meu Deus.*

Cinco segundos depois, ela abriu a porta. E Ezra ficou ali, visivelmente impactado.

Ricki estava radiante. Ofegante. E completamente encantadora na forma de mostrar que estava contente por vê-lo.

— Você está adiantado — disse ela, quase sem fôlego.

— Estou... embasbacado.

— Com o quê?

Com você.

— Sua arte. Nunca vi nada assim.

— Você estava me observando. — Uma afirmação, não uma pergunta. Ela trancou a porta da frente e se virou para ele, com uma expressão triunfante.

Ele não negou.

— Você gosta que eu observe?

Os olhos dela brilharam, mas ela deu de ombros, de forma quase imperceptível.

— Vamos — disse e, antes que ele pudesse responder, ela já havia passado por ele em direção à rua. Ezra a acompanhou, e os dois seguiram pela 137th Street.

— Então, no que você estava trabalhando lá dentro? — perguntou Ezra. — É hipnotizante. Parece uma cena de conto de fadas.

— Ainda não sei, mas estou chamando de chuva de flores — respondeu, ajustando a bolsa. Era uma mistura de lona e camurça, com fivelas robustas e detalhes em metal. Ele tinha certeza de que ela mesma a tinha feito. Tinha seu toque criativo em cada detalhe da costura.

— Uma chuva de flores! — repetiu Ezra. — É incrível.

Ricki sorriu, radiante.

— Você já viu *Alice no País das Maravilhas*, da Disney? Era meu filme favorito quando criança. Tem uma cena em que a Alice está deitada na grama. É um dia claro de verão e ela está cantando sobre seu mundo imaginário, cercada por margaridas. É logo antes de ela cair na toca do coelho e tudo virar de cabeça para baixo. A única coisa que deixaria essa cena mais perfeita seria se ela estivesse sendo banhada por uma chuva de flores. — Ricki pegou as luvas. — Sonhei com essa ideia.

— Você se lembra dos seus sonhos?

— Ah, meus sonhos são vívidos. Não me esqueço deles.

Ela olhou para Ezra. Ele retribuiu o olhar. Uma corrente elétrica pareceu passar entre os dois, inevitável e palpável.

— Nunca vi nada tão bonito — disse Ezra, momentaneamente perdido no rosto dela. Ele não podia acreditar que deixara aquela frase escapar. Pigarreou, tentando se recompor. — Hã... você vai colocar a venda?

— Não, é só uma decoração pra loja. Sei lá, os tempos estão difíceis. As pessoas trabalham muito. Quero criar um lugar onde possam escapar. Estou vendendo uma fantasia.

Aquilo soava familiar. Onde Ezra tinha ouvido isso antes? Em um filme? Ele já tinha dito algo assim?

— Sei que é bobagem — continuou ela. — São só flores. Mas essa é a parte boa em ter o próprio negócio, você pode ter ideias bobas e ninguém pode dizer não.

— Não tem nada de bobo nisso — respondeu ele. — "São só flores" é o mesmo que dizer "é só música". Nenhuma das duas coisas precisa significar algo. Mas, nas mãos certas? Mãos habilidosas? Pode significar tudo.

Ricki concordou. Enquanto caminhavam, Ezra lançou um olhar furtivo para ela. Ricki mordiscava o lábio inferior, perdida em algum pensamento. O sol brilhava em seus cabelos, refletindo tons de castanho-avermelhado. Ela era deslumbrante. De repente, ele esqueceu por que estava tão assustado.

— Uma pena que essa é a última vez que vamos conversar — declarou, por fim. — Você me viu trabalhar, mas nunca vou ver *você* trabalhando. Aquela vez que tocou no Exquise foi só uma amostra. Quero ouvir mais.

— Você quer me ver tocar?

— Claro que quero. Estou curiosa.

Ele balançou a cabeça, um brilho brincalhão nos olhos.

— Não.

— Como é que é? Por quê?

— Eu não faço isso. É sacanagem. — Ele deu um sorriso discreto. Era para lá de presunçoso e sabia disso.

— Sacanagem porque você acha que vai me ganhar com isso.

— Sacanagem porque sei que vou.

Ricki parou de andar e encontrou o olhar desafiador dele. Corajosa, deu um passo à frente.

— Eu gostei de ter você me observando — disse ela, a voz rouca.

Ignorando todos os alarmes que soavam em sua mente, Ezra respondeu:

— Que joguinho é esse?

— O mesmo que você está jogando.

— Isso não é um jogo. Não estou brincando com você, Ricki. É por isso que estou aqui. Devo a verdade a você.

— Não, você *está* brincando comigo — retrucou ela. — Tem feito isso desde que nos conhecemos. Eu queria que você sentisse o que eu sinto.

— O que você sente?

Ela fechou os olhos, os cílios tocando a pele corada. Quando enfim olhou para Ezra, com uma vulnerabilidade indefesa, ele ficou atordoado.

— Estou fascinada — sussurrou ela.

Ezra se forçou a ficar no lugar. Sabia que, se chegasse mais perto, se tocasse na pele dela, se tocasse nela, se a beijasse, nunca mais pararia.

— Fascinada — repetiu ele, a voz carregada de um desejo indescritível. — Ricki, Você não percebeu? Eu sinto o mesmo.

Ela o encarou, sem piscar. Então, uma chama de rebeldia surgiu no olhar de Ricki.

— Então vamos fazer um acordo de cavalheiros — sugeriu. — Seja lá qual for o seu grande segredo inegociável, não me diga agora, me diga esta noite. Vamos passar o dia juntos para fazer o que quisermos. E depois você me conta e tudo acaba.

— Mas, pelo menos, teremos hoje... — disse ele.

— Exatamente — sussurrou ela. — Diga que sim.

Ele já não tinha dito sim?

Dizia sim todas as noites ao encarar o retrato dela antes de cair em um sono agitado.

Disse sim quando pediu para vê-la naquele dia.

Disse sim ontem ao telefone, quando confessou que aquele vestido vermelho deu um nó em seu cérebro.

Era irresponsabilidade, pura imprudência. Mas Ezra tinha que dizer sim. E ele continuou dizendo sim o dia inteiro, até que os dois estavam se afogando em profundezas insondáveis, longe demais para voltar.

CAPÍTULO 13

TRANSCENDENTAL, DEVASTADOR, PERFEITO COMO UMA ALMA GÊMEA

16-17 de fevereiro de 2024

Depois daquele momento de tensão em frente ao Rickezas, Ricki e Ezra estavam dando tudo de si para manter as coisas sob controle enquanto caminhavam.

Evitavam andar perto demais um do outro. Evitavam conversar sobre assuntos muito profundos. Evitavam mencionar o fato de que, no fim do dia, Ezra revelaria seu terrível segredo, e cada um seguiria seu caminho.

Ricki e Ezra evitavam se perder irremediavelmente um no outro.

Durante meia hora, conversaram sobre assuntos genéricos, como seriados e o campeonato de basquete, enquanto seguiam para um restaurante orgânico local que Ezra queria experimentar.

— Não moro mais aqui, então não sei o que é bom — admitiu ele. — Mas li uma ótima crítica do brunch do Cozinha da Pia na *New York*.

Os olhos de Ricki brilhavam, os cachos soltos e volumosos emoldurando seu rosto.

— A revista física ou on-line?

— A revista física — respondeu ele. — Preciso de páginas de verdade, físicas. E gosto de escrever notas nas margens, é um hábito antigo.

Ela concordou enfaticamente.

— Eu também! O que você escreve nas margens?

— Ideias para músicas, na maioria das vezes. Sublinho frases que soam musicais ou que inspiram uma melodia. — Ele trocou o peso do corpo para o outro pé, mãos nos bolsos, parecendo um pouco envergonhado.

Ricki mal conseguia ouvir, porque estava em meio a uma epifania. Seria o Ezra de climas quentes o mais sensual entre os Ezras? Antes daquele dia, ela pensava que o olhar austero e intenso dele, junto com aquela boca linda, seria sua ruína, mas, nossa, ela não estava pronta para o impacto erótico dos *bíceps dele à mostra em uma camiseta de mangas curtas*. Ela queria afundar o rosto na pele aveludada sob seu queixo, inebriar-se com o aroma amadeirado e fresco dele. Era uma tortura.

— Também gosto de papel de verdade — disse, tentando se acalmar. — Coisas antigas ganham meu coração. Minhas peças favoritas para usar são dos anos vinte, trinta e sessenta. Aquelas mulheres sabiam se vestir. Josephine Baker, Lena Horne, Diana Ross...

— Adoro o seu estilo. É uma arte, de verdade. Sua atenção aos detalhes é capaz de transportar para outra era.

— Obrigada — agradeceu com timidez. — Sempre admirei como nossos ancestrais caprichavam e mostravam presença. Aqueles retratos de Van Der Zee da alta sociedade do Harlem nos anos vinte... Lindas peles negras, vestidos de cetim, ternos, chapéus, toda a sexualidade... uma ostentação impecável.

— Conteúdo ostentacionalmente explícito — disse Ezra, assentindo.

Ricki arfou.

— Você gosta de trocadilhos?

— Sou o *rei* dos trocadilhos. Trocadalhos do carilho.

— Eu queria chamar a floricultura de Pra rir ou pra florar, mas não dava pra registrar uma pergunta. Criativo, né?

— Ah, essa foi poda.

Ricki revirou os olhos de forma exagerada. Ezra parecia tão orgulhoso. Covinhas que eles nem sabiam que tinham surgiam no sorriso dos dois. Era seguro dizer que estavam encantados um pelo outro. Isso bastava para que esquecessem que cada instante juntos naquele dia seria o último.

Ezra apontou para uma fachada sem graça mais adiante na rua, com um toldo bege onde se lia COZINHA DA PIA. "Brunch à vontade" estava escrito à mão em dourado em um quadro de giz na calçada.

— É ali — disse ele. — Logo adiante.

Ricki não conseguiu evitar sorrir para ele.

— Não uso "adiante" o suficiente.

Na entrada, Ezra segurou a porta e caprichou no charme.

— Ricki Wilde, aceitaria o convite para me acompanhar neste paraíso de libações e delícias vindas direto da fazenda?

— Nada me encantaria mais, Ezra Walker — respondeu ela com uma doçura provocante.

Eles foram recebidos por uma recepcionista carrancuda com batom índigo.

— Bem-vindos — resmungou ela, com um forte sotaque do Bronx. — Vocês têm reserva?

— Me desculpe, senhorita, não fiz. Alguma chance de terem uma mesa livre?

A recepcionista franziu as sobrancelhas espessas da moda e depois olhou os dois de cima a baixo.

— Não querem deixar nada no guarda-volumes?

Ricki balançou a cabeça com um sorriso agradável.

— Não, acho que estamos bem.

Suspirando, a recepcionista empurrou uma cortina.

— À *chacun ses goûts*. Me sigam.

— Cada um com seu gosto — sussurrou Ezra para Ricki.

— Você fala francês?

— Já morei na França.

— O que você nunca fez?

— Isso. — Com os olhos brilhando de travessura, ele estendeu a mão e entrelaçou os dedos nos dela.

Eles nunca tinham se tocado antes, pele na pele, e uma sensação quente e formigante irradiou de suas palmas. Por um momento, ficaram parados no lugar, olhos fixos um no outro, os dedos apertando-se levemente. Ezra passou o polegar contra o dedo dela de forma suave, e Ricki soltou um pequeno suspiro involuntário.

— Pare — sibilou ela.

— Pare você — ordenou ele, os olhos brilhando. — Se comporte.

Então Ezra a guiou para dentro do restaurante, seguindo a recepcionista até a mesa.

O Cozinha da Pia tinha uma iluminação fraca, com bancos de couro sintético estampados com grafites ao longo das paredes. Apenas um estava livre, bem no fundo. Um pop europeu soava baixinho pelos alto-falantes. O lugar exalava cheiro de canela e café de qualidade. Soltando as mãos, os dois se acomodaram no banco, lado a lado.

Não estavam ali nem por quatro segundos quando Ricki notou os outros clientes.

— Olha — sussurrou, tapando a boca com a palma da mão.

Um casal do outro lado da sala pagou a conta e levantou-se. O homem usava uma camisa de flanela xadrez; a mulher, um suéter confortável de caxemira — e, bem, seus trajes paravam por ali. O homem estava de cueca branca apertada. A mulher, com uma calcinha fio dental de renda.

Pareciam normais da cintura para cima. Mas, abaixo disso, nada além de roupas íntimas.

De repente, um jovem magro, branco, com bigode em forma de guidão, uma camisa polo e uma *cuequinha* se apressou até a mesa de Ricki e Ezra.

— Senhor, senhora, sou o garçom de vocês. A recepcionista ofereceu para guardar suas calças?

Ezra o encarou, incrédulo.

— Posso perguntar... o que exatamente vocês *fazem* nesse brunch?

— Bem, esse é um brunch à vontade. O cliente também pode ficar à vontade. — Ele fez uma pausa. — É um trocadilho.

Ricki lançou um olhar para Ezra, os lábios tremendo com a vontade de rir.

— Tá legal, eu só passei os olhos na crítica! Estava na seção "Melhores da cidade".

— Melhores em quê, exatamente? — riu Ricki.

O garçom entregou o cardápio de bebidas.

— Deem uma olhada no conceito. Nossos clientes acham a experiência bem libertadora.

Ele saiu, e Ricki e Ezra observaram uma loira na casa dos trinta passando por eles a caminho do banheiro, usando uma blusa de grife e uma calcinha estampada com cerejas.

Os olhos de Ricki estavam enormes.

— Isso é pra ser sexy? Esses assentos são de couro, não deve ser confortável para coxas nuas. — Ela abaixou a voz. — Li sobre uma mulher que ficou sentada no sofá de couro por seis anos e a pele dela grudou. Tiveram que cortá-la para fora do sofá.

— Fica de lição para os introvertidos — disse Ezra, adorando a loucura da situação.

— Olha, acho que todo mundo deve ter suas fantasias, mas não consigo me imaginar comendo um croque madame de fio dental.

— Não? E um waffle belga?

— Quão reprimida a pessoa tem que ser pra apenas um brunch de calcinha ser capaz de libertar a vadia que está presa lá dentro?

— Aposto que a maioria vem aqui só para ter história para contar depois.

Ele deslizou o menu na direção de Ricki. Inclinando a cabeça juntos, os dois leram a lista de drinks: *Triângulo amoroso. Domingo casual. Daiquiríni de banana. Caipicinha.*

O garçom voltou, suas pernas finas e peludas parecendo muito desprotegidas.

— Um coquetel? O dia está ótimo para um Bunda Libre! Devia ter mencionado que, legalmente, vocês precisam tirar as calças pra permanecer aqui.

— Não, obrigada — disse Ricki. — Estamos fazendo questão de *manter* nossas calças hoje.

O garçom coçou o queixo, revelando um #BLM, uma tatuagem do Vidas Negras Importam, no pulso.

— Não sei se posso fazer isso, mas me sigam. E sem espiar os outros.

Com os olhos no chão, Ezra e Ricki seguiram o garçom pelo restaurante até o jardim dos fundos. E ali, diante deles, estava um globo de neve gigante. O globo, do tipo que muitos restaurantes usaram na pandemia, era decorado com elementos no estilo de chalés de esqui: luzinhas reluzentes, um tapete branco felpudo, um banco rústico de piquenique e cobertores aconchegantes. Era mágico.

— É de vocês por uma hora, se quiserem — disse o garçom sem calça.

Ah, eles queriam. Ricki e Ezra se acomodaram dentro de sua bolha particular, ainda de calças, enquanto o garçom saía para buscar as bebidas.

— Melhor darmos uma boa gorjeta para ele — disse Ezra. — Salvou nossas vidas.

— Um verdadeiro aliado. Viu o #BLM no pulso dele?

— Vi — reconheceu ele, com um tom moderado. — Gosto do gesto. Só que... cansa. Inventar slogans para justificar sua humanidade, repetidas vezes, é deprimente. "Vidas negras importam", mas antes era "Black Power" e já foi "Um homem negro foi linchado ontem". Parece *Feitiço do tempo*.

Ela concordou.

— Pense nas músicas de protesto. É uma a cada década. Billie cantou "Strange Fruit" nos anos trinta. Sam Cooke escreveu "A Change Is Gonna Come" nos anos sessenta.

— Marvin fez "What's Going On" nos anos setenta. N.W.A escreveu "Fuck tha Police" nos anos oitenta. E assim vai. — Ezra suspirou, passando a mão na nuca. — Vivi tanto sofrimento sem necessidade. Perdi tantas pessoas. Isso tem consequências.

Ricki observou o homem de vinte e oito anos à sua frente. Tinham a mesma idade, mas ele parecia tão cansado do mundo. O que será que ele tinha visto?

E, que Deus a ajudasse, lá estava outra vez: Ricki sendo atraída pelo segredo trágico de Ezra, o mistério, a tristeza palpável. As profundezas desconhecidas dele.

— Bem, o mundo pode estar em frangalhos ao nosso redor — disse Ricki, sempre otimista —, mas ainda estamos criando no meio disso. Sempre teremos arte, amor, histórias, aventuras, beleza...

— Flores — disse ele com um sorriso.

— Pianos — respondeu ela, sorrindo de volta. — Posso ser terrivelmente intrometida por um segundo?

— Claro — disse ele, com um tom de convite. — Pergunte o que quiser.

— Como um pianista freelancer consegue gastar milhares em arte antes dos trinta?

— Sem grandes segredos, apenas bons investimentos. E créditos como compositor.

— Sério? Alguma música que eu conheça?

— Humm. — Ele puxou o lábio inferior, pensando. — Você ouve músicas dos anos trinta? Bepop? Blues? Jazz?

— Não muito. Sou mais de hip-hop, pop e R&B.

— E de onde você acha que tudo isso veio?

— O que você não vai fazer é bancar o sabe-tudo e me explicar a história da música do século XX, em um *mansplaining*, como se eu, *uma especialista em cultura pop,* não soubesse.

Culpado, ele riu, os dentes brancos e perfeitos contrastando com sua pele negra e vibrante.

— Não me entenda mal — disse Ricki. — Respeito todas essas influências, mas prefiro coisas novas. Às vezes, quando escuto artistas antigos... blues, por exemplo, como aquelas gravações de Robert Johnson nos anos trinta, eu aprecio a arte, mas soa meio ultrapassado.

— Eu entendo. O primeiro modelo pode não ser o mais chamativo, mas é o mais inteligente. Pense na internet. Claro, ela mudou o mundo. Mas o telégrafo é o tataravô dela e *aquilo sim* foi inteligente. *Aquilo sim* foi um salto inimaginável. Antes disso, a informação viajava tão rápido quanto um sujeito a cavalo.

Ricki piscou devagar, apoiando o queixo na palma da mão. Por que cada nova coisa que descobria sobre Ezra, cada porta que ele abria para ela, fazia com que se apaixonasse ainda mais?

Não é possível desejar alguém assim tão intensamente, pensou.

— Você é estranho, Ezra Walker. Não é como ninguém que eu já conheci.

— Eu sei — disse ele, levando um copo d'água aos lábios. — Sou um mistério.

— Que inveja. Dizem que meu rosto entrega tudo que sinto.

— Sim, entrega mesmo, e é charmoso pra caralho. — Ele grunhiu baixinho. — Perdão.

— Ezra, pode falar palavrão comigo. Você está se prendendo a uma regra antiga que presume que as mulheres são frágeis. Eu não sou frágil.

— Isso é óbvio. Mas, como já falei, sou um cavalheiro.

— É mesmo? — O olhar dela se iluminou com um toque de desafio. — Hipoteticamente falando, o que mais você faria em nome do cavalheirismo? Pedir a comida por mim? Me vestir? Vai me jogar no ombro e me carregar por cima de uma poça?

Ezra a encarou e, devagar, deixou o olhar deslizar até os lábios dela, voltando em seguida. Ele a observava como se a bebesse. Era um momento descaradamente íntimo.

— Depende. O que você quer que eu faça?

Estou perdendo o foco, pensou Ricki, pressionando uma coxa contra a outra, tentando ignorar a sensação crescente.

— Enfim — continuou, sentindo um frio na barriga: — A propósito, falando em música, queria saber o que você estava tocando no Bar Exquise. Não consigo tirar aqueles acordes da cabeça.

É como se você tivesse escrito para mim, pensou. *Está me assombrando.*

— Não sei. Ouço pedaços da melodia, mas não consigo transformá-la em uma música completa. Está faltando algo.

— O que você acha que está faltando, Ezra?

— Ainda vou descobrir, Ricki. — Seus olhos dançavam. — E seu nome, de onde veio?

Ela gemeu.

— Meu Deus, esperava que você não perguntasse. Foi por causa do meu pai. Richard Wilde.

O rosto de Ezra se iluminou com um deleite genuíno e inocente.

— Não ria de mim!

— Não estou rindo. — Ele estava. — Eu *adorei*. Então ele é o Grande Richard e você... a Pequena Richard?

— Me chame de Pequena Richard e eu acabo com você. Meus pais esperavam um menino! E já tinham gravado uma colher de prata da Tiffany, então... — Ela deu de ombros. — É muita pressão. Nunca serei tão bem-sucedida quanto meu pai.

— Mas a vida é sua, não dele. Você está feliz com as suas escolhas, certo?

Ricki respirou fundo, ponderando.

— Acho que sim. Estou.

— Então nada mais importa — disse ele. — Ame bastante. Coma muito. Foda bastante. E deixe o mundo melhor do que encontrou. Isso é sucesso.

Ricki cruzou os braços.

— Você não vai pedir desculpas por dizer "foda bastante"?

Ezra curvou os lábios em algo perigoso, entre um sorriso e uma expressão de desafio. Ele terminou de beber a água com toda a calma.

— Eu nunca peço desculpas por foder bastante.

O garçom de pernas nuas apareceu para anotar os pedidos, mas, sentindo a chama de erotismo palpável entre eles, retornou para dentro no mesmo instante. Eles nem notaram.

Ricki e Ezra ficaram por horas, se deixando levar por coquetéis com nomes cheios de eufemismos. Debateram qual era o melhor doce de padaria (Ricki: bolo crocante da Louisiana; Ezra: rolinhos de canela), o irmão mais estranho das séries de TV com protagonistas negros (Ricki: Sondra Huxtable; Ezra: aquele garoto de *Shameless*) e seus passatempos favoritos (Ricki: renovar roupas dos outros; Ezra: passear com os cachorros dos outros). Mal tocaram nas panquecas de banana.

Já estava quase escuro quando decidiram caminhar para se livrar dos efeitos das bebidas, aquele momento de transição em que o sol dá seu último suspiro do dia. Nenhum dos dois queria que terminasse. Com a chegada da noite, viria a verdade sobre o segredo de Ezra, e os dois estavam jogando com o tempo, estendendo-o, aproveitando cada instante antes que aquilo se desfizesse em pó.

Eles caminharam até chegarem ao Viaduto de Riverside Drive, uma via de quinze metros de altura sustentada por uma fileira de arcos pitorescos. Naquela noite, um letreiro iluminado com a frase *Feira Noturna do Alto Harlem* adornava o topo de um dos arcos, e embaixo dele acontecia uma animada festa de rua. Havia minigolfe fluorescente, food trucks e um DJ pintado com cores iridescentes.

No centro, pessoas dançavam ao som de sucessos antigos de hip-hop misturados com Doja Cat, SZA e Bad Bunny.

Energizados e aquecidos, Ricki e Ezra logo se juntaram à multidão, atraídos pelo mercado de pulgas, com prateleiras de fotografias, discos e revistas. Como era de se esperar, Ricki foi direto para as araras de roupas.

— *Esse é tudo* — exclamou ela, puxando um vestido de chiffon tomara-que-caia e esvoaçante. — Bem no estilo "perdi a virgindade no banco de trás de um carro depois de um baile dos anos cinquenta".

— Esse é seu. Você precisa dele — disse Ezra, surgindo com uma pilha de revistas *Life*, a de cima aberta em um perfil de Ray Charles de julho de 1966.

— É um sinal do talento de Jamie Foxx — declarou Ricki — que não consigo olhar para Ray Charles sem ver o rosto dele.

Ezra ficou boquiaberto.

— Como é?

— Eu disse o que disse — provocou ela, brincalhona.

— Ah, agora você passou dos limites. Jamie Foxx é talentoso, mas estamos falando de *Ray Charles*. Quer dizer, quando ele era jovem, precisou treinar um pouco. A mão direita dele era mais fraca, então eu...

Ricki ergueu a sobrancelha.

— Você o quê? O que ia dizer?

— Nada, só me detendo antes de entrar em detalhes técnicos demais — respondeu ele depressa. — E você, vai provar o vestido?

— Deveria, né? — Ela parou diante de um espelho de corpo inteiro, avaliando o vestido. — Minha mãe tinha um parecido. Aquela maluca tem estilo, pelo menos. Aqui, experimente isso — disse ela, pegando um blazer de smoking de uma arara marcada "1920".

A lapela tinha um leve cheiro de colônia antiga. Ezra segurou o blazer contra o peito enquanto os dois se posicionavam lado a lado no espelho.

Pela primeira vez, viram-se juntos como um par. E eles combinavam.

Os dedos se moveram em direção uns ao outros, os mindinhos se tocando. Ricki sentiu algo mudar entre eles, como se suas moléculas tivessem sido rearranjadas.

— Então, o que você tinha pra me contar? — perguntou ela, a voz trêmula. — Preciso saber. Agora. Porque isso está bom demais.

Nesse momento, o dono da feira se aproximou deles. Era um senhor de setenta anos, ligeiramente curvado, vestindo um agasalho da Adidas. Ezra pegou a carteira do bolso e entregou o dinheiro para pagar pelas peças. Então notou algo no rosto do homem e recuou. Foi sutil, mas suficiente para Ricki perceber.

— Vocês formam um belo casal — disse o homem.

— Obrigada! — exclamou ela. E, como sempre fazia, continuou falando mais do que o necessário. — Estamos aproveitando nossas últimas horas juntos. Por motivos desconhecidos, este é nosso último encontro.

— Que bom. Caso contrário, estariam cometendo um erro terrível.

— Como é? — Ela ficou tensa, procurando sinais de que ele estivesse brincando. — O que você...

— Quer dizer, vocês dois deveriam ficar longe um do outro — ordenou o homem, apontando um dedo acusatório. — Só há escuridão esperando.

A expressão de Ezra endureceu. Pegando a mão de Ricki, ele a conduziu para longe, deixando para trás as roupas, as revistas e quarenta dólares em troco.

Ricki não conseguia entender o que tinha acabado de acontecer.

— Ezra, do que ele estava falando?

— Coitado. O sistema de saúde mental neste país é arcaico — disse ele. — Você vai se esquecer dele em um mês, de todo modo.

Você vai se esquecer dele em um mês, de todo modo.

Onde ela já tinha ouvido isso antes?

Quando voltaram para Rickezas, já eram cerca de nove da noite. A embriaguez tinha se transformado em uma leve e confortável sensação de torpor, e aquele encontro estranho, por ora, havia ficado em segundo plano. Ricki parou na porta e olhou para Ezra.

— Você... quer entrar? Tomar um café ruim de máquina? Um último drinque?

— Não. — A tristeza no rosto dele foi como um soco no coração dela. — Acho melhor recusar.

— Certo. Claro. Então, quer terminar comigo aqui ou lá dentro?

Eles se olharam, ambos sentindo a dor de perder alguém que mal conheciam. Um vento seco soprou ao redor deles, brincando com os cabelos de Ricki.

— Não quero que esta noite acabe — disse ele, a voz baixa.

— Então entre só um pouquinho. — Ela forçou um sorriso. — Quer ver meu piano quadrado? Pelo menos pode me dizer se vale alguma coisa.

Ezra não tinha mais desculpas. Em silêncio, Ricki o guiou pelo jardim exuberante da Rickezas até o apartamento. Um feixe solitário de luz da lua brilhava pela janela acima da cama dela. O radiador estalava. Uma sirene soou à distância. Na rua, alguém riu, um som metálico e distante.

E Ezra congelou em frente ao piano. Mesmo no escuro, Ricki conseguia distinguir sua expressão atormentada, como se ele estivesse travando uma guerra que ela não compreendia.

Por fim, ele se moveu, passando os dedos pela superfície do instrumento.

— Quer tocar? — sussurrou Ricki. Ela se sentou na beirada da cama, atrás do banco do piano. — Aquela música que ouvi você compondo?

Ezra sentou-se ao piano, de costas para ela, e abriu a tampa, expondo as teclas. A luz da lua dançava em sua pele. Ele parecia celestial. Ricki o observava, absorvendo as linhas de suas costas e ombros fortes sob a camisa, a pele do pescoço. O silêncio era absoluto.

Com um suspiro pesado, Ezra esfregou as mãos. Ele estalou os nós dos dedos e cerrou os punhos. Então, pairou as pontas dos dedos trêmulos sobre as teclas.

Ezra lançou um olhar para ela por cima do ombro. Seus olhos brilhavam com lágrimas que não caíam.

— Não consigo. — Sua voz era baixa, estrangulada. — Acho que preciso de você. Para tocar. Acho que você era a peça que faltava.

Ricki entendeu. Em um instante, ela estava ao piano. Com um gesto suave e contínuo, ele a puxou para o colo, de modo que ficassem frente a frente, Ricki montada sobre ele.

Eles estavam nariz com nariz, testa com testa, lábios quase se tocando. Com um gemido rouco, Ezra a segurou pela cintura, colando-a contra os músculos fortes de seu peito, enrolando as pernas dela ao redor de sua cintura. Não havia espaço entre eles. Apenas um desejo bruto e crescente.

— Toque pra mim — sussurrou ela contra a boca dele.

Ele mordeu de leve o lábio inferior dela, fazendo suas coxas virarem gelatina.

— Obrigado.

Com os braços ao redor dela, os dedos dele instintivamente encontraram as teclas. E, *ah*, o som que saiu dali. Era a peça da outra noite, porém mais completa. Uma música inteira, que estava sintonizada com Ricki, derretendo-se nela, a aquecendo.

Exposto, Ezra enterrou o rosto no pescoço de Ricki, sua respiração quente sobre a pele dela enquanto tocava. Ela se agarrava a ele, e ele continuava, magistralmente, magicamente extraindo a melodia bruta e arrebatadora do instrumento. A música incendiava Ricki, o ritmo lento e devastador arqueando suas costas, acelerando seu coração.

Ricki afundou os dedos nos bíceps de Ezra e se moveu contra ele, acompanhando o ritmo controlado e sincronizado da música. Ela o sentiu endurecer, grande e quente, através das roupas. A fricção enviava ondas de prazer por seu corpo. Incapaz de se conter, ela murmurou o nome dele.

E então Ezra não conseguiu mais tocar.

Segurando Ricki pela bunda, ele se levantou. Em segundos, ele a prensou contra a parede, os pés dela mal tocando o chão. Sua boca colidiu com a dela em um beijo voraz e desesperado. Ele tinha gosto de uísque e calor. Ela tinha gosto de cerejas e creme. Eles se agarraram, perdidos na intensidade do momento.

Enfiando a mão no cabelo dela, Ezra inclinou a cabeça de Ricki para trás, beijando-a ainda mais fundo, mais faminto, como se nunca mais fosse ter outra chance. E, se Ricki algum dia pensou que dominaria Ezra, que o faria pagar por brincar com ela, ele encerrou essa fantasia. Porque ela desmoronou em seus braços. Aquilo era puro arrebatamento.

Sobrecarregado pelo perfume de Ricki, pela maciez de sua pele, Ezra interrompeu o beijo, reunindo todo o autocontrole que conseguiu, mas, quando ela o olhou com uma fome tão vulnerável e explícita, ele a puxou para outro beijo arrebatador. Naquela confusão quente e ofegante de mãos, bocas e línguas, Ezra conseguiu tirar a camisa de Ricki.

Então ele congelou. Seu rosto se iluminou com admiração. Os seios de Ricki eram incrivelmente fartos e volumosos, quase escapando do sutiã.

— São maiores do que parecem com roupa — disse ela, rindo de nervoso.

— Sorte minha — murmurou ele.

Com uma das mãos, ele abriu o sutiã, ainda bem que aquela porra abria pela frente e, então, com uma reverência quase religiosa, segurou os seios dela com ambas as mãos, passando os polegares sobre os mamilos. Ricki arfou, arqueando as costas com o toque dele, um arrepio de prazer percorrendo seu corpo. Ele envolveu um dos mamilos com a boca, sugando com crescente intensidade enquanto ondas de prazer rugiam dentro dela.

Ricki precisava de mais. Impacientemente, ela agarrou o suéter de Ezra com dedos desajeitados, murmurando:

— *Tira isso, tira isso, tira isso.*

Até que ele obedeceu, revelando a vasta extensão de seu peito. Ele era magnífico. Ela lhe disse isso enquanto abria o zíper da calça dele, deslizando a mão por dentro do elástico da boxer.

Ricki arregalou os olhos.

— É maior do que parece com roupa — disse ele com um sorriso, os olhos semicerrados de desejo.

— Sorte minha — sussurrou ela.

Com um brilho travesso nos olhos, ela lambeu a palma da mão e começou a acariciá-lo. Ele gemeu, fechando os olhos e encostando a testa na dela. Ela ergueu os lábios até os dele, deslizando a língua sobre o lábio inferior de Ezra.

— Pare — ordenou ele.

— Não — murmurou ela contra a boca dele.

— Ricki, eu vou... *Pare.*

Ezra afastou a mão dela, segurando-a pelos pulsos e, com uma das mãos, prendeu seus braços contra a parede acima da cabeça dela. A respiração de Ricki ficou ofegante, de tão excitada que se sentiu ao ser contida.

Distribuindo beijos quentes pelo pescoço dela, ele deslizou a outra mão para baixo, para baixo, para dentro da calcinha de algodão molhada. Com a boca quente contra a mandíbula dela, ele a tocou em círculos lentos e preguiçosos. Ela fechou os olhos. Encostou a cabeça na parede. Ela estava tonta, sentindo quase demais.

Quando abriu os olhos, viu Ezra ajoelhado diante dela. E a visão daquele homem grande e magnífico se submetendo a ela era inimaginavelmente sexy. Ele a segurou pela cintura e plantou um beijo úmido sob seu umbigo, os dentes afundando na pele macia. Os joelhos de Ricki cederam. Então, com um movimento ousado e faminto, ele puxou a calcinha dela para o lado e, sem cerimônia, enterrou o rosto nela.

— Meu Deus — sussurrou ela enquanto ele deslizava a língua por suas dobras, torturando-a com sucções suaves e lambidas indulgentes, como se estivesse morrendo por isso. Como se fosse morrer sem isso.

Ela estava se afogando agora, as costas arqueadas contra a parede, os seios enrijecidos, uma perna apoiada no ombro dele. Os braços musculosos de Ezra eram a única coisa a mantê-la de pé, até que seus gemidos crescentes se tornaram demais para ele suportar.

Ezra puxou Ricki para si, e os dois caíram para trás, emaranhados no tapete dela. De alguma forma, enquanto ela se agarrava a ele, Ezra alcançou um preservativo na carteira. Com uma impaciência frenética, Ricki o pegou de suas mãos e o colocou. Puxando-a para um beijo delicioso e quase doloroso, ele a prendeu sob a quente e aveludada extensão de seu corpo musculoso. Estavam ambos cercados, o mundo inteiro reduzido àquele momento. Apenas Ricki e Ezra, pele na pele, corações trovejando um contra o outro na escuridão.

Era tudo pelo que ansiavam. Mas Ezra parou. Ele a olhou de cima, o rosto uma mistura de adoração e desejo avassalador.

E algo mais. Algo que Ricki não conseguia reconhecer.

— Por favor — sussurrou ela.

— Diga o que você quer — exigiu ele, os lábios roçando os dela.

Ricki podia sentir o coração dele batendo forte contra seu peito. Ele estava em todo lugar, seu corpo forte esmagando o dela. Ela arqueou-se contra ele, enrolando as pernas ao redor da cintura de Ezra.

— Tudo — arfou. — Você, Ezra. *Você...*

Ele a preencheu, e, *Meu Deus, aquilo era bom*. Mas "bom" era uma palavra fraca, porque nada jamais tinha sido assim: transcendental, devastador, perfeito como uma alma gêmea.

Agarrando as costas fortes dele, Ricki arfou com mais uma investida poderosa, e outra, até que não conseguiu mais encontrar sua voz, porque atingiu o auge de forma súbita e intensa, em uma explosão de prazer. Ezra a conduziu por aquele momento, segurando-a pela cintura e elevando-a a cada investida feroz, alcançando aquele ponto incrivelmente profundo e arrancando dela outra onda de prazer avassalador. Só então Ezra se permitiu ceder também, sussurrando o nome dela contra o calor de seu pescoço.

Eles se abraçaram assim, trêmulos e em silêncio.

Era inevitável que isso acontecesse.

Em algum momento, adormeceram ali mesmo, no chão.

De manhã cedo, Ricki abriu os olhos com a luz do sol entrando pela janela. Sua bochecha repousava no peito dele, sua mão na dele. Ela ergueu a cabeça, vendo que Ezra estava acordado. Ele encarava o teto, os olhos vermelhos e úmidos. Parecia que seu coração já estava partido.

— Me conte agora. — Ela se aninhou de novo no peito dele, fechando os olhos, preparando-se para o que ele ia dizer. — Me conte tudo.

E então ele contou.

CAPÍTULO 14

EM TODOS OS LUGARES E EM NENHUM

16 de fevereiro de 2024

Tuesday era mestre em detectar embustes. Como não seria se, em teoria, *ela* era um. Seu nome verdadeiro nem era Tuesday Rowe; era Teodozji Roesky. Quando sua mãe, Roksana, a batizou, jamais poderia imaginar que a filha de pele marrom um dia se tornaria uma estrela da TV — e que teria um empresário exigindo um nome artístico "menos etnicamente confuso".

Ezra Walker também era um embuste. Era para lá de óbvio que não era quem dizia ser. Como Ricki não percebia isso?

Tuesday não iria aceitar. Ela não estava mais disposta a tolerar que homens potencialmente perigosos a machucassem ou machucassem pessoas que amava. Ricki era vulnerável, bem-intencionada e genuína de um jeito que exigia proteção. E Tuesday simplesmente não confiava cm Ezra.

Graças a uma mistura de terapia de regressão e podcasts de autorrealização, Tuesday enfim se via como uma pessoa de verdade: já não era mais uma marionete na mão dos empresários, uma fantasia na cabeça dos fãs ou um saco de pancadas para tabloides misóginos. Foi preciso muito trabalho, porque ela fora doutrinada desde cedo a perseguir a artificialidade. Na verdade, tudo que já fora escrito a respeito dela girava em torno de uma mentira bem específica. Aos cinco anos, ela dissera ao Papai Noel que queria ser famosa.

O que era ridículo. Tuesday nunca acreditara no Papai Noel. Roksana não permitia; nem ferrando um *pyzaty* de cara vermelha e rechonchuda levaria o crédito pelos presentes que ela economizara o ano todo para comprar com as gorjetas do guarda-volumes.

Tuesday lembrava-se de, um pouco mais velha, querer ser como a Ashley Banks de *Um maluco no pedaço*. Mas que criança de cinco anos tem o poder de escolher a própria carreira? Ela também sonhava em ser um cavalo. Ou trabalhar em um supermercado. Costumava observar, fascinada, enquanto a caixa do mercado local empacotava as compras, se certificando de encaixar cada item direitinho. Era como montar um quebra-cabeça, mas com waffles congelados e salgadinhos! Só que a mãe de Tuesday não tinha dirigido do Harlem até Hollywood para que sua filhinha seguisse a carreira de caixa de supermercado. Não, a mãe decidira que o plano era que a filha estrelasse na TV.

A pobreza estava à espreita, e Roksana Roesky não era nenhuma boba.

Depois que Tuesday foi contratada como a criança fofinha cheia de energia em *Tá certo, Alberto*, nada mais parecia real. Festas de aniversário? Tudo armado. Piqueniques com a mãe? Tudo armado. Aos dez, ela posou para uma foto na *People* com sua professora do set, que, por trás das câmeras, também vendia anfetaminas para ela. Aos catorze, deu uma entrevista para a *CosmoGirl* sobre a importância da beleza natural, mas, àquela altura, já tinha feito rinoplastia, colocado silicone e tirado todos os pelos do corpo a laser. Aos dezesseis anos, seu par no baile de formatura foi um ator promissor que também era representado pelo seu empresário, que organizou tudo e prometeu ao rapaz de vinte e três anos "acesso total". Até mesmo seu breve casamento com o jogador enrustido da NBA foi mais uma das ideias brilhantes do empresário. Ele sentira que era necessário recuperar sua imagem após ela ter se envolvido em mais brigas do que deveria nas baladas.

Ninguém perguntava por que ela brigava tanto. Ou por que estava sempre tão furiosa. Tuesday estrelou um programa de sucesso, centenas de filmes para a TV e manteve contratos com grandes marcas de cosméticos. Ela deveria estar feliz! E mesmo depois de expor seu empresário nojento por assédio sexual, ninguém se importou. Ninguém acreditou nela. *Ela* foi punida; ele, não.

Sempre que Tuesday ouvia alguém dizer que "mulheres bem-comportadas não entram para a história", ela se perguntava de quem estariam falando. Ela fora uma criança traumatizada que enfrentara um dos empresários mais poderosos da indústria. E isso entrou para a história, sim, mas não do melhor jeito. De repente, ela passou a ser vista como suja, instável e impossível de contratar: uma vadia negra mentirosa que fazia escândalo na hora errada, anos antes do movimento #MeToo poder tê-la transformado em heroína. Já haviam revisitado os casos de Britney Spears, Lindsay Lohan e Paris Hilton. Quando seria a vez dela?

Era aí que entrava o livro de memórias. Isso se algum dia terminasse de escrevê-lo, é claro. Por que estava complicando tanto? Ninguém estava esperando algo como uma "Carta da Prisão de Birmingham", de Martin Luther King Jr. Ela só precisava contar a própria história. Botar os pingos nos is.

Não era pelo dinheiro. O adiantamento da editora fora irrisório. Mas, hoje em dia, Tuesday não precisava de muito. Ela levava uma vida tranquila graças aos royalties e, às vezes, fazia comerciais no exterior. Seus amigos eram poucos: a esteticista e a moça que alongava seus cílios. Mas, quando conheceu Ricki, foi amor de amizade à primeira vista. Elas eram almas gêmeas, e cada uma podia ser exatamente quem era com a outra. E Ricki precisava de uma amiga tanto quanto Tuesday.

As duas tinham muito em comum, mas uma coisa que Ricki era, e Tuesday não, era ingênua. Ricki estava perigosamente encantada por aquele tal de Ezra. Mas era óbvio que ele estava escondendo alguma coisa. E Tuesday estava decidida a descobrir a verdade.

Só havia uma maneira de fazer isso. Ela se passaria por inspetora municipal e daria um jeito de entrar na casa de Ezra Walker e reunir provas.

Ele não me deixa escolha, pensou Tuesday, enquanto dava os toques finais em sua maquiagem: uma produção extremamente leve, pensada para combinar com o uniforme de inspetora municipal que comprara pela metade do preço na New York Police Shop, no Queens.

Tuesday aprendera a entrar em uma casa sem precisar apontar uma arma ou quebrar janelas. Nada absurdo. Após interpretar uma jovem ladra no filme natalino *Ho-ho-roubo,* exibido no canal Lifetime em 2006, ela sabia como fazer de uma invasão um crime sem vítimas.

O primeiro passo era apurar quando Ezra não estaria em casa. Nada complicado. Nos últimos quatro dias, ela havia se disfarçado com um casacão enorme, um boné dos Yankees e óculos escuros, e patrulhado discretamente o quarteirão de Ezra para entender sua rotina. Eis o que descobriu:

Todos os dias, por volta das onze da manhã, ele saía de casa carregando um saco misterioso de ração para cachorro. Retornava por volta das três da tarde, às vezes acompanhado de um husky gigante. Aonde alguém vai por tanto tempo no meio do expediente? Ele trabalha? E aquele bicho tamanho GG era um cachorro domesticado ou a porra de um lobo? Parecia o Falkor de *A história sem fim*.

Mais estranho ainda, uma vez ela o seguiu até uma farmácia e observou, de duas prateleiras de distância, enquanto ele caminhava devagar pela loja. Ele olhava para as inúmeras opções de cremes de barbear, pastas de dentes e cartões de presente, analisando tudo sem comprar nada. Não fazia sentido.

Tuesday também descobriu que, como acontecia com muitos donos de casas geminadas em Nova York, Ezra morava nos andares superiores e alugava o térreo para inquilinos. Ela avistara a inquilina pela janela... uma jovem, talvez universitária? Ela estava sempre em casa.

Era a informação de que precisava para usar seu charme e entrar. Se a inquilina fosse tão jovem quanto parecia, talvez não reconhecesse Tuesday. E, se a sorte estivesse ao lado dela, bem como seu conhecimento de edifícios do Harlem da era Eduardiana, poderia haver uma escada de serviço nos fundos da casa que levaria ao andar de Ezra. Um caminho secreto, por assim dizer. É claro que o mais provável é que houvesse uma porta no topo da escada que levava ao duplex do músico, e que a tal porta estivesse fechada. Mas ela sabia abrir fechaduras também. Bastava um cartão de crédito e paciência.

Ezra Walker estava com os dias contados.

— Olá, posso ajudar?

Era meio dia e quinze e Tuesday tinha acabado de tocar a campainha na casa de Ezra. Era perfeito. Ele não estava, mas a inquilina do primeiro andar, sim. Uma loira de aparência atlética usando calça de moletom da Universidade Columbia.

— Mil perdões por incomodar você em um dia tão bonito — começou Tuesday com um sorriso radiante. A jovem não sabia quem ela era, estava estampado na cara. — Meu nome é Scarlett Johannesburg e eu trabalho para o Departamento de Inspeção da Cidade de Nova York. Houve um vazamento em um hidrante na área, e estamos verificando todos os... hum... sistemas de água residenciais da vizinhança.

— Ahh, não fiquei sabendo disso — respondeu a loira.

Pelo canto do olho, Tuesday observou enquanto a inquilina analisava rapidamente seu macacão, prancheta e bolsa de "ferramentas". Ela caiu como um patinho.

— Pois é, preciso verificar pias, banheiras e vasos sanitários procurando possíveis vazamentos. Todas as, hum, válvulas... e coisas do tipo. Sei que é um incômodo, mas...

— Não tem problema! Só que o senhorio não está em casa. Eu sou inquilina.

Tuesday folheou os papéis na prancheta.

— Humm. Parece que não tenho o nome de nenhum inquilino aqui, só o do proprietário. O sr. Ezra Walker?

— Isso mesmo.

— Certo, certo, certo. E seu nome é...?

— Beck — respondeu ela com um sorriso simpático, inclinando a cabeça para o lado.

— Tudo bem, Beck? — Tuesday sorriu e imitou o gesto.

Durante a pesquisa para seu papel em *Ho-ho-roubo*, Tuesday aprendera que uma forma de ganhar a confiança de uma pessoa desconhecida era repetindo o nome dela. E imitando sua linguagem corporal. Isso criava uma sensação de familiaridade.

— Beck, se você não se importar, vou só fazer uma inspeção rápida no prédio. Quinze minutos, no máximo.

Poucos instantes depois, Beck deixou Tuesday entrar na casa para realizar uma falsa inspeção no apartamento, que era decorado com uma coleção de móveis levemente desbotados, provavelmente herdados das casas de campo ou residências de verão dos pais. A família de Beck com certeza era rica... de que outra forma ela moraria em um elegante edifício em vez de em uma república estudantil caindo aos pedaços?

— Vou esperar na cozinha, srta. Johannesburg — avisou Beck, que seguiu Tuesday até um charmoso cantinho de café da manhã. — Estou estudando para as provas de psicofarmacologia. Vida de estudante, *aff*.

— Educação em primeiro lugar, querida — respondeu Tuesday, agradecendo mentalmente pelo tapete ao longo do corredor, que abafava os rangidos das velhas tábuas de madeira, impedindo Beck de saber onde ela estava na casa. Ainda bem, pois já tinha atravessado o corredor na ponta dos pés, passado por dois quartos enormes e chegado a uma porta discreta nos fundos da casa.

A antiga escada de serviço. O tempo estava contra ela. Espiou rapidamente por cima do ombro e não havia sinal de Beck.

Tuesday passou pela porta, fechando-a com cuidado atrás de si. A escada era antiga, estava empoeirada e com algumas teias de aranha. Ela desamarrou as botas, tirou-as e subiu na ponta dos pés, apenas de meias. E lá estava: a porta da parte da casa em que Ezra morava. E como era de se esperar, estava trancada.

Antecipando a vitória, ela sorriu para si mesma e, com rapidez e facilidade, abriu a fechadura usando o cartão Amex vencido, que também servia como ferramenta para deixar o delineado gatinho mais pontudo. Após alguns movimentos certeiros com o cartão, ouviu um *pop!* e a porta se abriu sem fazer nenhum barulho.

Era a casa mais estranha que ela já tinha visto.

Mas, sem dúvida, a estrutura era deslumbrante.

Não havia nada ali dentro. Era um conjunto de cômodos limpos e sem vida, com algumas cadeiras sem graça e uma mesa dobrável barata, do tipo que se encontra na seção de jardim de uma loja de departamento durante o verão. Nenhuma obra de arte ou fotos nas paredes, quase nenhum toque pessoal. Será que Ezra morava mesmo ali? Alguém morava? Movendo-se depressa, Tuesday subiu e desceu as escadas do duplex, procurando pistas, mas quase não havia sinal de vida. Alguns itens de higiene caros no banheiro, uma mala com roupas. Mas nada ajudou a afastar a sensação de que Ezra tinha algo de muito suspeito.

Tuesday havia dito a Beck que precisava de apenas quinze minutos. Checou o celular e viu que restavam sete. Agora suando de nervoso, subiu para o último andar para mais uma varredura e percebeu que tinha deixado passar um cômodo.

Tuesday prendeu a respiração e empurrou a porta.

Enquanto o resto da casa era impessoal e vazio, aquele cômodo — aquele *único* cômodo — parecia congelado no tempo. Congelado em vários tempos diferentes. Como o sótão de uma casa abandonada, era uma bagunça de relíquias antigas de diferentes décadas do último século. Tudo estava coberto por uma camada grossa de poeira. Havia diários antigos empilhados em uma escrivaninha fora de moda, tapetes enrolados. Ternos de décadas passadas, uma coleção de chapéus. Três televisores de madeira com grandes antenas em formato de orelhas de coelho. Pilhas e mais pilhas de discos encostadas contra uma parede.

Por perto, havia uma pilha emaranhada de coleiras de cachorro velhas e gastas. Ela se perguntou se ele curtia algum tipo de BDSM. Tuesday se aproximou para olhar melhor as coleiras. Preso a cada uma delas, havia um pingente de estanho enferrujado com um nome gravado. Cãocho Marx. Auaulio César. Osso Davis.

Enquanto olhava ao redor, Tuesday percebeu o que era tão inquietante. Ainda que todos os itens fossem antigos, vinham de épocas diferentes: uma vitrola dos anos trinta, um toca-discos dos anos cinquenta, outra vitrola dos anos setenta para discos de quarenta e cinco rotações, um som estéreo dos anos dois mil. Um walkman, um discman, um iPod. Um projetor de slides, um decodificador de TV a cabo antigo, um videocassete. Uma máquina de escrever, um processador de texto, um notebook. Telefones retrô variados, desde rotativos com alça superior dos anos vinte até modelos finos com teclas dos anos noventa. No canto mais distante, uma caixa com utensílios de cozinha antigos, liquidificadores e torradeiras dos anos cinquenta, um micro-ondas grandalhão dos anos oitenta.

Era um choque de épocas diferentes, deixando Tuesday com a sensação desconfortável de estar em todos os lugares e em nenhum.

E ali, cuidadosamente empilhada sobre a escrivaninha, havia uma pilha de papéis. Segurando a tosse por causa da poeira, Tuesday correu para examiná-los. Era uma partitura. A primeira folha estava cheia de notas musicais rabiscadas a lápis. Assim como a seguinte. E a próxima, e outra depois. Quanto mais avançava na pilha, mais antigas as páginas ficavam... amareladas, com dobras, e os traços de lápis desbotados pelo tempo. Tuesday não sabia ler partituras, mas até seu olhar inexperiente podia perceber que cada folha era diferente. No entanto, a caligrafia era a mesma em todas elas. E cada partitura tinha o mesmo título, "Inacabada para ela", seguido de uma data.

E as datas eram impossíveis. Os anos abrangiam quase um século, mas o mês era sempre fevereiro. Ainda mais estranho era que, nas margens de cada página, havia trechos de pensamentos escritos às pressas, quase frenéticos. Tuesday não conseguia entender o significado daquilo.

21/02/1932: Mais melodias confusas.
16/02/1944: Assombrado por acordes díspares, que não levam a nada.
01/02/1952: Fevereiro de novo. Mais sons desconexos.
03/02/1972: Perseguido pelas notas erradas, mais uma vez.
19/02/1984: Sons meio lembrados, inalcançáveis.
11/02/2004: Passei a noite em claro sonhando com acordes dissonantes. Nada faz sentido.
09/02/2012: Música é ridículo. Eu devia ter sido contador.

Mas a folha no topo dizia:

01/02/2024: Ela estava lá. No jardim. E eu a senti ali, em meu âmago, antes mesmo de vê-la. Olhei para o rosto dela e perdi a compostura. Como se os átomos que me mantinham inteiro tivessem explodido para todos os lados. Eu simplesmente corri. Mas, antes disso... no instante fugaz em que nossos olhares se encontraram... algo milagroso aconteceu. As notas na minha cabeça começaram a se alinhar. Eu quase consegui alcançar a melodia, depois de tanto tempo. Mas nunca vou alcançá-la, não por completo. E essa é a cruz que vou carregar para sempre.

Tuesday piscou, atônita. Ela estava dividida entre a confusão e uma sensação crescente de desespero. Se aquela era a caligrafia de Ezra, ele parecia um louco. Em que tipo de encrenca Ricki tinha se metido?

Tuesday sacou o celular do bolso e tirou o máximo de fotos que conseguiu. Depois, com todo o cuidado, colocou tudo de volta no lugar e saiu do cômodo, fechando a porta atrás de si.

Mas não antes de notar o retrato de Ricki feito por Ali encostado em um canto.

Movendo-se silenciosamente, com o coração disparado, ela desceu de volta para o apartamento da inquilina. Levantando sua bolsa de ferramentas, correu até a porta da frente.

— Tô indo pra próxima casa, Beck! — exclamou Tuesday. — Boa sorte nas provas!

Quando ela respondeu, Tuesday já estava longe. E Beck nunca percebeu que havia sido enganada pela vencedora do Teen Choice Award de Melhor Atriz de TV em Comédia nos anos de 2008, 2009 e 2010 e que, ao que parecia, ainda estava com tudo.

Della precisava de uma dose de beleza hoje. Estava sentada em um banco do lado de fora do Hospital West Harlem. O vento soprava ao seu redor, trazendo o aroma de couro de uma sapataria do outro lado da rua. Ela conseguia ver a loja estreita e antiga com uma nitidez impressionante, graças à invenção das lentes progressivas. Tantas invenções recentes eram inúteis, como Crocs e desodorante natural, mas as lentes progressivas eram uma revolução.

Pelo menos vivi o suficiente para meus olhos aproveitarem esse benefício, pensou.

Notou que flores silvestres de cores vivas e encantadoras estavam entrelaçadas ao portão de ferro forjado da loja. Mesmo à distância, sabia que eram as flores de Ricki.

Ricki ainda espalhava seus arranjos caros e não vendidos em pontos históricos havia muito esquecidos pela cidade. Mas, nos últimos dias, as flores não estavam ficando nesses pontos históricos esquecidos. Algo curioso começou a acontecer. Os buquês passaram a ser descobertos, não só no Instagram, mas também com entusiasmo pelos moradores locais. Pessoas que passavam começaram a desmontar os buquês e decorar o bairro com pequenos arranjos. Essas flores reaproveitadas começaram a enfeitar as fachadas de estátuas, praças, escolas, igrejas e conjuntos habitacionais públicos. Depois, eles postavam fotos do resultado nas redes sociais com a hashtag #Rickezas.

Meu Deus, essa garota está deixando sua marca, pensou Della com orgulho. Era bom saber que sua nova neta ia ficar bem.

Della esperava pelo carro de aplicativo, sentada no banco, acompanhada por sua nova cuidadora, Naaz. Como contaria mais tarde ao falecido marido, dr. Bennett, durante seus diálogos noturnos (não conseguia chamá-los de orações), Naaz era uma figura. Uma jovem bengali-americana corajosa, com sotaque de Bay Ridge e uma tatuagem de Lana Del Rey no bíceps, tinha sido designada a Della havia algumas horas. O trabalho de Naaz era mantê-la confortável em casa enquanto enfrentava seu diagnóstico sombrio.

O carro chegou, mas ela queria ficar do lado de fora por mais cinco minutos. Sentir o ar fresco na pele. Observar a vida acontecendo. Carros buzinavam. Pessoas circulavam, reunindo coragem para visitar seus entes queridos doentes. Funcionários do hospital voltavam correndo de seus intervalos em uma lanchonete, carregando sacolas biodegradáveis com saladas de vinte dólares. A vida estava acontecendo por toda parte.

Ela já sabia havia oito anos que esse dia chegaria.

Della foi diagnosticada com câncer de pulmão em 2016. Não era insuportável viver com a doença, embora a quimioterapia fosse desagradável, claro. E ela perdeu o cabelo. Mas, quando começou a crescer de novo, percebeu que o afro curto lhe caía bem. O dr. Bennett estava com ela naquela época, e, em um ano, ela havia recuperado sua forma. Ainda nadava três vezes por semana e fazia caminhadas enérgicas com o Clube Links de Caminhada da Melhor Idade. Mas os médicos a alertaram de que o câncer não tinha desaparecido, apenas estava controlado. E que um dia, de fato, causaria sua morte.

Mas, por enquanto, ela estava viva. E isso era uma dádiva. Permitia-lhe tempo para pensar no que queria.

Quando fora diagnosticada, um novo e obsceno presidente havia acabado de ser eleito, e ela temia permanecer na Geórgia com o dr. Bennett. Sabia que os discursos inflamados e odiosos do presidente tinham o poder de despertar os males que mantinham o país unido. Uma turba de lunáticos desvairados podia transformar sua raiva completamente mal direcionada em violência a qualquer momento. E ela se recusava a estar no lugar errado na hora errada. Principalmente se seu tempo fosse curto.

Ela queria se mudar para o Harlem. Era um lugar que ela sempre romantizara, por muitas razões secretas e guardadas em seu coração, sendo a principal delas o primeiro filme que viu na vida, *Swing!*, quando tinha apenas onze anos. O filme contava a história de Mandy, uma mulher de Birmingham, no Alabama, que abandonava o emprego como cozinheira de uma família branca e partia para o Harlem para ser cantora de cabaré. Para Della, uma menina séria e contida, criada por uma avó que trabalhava como empregada doméstica mal remunerada no sudeste pobre do país, era uma fantasia arrebatadora, quase utópica.

Atlanta era maravilhosa, e ela amara a vida que tivera lá. Mas os ventos estavam mudando. E, nos anos que lhe restavam, ela queria provar da liberdade de Mandy.

O dr. Bennett não compartilhava de seus temores. Ele não tinha medo de muita coisa e não conseguia imaginar que algum tolo na Casa Branca pudesse ditar onde viveria. Mas ele amava Della com cada fibra de seu corpo teimoso e adoravelmente mandão. E sabia que devia a ela realizar esse sonho. Deus sabia o quanto ela tinha apoiado seus caprichos nos últimos setenta anos, desde ser a recepcionista de seu primeiro consultório até organizar os bailes anuais de primavera da Coalizão de Neurologia de Atlanta.

O dr. Bennett providenciou tudo para que ela se mudasse para o local dos seus sonhos. E então morreu.

Como ele pôde partir tão rápido? pensava Della, enquanto o vento batia em seu rosto. Um único ataque cardíaco fatal enquanto dormia, e ele se foi. Ela não sabia o que seria melhor — saber que seu corpo estava se desgastando ou desaparecer de repente. Deve ser bom simplesmente ser levado. Sem remoer, sem ficar obcecado, sem preparativos. Sem ficar para sempre se perguntando quando.

Della tinha um "quando."

Ela continuava a ter visões de amigos e familiares queridos, mortos havia muito tempo, quando estava à beira do sono. Ou quando seus olhos perdiam o foco enquanto lia. Ainda assim, nada de dr. Bennett, o que partia seu coração. Deus, o que ela não daria para vê-lo. Ela precisava dele naquele momento.

Mas Della sabia que uma mão celestial controlava com quem se encontrava, e que ela precisava confiar nesse tempo divino. Porque, na noite anterior, tivera uma visão calorosa e acolhedora que jamais poderia ter imaginado sozinha. Em seus sonhos, estava segurando todos os sete bebês que perdera em abortos espontâneos. Aqueles que seu útero "inóspito" não conseguira abrigar. Ela os aninhava perto de si, acariciando a pele aveludada e macia como talco de cada um deles, enquanto se aconchegavam na curva de seu braço. E, então, pela primeira vez, ela não sentiu tristeza por tê-los perdido. Estaria com eles em breve. Eles estavam felizes. E esperando por ela.

Naquele dia, o médico de Della lhe dissera que a maioria dos pacientes terminais começavam a ver as pessoas que amaram e perderam quando seu tempo estava chegando. Isso facilitava a transição. Ela sabia que veria o dr. Bennett em breve. Às vezes, se perguntava se Nana apareceria para ela. Provavelmente, não. Em vida, Nana fora fria como gelo e não demonstrara nada além de alívio quando Della se casou e se mudou para Atlanta. Não havia razão para acreditar que seria uma guia tranquilizadora para o outro lado da vida.

Também duvidava que seus pais aparecessem em seus sonhos. O pai era um mistério: sem nome, sem fotografia, sem nada. Ela tinha certa noção da aparência da mãe, já que Nana guardava uma fotografia dela. Mas nunca a conheceu. Quando pensava na mãe, o que era raro, tudo o que sentia era um ressentimento que endurecera como um calo. Um rancor. Além disso, o médico dissera que as pessoas que ela *amava* se revelariam a ela.

Ela queria poder decidir o momento da própria morte. Agendá-la no calendário, como as mulheres atualmente fazem com as cesáreas. Della gostava de se planejar. Ter que viver cada dia sem saber se seria o último era cruel, quase desumano. Então decidiu não compartilhar seu diagnóstico com ninguém. Ela apenas acrescentaria isso à lista de segredos que guardava no fundo do coração. Não havia motivo para Ricki sofrer por ela antes da hora. Ou Su, ou qualquer uma de suas amigas. Era um assunto só *dela*, e, em seis meses, talvez um ano, ela partiria.

Ou talvez antes disso. Quem poderia saber?

Ela tossiu forte no antebraço e fechou os olhos, deixando o ar gelado passar pela sua pele. Não tinha arrependimentos. A partir de agora, até o último dia, ela iria respirar.

CAPÍTULO 15

VOCÊ É UM COLOSSO, BRISA

27-29 de fevereiro de 1928
Dia bissexto

Já fazia três meses que Brisa Walker e Felice Fabienne estavam juntos. E era um escândalo.

Normalmente, ele sabia lidar com mulheres. Difícil imaginar que, apenas cinco anos antes, ele precisava ensaiar o que dizer a elas. Porém naquela época, recém emigrado para Nova York, tudo o deixava desconfortável: sua falta de educação formal, seu sotaque quase impossível de entender, não saber as gírias da moda ou qual era o carro certo para dirigir. Mas ele aprendia rápido.

Nas noites de festa no Harlem, ele observava, em silêncio, como as pessoas se relacionavam: homens e mulheres, homens com homens, mulheres entre si. Ele notara que, quando homens héteros falavam com mulheres, parecia que estavam lidando com outra espécie. Assim que sentiam atração por uma mulher, ela se tornava uma conquista, um desafio, uma ideia. A maioria dos homens não parecia gostar muito de mulheres.

Ele crescera com pais muito diferentes, cuja única coisa em comum (além da música) era gostarem um do outro. Hazel Walker era a pessoa mais engraçada do condado de Fallon. Esperta e espirituosa, amava dançar e tocar ukulele e, se quisesse manter uma expressão séria durante o culto, era melhor *não* se sentar ao lado dela. Mas Big Ezra? Ele era um homem sério, sobrecarregado, que amava sua família e sua harmônica, mas não tinha paciência para frivolidades.

Apesar das personalidades opostas, Brisa via como o pai tratava a mãe como alguém igual, como uma pessoa. Um tesouro. Puxava a cadeira para ela. Abraçava-a quando as dores menstruais a incomodavam. Sentava-se com ela na varanda, conversando até tarde da noite. Isso era raro. O pai de seu primo Sonny, por exemplo, voltava dos campos destruído, falava com os punhos e só era fiel à bebida. Brisa supunha que era difícil manter a civilidade quando sua própria humanidade estava em frangalhos. Assim, a mãe de Sonny não estava segura nem dentro de casa, mas engolia seu descontentamento. Ninguém gostava de uma mulher amargurada.

Brisa aprendeu muito sobre mulheres nos bares clandestinos, mas sua educação começara em casa. O que tornava sua namorada, Felice Fabienne, um mistério. No fundo, ele não sabia dizer se, de fato, gostava dela. Felice não era do tipo gentil ou carinhosa. Seus humores eram volúveis e imprevisíveis, e ela era movida por dinheiro, fama, moda e status social. Que deus tivesse piedade de quem cruzasse seu caminho.

Mas Felice era um jogo no qual ele estava viciado. Agradá-la não era fácil; porém, quando ela lhe dava um sorriso de aprovação, ele se sentia como um rei. A sexualidade ávida e espontânea dela era eletrizante. Ela era afetuosa com Cãocho Marx, o velho terrier herdado de Sonny. E dependia de Brisa para ajudá-la a se estabelecer na nova cidade, o que alimentava de forma inebriante o espírito cuidador dele. Para o bem ou para o mal, ele havia sido arrastado pelo furacão que ela era. Felice entrou em sua vida como uma tempestade, em um momento escuro e vazio, logo antes de Sonny desaparecer para sempre.

Com Sonny provavelmente morto — um pensamento que partia seu coração —, Brisa estava desesperado para se esquecer da dor. O buraco negro de volatilidade de Felice fazia por ele o que a bebida e as drogas faziam por outras pessoas.

Ora Ellis, coreógrafa do Eden Lounge e melhor amiga de Brisa, achava que ele tinha perdido o juízo. Disse isso a ele na festa de noivado da filha de W. E. B. Du Bois, Yolande, com o famoso poeta Countee Cullen.

Ora ficou escandalizada ao saber que Brisa levaria Felice ao casamento em abril. Aquele tinha tudo para ser o evento da década! Sim, dois socialites estavam se casando, mas, ainda mais saboroso, o padrinho era Harold Jackman, um aristocrata conhecido internacionalmente como "o homem mais bonito do Harlem". Para o azar da noiva, além disso, ele era o namorado do noivo.

— Tenho pena dos três — disse Brisa, tomando água com gás acompanhado de Ora na festa. — Coitado do Countee.

— O que ele deveria fazer? Casar-se com o Harold? — Ora estava elegante, com um pente de penas no cabelo e um vestido de miçangas que ia até a altura dos joelhos. Ela entendia a dor dos amantes. Se pudesse, teria se casado mil vezes com sua ex-namorada, Veja. — Ele até que seria uma noiva bonita.

— Me lembre por que aceitei tocar nesse casamento de faz de conta? Ora riu.

— Porque a Yolande convidou mil e duzentos negros endinheirados, eles amam suas músicas, e você adora a atenção.

O que eu amo, pensou ele, *é o fato de ela não ter pedido para Duke tocar.*

— Bem, se ninguém me der atenção, não tenho como comer. — Ele sorriu. — Você ouviu que pediram para o Langston escrever o poema do casamento?

Ora revirou os olhos.

— *Uuuii...* Amo-te quanto em largo, em alto e profundo.
— ... e *profuuundo* — brincou Brisa.
— Não mude de assunto. Estamos falando de você e Felice. Por que ela? Ela é brega.
— Ela é dançarina de coro! — retrucou ele. — Você também era dançarina de coro.
— Mas ela conseguiu o trabalho por maldade! Era substituta. Do nada, Edith, minha estrela, quebra o tornozelo no ensaio e Felice toma o lugar dela. — Ora balançou a cabeça. — Impossível. Edith é tão cuidadosa com os pés que parece levitar pela cidade. Nunca nem tropeçou. Felice a enfeitiçou. Não se meta com essas meninas da Louisiana.
— Tudo bem, não é preciso manchar a reputação dela.
— O que você sabe a respeito dela, falando sério?
Brisa sabia muito, na verdade. Felice fora criada em Thibodaux, Louisiana, um pântano coberto de musgo, mais miserável do que apenas pobre. Ela e a mãe viviam em uma cabana apertada com telhado de zinco. O barraco se sacudia com ventos fortes e alagava quando chovia. Era um lugar miserável, assim como a mãe de Felice, cujo noivo fugiu quando ela estava grávida de sete meses, deixando apenas a Bíblia e nenhuma explicação. A mãe nunca se recuperou. Consumida pela melancolia, não conseguia trabalhar, rir ou sair da cama na maioria dos dias. Era uma casca seca de mulher, tudo porque um canalha não quis se casar com ela. Felice nunca seria tão impotente.
Brisa também sabia que Felice nascera com um dom. (Bom, ela nascera com um véu sobre o rosto, o que já sugeria um dom.) Quando pequena, ela passava a maior parte do tempo vagando sozinha pelos bosques selvagens e pantanosos, aprendendo a magia botânica. No começo, aprimorava suas habilidades de cura com raízes em gambás e ratos feridos e, aos dez anos, já era uma praticante de hoodoo legítima, sustentando a si e sua mãe ao curar resfriados e tratar feridas.

Até fevereiro de seu décimo terceiro ano. Felice contou a Brisa que estava colhendo confrei para fazer um bálsamo para olhos roxos quando encontrou um livro de formato estranho com uma capa enlameada, escondido sob um salgueiro-chorão. O título dizia *Grimório do mau trabalho*. Em outras palavras, um livro de feitiços de vodu sombrio. Quem o deixara ali, ela não sabia, mas, depois de sentar-se na terra e lê-lo de cabo a rabo, Felice teve uma epifania. O hoodoo ajudava outras pessoas. Mas o vodu (o vodu sombrio, não o bom) ajudaria *a ela,* especialmente para retirar os obstáculos que a impediam de alcançar seu sonho.

E aquele sonho era a Broadway. Felice era obcecada por dança. Todas as noites de sexta-feira, praticava os passos mais recentes nas tabernas, onde os garotos a adoravam, mas as garotas a acusavam de coisas terríveis: roubo, embriaguez e até de engravidar de um fotógrafo de passagem pela cidade. Bem, esse último boato era verdade. Felice teve um bebê que batizou em homenagem à sua ídola, a vedete Adelaide Hall, que estrelou as produções totalmente negras da Broadway *Shuffle Along* e *Runnin' Wild* no início dos anos vinte. Adelaide era uma pequenina linda e sorridente, assim como Felice.

No ano anterior, aos dezenove, Felice fugira para o Harlem, deixando sua bebê para trás e planejando buscá-la assim que fizesse sucesso. Até esse dia chegar, ela estava em ascensão, e qualquer um que cruzasse seu caminho estava perdido. Segundo sua própria narrativa, ela devia isso ao vodu. Após oito meses de cantos diligentes e sacrifícios aos espíritos loás, Felice havia passado de substituta no Eden Lounge a dançarina principal. E namorava o *líder da banda*.

Brisa não acreditava em magia. Mas era enfeitiçado pelas histórias fantásticas de Felice e pelo fato de que *ela* acreditava nelas.

Além disso, quando ela era carinhosa, aquele sorriso de bonequinha desarmava até as partes mais frias de Brisa. E, no geral, ele nem se importava com os humores volúveis e imprevisíveis dela. Acompanhar seu temperamento de furacão o distraía de seu sofrimento.

Ora estava certa, as garotas da Louisiana tinham uma reputação: diziam que, se você cruzasse o caminho de uma, podia se preparar para a falência e a impotência. Mas Brisa achava os feitiços dela um passatempo fofo. Tipo astrologia.

E foi o que ele disse para Ora.

— Ouça, querido — disse a amiga, tragando de sua piteira com elegância. — Sexo com mulheres malucas é bom demais. Mas seria melhor não brincar com a veia cruel da Felice...

Brisa parou de ouvir. Percebeu que tinha apenas trinta minutos para passear com Cãocho Marx antes de encontrar Felice. Não podia se atrasar. Quando ela ficava descontente, sua doçura se transformava em algo sombrio. Ele beijou Ora na bochecha e saiu tão rápido que a cabeça dela girou.

No dia seguinte, depois que Brisa levou Felice para assistir à sessão vespertina do novo filme de Chaplin, *O circo*, os dois caminharam preguiçosamente pela Lenox Avenue. A avenida fervilhava de boutiques e restaurantes movimentados, mas ninguém de fato ia à Lenox para fazer compras. Ia para ser visto. Sapatos de botão e chapéus, estolas e cetim, a rua era como uma revista de moda que ganhara vida. Tendências nasciam e morriam ali. Brisa estava elegante em um terno risca de giz feito sob medida, e Felice usava um vestido lilás de cintura baixa e um casaco de raposa prateado, ambos presentes de seu namorado indulgente.

Mas o fim da tarde de fevereiro estava congelante. Se Brisa sentia frio, Felice devia estar congelando. Ela não usava meias (porque era uma mulher livre) nem chapéu (porque queria exibir suas ondas feitas no salão de Madam C. J. Walker).

— Não está com frio, Felice?

— Estou bem, querido.

— Bem, meus dedos estão congelados. Tenho uma festa hoje à noite, e não posso tocar com picolés.

Felice piscou para ele.

— Vou aquecer suas mãos direitinho na festa.

Em 1928, Brisa era presença constante nas chamadas festas de aluguel. Quando inquilinos estavam com dificuldade para pagar o aluguel, organizavam festas em suas casas, cobravam uma entrada modesta e contratavam músicos renomados para atrair o público. Essas festas não só eram um ótimo passatempo, mas uma fonte lucrativa de renda extra para músicos estabelecidos, especialmente pianistas, que ditavam o ritmo da pista de dança. E dinheiro extra era muito importante para Brisa, cuja dama tinha gostos caros.

Para uma pessoa apaixonada por roupas e viajante ávida, Brisa era econômico. Só fizera duas compras realmente significativas e transformadoras desde que começara a ganhar dinheiro: seu sobrado na Strivers' Row e seu piano, um elegante Steinway de jacarandá. Um piano quadrado, ultrarraro, afinado de acordo com suas especificações precisas. Aquele piano era seu bebê.

E, como os anfitriões da festa daquela noite não tinham um, ele contratou um amigo com um caminhão para levá-lo até a casa.

Brisa soprou ar quente nos dedos e continuou a caminhar. Nesse momento, três dançarinas do coro que trabalhavam com Felice, esplêndidas em chapéus cloche e casacos forrados de pelo de marta, passaram por Brisa, oferecendo cumprimentos repletos de flerte. Felice ficou ao lado dele, posando altiva em sua elegância, esperando um reconhecimento que nunca veio.

O trio passou direto. Uma delas até esbarrou em Felice e não pediu desculpas.

Com as bochechas em brasa por tamanha humilhação, Felice avançou contra elas, palavras e punhos voando. Rapidamente, Brisa a segurou pela cintura, arrastando-a para um beco próximo.

— Felice! Você dança com essas garotas, não pode chamá-las de prostitutas sifilíticas e desengonçadas!

— Quem disse que não posso? — retrucou ela, furiosa. — Que elas se danem e você também.

— *Eu?*

Felice era bonita, mas Brisa não havia escapado do inferno para ser amaldiçoado por uma dançarina de pavio curto com diamantes que *ele* comprara.

— Chega. Agora, se acalme.

— Certo — bufou ela.

— Há famílias e crianças lá fora. Quer que falem de você?

— Mas aquelas vadias me trataram como se eu não fosse nada. Em público, como se eu não fosse ninguém. Quem elas pensam que são?

— Com toda a certeza não são prostitutas sifilíticas — respondeu Brisa com leveza. — Sim, elas foram grosseiras. Mas não serão as últimas a duvidar de você. Mantenha a cabeça erguida. Lembre-se de quem você é.

Felice se afastou, o lábio inferior tremendo.

— Então, você não ouviu falar? — perguntou ela.

— Não ouvi falar do quê?

— Da fotografia. — Ela pressionou o punho contra a boca, tentando conter os soluços. — A minha fotografia... sem... sem roupas. De alguma forma, ela voltou para me assombrar.

— Quando você tirou fotos sem roupas?

— Eu era uma criança — respondeu ela, chorando abertamente. — Um fotógrafo de New Orleans estava na cidade, ele me viu e... bem, eu não achei que fosse um problema tão grande. Ele disse que mostraria as fotos a produtores de vaudeville que poderiam me chamar para audições de shows de blue. Shows *adultos*. Eu... eu precisava do dinheiro.

Brisa foi tomado pela fúria. A jovem Felice claramente tinha sido explorada, e ele sabia que as opções para garotas como ela eram limitadas. Jamais a julgaria por tentar melhorar sua vida. Ninguém deveria.

— Tudo bem. Shhh, não se preocupe — disse ele, envolvendo-a com o braço enquanto ela soluçava.

— As pessoas andam comentando. Fui a duas audições ontem e os diretores nem quiseram me receber.

— Por causa de fotos nuas? Metade das dançarinas que conhecemos já posou nua.

— Mas, quando elas fazem, é arte — respondeu Felice, fungando. — É Van Der Zee ou Van Vechten por trás da câmera. É elegante e intelectual, e Alain Locke publica ensaios a respeito disso. Mas, porque a pequena Felice sem valor fez isso em um pântano, com um fotógrafo desprezível que enganou uma menina, é errado.

— Vou falar com a Ora — garantiu Brisa. — Ela vai garantir que as outras dançarinas sejam legais com você.

— Claro, Brisa, mas você não pode intimidar todos os diretores de elenco da cidade. Talvez... talvez eu devesse tentar Hollywood. Joan Crawford fez fotos pelada e agora é uma grande estrela.

— Ela não é negra, Felice. Em Hollywood, você interpretaria a empregada dela ou a escrava, se tivesse sorte.

Brisa tinha ouvido falar que os bordéis de Los Angeles estavam cheios de garotas brancas que eram rainhas da beleza em suas cidades natais, mas que, ao se mudarem para o oeste, eram consideradas gordas, dentuças ou sem carisma para o cinema. O que acontecia com as mulheres negras que não conseguiam trabalho?

— Escute — começou Brisa. — Conheço todo mundo na cidade, vou descobrir quem tem a foto e comprá-la. Depois, vou atrás do fotógrafo e compro os negativos. Combinado?

Com lágrimas escorrendo pelas bochechas pintadas de ruge, Felice olhou para ele com um sorriso doce, os olhos brilhando de prazer. E, como em um passe de mágica, sua tempestade passou, e o sol voltou a brilhar.

— Você é um colosso, Brisa.

Ela ficou na ponta dos pés e mordeu o lóbulo da orelha dele, a mão deslizando pela frente de sua calça.

— Você faria isso por mim?

É claro que ele faria. Qual o sentido de ser bem-sucedido se não pudesse ajudar as pessoas de quem gostava? Ele havia perdido

Sonny, o último sobrevivente de sua família. Brisa não tinha mais ninguém para ajudar.

Estava prestes a contar isso a ela, mas Felice se distraiu. Ofegante, virou-se para a calçada.

— Aquela é... Meu Deus... É...

Era Adelaide Hall. A Adelaide Hall, famosa estrela dos musicais da Broadway. Parando para falar com uma fã, ela parecia o ideal de uma mulher moderna, vestindo um casaco de vison e um corte bob laqueado. Encantada, Felice juntou as mãos sob o queixo.

— O vestido dela é de um designer parisiense, aposto. Chanel? Lanvin? Será que é espanhol, daquele Mariano Fortuny?

— Deve é custar uma fortuna — brincou Brisa.

Felice examinou Adelaide da cabeça aos pés, fixando-se na pulseira de pérolas com quatro voltas que ela usava.

— Brisa, olhe! Se eu tivesse uma pulseira dessas, acho que seria a garota mais feliz do mundo.

Ela ronronou as palavras com um erotismo descarado, estendendo a mão para trás e acariciando Brisa de cima a baixo pela frente da calça. De repente, ela se virou e o empurrou para as sombras do beco, pressionando-o contra a parede. Bem ali, Felice caiu de joelhos e o chupou, a poucos passos da civilizada alta sociedade.

Meu Deus, ele tinha vindo de tão longe, desde o condado de Fallon. Receber sexo oral de uma deslumbrante dançarina de cabaré às quatro da tarde perto da Lenox? Se isso não era cosmopolita, ele não sabia o que era.

E foi por isso que, entre deixar Felice no ensaio e se preparar para a festa de aluguel, Brisa se sentiu inspirado a visitar um joalheiro para comprar uma réplica da chamativa pulseira de pérolas de Adelaide.

225½ West 137th Street. Era um endereço estranho, nem aqui nem ali. Uma casa entre dois mundos, perfeita para uma festa que começava à meia-noite do dia 29 de fevereiro, o dia mais peculiar do ano. Dia bissexto.

Os inquilinos moravam no andar térreo de um sobrado cinza com janelas de sacada dramáticas. O salão era o cenário da festa, e, para abrir espaço para a dança, moveram todos os móveis para um canto. Havia baldes de gim e uísques clandestinos (apenas o melhor da Lei Seca), um tapete e quase cinquenta e cinco pares de pés batendo o chão com força.

Brisa e seu piano quadrado estavam no centro de tudo. Durante horas, ele deslizou pelas teclas com maestria, comandando cada melindrosa, cozinheiro, gângster, carregador e pintor na festa. Ele tinha a plateia na palma da mão, ditando o ritmo, a cadência e a pulsação que alimentavam seus prazeres dionisíacos.

Feliz! Sofrido! Ser mau é divertido!

Brisa observava a euforia tomar conta da multidão, a ambição selvagem estampada nos rostos, satisfeito por ser o arquiteto de tudo aquilo. Eram três da manhã e o lugar inteiro cheirava a gim, tabaco, erva, Chanel Nº 5 e suor: a Eau de Festa de Aluguel, 1928. E agora as mãos de Brisa doíam. Ainda bem que um dos seus Friday Knights estava por perto para assumir enquanto ele fazia uma pausa.

Felice estava agindo de forma estranha. Sua dança era frenética, caótica, como uma feiticeira evocando os mortos. Ela dançou o Charleston loucamente entre a multidão a noite toda, parando de vez em quando para beijar Ezra enquanto ele estava sentado ao piano. Era mais um gesto territorial do que qualquer outra coisa. Quando o beijava, era sem paixão, com uma expressão tão vazia que era assustadora. De vez em quando, ela parava de dançar para se esconder em um canto, descascando lentamente o esmalte das unhas, os olhos percorrendo a sala enquanto flocos vermelhos se acumulavam ao redor de seus pés.

Feliz! Sofrido! Ser mau é divertido!

Ela parecia sedutora, toda enfeitada com as bochechas, os lábios e os joelhos pintados de ruge. Mas, como em quase tudo relacionado a Felice, aquilo era fachada. Algo estava errado. Ele já a vira agir assim antes, mais recentemente quando uma balconista branca os ignorou na loja de departamento Lord & Taylor, no centro. Felice começou a tremer violentamente de raiva, respirando de forma descontrolada e murmurando blasfêmias horríveis. Brisa a levou para casa às pressas, cantarolando para ela e embalando-a em seus braços.

Seus episódios maníacos eram assustadores, e Brisa temia que ela pudesse machucar a si mesma ou a alguém. Mas ele também sentia pena. E talvez, bem lá no fundo, invejasse a maneira como ela sentia tudo. Os sentimentos dele estavam escondidos, calcificando-se dentro dele. Mas Felice acessava sua raiva com uma intensidade assustadora. Ela a colocava para fora. Suas emoções não a consumiam por dentro, como faziam com ele.

Ele se aproximou de Felice e beijou sua bochecha.

— Vamos para o telhado um pouquinho.

Ela sorriu, toda cílios e flerte vazio.

— Achei que você nunca fosse pedir.

Ele pegou o casaco de pele dela, seu sobretudo e chapéu, e os dois escaparam para a gelada noite de fevereiro. Brisa puxou a escada de incêndio nos fundos do prédio e ajudou Felice a subir. Juntos, chegaram ao telhado plano e inacabado. Não havia grades, apenas uma chaminé soltando nuvens de fumaça no céu noturno.

A lua cheia estava vermelha. Vermelho-fogo, e Felice era — como gostava de se chamar — uma filha do vodu. Ezra nunca esqueceria a imagem vívida daquela lua enquanto vivesse.

Ela ficou ali parada, envolta em seu casaco de pele, abraçando a si mesma. Seu rosto estava curiosamente vazio. Ela tinha amarrado um pedaço de renda na testa, ornamentado com joias falsas, como ditava a moda. Poderia passar por uma criança brincando de se fantasiar. Aos vinte anos, já tinha vivido o suficiente para parecer ter quarenta, mas, às vezes, lembrava a Ezra uma criança desamparada.

Brisa deu um passo em sua direção.

— Felice, está se sentindo mal?

Calmamente, ela desviou os olhos e recuou um pouco.

— Estou bem, por quê?

— Bom... — Ezra sentiu uma sensação de desgraça iminente, mas continuou com seu plano. — Queria dar uma coisa a você.

Ele pretendia dar o presente depois da festa; seria o final perfeito para uma noite na cidade. Mas decidiu que aquele momento era melhor. Um presente talvez a tirasse daquele estado.

— Brisa! — Uma esperança brilhou em seus olhos. — Que gentil da sua parte, querido. Por quê?

Ele deu de ombros, exibindo seu charme.

— Preciso de um motivo? Você é minha garota.

— Meu herói. — Uma lágrima escorreu pela bochecha dela.

Aproximando-se, Brisa tirou uma pequena caixa do bolso do casaco e colocou-a na mão dela. Os olhos de Felice se arregalaram.

— Abra.

Ela a abriu, faminta. Era uma pulseira de pérolas de quatro voltas, igual àquela que Adelaide Hall havia usado mais cedo no mesmo dia. Era a peça de joalheria mais elegante que ele já tinha visto.

Ele acreditava que dar a ela a pulseira de Adelaide a tornaria a garota mais feliz do mundo, exatamente como ela havia dito. Mas ela não estava feliz. Em câmera lenta, sua expressão se fechou. Seu olhar o atravessou como uma faca.

— Uma pulseira? — Ela cuspiu com um desprezo palpável. Sua voz baixou para um sussurro perigoso. — Achei que seria um anel.

— Você... você não gostou? É a mesma...

— Eu sei, a mesma que a Adelaide Hall estava usando. Eu sei. *Eu sei*. Mas pensei... pensei que você tinha me trazido aqui para me pedir em casamento. Brisa, não se traz sua garota para o telhado, no meio da noite, dizendo que tem um presente se não for para dar um anel de noivado.

Ele gaguejou, confuso. Eles estavam tendo duas conversas diferentes, em dois planetas diferentes.

— Mas nunca falamos sobre casamento. Você esperava...

— Por que você não quer se casar comigo? — gritou, andando de um lado para o outro de forma maníaca. — Você tem outra mulher? Eu vejo como as garotas do Eden Lounge grudam em você. Aquelas abutres, famintas pelo que é meu. Ninguém me respeita nesta cidade. Nem mesmo meu próprio homem. Mas não sou como minha mãe. Não vou deixar um homem arruinar minha vida. — Ela parou na frente dele. — Você é um mentiroso e traidor.

Brisa não era nada disso. Ele sabia muito bem o que era: um homem encantado por sua dama, mas que certamente nunca havia prometido casamento. Mas Felice tinha uma expressão trovejante e imprevisível no rosto, e ele não queria piorar seu humor.

— Você aceita a pulseira? — Ele segurou o pulso dela com gentileza e deslizou a peça em sua mão. As pérolas brilhavam na escuridão. — Viu? Fica linda em você.

Ela olhou para a pulseira, lágrimas amargas escorrendo por seu rosto.

— Brisa...

— Sim? — Ele prendeu a respiração.

— Ora me demitiu do coro. Você disse que falaria com ela para as garotas ficarem do meu lado. Mas, em vez disso, ela me demitiu, Brisa. Ela me demitiu!

— Por quê?

— Sabe uma daquelas garotas que me ignoraram na Lenox? Ela... bem, ela caiu da escada. Quebrou quatro dedos do pé. Não pode dançar por meses. Ora disse que eu a amaldiçoei com vodu e me demitiu.

Ezra sentiu um frio na barriga, a sensação de desgraça o dominando. Ele começou a duvidar de que conseguiria salvar a noite.

— Por favor, me diga que você não a machucou. Você... a empurrou da escada?

— Não, eu usei vodu, bem como Ora disse. — Ela lhe lançou um olhar fulminante. — Aquela vaca mereceu.

Brisa soltou o ar em um suspiro longo. Pela primeira vez, ele enxergou Felice com clareza, sem a névoa do sexo bom e do glamour. Ela era um pouco desequilibrada. E ele estava com um pouco de medo dela. Talvez devesse estar assim desde o início. Como pôde ser tão idiota?

— Vou falar com a Ora. Vou dar um jeito nisso, vou colocar você de volta no coro.

Ele não tinha a menor intenção de fazer isso, mas, naquele ponto, precisava dizer qualquer coisa para acalmá-la.

— Não. Resolva isso se casando comigo — ordenou ela friamente. — E me leve de volta para Louisiana. Podemos nos mudar para New Orleans. Você é Brisa Walker, o próprio Harlem. Você se daria tão bem lá. Seríamos um casal refinado, dando grandes festas e sendo convidados para as melhores casas da cidade. E eu teria meu bebê de novo. Sinto tanta falta do meu bebê. Achei que seria uma estrela a essa altura, mas tudo está arruinado. Odeio o Harlem. Sinto falta dos espaços abertos. Dos sons do pântano. Não consigo ver as estrelas aqui. Case-se comigo — implorou. — Case-se comigo e me leve para casa.

Atordoado, Brisa só conseguia balançar a cabeça. Ele não apenas não queria se casar com Felice, também não queria mais estar com ela. Naquele momento, entendeu com clareza que queria — não, que precisava — estar com alguém que amasse de verdade. Precisava de uma mulher que o amasse de volta, que cuidasse dele assim como ele cuidaria dela.

Além disso, não havia nenhuma chance de ele voltar para o Sul. Brisa precisava das multidões, dos salões de dança cheios de fumaça, do som que ele ajudou a inventar. No Harlem, ele tinha permissão para ser um homem. No Harlem, ele era livre.

— Não posso fazer isso — confessou com toda a calma. — Não vou voltar. Não pertenço àquele lugar.

— Você não me ama. — Era uma pergunta disfarçada de declaração.

Muito depois, ele perceberia o quanto foi covarde ao não responder. A raiva de Felice era explosiva, e ele estava apavorado com a ideia de irritá-la até o ponto da loucura.

Mas Felice já estava lá. Seus olhos escureceram, cheios de tempestade. Apertando a pulseira com mais e mais força, ela tremia de raiva, enraizada no lugar.

— Espero que você morra — disse ela, em um sussurro assustadoramente calmo e calculado. — Não, não, não. Espero que você *viva*. Ezra "Brisa" Walker, eu o amaldiçoo com a imortalidade. Você viverá para sempre, sem esperança de escapar. Sei que você não me ama, mas um dia você vai encontrar o verdadeiro amor e então entenderá a dor que sinto. Essa é a minha maldição para você. O rosto dela irá assombrar sua mente até que você a encontre, Ezra. E sim, você vai encontrá-la e amá-la. Mas ela vai morrer, assim como eu. No mesmo dia.

E então, às três e meia da manhã do dia 29 de fevereiro de 1928, Felice Fabienne se lançou do telhado da 225½ West 137th Street, despencando quatro andares para a morte.

Ela caiu no concreto do lado de fora da janela do térreo. Lá dentro, os convidados da festa continuaram a comemorar, sem perceber. Por conta da sombra da tragédia, os proprietários se mudaram, o prédio foi lacrado e abandonado, e ficou assim por mais de noventa anos.

No fim das contas, um legista empacotou o vestido de festa, os sapatos e a pulseira de Felice em uma caixa e os enviou para a mãe, em Thibodaux, Louisiana. Ela foi apenas mais uma das muitas beldades de cidade pequena que foram para a cidade grande com um sonho, somente para morrer esquecidas ou desaparecer na obscuridade. Felice Fabienne foi esquecida.

E foi assim que Ezra Walker, aos vinte e oito anos, se tornou imortal.

CAPÍTULO 16

IDADE PREMIUM

17 de fevereiro de 2024

Então é assim que termina, pensou Ricki, paralisada, enquanto Ezra encerrava sua história completamente insana. *Esse homem é louco e vai me matar. Pense rápido, Ricki. Quais são as opções? Dona Della está nas termas russas com a tia Su, curtindo o terceiro item da lista de desejos. Estou sozinha em casa. Chame a polícia. Não, não posso chamar a polícia para um homem negro! Mas e se ele for mesmo tentar me matar? E se eu acabar sendo o tema de um documentário da Netflix sobre um assassino que seduz mulheres ingênuas, as distrai com uma história no estilo Anne Rice e depois as estrangula com aquelas mãos lindas? Não vou dar esse gostinho para minhas irmãs.* CHAME A POLÍCIA. *Não, ligue para a Tuesday. Mas cadê meu celular? Droga, deixei na bolsa lá na frente, na loja! Tá,* RESPIRE. *Nada de movimentos bruscos. Não posso deixar que ele perceba que estou com medo. Jesus Cristo, por quêêêê? Não fui uma serva fiel, Senhor? Não, tem razão, não fui. Sou uma pecadora, uma católica de fachada com tendências meio promíscuas, mas prometo me regenerar se o Senhor me salvar. Essa não é a primeira vez que um homem maravilhoso me mete em encrenca, mas, em minha defesa, nunca foi algo* ASSIM, *essa coisa arrebatadora sobre a qual pessoas escrevem poesias, arriscam tudo, enlouquecem um pouco... mas aprendi a lição, Senhor. Por favor, me salve desse lunático.*

Ricki ainda estava enroscada com Ezra no chão, sua bochecha ainda apoiada no peito dele, enquanto os pensamentos corriam por sua mente. Ele esperava mesmo que ela acreditasse nisso? Ela esperava que ele não percebesse o ritmo frenético e descompassado de seu coração. Nem notasse como seu corpo inteiro tinha ficado tenso de medo.

Banhado pela luz da manhã, o estúdio estava quase desconfortavelmente claro — um contraste gritante com a escuridão sedutora da noite anterior. Não havia onde se esconder. Ricki fechou os olhos contra a claridade, vendo explosões de luz atrás das pálpebras.

Ela precisava pensar rápido.

Para garantir sua segurança, não podia parecer assustada. Lentamente, ela se desvencilhou de Ezra e se sentou no tapete felpudo. Esperava parecer tranquila, o que era um desafio quando estava completamente nua e ao lado de um lunático delirante. Depois de um bocejo seguido de um alongamento exagerado, mais teatral do que ela gostaria, pegou a peça de roupa mais próxima — a camisa de Ezra — e a vestiu. Ela descia até o meio de suas coxas.

— Quer um pouco de água? — perguntou despreocupada, caminhando até a área da cozinha. Com os nervos à flor da pele, flutuou na ponta dos pés como uma Sininho à beira de um colapso nervoso.

Ezra sentou-se no chão, era frustrante o quanto ficava atraente apenas com meia, cueca boxer e quilômetros de peito musculoso e definido. Ele passou a mão pelo rosto, visivelmente infeliz. Levantou os olhos para ela, com preocupação.

— Ricki, você está bem?

— Estou ótima! Por que não estaria? — Sua voz saiu vários tons acima do normal.

Com uma calma forçada, Ricki tirou uma jarra de água filtrada da geladeira e a colocou no balcão. Ela encheu um copo d'água. Então, de costas para Ezra, abriu devagar uma gaveta de tralhas embaixo da pia, cheia de moedas soltas, um batom Fenty descontinuado, amostras Pantone, fósforos e dois modeladores de cabelo quebrados. Pegou um em cada mão, virou-se depressa para ele e cruzou os modeladores em um crucifixo improvisado.

Ezra arregalou os olhos, surpreso. Ele se levantou.

— Não. Se. Mexa — rosnou Ricki.

Ele sentou-se de volta no chão.

Empunhando os aparatos de cabelo à sua frente, Ricki se aproximou dele.

— Não quero machucar você.

— O que você está...

— O SANGUE DE JESUS TEM PODER! — gritou ela, empurrando os modeladores na direção dele.

— Não precisa fazer isso, Ricki.

— Você é um vampiro?

— Um *vampiro*? — gemeu ele, com um suspiro cansado. — Não vamos piorar o que já está ruim. Vampiros vivem de sangue e têm poderes sobrenaturais, são monstros. Tudo o que temos em comum é a imortalidade. Vampiros são mortos que recebem vida. Os perenais são pessoas vivas que não podem morrer. — E então, em um tom magoado, acrescentou: — Sei que você não quis ofender, mas... na verdade, é insultante e degradante nos chamar de vampiros. Não é politicamente correto.

— *Ah, foi mal aí então.*

Suspirando, Ezra tentou se levantar de novo.

— Dê mais um passo e eu acabo com você.

— E o que você vai fazer, me modelar até a morte? Eu não morro! — Parecendo derrotado, Ezra voltou a se sentar.

Ricki estava diante dele, tremendo da cabeça aos pés. Devagar, baixou o crucifixo, mas apenas porque seus músculos estavam trêmulos demais para que continuasse segurando.

— Ricki, não sou um vampiro. Sou uma pessoa normal, de sangue quente, como você. Só com algumas características diferentes.

— Características diferentes — repetiu, incrédula.

— É. Perenais não morrem. Além disso, não sentimos os efeitos do envelhecimento nem ficamos doentes. Nem mesmo um resfriadinho de nada. Não pegamos nem transmitimos doenças e somos estéreis. Não temos bebês.

— Não tem doenças nem pode ter bebês? Então por que você usou camisinha?

— Bem, hum, porque seria falta de educação não usar. — Visivelmente desconfortável, ele pigarreou. — A outra grande diferença é que nossa presença não é tão marcante.

— E o que é que isso quer dizer?

— Quer dizer que não ficamos na memória das pessoas — explicou ele. — A regra é: se eu não tiver contato regular com um mortal durante um mês, esse mortal irá se esquecer de mim.

Ela estremeceu com a lembrança. *Você vai se esquecer de mim em um mês.*

— Viro aquela lembrança nebulosa que todo mundo tem de vez em quando. Você já contou uma história que ouviu em algum lugar, mas não lembra quem contou? Foi algum perenal. Já teve aquela sensação de déjà-vu, uma lembrança relâmpago de alguém que você meio que lembra, mas não de verdade? Perenal. Já olhou fotos antigas suas, em grupo, e viu alguém que você não consegue identificar? Perenal.

— Então por que eu me lembro de você? Por que Tuesday e dona Della se lembram?

— Porque vejo vocês o tempo todo! Precisa passar um mês inteiro antes que me esqueçam.

— Mmm — disse ela, cruzando os braços. — Lamento informar, Ezra, mas não existe esse negócio de perenais. A não ser flores como peônias, lírios-do-dia e lavanda.

— Sabe aquele cara no mercado de pulgas ontem à noite? O que disse que estávamos condenados. Ele era um perenal. E disse que era uma péssima ideia ficarmos juntos porque relacionamentos entre perenais e mortais são impossíveis de sustentar.

— Claro, todo mundo sabe disso — respondeu Ricki, a voz pingando sarcasmo. — Me diga, Ezra, como ele sabia que você era um?

— Perenais sempre se reconhecem. Aos nossos olhos, um parece embaçado para o outro, como assistir a um filme 3D sem os óculos apropriados. Aliás, ainda não estou convencido de que essa tecnologia melhora a experiência do filme. — Ele fez uma pausa breve. — Uma pergunta: você se lembra de quem eu enviei para comprar o seu retrato?

— Claro que me lembro. Foi... — Ricki franziu a testa, percebendo que, na verdade, não fazia ideia. Ela se esforçou para lembrar. — Eu... bem, eu só...

— Você lembra quem deu meu número de telefone?

— Bem, assim de cabeça, eu não...

— Lembra de um nome? O que estava vestindo? Qualquer detalhe?

Isso não pode estar acontecendo, pensou ela, a mente a mil, o coração disparado. *Nada disso é real.*

— Ela é minha conselheira, a dra. Arroyo-Abril. Ela se passou por minha assistente como um favor. Ela também é uma perenal. E está desaparecendo da sua mente.

Ricki não sabia o que dizer. Sendo sincera, não conseguia se lembrar da mulher. Havia uma vaga lembrança de... algo? O perfume de tuberosa dela. O som de suas botas, talvez Uggs?, esmagando a neve. Mas os detalhes eram um borrão pixelado no fundo de sua mente.

— Por que você a mandou para comprar meu retrato?

— Porque era você. Eu precisava dele. — Ele fez uma pausa, desviando o olhar. — Passei uma eternidade sonhando com seu rosto.

E então Ezra implorou para que ela ouvisse o resto da história. Ricki cedeu.

— Você tem dois minutos, no máximo.

E ele começou a falar.

Contou que, no início, não acreditava que a maldição fosse real. Quem acreditaria?

Consumido por culpa pela morte de Felice, sabia que precisava sair de Nova York. O condado de Fallon estava fora de questão, e o único outro lugar onde vivera era a França. Então ele partiu para Paris... e tentou morrer. Ele queria testar sua mortalidade. Em uma noite abrasadoramente quente, bebeu até perder a consciência e se jogou no Sena. Mas voltou a si horas depois, pescado do canal. Vivo e sem um arranhão. No beco atrás de um Left Bank café, tentou se incendiar com um isqueiro. Mas as chamas nunca se alastraram. Por fim, contratou um assassino de aluguel para matá-lo quando ele não esperasse. Quando o brutamontes apareceu em seu apartamento com uma pistola, o homem congelou e então se recusou a atirar.

— Eu sei por que você está fazendo isso, mas não vai funcionar — disse o homem em francês. — Você é um perenal. Assim como eu. É assustador no começo, mas você se acostuma. *C'est la vie!*

O amigável imortal apertou a mão dele, entregou um cartão de visitas e desapareceu.

Coach de Vida Perenal, Inc.

VOCÊ NÃO ESTÁ SOZINHO.

Ligue hoje para encontrar um CVP solícito e experiente na sua cidade! Todos os nossos especialistas têm doutorado em Ciências Perenais.

*Referências fornecidas mediante solicitação.

1-555-345-3488

E foi assim que ele encontrou a dra. Arroyo-Abril. Por meio da doutora — ela mesma uma imortal há muito tempo — Ezra descobriu a vasta rede internacional de pessoas que, assim como ele, não envelheciam. Seu diagnóstico era imortalidade, mas o termo específico para seu tipo era perenal. Ezra era um *perenal*. Agora, ele estaria para sempre com vinte e oito anos, carregando mais memórias e histórias do que qualquer humano deveria carregar. Um jovem com uma alma antiga, tentando alcançar o ritmo do mundo, sem saber se deveria se apegar ao passado ou ao presente.

Ezra era como um relógio que tic-taqueava em um quarto sem ar e sem janelas. Ele vagara por Paris, sem conseguir evitar a solidão e incapaz de se livrar da sensação de inutilidade cósmica, até o dia 1º de fevereiro de 1932. Eram quatro anos depois, o primeiro ano bissexto após sua maldição. Um momento em que o véu entre o mundo físico e o espiritual se tornava tão fino quanto um fio de seda. Seu propósito ficou claro.

No dia 1º de fevereiro, o rosto dela apareceu em seus sonhos. Ela, o verdadeiro amor com o qual Felice o amaldiçoara. Naquele dia, e durante todo o mês de fevereiro, ele foi assombrado por seu rosto, assim como por notas musicais desconexas e desorientadoras: pedaços de uma música que ele não conseguia fazer funcionar. Ele sentiu um formigamento no peito, uma inquietação, uma ânsia por memórias que ainda não tinha vivido.

Foi a primeira vez que Ezra foi puxado de volta para o Harlem involuntariamente. Antes que percebesse, estava de volta ao seu sobrado. E, durante todo o mês, vagou pelas ruas, procurando essa mulher, movido por um anseio desesperado por seu verdadeiro amor, que, se a maldição de Felice fosse verdadeira, morreria logo após que ele a encontrasse. Mas, no primeiro dia de março, o anseio cessou, as visões pararam, e Ezra sentiu-se livre para partir. E partiu, viajando para onde houvesse música. St. Louis. Abeokuta. Chicago. Londres. Trenchtown.

Então, quatro anos depois, no dia 1º de fevereiro do ano bissexto seguinte, tudo começou de novo. Ele foi visitado pelo rosto dela e pelos fragmentos estranhos de música em seus sonhos. E, mais uma vez, foi puxado de volta ao seu sobrado no Harlem pelo mês inteiro. E isso continuou, todo fevereiro de todos os anos bissextos, com Ezra passando do primeiro ao vigésimo nono dia procurando seu Grande Amor no Harlem.

Quando vamos nos encontrar?, ele costumava se perguntar. *1944? 1976? 2112? 3068?* Não saber já era uma tortura por si só. Ezra não podia fazer nada além de esperar pelo dia em que suas linhas do tempo se cruzariam. E, então, ele teria que mandá-la para longe dele. Ele teria que evitar outra tragédia.

Ezra passou quase um século vendo o rosto dela em sua mente, mas nunca a tinha visto na vida real. Até avistá-la no jardim comunitário onde antes era o Eden Lounge.

— Eu estava aterrorizado — admitiu ele, com sua voz lenta e profunda. — Parecia um começo e um fim. Depois de décadas me preparando para encontrar você, eu... não estava preparado. Porque sabia que me apaixonaria, e sabia que teria que convencê-la a partir. E, lá no fundo, sabia que você não iria. — Ele baixou o olhar. — Eu já perdi demais na vida. Não consigo suportar isso.

Ricki refletiu sobre a maneira como Ezra dizia aquelas coisas com total franqueza. Isso o fazia parecer ainda mais louco. Ela se afastou dele lentamente, até chegar à cozinha, onde suas costas bateram no balcão.

— Você está me dizendo que, na verdade, não tem vinte e oito anos. Na verdade, é um velho.

— Bem, eu tenho vinte e oito, mas tenho vinte e oito desde 1928. Então, tecnicamente, tenho cento e vinte e quatro anos. — E então ele tentou fazer uma piada. — Não sou velho. Tenho só uma idade premium.

Ricki o encarou com uma raiva feroz. Ezra engoliu seco, percebendo que não era hora de fazer graça.

— Eu já ensaiei como explicar isso de mil maneiras diferentes — continuou ele, com os olhos suplicantes. — Mas todas pareciam insanas. Eu entendo.

— Eu não acho que você entende. — Ela tentou conter o tremor na voz. — Vamos recapitular, certo? Você era um pianista de jazz famoso durante o Renascimento. Você estava aproveitando a vida até tocar em uma festa de aluguel na minha loja, então sua namorada lançou uma maldição em você e pulou do telhado.

— Do telhado *deste* prédio — pontuou ele. — Vale ressaltar.

— E, na teoria, esse piano é seu. — Ela marchou até ele e bateu com a mão no topo. Uma força avassaladora a atingiu, enviando um calor formigante por todo o seu corpo.

Ezra a observava com um olhar possessivo.

— É meu — confirmou ele baixinho — e deve ser por isso que você se sente assim.

Ricki puxou a mão de volta, como se tivesse acabado de tocar no fogo.

— Certo. E todo fevereiro de ano bissexto você é atraído para o Harlem para encontrar sua alma gêmea. E eu realmente devo acreditar que essa pessoa sou eu.

Com as mãos apoiadas no chão atrás de si, Ezra se inclinou um pouco para trás. Seus olhos a encararam com seriedade, procurando algo em seu rosto.

— Eu não sei, Ricki... — começou ele. — Você acredita que é minha alma gêmea?

E então, quando seus olhares se encontraram, por um momento, flashes de memória da noite anterior a atingiram como um soco. A boca dele, a língua, as mãos, a fome desesperada do seu rosnado enquanto ele a tomava pela primeira vez. Sua conexão com Ezra Walker parecia avassaladora.

Deus, Ricki ainda tinha tanta vontade dele. Mesmo sabendo que ele estava fora de si.

Se controle, pensou ela, respirando fundo para se recompor. *Não vacile*.

— E Felice? — continuou, com a voz trêmula. — A família dela? Os amigos?

— A mãe dela recebeu os pertences: roupas, sapatos e a pulseira de pérolas. Talvez as coisas ainda estejam com a família. A morte dela nem saiu nos jornais, duvido que tenha sido registrada oficialmente.

— Que conveniente. Bom, não pense que não vou fazer minha pesquisa — ameaçou ela.

— Ricki, sei que parece estapafúrdio. Mas por que eu inventaria tudo isso?

— Cogumelos? Mescalina? Transtorno de personalidade múltipla? Já saí com caras que conheciam os três muito bem. Reconheço os sintomas.

— Escute — disse Ezra, levantando-se do chão. Desta vez, Ricki deixou, mas ainda recuou para a cozinha, mantendo uma distância segura. — Estamos destinados. É por isso que continuamos nos esbarrando. Não foi coincidência. Estávamos destinados a nos apaixonar.

Ricki ficou imóvel, a respiração presa na garganta. Se eles fossem, de fato, amantes destinados (ela sabia que isso era impossível, mas *se*), então o restante da maldição de Felice também seria verdade. Uma percepção sombria tomou conta dela, e era muito mais esmagadora do que todos os outros detalhes da história de Ezra.

— Se somos almas gêmeas — sussurrou —, então estou destinada a morrer em 29 de fevereiro.

O corpo inteiro de Ezra pareceu murchar.

— Eu tentei salvar você, Ricki. Falei para você ir embora do Harlem. Tentei fugir de você antes que nos envolvêssemos demais. Mas aqui estamos. E é tarde demais.

— Porque estamos a doze dias de 29 de fevereiro.

Ele assentiu, miserável.

— E é tudo culpa minha. Eu fiz isso com você. E não suporto a ideia de perdê-la.

Ricki balançou a cabeça, tentando clarear a mente.

— Desculpe. Não, não. Nada disso faz sentido. Ezra, você claramente está tendo algum tipo de colapso mental ou... ou... uma alucinação ou algo assim. — disse ela com gentileza, como se conversasse com uma criança histérica. — Não acredito em magia, seja ela sombria ou de qualquer outro tipo.

— Você tem eucalipto pendurado no chuveiro para melhorar a clareza emocional.

— É só *estética* — declarou ela. — E não me olhe assim!

Ela soltou um lamento de frustração e escondeu o rosto nas mãos. Ricki se sentia destruída, manipulada. Como se aquilo fosse uma piada cruel do universo. O fato de ter se apaixonado tão profundamente, de se sentir protegida e sagrada nos braços dele, era mais do que crueldade. Se sentia mais ela mesma com Ezra do que sem ele. Ele plantou nela essa dor profunda. *Ele* a fez desejá-lo, *ele* fez com que ela ficasse caidinha, mas sem dar um lugar em que ela pudesse aterrissar. Agora, estava suspensa no vazio, em um purgatório terrível. Até, é claro, o momento de sua sentença de morte.

Sentir o que sentiu por ele e ter isso arrancado era pior do que nunca ter sentido nada.

Por que eu busco essas situações absurdas e ridículas? Eu me mudei para seis estados de distância para começar de novo, mas não consigo fugir da minha natureza desastrosa. Eu seria assim até na Lua.

— Vamos supor que, por alguma possibilidade insana, você esteja dizendo a verdade — começou ela, equilibrada. — O que você tem feito desde 1928? Está só vagando pela terra sem rumo?

— Mais ou menos.

Ricki ergueu as mãos.

— Quero detalhes!

— Certo — murmurou ele. — No primeiro fevereiro em que voltei, quatro anos depois da maldição, percebi que o Harlem não era mais o mesmo. Era 1932. A Lei Seca tinha acabado, mas o Renascimento também; a Grande Depressão devastou o Harlem. E ninguém se lembrava de mim. Nem Ora, nem minha banda. Era como se meu mundo antigo tivesse me expu!sado, trancando a porta atrás de mim. Então fiquei em casa a cada fevereiro bissexto, mas, no resto do tempo, aluguei a casa e viajei pelo mundo. Fui para onde a música estava. Eu me sentia bloqueado demais para tocar minhas próprias músicas, então me tornei... bem, um *influencer*. Mas não do jeito que vocês pensam hoje em dia. Eu influenciava os artistas que importavam. Porque não deixo uma impressão forte, consigo entrar e sair de estúdios, *jam sessions*, apresentações. Sempre surgem algumas perguntas no início: "Quem o contratou?", "Qual era o nome dele mesmo?" Mas, depois que me ouviam tocar, deixavam as perguntas de lado. Quando se vive tanto quanto eu, dá para perceber padrões na cultura. Especialmente na música. Um som popular permanece fresco por uns oito, dez anos, e então evolui para outro som. Eu consigo sentir o que vem depois. Consigo identificar a ponte entre as eras. Fui colaborador anônimo de sucessos demais para lembrar. Eu era o sussurro no ouvido de alguém, a sugestão em um bar cheio de fumaça. Os aplausos nunca foram meus, mas eram suficientes. Depois de uma sessão na Chess Records, em Chicago, me deparei com um garoto, Chuck Berry, dedilhando sua guitarra nos fundos. Soava totalmente maluco, não era como nada que eu já tivesse ouvido. Ele disse que a gravadora queria que ele escolhesse entre blues e pop. Nada surpreendente, o corporativo mata a criatividade. Uma história tão velha quanto o tempo. Então disse a ele para casar o blues com o pop e temperar com toques de country em um piano com ritmo secundário. Mostrei o que queria dizer no piano do estúdio e, porra, ele pirou. Ah, me perdoe, eu...

— Ezra Walker, nem pense em vir com esse papo de cavalheirismo agora. Continue falando.

— Certo. De qualquer forma, a soma de blues, pop e country parecia a cara dele. Parecia o futuro. Na biografia dele, Chuck disse que eu coloquei o *roll* no rock. Mas ele não conseguia se lembrar do meu nome. Olhe nos créditos do álbum *The Great Ray Charles*, de 1957. Ele dedica duas músicas a um "gato do Harlem", que mostrou como ele poderia "usar a mão esquerda como um tambor". Quincy Jones me ouviu tocar alguns acordes no final dos anos sessenta, acho que foi no Lighthouse, em Los Angeles. Depois disso, ele reimaginou a melodia quando produziu "Human Nature" para o Michael Jackson. Ele afirma isso no documentário dele. Claro, não incluiu meu nome. Ele não conseguia lembrar. Em uma sessão de estúdio da Motown, em 1970 e poucos, sussurrei algumas ideias para Stevie Wonder. Uns acordes, algumas melodias. Elas acabaram no que os teóricos da música consideram o álbum mais experimental dele.

Ezra coçou a nuca, parecendo hesitar.

Por mais improvável que a história fosse, Ezra era um narrador tão convincente, que Ricki foi imersa. Não conseguiu evitar.

— Qua-qual é o nome do álbum?

— *Stevie Wonder's Journey Through the Secret Life of Plants.* — Ele olhou para as próprias mãos, falando baixinho. — Eu sei, tem tudo a ver com você.

Ricki ficou boquiaberta, um calafrio desceu por suas costas. Sentindo-se zonza, ela se apoiou no balcão. Não podia acreditar. Nunca tinha dito a ele que ouvia aquele álbum todos os dias.

— "Ain't Nobody", da Chaka Khan? A lua vermelho-fogo em "Voodoo Chile", de Jimi Hendrix? O próprio título? Fui eu. Em 1967, eu estava tocando no Atlantic Studios e ouvi Aretha ensaiando a música do Otis Redding, "Respect". A banda dela a chamava de Re-Re. Achei que a versão dela poderia se diferenciar da de Otis se ela cantasse *"Re-re-re-respect"* no refrão. — Ezra olhou para Ricki. — Deu certo, pode-se dizer.

Ricki não tinha palavras. Tudo em que conseguia pensar era Tuesday contando a anedota de Chaka Khan na festa da Doce Colette. E a história de Jimi Hendrix no documentário na casa da dona Della.

Que Deus me ajude, pensou. *Estou ficando louca. Igual a ele.*

— Estou por aí há décadas, Ricki, entrando e saindo de lembranças, lugares, vidas e músicas. Tem sido uma vida inteira de perdas. Todo mundo de quem já gostei se foi. E nunca fica mais fácil — disse, com a expressão tensa. — É um trabalho cruel, enganar as pessoas para que pensem que você é normal... por uma, duas semanas. Porque você começa a acreditar também. Então acorda e percebe que está vivendo uma vida pela metade. Apenas se movendo no escuro.

Enquanto Ezra se aproximava, Ricki respirou fundo. Ele estava desfazendo suas defesas. Seu coração travava uma batalha contra a razão. Queria correr para os braços dele mais do que tudo, mas isso a tornaria tão insana quanto ele. Ela permaneceu parada, encostada no balcão da cozinha, enquanto ele diminuía o espaço entre eles. Desta vez, ela não o empurrou, nem gritou, nem o ameaçou com ferramentas quentes. Segurando seus ombros, ele falou com uma melancolia quase desesperada.

— Já vi coisas lindas e coisas terríveis. Até você, eu não sabia que elas eram dois lados do mesmo sentimento. Eu quero você, Ricki. Na verdade, não é um querer. É uma *necessidade* inflexível e inconveniente. Mas isso vai nos arruinar.

Os olhos dela se encheram de lágrimas, quentes e ardidas. Ela buscou dentro de si a força para não cair nessa. Para não ser sugada pela loucura de mais um cara, como tantas vezes antes. A repreensão de seu pai, *você deixa as coisas acontecerem com você*, estava gravada em sua mente. Mas ela havia mudado.

Ricki ditaria os termos de sua própria história. Ninguém mais.

— Você precisa ir embora, Ezra — disse ela, as lágrimas escorrendo. — Faça um favor a si mesmo e procure ajuda psiquiátrica. Eu acredito que você seja uma boa pessoa. Mas não posso te ver nunca mais.

Ezra entendeu que a conversa tinha acabado. Ele pegou a calça jeans e seus sapatos, e então percebeu que estava sem camisa.

— Hum. Eu posso pegar a minha... Você se importaria de... — Ele gesticulou vagamente para a camisa que ela estava vestindo.

— CAI FORA.

— Certo. — Ele assentiu. — Sim, claro, pode ficar. Já vou.

Ele saiu pela porta em menos de sessenta segundos.

Depois que ele foi embora, Ricki ficou congelada no lugar por um tempo que parecia uma eternidade. Em algum momento, ela se arrastou até a cama e se encolheu, abraçando os joelhos na camisa de Ezra. O cheiro quente e limpo dele a envolvia como o mais doce dos abraços. E então ela chorou até dormir.

Muito tempo depois, Ricki acordou com batidas frenéticas na porta dos fundos. Ela saiu da cama cambaleando e se olhou no espelho da parede. Nada bom. Rastros de lágrimas misturadas com rímel, cabelo bagunçado, bochechas marcadas pela fronha. A marca de um chupão estava começando a aparecer logo abaixo da mandíbula, e os lábios ainda estavam inchados de tanto beijar. Ela não estava apresentável. Mas a pessoa à porta estava batendo com tanta força que não dava para ignorar.

— Já vou.

Ricki vestiu uma calça de moletom e olhou pelo olho mágico. Era Tuesday, com a expressão enlouquecida. Ela entrou como um furacão.

— Graças a Deus você está viva.

A amiga a puxou para um abraço forte. Então começou a vasculhar o apartamento, abrindo o box do chuveiro, verificando o armário, olhando debaixo da cama. Ela estava com uma energia caótica.

— Onde ele está? Cadê aquele filho da puta? — rugiu ela. — Eu vou acabar com ele!

Correndo atrás dela, Ricki respondeu:

— O Ezra? Foi embora, saiu faz horas.

Tuesday parou na frente de Ricki, no meio do pequeno corredor, respirando pesado.

— Estou tentando falar com você desde ontem. Onde você estava?

— Meu celular está na bolsa. — Ela se encostou na parede, deslizando até o chão. Tuesday se sentou ao lado dela. — Foram as melhores vinte e quatro horas que já passei com um homem. E tudo simplesmente implodiu com a força galáctica de uma estrela morrendo.

— Uma estrela morrendo, é?

— Nunca mais vou falar com ele. — Ricki apoiou a cabeça no ombro de Tuesday, exausta. — Ele é maluco. Sério. Ele acredita que é imortal.

Tuesday piscou.

— *Como é que é?*

— Deixe pra lá. O que aconteceu?

— Você sabe que sei reconhecer um homem suspeito — respondeu Tuesday. — Eu sabia que o Ezra estava escondendo alguma coisa. Então invadi a casa dele ontem.

Com um gemido, Ricki encolheu as pernas e enterrou o rosto entre os joelhos.

— Tuesday, estou mantendo minha sanidade por um fio. Por favor, diga que você não cometeu nenhum delito.

— Cometi, sim — admitiu ela, sem vergonha. — Primeiro que eu estava em casa, sofrendo com um bloqueio criativo e precisava de uma atividade para me distrair. E segundo, o que eu *não* vou fazer é deixar um *stalker* assassinar minha melhor amiga de forma brutal. Ou pior.

Ricki levantou a cabeça.

— O que pode ser pior do que isso?

— O ponto é que, se eu tivesse alguém preocupado comigo em Hollywood, talvez não tivesse acabado em situações horríveis com homens horríveis. Você tem sorte de eu estar aqui por você.

— Mas, Tuesday...

— E, como eu suspeitava, Ezra Walker é estranho. E a casa dele também. Ele tem uma inquilina no andar de baixo, em um apartamento normal e sem graça. Ele mora nos andares de cima... mas está tudo vazio. Exceto por um cômodo assustador pra caramba, cheio de móveis e tecnologia antigos. — Ela baixou a voz para um sussurro. — Você sabe o que é um espaço liminar?

— Sei, é um espaço que serve como passagem de um lugar para outro. Túneis, portas, escadas, pontes, terminais de aeroporto. Espaços de transição.

— Exatamente. Bem, esse cômodo parecia um espaço liminar no *tempo*. As coisas no cômodo não eram de uma época específica. Era um século inteiro de coisas. Parecia que eu tinha saído do contínuo espaço-tempo. E foi lá — anunciou grandiosamente — que encontrei isso.

Tuesday puxou o celular e mostrou a Ricki fotos das partituras.

— Música. Folhas e folhas de música, todas com essas datas loucas e impossíveis. Que aleatório.

— Não é aleatório — sussurrou Ricki, com horror crescente. — São anos bissextos.

— Olha as folhas mais antigas. Estão tão frágeis que, se respirar perto delas, vão se desfazer. Onde ele conseguiu esse papel antigo? E lê os comentários dele nas margens. Ele diz que as notas não se encaixam, que não consegue fazer uma música completa com elas. Então, no dia 1º de fevereiro desse ano, o dia em que você se encontrou com ele no jardim... ele diz que a música começou a se encaixar. Resolvi o mistério — continuou Tuesday, olhando nos olhos de Ricki. — Ezra Walker é um psicopata colecionador de antiguidades e possível viajante do tempo. Agora, só precisamos descobrir o que ele quer com você.

Ricki apoiou a cabeça na parede.

— Ah, Tuesday — disse ela com suavidade —, eu acho que já sei.

CAPÍTULO 17
BW + FF

18 de fevereiro de 2024

Wikipédia

Brisa Walker (3 de janeiro de 1900 — desconhecido) foi pianista e compositor americano de jazz stride. Popular durante o auge do Renascimento do Harlem, gravou vários sucessos entre 1924 e 1928, mas sua música não sobreviveu, e Walker é amplamente esquecido hoje. Em 1927, foi contratado para liderar a banda da casa, The Friday Knights, no famoso cabaré Eden Lounge, no Harlem. No início de 1928, Brisa Walker desapareceu e nunca mais foi visto. Seu desaparecimento continua sem solução.

Em 1929, um incêndio elétrico destruiu o Eden Lounge — e, com ele, as únicas gravações conhecidas das músicas de Walker, que estavam armazenadas no porão, incluindo "Happy Sad", "Hotcha Gotcha" e "Midnight Jasmine". Não houve vítimas, mas historiadores apontam o fim do Eden Lounge como o marco simbólico do fim da Era do Jazz.

Acredita-se que Walker era da Carolina do Sul, mas não há registros históricos que confirmem isso.

Ricki não tinha saído do apartamento — ou aberto a Rickezas — desde que voltara para casa com Ezra na noite retrasada. Ela estava começando a perder o controle, só um pouquinho. Já estava começado a achar que o piano a observava, então, sempre que precisava atravessar o cômodo, fazia uma volta exageradamente longa ao redor dele. Encolhida com o notebook sobre o tapete felpudo onde ela e Ezra haviam dormido, começou a pesquisar de forma obsessiva cada pedaço da história absurda dele, desde as anedotas com músicos famosos até detalhes sobre o Eden Lounge. Assistiu a entrevistas, leu encartes de álbuns e comprou vários e-books de historiadores da música (não havia tempo para esperar a entrega de livros físicos pelo correio). Ela dedicou uma parede inteira a post-its coloridos para rastrear detalhes-chave, como uma detetive de série de TV. E se recusava a tirar a camisa de Ezra.

Ricki estava ficando louca.

O que ela deveria fazer? Tudo o que Ezra havia contado era completamente inacreditável: um delírio febril em forma de narrativa. Ele era criativo, ela admitia. Mas um doido varrido.

Ao menos era isso que ela repetia para si mesma. Quanto mais analisava o que ele havia dito, menos insano parecia. Ricki tinha que admitir que, se estivesse ouvindo essa história sem participar dela — acompanhando em um podcast ou série documental — talvez ela acreditasse.

Ricki *não era* completamente avessa a coisas metafísicas ou à ideia de que o universo era mais do que o que podia ser visto. Seus livros favoritos eram da série Amaldiçoada, de Eva Mercy, sobre uma bruxa e um vampiro em um amor eterno (a sessão de autógrafos naquela semana era a única coisa que a estava mantendo de pé naquele momento). Ela meio que acreditava no poder dos cristais, sobretudo na ametista para trazer sorte nos negócios e na pirita para combater a síndrome do impostor — a única parte da experiência com Ali que tinha valido de alguma coisa. Ela atravessava a rua quando via um gato preto. Estava conectada à sua bruxinha interior o suficiente para, pelo menos, considerar a possibilidade de que queimar sálvia eliminava energia negativa. Ricki dava nomes às suas plantas? Sim. Conversava com elas? Também. Acreditava que, talvez, em algum lugar profundo dentro dos seus estames, elas poderiam perceber sua voz de alguma forma? Com toda a certeza. Afinal, estava convencida de que lírios-da-paz não cresciam sem Stevie Wonder.

Ela fechou os olhos por um instante. Teoricamente, Ezra tinha trabalhado naquele álbum de Stevie Wonder.

Acreditar em *certa* magia não queria dizer acreditar em *tudo*. Não dava para ter medo de demônios sem acreditar em anjos também. Se você acredita nas boas avaliações da sua loja na internet, tem que lidar com as ruins também.

Noventa por cento dela acreditavam que a história de Ezra era impossível. Mas foram os outros dez por cento que a mantiveram acordada a noite toda.

Também era impossível que houvesse dama-da-noite florescendo no inverno. E, ainda assim, ambos sentiram o cheiro da flor no jardim comunitário. E o que dizer do inegável poder erótico daquele maldito piano? E das partituras de Ezra ao longo do tempo? E aquela música que ele tocou para ela — *com* ela, *através* dela, *dentro* dela —, seria a que ele vinha compondo havia um século, finalmente concluída?

Ou aquele era o golpe mais complicado de todos os tempos, ou era verdade. Não havia meio-termo. E, se fosse um golpe, qual seria o objetivo? Seus pais eram ricos, mas ela mal conseguia se sustentar. Havia coisa demais acontecendo sem explicação, conexões demais ligando os dois. Mesmo estando longe dele agora, ela sentia um impulso inexplicável contra o qual não podia fazer absolutamente nada.

Com todos os homens antes de Ezra, Ricki percebia que estava sempre desempenhando um papel. Com um, era a sedutora. Com outro, a ingênua. Bastavam cinco minutos para ela entender quem e o que o homem queria, e então ela se moldava para ser a mulher dos sonhos dele. Quase nunca expressava sua verdadeira opinião — geralmente cedia às ideias mirabolantes deles. E o pior era que ela achava que estava sendo inteligente ao impedir que a conhecessem de verdade. Afinal, quem poderia machucá-la se ninguém soubesse quem ela era de fato?

Mas então Ricki percebeu que aquilo era uma mentira. Ela queria ser fácil de lidar, porque, no fundo, acreditava que seu verdadeiro eu era *demais*. Os Wildes tinham reforçado essa ideia sua vida toda. Ricki era sempre demais. Impossível de amar.

Com Ezra, ela não teve chance de ser outra coisa além de si mesma. Ele nunca lhe deu outra opção. Cada encontro parecia tão grandioso e avassalador que ela nunca teve tempo de fingir. Ele era um mistério, e ela não fazia ideia do que ele queria. Então Ricki foi Ricki.

E ele parecia gostar dela de verdade. Ele se deleitava com características que a família a fizera achar que eram absurdas. Nada parecia surpreender aquele homem e, se a história dele fosse verdadeira, faria sentido. O que poderia chocar um cara de cento e vinte e quatro anos?

Mas como isso poderia ser verdade?

Ela estava deitada na cama, os ponteiros do relógio avançando cada vez mais para o horário do chá com sua avó postiça. Dona Della — uma mulher que cuidava da vida de todo mundo sem um pingo de sutileza — sabia que ela tinha ido a um encontro na sexta e iria perguntar de Ezra. O que é que ela diria? A verdade? Nem pensar. Dona Della era a pessoa mais prática e racional que conhecia. Ricki não ia deixar sua nova avó pensar que ela tinha enlouquecido.

Mesmo que, de fato, todos os sinais apontassem para "louca". Ricki estava com medo demais para sair de casa, porque sabia que daria de cara com Ezra. E, ainda assim, naquele momento, a casa também a assustava! Ela começou a repassar os detalhes que tinha dado como certos e nunca tinha pensado em investigar.

Há um apartamento no térreo, fechado desde os anos vinte, dissera dona Della quando elas se conheceram. *Não daria uma floricultura encantadora?*

Ezra tinha contado que o suicídio de Felice nunca saíra nos jornais. Mesmo assim, ela vasculhou a internet em busca de informações. E não havia menção ao prédio, a um escândalo ou a festas de aluguel em lugar algum da internet.

Ricki se sentou de repente na cama, ofegante. Seus pensamentos confusos se dissiparam. Se o que Ezra dizia ter acontecido nas primeiras horas da madrugada de 29 de fevereiro de 1928 fosse verdade, talvez dona Della conhecesse a história. Não era obrigatório, por lei, que os proprietários e administradores revelassem o histórico de um prédio antes de vendê-lo?

Ricki arrancou a camisa de Ezra, colocou um moletom da Universidade Georgia State, vestiu um jeans rasgado e correu escada acima, prendendo a respiração o tempo todo.

— Ricki Wilde, parece até que você viu um fantasma. E suas bochechas estão pegando fogo. Você está com febre? E por que está tão adiantada? Deus sabe que isso é uma novidade.

Dona Della pousou a parte de trás da mão na testa de Ricki. Então, com um som de reprovação, ela passou seu braço magro pelo de Ricki e a levou para a sala de estar, fazendo-a sentar-se no divã. Ricki sentou-se ali, tentando recuperar o fôlego e tentando não transparecer quanto estava estressada. Dona Della entregou-lhe uma xícara de chá quentinha e sentou-se em sua poltrona favorita, acolchoada e de encosto alto.

— Você deveria se cuidar melhor, querida — comentou, endireitando os ombros do caftã esmeralda. — Tudo o que você faz é trabalhar. Você está dormindo?

— Estou bem, dona Della. Não se preocupe. Hum, eu... hum... queria falar com você...

— Ah, já sei por que você parece tão desnorteada — interrompeu-a, os olhos brilhando com travessura.

Ela colocou os óculos sobre o cabelo vívido em tom de fúcsia e inclinou-se para a frente, com entusiasmo e mãos trêmulas.

— Como foi o seu grande encontro com Ezra?

— Foi ótimo. Mas eu...

— Que bom! — Ela piscou. — Você merece. Espero que não se importe que eu diga, mas Ali não era para você. Ele não parecia bom em... diversões horizontais, por assim dizer. — Ela arqueou uma sobrancelha com um ar de quem sabia das coisas. — Eu o vi dançando na noite de arte, querida. Nada de movimentos da cintura para baixo. Igual àqueles bonecos infláveis desengonçados de posto de gasolina.

— Dona Della...

— Quando veio para o brunch com você, comeu um donut de creme com *talheres*. Esse não é um homem dotado nas artes sensuais.

— Dona Della, preciso falar com você. É sobre... Bem, vai soar estranho. Mas confie em mim, está bem?

— Mmm, parece sério.

Ela pousou a xícara de chá de volta no pires, e Ricki notou o acesso do soro preso com esparadrapo na dobra do cotovelo esquerdo. Alarmada, ela olhou novamente para ter certeza. Mas, antes que pudesse perguntar o que tinha acontecido, foi interrompida por uma jovem enfermeira animada, usando blusa e moletom da mesma cor como uniforme e com uma tatuagem com o rosto de Lana Del Rey no braço. A enfermeira entrou no cômodo com energia, juntando as mãos em um gesto educado e alegre.

— Como estamos, dona Della? Hora de tirar um pouco de sangue!

— Pode me dar só uns minutos, Naaz? Esta é Ricki, minha neta. Ela tem algo importante para conversar comigo.

Mesmo com toda a loucura ao seu redor, Ricki sentiu um calorzinho reconfortante ao ouvir dona Della chamá-la publicamente de neta. Era como se enrolar em um cobertor pesadinho e aconchegante.

— Oi, Naaz, prazer em te conhecer — cumprimentou Ricki, apertando sua mão.

Quem era essa e por que dona Della precisava de uma enfermeira?

— Ah, oi. O arquivo da dona Della diz que ela não tem descendentes.

— Ela é a família que eu escolhi, querida — explicou.

— Amíglia — respondeu Naaz. — Um amigo que é família. Eu organizo um jantar de Ação de Graças das Amíglias. No ano passado, preparei o peru congelado que comprei em um restaurante. Já vem temperado!

Naaz piscou e saiu da sala.

— Quem é essa? — sussurrou Ricki, sem perder tempo e indo direto ao ponto.

— Ela? Ah, é minha nova cuidadora domiciliar. Acontece que envelhecer não é tão divertido assim. Tenho um cisto benigno. Não é nada, mas ela vai ficar comigo por um tempo, só para monitorar. Ela é bem... animada. Antes de ser enfermeira, era uma coisa chamada "animadora de festas", fazia as pessoas dançarem em bar mitzvahs e casamentos. Você sabia que essa profissão existia?

Ricki nunca a tinha ouvido falar tão rápido. Dona Della tentou fazer parecer algo casual, mas definitivamente parecia que não era.

— Querida, feche a boca — continuou ela. — Vai engolir uma mosca.

— Mas... uma cuidadora domiciliar? Não é tipo como em um asilo, né?

— Não — respondeu ela com um tom de escárnio, dando uma risadinha, que virou uma tosse forte. — Eu só não gosto de hospitais. Receber cuidados no conforto de casa? Um luxo subestimado.

Ricki tentou acompanhar, mas sabia, em seu coração, que dona Della estava mentindo. Ela tinha noventa e seis anos! Estar doente naquela idade era provavelmente fatal. Mas Ricki também sabia que ela não revelaria a verdade antes de estar pronta.

Não posso perdê-la, pensou, afastando a tristeza antecipada. *Ela é meu suporte. E não passamos tempo suficiente juntas.*

Era um medo esmagador e insidioso, a ideia de perder essa mulher que ela amava. Elas estavam na vida uma da outra havia menos de um ano. Não era justo.

Ricki respeitava demais dona Della para insistir no assunto. Quando a senhora dava uma conversa por encerrada, era o fim. Mas naquele momento, diante de uma crise de saúde evidente, Ricki se sentia ridícula ao trazer à tona o mistério insolúvel de Ezra Walker. Especialmente porque, se fosse verdade, havia uma possibilidade real de que ela mesma pudesse morrer.

Tendo crescido em funerárias, Ricki teve contato com a morte e o morrer desde muito nova. Conhecia bem velórios, corpos e ritos finais. Passava tempo com os embalsamadores e maquiadores, ouvindo histórias sobre cadáveres que, por reflexo, se sentavam de repente ou mudavam de cor no meio da maquiagem. A morte era tratada com tanta naturalidade, como se fosse apenas o ponto-final na frase de cada um, mas, para ela, nunca foi banal. Era algo a temer, a desafiar. Sempre que ia a um funeral a trabalho, não conseguia tirar da cabeça as pessoas que ficavam. O desespero no rosto de um marido em lágrimas. Os adultos de meia-idade que, ao perderem o pai ou a mãe, se sentiam órfãos desamparados. As crianças pequenas, que eram jovens demais para entender que os avós nunca mais voltariam.

Para ela, aceitar a inevitabilidade da morte era impossível. Ao contrário, isso só a fazia querer viver com mais intensidade que qualquer um, mergulhar mais fundo, sentir tudo, cultivar a vida e se abrir para o mundo com os sentidos mais aguçados.

Apesar de toda a morte anônima ao seu redor, ninguém próximo a ela havia morrido. Seus bisavós e avós já tinham partido antes de ela nascer. Ela ainda tinha os pais e as irmãs. Não estava preparada para uma perda pessoal.

Pare de exagerar, disse a si mesma, tentando conter o pânico crescente. *Sim, ela é idosa, mas está com ótima saúde. Você mesma teve um susto com um cisto benigno no ovário em 2013. Fez uma laparoscopia e sobreviveu!*

A ideia de que Ricki poderia estar diante da própria sentença de morte passou por sua mente mais uma vez. Não. Ela afastou esse pensamento. Era demais. Ela só encararia isso depois de confirmar que Ezra estava, de fato, dizendo a verdade. Até lá, ela se concentraria em outras coisas.

Dona Della tamborilou as unhas vermelho-fogo na xícara de chá, trazendo Ricki de volta à realidade.

— Você está muito estranha hoje. O que se passa em sua mente, querida?

Ricki olhou para a rua pela janela, tentando decidir por onde começar.

— Estou curiosa a respeito dessa casa.

— Curiosa com o quê?

— Com a história dela. Você me contou que ela foi fechada em 1928 e ficou abandonada até que a comprassem, alguns anos atrás, certo?

— É verdade. Eu estava de olho nela já fazia um tempo. Foi um grande dia quando enfim convenci o bom doutor a comprar.

Ela tossiu de novo, na dobra do cotovelo, e depois deu um tapinha no peito. Ricki tentou não se assustar.

— Você sabe alguma coisa sobre o passado desse prédio? Tipo, por que ele foi fechado? Pesquisei no Google, mas não encontrei nada.

Dona Della assentiu devagar.

— É porque não teria como encontrar nada. Uma tragédia aconteceu naquele ano. Em 29 de fevereiro de 1928. Foi um ano bissexto, como este.

Ricki sentiu um frio na barriga. Tão gelado que parecia congelar seu interior.

— O que aconteceu naquela noite?

A idosa se remexeu na cadeira, desconfortável.

— Por que você está perguntando isso agora?

— Por motivo nenhum — respondeu ela, com um sorriso fraco, tentando parecer leve. — Ando obcecada pela história antiga do Harlem. Você sabe que tenho feito aqueles posts de arranjos no Instagram pelo bairro.

— Tudo o que sei é que uma jovem dançarina da Louisiana cometeu suicídio naquela noite — revelou dona Della, sua voz rouca e enfraquecida pela tosse. — Ela se jogou do telhado, por algum motivo. Na verdade, a morte dela é um mistério. Porque ela era uma jovem negra desconhecida, é claro. Mas também porque os donos do prédio abafaram a história. Veja, havia esses irmãos alemães, os Schumacher, creio que era o nome deles, que eram donos do quarteirão quase todo. Eles não queriam que a história fosse divulgada, porque quem iria querer alugar um apartamento em um prédio de onde uma garota se jogou e morreu? Mas eles não conseguiram inquilinos, de qualquer maneira. Porque as pessoas falam, sabe? Então os Schumacher nunca conseguiram alugar o imóvel. E a propriedade ficou parada, mudando de mãos. Gosto de pensar que estava esperando por mim. E por você.

Ela sorriu calorosamente.

Ricki ficou paralisada. Sem saber o que fazer, pegou a xícara de porcelana inglesa e bebeu todo o chá de hortelã em um gole só. Estava torcendo para que o calor abafasse seus nervos e silenciasse os gritos em sua mente. Não funcionou.

Certo, então aconteceu, pensou ela. *Aconteceu, mas Ezra ainda pode estar mentindo sobre sua participação nisso. Mas por que ele faria isso?*

— Posso perguntar uma coisa? — arriscou Ricki, cautelosa. — Se o prédio tinha essa reputação estranha, por que você quis morar aqui? Você disse que estava de olho nele havia um tempo, mas, enquanto esteve casada, morou em Atlanta. Como sabia desse lugar?

Naaz, que tinha uma habilidade admirável para aparecer na hora errada e um amor irreprimível por fofocas, entrou na sala de jantar segurando uma seringa e gaze.

— Mais dez minutos, por favor, Naaz — pediu dona Della, sem desviar o olhar de Ricki.

— Tudo bem. — Ela piscou alegremente e saiu de costas, sem perder o ritmo.

— Essa menina ainda vai me causar um infarto — murmurou a mulher mais velha.

Ela se recostou na poltrona e fechou as pálpebras finas como papel. Depois de respirar com dificuldade por alguns segundos, abriu os olhos de novo.

— Dona Della, você parece cansada — disse Ricki. — Me avise se quiser parar de falar.

— Não seja boba. Não sei por que nunca falamos sobre isso antes. Acho que sou reservada. A maioria das pessoas é tão confiável quanto um político comendo pastel na feira.

Ricki não pôde deixar de sorrir. Ezra falava assim às vezes.

Meu Deus, pensou Ricki. *Se a maldição for verdadeira, Ezra é de gerações anteriores até à dona Della!*

— Enfim — continuou dona Della —, sempre soube deste prédio. Desde pequena... — O rosto de dona Della ficou impassível. — Sabe a dançarina, Felice Fabienne? Era minha mãe.

Ricki deixou a xícara vazia cair no colo, que rolou para o tapete abaixo. Ela não se moveu para pegá la. Na verdade, ela não fez movimento algum.

Com as sobrancelhas arqueadas, dona Della observou Ricki assistir à queda da xícara. Só então, sob o olhar reprovador da senhora, Ricki saiu de seu transe e a pegou.

— Nunca conheci minha mãe — disse dona Della. Após uma tosse prolongada, continuou. Sua voz parecia ainda mais rouca. — Bem, eu não me lembro dela, quero dizer. Nasci em 1927 e ela morreu em 1928, quando eu era apenas um bebê. Minha avó me criou na Louisiana, onde vivi até conhecer o dr. Bennett em um encontro social da igreja. Ele era um jovem estudante bonito de Morehouse visitando parentes. Eu me casei com ele dois dias após minha formatura do ensino médio, me mudei para Atlanta e nunca olhei para trás. — Ela sorriu. — Enfim, dizem que Felice se mudou para o Harlem para ser uma estrela. Ouvi dizer que tinha talento para o drama; não é de se admirar que tenha me dado o nome de Adelaide. Um nome pomposo, não acha? Mas sempre me chamavam de Della.

Adelaide. Ricki afundou no estofado. Meu Deus, então era verdade. Era verdade.

— Já ouviu falar do Eden Lounge? Era contemporâneo do Cotton Club, mas durou pouco. Ela dançava lá. Você sabe o *prestígio* que era conseguir esse emprego durante o Renascimento? É engraçado... mesmo depois de tudo, eu me orgulho dela. Minha avó me disse que, quando tivesse bastante dinheiro guardado, o plano de Felice era me buscar. Mas esse dia nunca chegou — disse friamente dona Della, sua xícara de chá tilintando no pires. — Suponho que eu sempre tenha sentido certa... raiva dela. Não tinha como não sentir, sabe? Não consigo imaginar ser mãe e abandonar meu filho. — Ela suspirou, seus olhos nublados fixos na xícara. — Ela é um vazio na minha vida que nunca foi preenchido. Por isso, sempre prometi a mim mesma que um dia compraria esse prédio. Talvez encontrasse algumas respostas, me sentiria mais próxima dela. Pararia de me sentir triste por ela. Nova York é uma cidade de humor instável. Aprendi isso desde que vim morar aqui. Exige que se tenha uma certa armadura, uma resiliência que precisa vir naturalmente. Felice talvez não tivesse isso. Pelo que parece, tinha um pouco daquela montanha-russa de emoções, ou o que as pessoas hoje chamariam de alterações de humor, bipolaridade ou algo assim.

Talvez transtorno de personalidade borderline? Não sou médica, é óbvio, mas você aprende uma coisa ou outra depois de ser casada com um por mais de setenta anos.

Sua expressão era distante, pensativa.

— A maçã não cai muito longe da árvore, eu diria. Vivi com a melancolia a vida toda, mas a medicação me ajuda a ficar equilibrada. Minha mãe nasceu cedo demais para receber o tratamento certo. Ou qualquer tratamento.

Dona Della fez uma pausa e olhou pela janela.

— Isso é especulação, claro. Não sei muito a respeito da minha mãe. Nana mal falava o nome dela. Deve ter sido doloroso perder a filha desse jeito. Tudo o que sei é que Felice era dançarina e a única filha de Nana. — E então, como um comentário à parte, ela acrescentou: — E também sei que ela sabia se vestir. Um estilo de *tirar o chapéu*.

Sem aviso, dona Della respirou fundo, levantou-se da poltrona e desapareceu para dentro do quarto.

— Já volto — gritou ela por cima do ombro.

Usando seu último neurônio funcional, Ricki tentou desesperadamente se acalmar. *Tudo isso pode ser explicado. Ezra deve ter ouvido a história de Felice de alguma forma. Deve haver uma história oral do Velho Harlem que não chegou aos jornais ou biografias. Se conversar com os mais velhos certos, é possível descobrir qualquer coisa. É assim em Atlanta também. É assim em qualquer lugar onde existam negros — carregamos histórias escondidas, passadas de geração em geração. Talvez Ezra seja mesmo apenas um colecionador excêntrico de móveis antigos, como Tuesday disse, e tenha se envolvido demais em uma obsessão pelo Renascimento do Harlem, se inserindo em uma história interessante que ouviu um dia.*

Afinal de contas, dona Della não havia mencionado Brisa Walker nenhuma vez.

Quando dona Della voltou, estava usando uma pulseira de pérolas de quatro voltas. Estava desgastada e opaca, mas, ainda assim, bela.

— Era de Felice — disse ela. — Glamourosa, não é? Li uma vez que as dançarinas eram tão desejadas, que recebiam todo tipo de presentes opulentos de admiradores depois dos shows. O fecho está gravado, veja: BW + FF. Sempre me perguntei quem seria BW. Aposto que essa é uma história interessante.

Ricki não ouviu a última frase, porque desmaiou na hora.

CAPÍTULO 18

A CONCHINHA MENOR

19 de fevereiro de 2024

Ricki acordou de repente às quatro da manhã, banhada de suor, convencida de que os últimos dias tinham sido um sonho. Rapidamente, sua realidade impossível se estabeleceu. E ela fez a única coisa em que conseguiu pensar.

Em uma manhã de inverno escura e fria, Ricki atravessou o apartamento até a Rickezas e preparou um arranjo sob medida de amarílis, prímula e sempre-viva chinesa. Antes do amanhecer, deixou o arranjo na 146 West 133rd Street, colocando-o com toda a delicadeza em frente a um prédio residencial comum, que um dia fora o local do infame bar gay Harry Hansberry's Clam House. Fazer isso no local onde Gladys Bentley, pioneira drag king e ícone lésbico negra, se apresentava a lembrou de que ela era apenas uma peça de uma história maior. Isso acalmou sua alma. Mais ou menos.

Ela postou a foto no Instagram, distraída demais para perceber que tinha cinco mensagens de dois jornalistas diferentes querendo entrevistá-la. Ricki não percebeu essas mensagens nem o número crescente de curtidas e comentários, porque sua vida real estava por um fio. Mas ela tinha um plano para se salvar.

Horas depois, ela espreitava pela porta da Starbucks da 125th Street, parecendo infinitamente melhor do que se sentia. Porque ela: (a) se acalmava com moda e (b) era dramática, então Ricki caprichou no visual para aquela ocasião. Ela usava um body marfim, jeans largos e, o grande destaque, um casaco capa dos anos sessenta, vermelho como batom. Sim, era um visual marcante. Mas ela precisava projetar confiança e disfarçar o fato de estar se sentindo uma bagunça.

Ricki estava nervosa, mas com a cabeça no lugar. Depois que Naaz, a enfermeira, a despertara daquele desmaio na casa de dona Della no dia anterior, ela voltou a si com uma clareza renovada.

Ela precisava ver Ezra. Porque acreditava nele.

Dona Della havia confirmado a história. Dona Della fazia *parte* da história. Tinha que ser verdade. Ricki não sabia muito bem no que acreditava em termos de vodu, magia popular ou maldições, mas eram coincidências demais para ignorar.

Ela também não fora atraída para o Harlem? Da mesma forma como Ezra afirmava ser atraído para lá todo fevereiro de ano bissexto. O que ele descreveu — a sensação de ser puxado pelo coração em direção ao futuro dele — era exatamente como ela se sentira antes de se mudar para lá.

Ricki estava pronta para falar. Ela mandou uma mensagem, pedindo para que ele a encontrasse na Starbucks. Era o local perfeito, porque era impossível romantizar uma Starbucks. Ricki não poderia estar em nenhum lugar charmoso ou nostálgico com Ezra Walker. O cérebro dela entrava curto-circuito perto dele, e foco era essencial. Além disso, aquela Starbucks estava sempre cheia. Se Ezra fosse, de fato, um lunático e tentasse fazer alguma coisa, ela teria testemunhas.

Ela o localizou do outro lado da cafeteria cheia. Lá, sentado a uma mesa contra a parede, ligeiramente afastado do caos, estava Ezra.

Não havia café na mesa, apenas ele, com as mãos pacientemente cruzadas, olhando pela janela à sua esquerda. Como sempre, ele parecia casual e descolado, usando um pulôver de malha e jeans grafite, mas o cansaço ofuscava seus traços bonitos. Olheiras, olhos vermelhos. Como se estivesse miserável.

E ela notou algo novo. Ele parecia... especial. Diferente de todo mundo, de alguma forma. Em Nova York, Ricki via muitas celebridades em lugares comuns. E não importava quantas vezes elas tentassem se esconder atrás de óculos escuros ou se sentar no canto escuro de um bar, sempre chamavam a atenção. Dava para saber que alguém importante estava na sala. Ezra tinha essa qualidade. Ricki percebeu que as pessoas o notavam, seus olhares se fixando nele por um momento. Ninguém sabia quem ele era, mas ele quase brilhava.

Porque ele era Alguém, pensou Ricki. *Talvez seja uma chave que você não consiga desligar.*

Ricki fez um caminho em zigue-zague até a mesa de Ezra e parou em frente a ele, acenando de forma enérgica, como se estivesse cumprimentando um parente distante no terminal de chegadas do aeroporto JFK.

— Olá! — exclamou ela com uma animação exagerada, esperando que isso disfarçasse seu nervosismo.

— Ah! Oi! — Ele se levantou no mesmo instante e deu a volta na mesa, puxando a cadeira para ela.

Agora que ela sabia a verdadeira idade de Ezra, a polidez fora de época, o fato de não xingar na frente das mulheres, puxar a cadeira para ela e todos os "madames" que ele distribuía faziam mais sentido. Ele vinha de uma época em que as mulheres negras eram tratadas com delicadeza. Um flash de vergonha passou por ela. Por que tinha ficado tão preocupada com boas maneiras?

— Cheguei cedo — disse Ezra, tomando seu lugar assim que Ricki se acomodou. — Acho que... bom, fiquei surpreso em ter notícias suas.

— Imagino — disse ela, tentando parecer normal.

— Eu, hum, foi muita informação naquele dia — comentou Ezra, parecendo tão nervoso quanto ela. Havia tanto no ar, não dito e não abordado.

Como eu finjo que esse homem não me deu a experiência sexual mais transcendental da minha vida?, pensou Ricki. *Como agir normalmente quando quero me jogar no colo dele?*

Buscando algo para dizer, Ezra disparou:

— Nunca estive em uma Starbucks.

— Ah, para. Você é um desses conhecedores de café superexigentes?

— Pelo contrário. Não sou muito fã de café. Cafeína me deixa com as mãos trêmulas, e eu preciso dos meus dedos. — Ele baixou a voz e inclinou a cabeça na direção dela. — O serviço aqui é sempre ruim assim? Estou sentado há quarenta minutos e ninguém veio pegar meu pedido.

Ricki ficou olhando para ele, incrédula, antes de se escangalhar de rir.

— Ezra! Você tem que pedir no balcão — disse ela, apontando para trás dele. — Viu?

— Hã? — Ele olhou por cima do ombro e então voltou a encarar Ricki. — Ahhh. — Ele balançou a cabeça, parecendo constrangido. — Que vergonha.

— Não precisa ficar envergonhado. Eu usei modeladores de cabelo como armas. Acho que estamos quites.

— Quites? Nunca estaremos quites — disse ele com tristeza, trazendo um toque de realidade para a conversa. Nenhum dos dois podia fingir que Ezra não havia levado Ricki para um mundo de problemas. E uma possível sentença de morte.

Ricki não estava pronta para aceitar aquilo, a ideia de deixar a terra aos vinte e oito anos, antes de alcançar seu destino, seus sonhos. Antes de ter alcançado o sucesso profissional, ter construído uma família, ter seu próprio romance perfeito com a pessoa perfeita para ela. Estava tão perto de conquistar tudo. Ricki tinha começado a sentir que estava no controle de sua nova vida, tomando decisões ousadas e vencendo. E a Rickezas estava à beira de algo bom — as obras de arte de guerrilha surgindo por todo Harlem.

Será que tudo isso importava se ela fosse morrer? Qual era o propósito se não pudesse ficar e aproveitar? Qual era o sentido de qualquer coisa, qualquer coisa mesmo, se não pudesse correr para os braços de Ezra e se sentir segura lá para sempre?

— Ricki — disse ele —, por que me chamou aqui?

A voz de Ezra a trouxe de volta. Entrar em pânico era inútil. Era hora de buscar soluções.

Ricki endireitou as costas e foi direto ao ponto.

— Ontem, conversei com a dona do meu sobrado. Ela é mais do que a proprietária, é como se fosse minha avó. Você a viu comigo algumas vezes. Ela geralmente está com uma xícara de chá.

— Ah, sim, a mulher mais velha. A que se parece com Cicely Tyson?

— Ela mesmo — disse Ricki, engolindo em seco. — Ela tem noventa e seis anos e é da Louisiana. Todos a chamam de dona Della, mas… mas o nome dela é Adelaide.

O rosto de Ezra não demonstrou nada. Nem surpresa, nem alarme nem mesmo validação. Foi a maneira como ele se jogou para trás, no encosto da cadeira, o único sinal de que ele havia processado a informação.

— A mãe dela era Felice Fabienne. Ela me contou a história toda, *quase igual* a que você me contou. — Ricki se inclinou sobre a mesa. — Ela tem a pulseira de pérolas. Você não me contou que tinha uma inscrição. BW + FF. Ela me mostrou.

Ezra fechou os olhos. Seu peito subia e descia. Então, ele enterrou o rosto nas mãos.

— Eu pesquisei cada detalhe da sua história, Ezra. Está tudo lá.

— É a verdade. — Ele abaixou as mãos e olhou para ela. Parecia cinco vezes mais exausto do que dez minutos antes.

— E, ainda assim — rebateu Ricki —, pesquisas no Google podem ser manipuladas.

— Ricki, eu tenho um modem discado e ainda uso mapas de papel de postos de gasolina. Eu nem consigo me orientar na Starbucks. Como manipularia uma pesquisa no Google?

— Ok, viu? Isso me confunde. Se sua história for verdade...

— É, Ricki — insistiu ele, a voz trêmula de dor. — É verdade.

— Se eu *escolher* acreditar na sua história. Como é que você vive no mundo e não sabe coisas tão básicas de 2024, como GPS?

— Já vivi por muito tempo — explicou. — Quando eu era menino, *elevadores* eram o futuro. *Zíperes* eram a última invenção. Quando você já viu de tudo, são inovações demais. Então você escolhe com o que lidar. Eu gosto de vinil, então não passei dos toca-discos. Não sou fã do Google. Se pudesse escolher, só pesquisaria em bibliotecas. Mas gosto da Alexa me dizendo a previsão do tempo toda manhã. Máquinas de lavar, ares-condicionados, fotocopiadoras e cirurgia a laser para os olhos? Invenções nota dez. Tinder, câmbio automático, robô de limpeza e CGI? Bobagem. — Ele deu de ombros. — Não me impressiono tanto com freezers, eles acabaram com os entregadores de leite. Sinto falta de ouvir aqueles vidros sendo entregues ao amanhecer, era como um sinal de que o dia tinha começado! — exclamou ele. — Redes sociais? Não são da minha conta. Sites me frustram, na maior parte do tempo. O que são aqueles cookies que sempre me pedem para aceitar? A TV deve ser minha invenção favorita do século vinte. Sempre tenho o modelo mais novo, e hoje em dia está tudo tão bom: dramas, reality shows, séries, desenhos animados. Sério, você já viu *Succession*? *P-Valley*? E, obviamente, eu acompanho a música. Todos os tipos. Música boa é música boa; o gênero é só a embalagem onde você a carrega.

Os olhos de Ricki estavam arregalados do tamanho dos de um anime. Sem saber o que dizer, ela gaguejou.

— Eu só... mas... você fala tudo isso como se fosse tão normal.

— Não é normal — admitiu ele. — Mas é a minha vida.

Ela fez gestos vagos enquanto tentava formular uma resposta, fechou a boca e tentou de novo.

— Tem tanta coisa que eu não entendo. Você parece mesmo ser um cara de vinte e oito anos. Poderia ser um conhecido de faculdade. E sempre se veste tão bem, de um jeito tão atual. Como é que um homem de cento e vinte e quatro anos *sabe* de tênis Jordans criados pelo Virgil Abloh?

Sorrindo, ele olhou para os próprios pés e depois para ela.

— Você notou.

Ricki notava tudo nele.

— Seria de se pensar que a moda fosse uma das coisas mais cansativas de se acompanhar.

— Veja a dona Della. — Ele fez uma pausa, lembrando-se de que ela era Adelaide. A pequena Adelaide. Ele balançou a cabeça com discrição e se recompôs. — Ela tem mais de noventa anos e cabelo cor-de-rosa. Estilo é algo inato.

— Preciso perguntar: como você consegue pagar por roupas, viagens? Perenais precisam de dinheiro?

— Boa pergunta. — Ele tentou, desajeitadamente, mudar de assunto. — Desculpe, nem tive a chance de perguntar, você quer um café?

Ele fez menção de se levantar.

— Pare aí! Não se atreva a se mexer — ordenou Ricki. A voz dela ficou mais suave em seguida. — Por favor, fique. Converse comigo. Quero acreditar em você, mas preciso saber a história toda. Como você se sustenta?

Ezra se remexeu na cadeira, desconfortável. Uma melancolia intensa deixou sua expressão sombria. Ele passara décadas sem falar de si mesmo para ninguém, a não ser a dra. Arroyo-Abril. Era um hábito difícil de abandonar. E como ele começaria a contar? Como um velho anacrônico explicaria sua vida e seus tempos para uma mulher que teve a sorte de nascer em um mundo relativamente são? Como ele poderia descrever a maneira como viver tantas eras, reinícios de gerações e reescritas das normas sociais lhe causavam uma leve ansiedade antes de falar com as pessoas, preocupado que fosse esquecer quais eram os costumes apropriados do momento? Como ele poderia relatar sua fascinação ao andar pelos corredores de hipermercados ou de farmácias enormes e só... ficar deslumbrado com todas as *opções*, especialmente de coisas que não existiam quando ele era criança, como inseticidas em spray, removedores de pelos e ibuprofeno? Como ele poderia descrever a sensação de pular o tempo, catapultando-se por gerações, só para acabar no mesmo lugar a cada ano bissexto?

Ele era um viajante do tempo marcado por batalhas, escondido. E nada sobre sua vida parecia fazer sentido.

Ricki esperou com toda a paciência. Uma música genérica tocava de fundo, algo suave e com uma pegada de reggae, enquanto os dois ficavam em silêncio. Por fim, Ezra suspirou, seus ombros caindo em resignação silenciosa, e ele falou.

— Como eu me sustento? É uma história complicada, Ricki. Eu apenas... venho de outro tempo. Não só no sentido de datas, mas de vida. Nos anos dez, o condado de Fallon vivia sob as leis Jim Crow de uma forma que as pessoas de hoje não conseguem compreender. Você vê fotos em preto e branco de lavradores meeiros sem sorrir, vestindo trapos empoeirados, e parece que são pessoas de outro mundo. Nós éramos pessoas reais, com sonhos reais, identidades completas, talentos. Deve ser uma dádiva dos nossos ancestrais que as histórias sobre a brutalidade do dia a dia tenham se perdido com o tempo. Nós éramos aterrorizados. Às vezes, parecia que dava para prever a violência apenas esticando o dedo para sentir a direção do vento. Outras vezes, não dava. Eu vi coisas monstruosas, desumanas. Preferiria não entrar em detalhes. Minha família foi morta em um incêndio na igreja provocado pela Klan. Meu primo Sonny foi o único sobrevivente. Ele morreu de overdose em 1931, mas já estava morrendo havia anos.

Ezra fez uma pausa, tocando o botão da camisa no pulso.

— Terrorismo em igrejas não é algo raro; quer dizer, acontecia o tempo todo, e ainda acontece, né? — Ezra soltou uma risada vazia, sem humor. Ele estava com dificuldade para continuar falando. — Enfim, foi o xerife que ordenou aquilo. O xerife Rourke era de uma família rica e influente da Carolina do Sul. Um dos irmãos dele era o governador; outro era um burocrata da Casa Branca. Veja bem, todos nós sabíamos que esse xerife tinha filhos negros. Mas os brancos não sabiam. E lá, naquela época, isso teria destruído toda a família dele. Eles teriam perdido tudo. Fortuna, poder político, tudo teria acabado. Depois que me tornei perenal, peguei um trem para a Carolina do Sul. Eu tinha jurado nunca mais voltar, mas tudo estava diferente. Eu não podia morrer. E me dei conta de que meu luto seria eterno. Tudo aquilo que fora perdido no incêndio, minha família, todos que conhecia em Fallon. Isso se estenderia para sempre, sem alívio. Então eu tinha coisas a resolver com o xerife Rourke. E nada a perder. Menos que nada.

Ezra parou de falar. Sua voz era monótona, desprovida de emoção. Mas o maxilar estava tenso. E seu timbre ficou mais profundo, como se ele estivesse afundando fisicamente na memória.

— Entrei na casa dele pela janela do porão. Já era de noite, ninguém estava acordado. Eu o peguei pelo pescoço, com a pistola apontada para sua cabeça, e disse que sabia do segredo dele. Falei que ficaria em silêncio por cinquenta mil dólares. Quase um milhão naquela época. Ele me deu o dinheiro. Foi simples assim. Dei metade do dinheiro para as famílias das vítimas do incêndio e para os descendentes negros do xerife Rourke. Investi na cidade, construí escolas, hospitais, estradas. Hoje, é uma das cidades negras mais prósperas do Sul. Eu... eu tenho muito orgulho disso.

Ele olhou rapidamente para ela, com os olhos tristes.

— Eu investi minha parte em propriedades. No mundo todo. Com o tempo, o dinheiro cresceu e cresceu. Então... é isso. É assim que mantenho esse estilo de vida.

Ezra parou de falar e desviou o olhar. De repente, parecia tão mais velho, o peso de todo aquele tempo e dor estampados no rosto.

Ricki não suportava vê-lo assim. Seu coração estava disparado. Era devastadora a praticidade com que ele contava sua história. Ela queria chorar, lutar, gritar para o vazio. Por várias vidas, ele carregou essas memórias sozinho, mas agora ela estava lá.

Ela queria puxá-lo para seu peito e confortá-lo, protegê-lo. Queria sufocá-lo com tanto afeto constante e seguro que ele se esqueceria de como era sofrer sozinho. Ricki queria ser o apoio de Ezra, estar ao lado dele e ajudá-lo a dividir o peso que carregava. Queria ser a única pessoa para quem ele poderia finalmente baixar suas defesas.

Mas ela não poderia fazer tudo isso se fosse morrer em dez dias. E ele ainda estaria sozinho.

Ricki não tinha mais perguntas. Ela entendia cada detalhe, e agora estavam nisso juntos.

— Eu acredito em você — afirmou ela, resoluta.

— Você acredita? — Ezra a olhou com admiração. — Por quê?

— Certo. Bem, minha mãe sempre mantém a temperatura da casa superfria. Ela acha que é bom para a pele dela. Quando era pequena, eu vivia com um cobertorzinho vermelho sobre os ombros. Todo mundo pensava que era porque eu estava com frio, mas eu o usava porque ele era minha capa mágica e fazia todas as minhas fantasias se realizarem. Eu a usava nas minhas grandes aventuras, inventando missões e andando pela floresta atrás de casa. Aquela capa e seus poderes eram reais para mim. Eu me sentia indestrutível quando a usava. Não sabia explicar, mas acreditava que era verdade. Eu cresci, mas meu pensamento mágico, não. O mundo está cheio de mistérios que não conseguimos explicar. O Triângulo das Bermudas. Buracos na Sibéria. O voo 370 da Malaysia Airlines. Twinkies.

Os olhos de Ezra se suavizaram.

— Ah, pequena Richard. Estou imaginando você desfilando com a capa, e é bem fofo.

— Eu já te disse que não consinto com esse apelido!

— Eu gostei do seu casaco, aliás. — Ele apontou para a capa vermelha vintage dela. — A capa vermelha mágica que você tinha quando era criança foi a inspiração?

Sorrindo, ela deu um leve encolher de ombros.

— Eu gosto de simbolismos.

— Dá para perceber. — Ele olhava nos olhos dela.

Afeto puro estava estampado no rosto de Ezra. A maneira como ele olhava para ela, com aquele carisma borbulhante... ele a devorava. Destruía todo o bom senso que ela tinha. A eletricidade entre eles era apenas destino cósmico? Ou seria algo mais? O que quer que fosse, a conexão entre eles acalmava seus medos mais profundos, fazia com que ela se sentisse mais ela mesma e mais em casa do que em qualquer outro lugar, e agora a estava derretendo no meio da Starbucks.

— Aquela noite no meu apartamento — perguntou ela, a voz incerta, vulnerável. — Foi real? Ou foi só uma maldição, nos enganando para ficarmos... assim?

Isso a corroía, a ideia de que ela só seria amada e digna de amor se um homem fosse amaldiçoado para sentir aquilo. Ricki precisava saber que não era apenas um truque mágico vazio que os estava unindo.

Com um olhar contemplativo, Ezra passou lentamente os dedos pela mandíbula.

— Quando se vive tanto quanto eu, pode-se achar que já sentiu todos os sentimentos, viu tudo o que há para ver. É difícil se surpreender. Mas, Ricki, eu nunca vivi nada como você. Você me deixa atordoado.

— Ah.

— A beleza que você cria no mundo. Seu otimismo, sua inteligência. Sua fascinação por estar fascinada. O jeito como sua cabeça se encaixa perfeitamente debaixo do meu queixo quando estamos dormindo. Sua ternura, seja cuidando de uma única flor ou... de mim. — O olhar dele era firme, inabalável. — Ricki, você virou meu mundo de cabeça para baixo. Por tanto tempo, vivi a vida como se fosse algo a ser suportado, a ser superado. Mas, com você, agora sei quanto pode ser preciosa. E me recuso a viver em um mundo sem você.

O coração de Ricki batia mais forte.

— Você... sente tudo isso por mim?

— Sinto — afirmou ele em voz baixa. — E sei, bem lá no fundo, que eu sentiria isso com ou sem maldição.

— Eu também. Sinto tanto, que isso me assusta — sussurrou ela, emocionada.

Os riscos eram altos. Ricki queria uma vida tranquila, normal, para administrar sua lojinha e viver em paz. E, sim, ela desejava um amor romântico. Mas esse amor romântico em específico? Com um amante imortal e uma sentença de morte precoce? Não.

Ela não podia morrer agora. Ainda tinha tanto para fazer! Ezra precisava do amor dele. Dona Della precisava da neta. Tuesday precisava da melhor amiga. A Rickezas precisava de sua força criativa. E a família dela... bem, isso já era outra história. Ela era, na melhor das hipóteses, uma piada para eles. Mas, no fundo, ela sempre teve esperança de conquistar a aceitação deles. Talvez, com um pouco mais de tempo, ela conseguisse.

Todas essas emoções e desejos colidiram dentro dela e, depois, se transformaram em um único objetivo claro.

— Ezra, e se encontrarmos uma forma de quebrar a maldição? Você se tornaria mortal, e eu estaria salva de morrer em dez dias. Nós nos livraríamos dessa loucura.

Ricki mostrou o celular para ele.

— Pesquisei como reverter maldições e encontrei um questionário que é como um diagnóstico. Antes de mais nada, precisamos ter certeza de que é mesmo uma maldição.

Ela mostrou uma captura de tela do site Quebre o Feitiço.

- Há alguém na sua vida que você tenha irritado ou ofendido de alguma forma?
- Essa pessoa tem o conhecimento mágico para colocar um feitiço prejudicial em você?
- Um feitiço ou maldição é a única explicação possível para o que está acontecendo com você?

Ezra olhou da tela para Ricki.
— Sim, sim e sim.
— Foi o que imaginei... só queria fazer as coisas do jeito certo. Mas tenho boas notícias: marquei três consultas com especialistas espirituais — anunciou, orgulhosa. — Um deles tem que funcionar.
— Especialistas espirituais? — Ezra pareceu cético. — Felice usava *vodu sombrio*. É uma magia poderosa, não essa coisa de "vibes ruins" ou "energia negativa".
— Sabia que você ia dizer isso. Foi por isso que encontrei especialistas autênticos em reversão de feitiços!
— Agradeço o seu esforço. Agradeço mesmo. Mas todos os supostos médiuns ou psíquicos que conheci eram charlatões. Se bastasse apenas uma ligação para o Walter Mercado, eu teria resolvido isso há muito tempo.

Ricki mordeu o lábio.
— Você... ligou mesmo para o Walter Mercado?
— Aqueles comerciais eram muito persuasivos. Ligue já! — Ele suspirou. — Sei lá, os anos noventa foram bem sombrios.
— Antes de mais nada, eu jamais perderia nosso tempo com farsantes. Pesquisei a fundo e investiguei esses especialistas. E, em segundo lugar, você já ouviu falar do site de avaliações Yelp?

— Claro que já ouvi falar do Yelp. — Ele fez uma pausa. — Não, nunca ouvi falar do Yelp.

— Bem, vamos apenas dizer que essas mulheres têm clientes muito satisfeitos. Confie em mim. — E então ela se inclinou para frente na mesa, séria e desesperada. — Ezra, me escute. Você tem que aceitar isso, porque não temos outras opções. Minha vida está em jogo, entendeu?

Ezra arregalou os olhos ao ver a intensidade dela.

— Entendi.

— Ótimo. — Ela se recostou na cadeira. — Além disso, após extensas pesquisas no AquiSeFazAquiSeAdivinha.com, descobri que, quando uma maldição de imortalidade é quebrada, o imortal volta à idade que tinha antes do feitiço. Teríamos a mesma idade. Ao mesmo tempo. Você poderia recomeçar. Comigo.

A bravura dela, tão sincera, tocou algo delicado em Ezra, e ele se inclinou na mesa e segurou sua mão.

Ricki tinha esquecido o que acontecia quando eles se tocavam. Um calor radiante a atingiu em ondas. Sua palma formigou por muito tempo depois de ele ter soltado a mão dela.

A primeira parada deles foi na madame Sessy, uma mulher de meia-idade, olhos brilhantes e corpo arredondado, com cabelo ruivo decorado com uma faixa de cabeça cheia de brilhantes. O escritório dela ficava acima de um salão de massagens chinês na West 24th Street. Era o tipo de lugar que Ezra já tinha visto um milhão de vezes. Placa extravagante na janela, piscando MÉDIUM em neon verde vibrante.

Era uma tentativa sem muita esperança, mas, no fundo, uma vaga chama de esperança queimava em Ezra. Ele nunca havia compartilhado sua história com ninguém e tinha caminhado sozinho por ela por tempo demais. Mas, naquele momento, saber que Ricki estava ao seu lado suavizava o desespero. Na verdade, depois de contar tudo para ela — sobre o incêndio na igreja e Sonny — ele se sentiu mais vivo do que se sentia em décadas.

Muito provavelmente essa médium seria uma perda de tempo. Mas e se não fosse?

Eles se sentaram em cadeiras de plástico dobráveis, frente a frente com madame Sessy, que estava sentada em um trono de vime, edição de chá de panela de 1983. E então, com uma esperança animada, Ricki explicou a situação deles. Madame Sessy assentiu enquanto colocava uma verdadeira bola de cristal sobre a mesinha de alumínio entre ela e seus convidados.

— Isso é uma questão do submundo. — *Issé uma quesssstããoo do ssssuuuubimuuuunduuu.* — Segundo a astrologia, o submundo está na quarta casa, que é a casa dos ancestrais. É um labirinto sombrio habitado por antigos deuses, velhas feridas e almas inquietas. Sr. Ezra, a maldição o lançou no submundo, um tipo de purgatório, onde você está impedido de viver a experiência humana. — E então ela gritou: — SEM ESCAPATÓRIA!

Surpresos, Ricki e Ezra pularam, por reflexo, nas cadeiras que rangiam.

— O que você precisa — continuou madame Sessy — é de um psicopompo.

— E psicocircunstância? — brincou Ricki.

Ezra riu, e a vidente lançou um olhar irritado para os dois.

— Um psicopompo é um guia que escoltará o sr. Ezra para fora do submundo. Sr. Ezra, ficarei feliz em ser seu psicopompo simbólico, guiando-o com uma tocha de volta à mortalidade. É um ritual indolor que envolve velas especiais, óleos essenciais e um grande gongo de alumínio.

— Muito obrigado — respondeu ele com sua habitual cordialidade. — Posso perguntar quanto custa?

— Para você? Dezesseis mil dólares, preço fixo.

— Entendi.

— Em cartões-presente da Amex — acrescentou ela, sem sotaque algum —, se tiver.

A parada seguinte foi em uma curandeira energética localizada a cinquenta minutos de trem, em Bed-Stuy, Brooklyn. Phoebe Lore era uma mulher negra de meia-idade vestindo uma túnica longa até o chão e um boné amarelo com a palavra CHAPADA estampada na frente. Ela os recebeu em seu estúdio boêmio-chique, que dividia com um iogue tântrico. Em um canto, um casal hétero suado era uma confusão de membros enredados, enquanto um homem de coque e collant orientava a respiração deles.

Com seu piso de madeira polida, paredes de tijolos expostos e velas de patchouli, o espaço exalava um ambiente sofisticado e relaxante. O otimismo inicial de Ricki estava começando a desaparecer, mas ela permanecia firme. Além disso, sendo uma apaixonada por estética, a decoração cuidadosamente planejada fazia com que ela sentisse que estava em boas mãos. Ezra e Ricki se acomodaram em um sofá de camurça enquanto ouviam o conselho de Phoebe.

— O que você precisa — anunciou Phoebe — é de uma caixa espelhada mágica.

— Uma caixa espelhada mágica — repetiu Ezra, massageando a têmpora.

— Eu coloco um espelho dentro de uma caixa de madeira, junto com algo que represente a pessoa que lançou a maldição em você. Uma foto, uma boneca etc. Então o espelho reflete a maldição dessa pessoa de volta pra ela.

— A pessoa que lançou a maldição já morreu — observou Ricki. — Ela consegue absorver magia do além?

— Não vejo por que não!

Ricki virou-se para Ezra e sussurrou:

— A pulseira de pérolas.

— Você não acredita que isso vai funcionar, né?

— Eu confio nela. Olha essa túnica majestosa, ela parece tão autêntica.

— Autêntica em relação a quê? — sussurrou Ezra. — O rosto do rapper Biggie está estampado nessa túnica. Tudo o que isso me diz é que ela está *representing bk to the fullest*.

Ricki piscou.

— Você conhece essa frase?

— Eu disse que conheço referências musicais. — E então Ezra se esqueceu de todo o resto e começou a falar. Esse era o efeito que Ricki tinha nele. — Além disso, ajudei a escrever "Unbelievable". Eu trabalhava como passeador de cachorro na Fulton, por volta de 1992, e ouvi um garoto grandão do lado de fora de uma mercearia murmurando umas rimas baixinho. A letra dele era *Live from Bedford-Stuyvesant, Voletta's son*, mas eu sugeri *Live from Bedford-Stuyvesant, the livest one*. Porque era mais arrogante.

— Em 1992? — Phoebe franziu a testa. — Você já rimava assim quando era um embrião?

— O que não é menos crível do que uma caixa espelhada mágica — resmungou Ezra.

Depois de pigarrear, Ricki perguntou:

— Quanto tempo leva para o espelho funcionar?

— Pelo menos um mês, às vezes até seis.

— Um mês? — Ela tentou conter o pânico crescente. — Precisamos quebrar a maldição até o dia 29! Você tem uma opção de pronta-entrega?

— O quê, tipo uma transportadora mística? — zombou Phoebe.

— Sinto muito, não posso ajudar. Mas desejo amor e luz.

A última parada foi com uma Wicca em Astoria, Queens. Uma mulher alegre, extraordinariamente pálida, com cachos loiros em tons de mel, madame Jojo estava usava jeans escuros, um moletom preto e uma quantidade imensa de sombra preta nos olhos. Ela tinha um pentagrama tatuado na parte de trás da mão direita, e o escritório dela era igualmente gótico, com cortinas e velas pretas.

Ezra e Ricki se sentaram em grandes almofadas pretas no chão. Desta vez, Ricki estava completamente desesperada. Ela tinha começado a suar e estava mordendo as bochechas de tanta ansiedade. Isso tinha que funcionar.

Enquanto isso, a pequena chama de esperança que Ezra sentira no começo do dia havia desaparecido de vez. Ele só queria Ricki, uma soneca e, de preferência, as duas coisas juntas. O golpe do médium era um truque óbvio. Mas eles não eram bobos dispostos a serem enganados.

Ezra sempre desejou poder morrer como todo mundo, para acabar com a repetitividade desgastante da vida. Mas agora havia Ricki. Ele não conseguia imaginar a vida sem ela. Se eles não resolvessem aquilo, ela teria apenas mais dez dias de vida — e isso resultaria em uma morte precoce *que ele causou*, tão certamente quanto se tivesse disparado uma arma ou administrado veneno. A culpa o devorava por dentro.

Tinha que haver uma solução. Mas essa não era a resposta.

— Para amaldiçoar alguém, você obviamente precisa de magia. — Jojo estava dizendo. — A magia é ativada por palavras e desejo. Não estou falando de desejo de forma sexual. Mas de desejo como uma necessidade primal. A necessidade pode ser autossabotadora ou perigosa, mas é muito real. O fato de você ser imortal desde 1928 é uma magia poderosa, e como todos os espiritualistas sabem, a magia pessoal é a mais potente. Então, eu preciso perguntar, você tem certeza de que sua ex-namorada te amaldiçoou?

Ezra estava cansado. E não gostava do tom dela.

— Desculpe, senhora, não entendi.

— Talvez você tenha se amaldiçoado.

— Com todo respeito, por que eu faria isso?

— Eu não sei. — A voz dela estava cheia de desdém. — Me diga você.

Ezra estava com raiva. Ele não deveria ter que provar sua história para aquela vigarista de baixo nível.

— Isso é *gaslighting* — repreendeu Ricki. — Ezra sabe o que aconteceu com ele. Ele estava lá.

Jojo riu.

— Com todo respeito, às vezes, quando nos autossabotamos, parece mais seguro culpar uma força externa. É mais fácil processar que fomos prejudicados por um vilão do que por nós mesmos.

— Teoria interessante — disse Ezra. — Mas não me amaldiçoei.

— Bem, só pra ter certeza, vamos realizar a Cerimônia de Corte de Laços!

Ela alcançou um baú pesado e puxou dois blocos de madeira preta conectados por um pedaço de barbante. — Basta cortar o barbante com esta faca mágica. É de prata pura, salpicada de sal e alho. Enquanto corta, diga em voz alta: "Eu corto e libero os laços que coloquei sobre mim mesmo".

Ezra estreitou os olhos, a postura ficando rígida.

— Só vou dizer mais uma vez…

— Primeiro de tudo — interrompeu Ricki, visivelmente irritada —, prata, sal e alho matam vampiros. Ezra não é um vampiro, entendeu? Em segundo lugar, as substâncias que achamos que protegem contra vampiros são, na verdade, apenas antibacterianas. Sal e alho protegiam contra infecções e doenças que, séculos atrás, a gente atribuía a alguma influência sobrenatural. Pensei que uma Wicca saberia disso. E, quer saber, é por isso que pessoas negras desconfiam dos profissionais de saúde. Não levam a gente a sério. — Ela respirou fundo. — Então, você vai ouvir o que ele tem a dizer ou não?

Ezra ficou ali sentado com corações nos olhos, como no emoji, e uma ereção discreta. A pequena Richard Wilde tinha acabado de enfrentar uma bruxa por ele? Ele tinha acabado de ser, de modo figurativo, a conchinha menor? Ele estava maravilhado! Nunca ninguém o tinha defendido assim. Uma mulher nunca tinha sido seu cavaleiro de armadura reluzente. Ele estava acostumado a ser o herói.

Era a coisa mais sexy que ele já tinha visto.

— Eu entendo, querida. Mas acho que podemos concordar que uma Cerimônia de Corte de Laços não faria mal. Ezra, você se importaria de fazer as honras? Ah, e eu registrei a marca da Faca de Corte de Laços. Ricki, você se importaria de tirar uma foto para o Instagram?

Com uma calma resoluta, Ezra pegou a faca e cortou o barbante.

— Pronto! — exclamou madame Jojo. — Maldição quebrada. Como você se sente?

Pelo canto da boca, Ezra murmurou para Ricki:

— Aviso de gatilho.

— O quê?

Em um movimento rápido, Ezra cobriu os olhos de Ricki com a mão esquerda. Com a direita, cravou a faca no próprio coração. Após alguns segundos, ele a retirou com facilidade. A lâmina estava levemente manchada de sangue, mas, em poucos segundos, o sangue evaporou por completo. Tudo o que restou foi um pequeno rasgo no casaco, acima do peito.

Com um sorriso agradável, ele devolveu a faca para Jojo.

— Estou bem. E você?

Com os olhos arregalados, Ricki olhou para a faca, olhou para madame Jojo e olhou para Ezra, e suas mãos voaram para as bochechas.

— Meu Deus. Meu Deus. MEU DEUS...

No quinto "meu Deus", Ricki saiu do choque. Pegou o braço de Ezra e o puxou da cadeira. Antes de sair correndo pela porta, jogou uma nota de vinte no colo da Wicca e disse:

— Não se preocupe, você não vai se lembrar dele daqui a um mês.

Vários quarteirões distante do escritório de madame Jojo, Ricki e Ezra desceram para uma estação de metrô da linha E, envoltos no calor da plataforma quase vazia. Ricki estava na frente de Ezra, tremendo sem parar. E tagarelando. E andando de um lado para o outro.

— Meu Deus, Ezra. Você é mesmo imortal. Um perenal. Puta merda, é verdade.

— Você disse que acreditava em mim!

— Doeu? Devo ligar para a emergência? — Desesperada, ela começou a bater as mãos na frente do casaco dele e gritou para a plataforma vazia: — *Tem algum médico aqui?*

No banco mais próximo, um senhor idoso de óculos levantou os olhos de seu *New York Post*.

— Minha sobrinha mais velha é cirurgiã ortopédica. Mas ela mora em Des Moines.

— Está tudo bem, senhor, obrigada. — Conduzindo Ricki mais para o fundo da plataforma, Ezra sussurrou: — Estou bem! Não sinto dor como os mortais. No máximo, é como um arranhão leve. E me curo no mesmo instante.

— *Tem certeza?*

— Você poderia cortar minha mão e, para mim, seria como um corte de papel. Ricki, respire.

Eles pararam de andar, e ele passou as mãos pelos braços dela, tentando aquecê-la e acalmá-la. Ricki se permitiu ser tranquilizada.

— Eu não queria assustar você — garantiu ele. — Só estava cansado de ser questionado.

— Eu sei que você está cansado.

Ela soltou o ar, e logo os tremores diminuíram. Sua respiração voltou ao ritmo normal. Então ela olhou para ele com uma confiança audaciosa.

— Eu tenho mais uma ideia. Já ouviu falar de Eva Mercy?

CAPÍTULO 19

O FORREST GUMP DA MÚSICA

20 de fevereiro de 2024

Della estava muito preocupada com Ricki. Estava achando que a neta tinha perdido o juízo e começara a discutir o assunto com todos que conhecia. Em uma ligação secreta para Tuesday, ela sussurrou: "Essa garota está mais estranha do que sopa de sanduíche". Durante o café da manhã com Naaz, disse: "Essa garota está agindo como se só remasse de um lado do barco". Em outra ligação, para o seu grupo de caminhada do Links, ela anunciou: "Essa garota está agindo como se tivesse perdido um parafuso, se é que vocês me entendem".

E todos entendiam.

Era compreensível que a mulher mais velha estivesse surtando um pouco. Ricki havia desmaiado no meio de sua sala de estar. E por quê? Porque ela tinha mostrado uma pulseira de pérolas antiga? Era estranho. Além disso, Della não estava convencida de que Ricki estava se alimentando (ou dormindo) direito, o olhar da neta parecia distante, e ela se perdia com frequência no meio da frase.

Seja lá o que estivesse acontecendo com Ricki, pelo menos ela continuava pontual como sempre para o chá das duas. Ricki chegou ao triplex de Della pontualmente ao meio-dia, e Naaz a recebeu com um buquê de girassóis.

Ricki havia sido convidada para uma intervenção.

Primeiro de tudo, elas estavam se encontrando na sala de jantar, em vez de na sala de estar. E, em vez de biscoitinhos amanteigados e sanduíches sem casca, Della tinha pedido uma refeição gourmet no Sylvia's Restaurant: asinhas de frango agridoces, filés de peixe empanados e pedaços de salmão grelhados e suculentos, os pratos favoritos de Ricki. Além disso, Tuesday estava lá, com as pernas e os braços cruzados, parecendo séria.

Della cumprimentou Ricki com um sorriso largo no rosto. Naquele dia, ela estava se sentindo mais fraca do que o normal, então soprou vários beijos para Ricki de sua cadeira de jantar, em vez de se levantar para abraçá-la.

— O que... é tudo isso? — Ricki se sentou em uma cadeira, com os olhos semicerrados em desconfiança.

— Coma um peixinho frito — sugeriu Tuesday, agindo como se sua presença no chá fosse supernormal.

— Não fique tão desconfiada — disse Della. — Querida, você tem agido de forma tão estranha. Veio ao chá e desmaiou no meio da conversa. Naaz teve que reanimar você! Você fechou a loja por dois dias, o que nunca faz. Não atende o celular. E Tuesday me disse que você está namorando um *serial killer*.

Atônita, Ricki olhou feio para a amiga, se sentindo traída.

— Bem, o que você tem a dizer a respeito disso? — perguntou Tuesday, vestida com um terno azul-marinho e um coque elegante.

— Tuesday, o que você está fazendo aqui? E por que está vestida como uma promotora de justiça?

— Assuntos sérios pedem roupas sérias.

Naaz colocou a cabeça para dentro da sala de jantar.

— Gostei do terno, passa uma vibe de concierge de hotel cinco estrelas.

— Naaz, *por favor* — bufou Della, sem paciência para o entusiasmo constante da enfermeira.

A jovem levantou dois dedos em sinal de paz e saiu.

— Olha, sei que tenho agido estranho — começou Ricki. — Minha vida inteira está de cabeça pra baixo. — Ela fez uma pausa, tentando conter o nervosismo. — Dona Della, Tuesday, preciso contar uma coisa pra vocês duas. Não vai fazer o menor sentido. E, se acham que estou com problemas agora, vão querer me internar no final da história. Mas, por favor, tentem acreditar em mim. O que vou dizer é verdade.

Della e Tuesday trocaram olhares, suspiraram e assentiram para Ricki. Então Ricki contou tudo. Já estava no centro das atenções, não fazia sentido esconder nada. Ela falou sobre Ezra "Brisa" Walker, sua imortalidade e o fatídico encontro marcado para 29 de fevereiro. Sem parar, ela revelou *praticamente* todos os detalhes, até mesmo o tour que fizeram pelas especialistas espirituais mais bem avaliadas de Nova York no dia anterior.

Ela deixou de fora alguns detalhes importantes: quem o amaldiçoou, o porquê e onde.

Sem parar para respirar — nem checar se sua plateia estava acompanhando — Ricki falou, falou e falou. Quando terminou a longa confissão, se sentiu maravilhosamente aliviada. E faminta. Com um gemido de fome, ela se recostou e devorou uma asinha de frango.

Se tivesse checado, ela teria visto que sua audiência estava visivelmente abalada. Ambas a observavam. Dona Della estava congelada, com a xícara de chá parada a meio caminho da boca. A boca de Tuesday estava ligeiramente aberta, e seus olhos, arregalados.

Era possível sentir o peso do silêncio. E durou minutos, enquanto uma Ricki desavisada devorava toda a travessa de frango. Tuesday foi a primeira a falar. Ela pigarreou, ajeitou o coque e começou.

— Então o que você disse foi que Ezra Walker é um homem de cento e vinte e quatro anos fazendo cosplay de um homem de vinte e oito, e vocês dois são almas gêmeas predestinadas.

Ricki assentiu animada, mordendo o frango.

— É, é isso.

— E a razão de vocês continuarem se encontrando não é porque ele é um *stalker*, mas porque vocês dois são involuntariamente atraídos um pelo outro. Como lagartos se virando por instinto em direção ao sol.

— Lagartos? Não sei se colocaria *dessa* forma...

— E Ezra é basicamente o Forrest Gump da música, entrando e saindo de momentos históricos importantes ao longo do século?

— Forrest Gump é... um exagero, mas tudo bem.

— Ricki! — Tuesday explodiu em risadas. — *Amiga*, por que você não me contou isso quando eu passei aqui outro dia?

Ricki parou de mastigar.

— Espera, você acredita em mim?

— Estou aliviada! Pensei que você estava usando metanfetamina, de verdade. Você tem agido de forma tão misteriosa e estranha. Sério, sua história não é tão maluca assim, sabe? Eu já fiz o papel de uma médium adolescente em um filme clichê de Halloween chamado *Quem pode, pode. Quem não pode, se esconde.* Era baseado em uma história real. Durante um verão inteiro, fiquei um tempo com a médium que eu estava interpretando. Ela me contou tudo sobre os perenais!

— Sério?

— A propósito, não chame os perenais de vampiros — disse Tuesday para dona Della. — Eles odeiam isso.

Ricki ficou boquiaberta.

— Tuesday Rowe! Você invadiu a casa do Ezra. Disse para a dona Della que ele era um *serial killer* e a deixou toda preocupada, pronta para uma intervenção! Como ousa mudar de ideia assim tão fácil? Você é tão reativa e dramática.

Tuesday ergueu as sobrancelhas.

— Diz a mulher que está transando com uma entidade sobrenatural.

— Meninas, chega — disse Della, com uma expressão extremamente preocupada, mas paciente. — Ricki, você já terminou?

— Bom... não. Tem mais.

— Senhor, me ajude a passar por isso — exclamou Della, antes de tossir forte na dobra do braço.

Então Della olhou para dentro da xícara de chá, como se desejasse que houvesse algo mais forte do que chá preto ali. Balançando a cabeça, colocou a xícara em cima de um bloco de cartões plantáveis que Ricki havia lhe dado de presente (Della não tinha encontrado melhor uso para eles além de "porta-copos improvisados").

Ricki hesitou, genuinamente assustada para contar o resto. Ela não tinha planejado contar à dona Della sobre Felice. Não cabia a ela revelar verdades duras sobre uma mulher que dona Della nunca conheceu, a mãe que ela certamente passou a vida toda idealizando. Quando dona Della lhe disse que comprara a casa para se sentir mais próxima da mãe, para preencher as lacunas de sua história, ela não poderia saber que descobriria *aquilo*.

Contar a verdade parecia cruel.

Mas Ricki estava na berlinda. Com os ombros caídos, disse:

— Não sei como contar isso, de verdade. Dona Della, no começo não acreditei na história de Ezra sobre a maldição. É tão absurda, parece uma fantasia. Mas, quando você me contou sobre a história do 225½, suas... hã... histórias coincidiram. E aí eu soube que era verdade.

— Não entendi. — Dona Della tossiu de novo.

Ricki odiava vê-la tão debilitada. Ela parecia tão frágil, quase como se seu pijama a estivesse engolindo.

Preciso ter uma conversa a sós com Naaz, pensou Ricki. *Dona Della não está bem. É óbvio. E ela é orgulhosa demais para me contar qual é o problema.*

— Acha melhor descansar? — perguntou Ricki. — Podemos falar sobre isso outra hora.

— Não, não, estou bem — respondeu ela, colocando a mão cheia de anéis sobre o peito. — Ricki, o que a história da minha casa tem a ver com Ezra?

— Ezra foi amaldiçoado em uma festa de aluguel no dia 29 de fevereiro de 1928. A festa aconteceu lá embaixo, na Rickezas. Como eu disse, Ezra é pianista. E, naquela época, ele era famoso, chamado de Brisa Walker. Sabem o piano no meu apartamento? Era dele. Ficou na casa todo esse tempo, fechado.

— Querida, isso é ridículo.

— É, eu sei — disse Ricki. — Mas também é verdade. E tem mais. Ele é imortal porque a namorada dele na época o amaldiçoou. E o nome dela era... Felice.

Della parecia incrivelmente abalada. Mas se recompôs depressa.

— Felice? — perguntou ela.

— Fabienne.

Tuesday franziu o rosto, confusa.

— Quem é Felice Fabienne?

— Minha mãe — respondeu dona Della com firmeza. — O que, obviamente, é impossível.

— Não é, não — disse Ricki, com a voz suave. — Não sei como te dizer isso... então vou apenas soltar tudo de uma vez. Felice o amaldiçoou no telhado e depois cometeu suicídio. O que bate com a sua história. Aquela pulseira de pérolas que você me mostrou, foi Ezra que deu a ela. As iniciais deles estão gravadas na peça: BW + FF. Brisa Walker mais Felice Fabienne.

Tuesday levou a mão à boca.

— Felice queria que ele se casasse com ela e que voltassem para a Louisiana para ficar com o bebê dela, mas ele... ele se recusou. E ela ficou furiosa.

Della soltou um som de descrença e alisou os vincos da calça do pijama.

— Ricki, não é possível que você acredite em uma história dessas.

— Eu queria que não fosse verdade, dona Della — respondeu Ricki, a voz tremendo de vergonha. — Sinto muito. Eu odeio que...

A mulher mais velha levantou o dedo indicador enrugado e trêmulo para Ricki, sinalizando para ela parar de falar... imediatamente. Quando dona Della falou, sua voz foi cortante como navalha.

— Você percebe, Ricki, que não há nada de novo em um homem culpando a ex por cada erro que aconteceu na vida dele. As mulheres são culpadas por todos os males do mundo. — Seus olhos se estreitaram. — Não seja ingênua. Toda mãe solteira é uma p..., toda ex-mulher é louca. A segunda esposa é treinada para odiar a primeira. Em algum lugar, bem agora, um dos seus ex-namorados está dizendo a alguma garota que você é uma bruxa.

— Homens realmente têm essa mania de vilanizar as ex. — Tuesday acenou com a cabeça.

— Acredite, eu sei disso — sussurrou Ricki, com a voz trêmula. — Mas dessa vez é diferente. Dona Della...

— O quê, querida? — perguntou em um tom fino, a paciência esgotada.

— Ezra me disse que a filha de Felice se chamava Adelaide. Ele me disse isso *antes* de você me contar seu nome verdadeiro. Como ele saberia disso?

Dona Della soltou um suspiro exasperado.

— Você sabe por que Felice escolheu esse nome? — perguntou Ricki.

— Não, e você também não sabe. E, certamente, Ezra também não sabe.

Preocupada, Ricki mordeu o lábio inferior e olhou para Tuesday, que lhe deu um aceno encorajador. Então, ela continuou.

— Felice te deu o nome de Adelaide por causa de sua ídola, Adelaide Hall. Ela foi uma das primeiras estrelas negras da

Broadway. E inspirou Felice a se mudar para o Harlem e se tornar dançarina.

Um longo suspiro escapou de dona Della, deixando-a menor do que nunca. Era como se tivesse murchado.

— Felice te amava tanto. Ezra disse isso. Ela estava trabalhando duro para juntar dinheiro suficiente para te buscar. Tudo o que ela fez foi por você.

— Já chega — disse dona Della, mexendo em um guardanapo.

— É verdade. Eu queria que não fosse. Porque isso também significa que vou morrer em nove dias.

— Amiga, pelo amor de Deus, você não vai a lugar algum — debochou Tuesday.

— Tudo na maldição tem se provado verdadeiro. Ezra é imortal, eu mesma o vi se esfaquear e não se machucar! Meu rosto o assombrou a cada ano bissexto, em fevereiro, por quase um século. Ele ouvia as notas de uma música por décadas, mas ela nunca se completava até que me conheceu. Eu sou a alma gêmea que ele foi amaldiçoado a perder. Vou morrer no mesmo dia que Felice.

Dona Della tirou os óculos de armação vermelha e os colocou sobre a mesa. Ela esfregou os olhos com cuidado.

— Já ouvi o suficiente. Toda essa coisa de magia sombria e feitiçaria não vem de Deus. Vocês duas podem ficar, mas eu vou tirar uma soneca.

Naaz, que estava ouvindo atrás da porta, entrou saltitando na sala e se posicionou atrás de dona Della, ajudando-a a se levantar da cadeira.

Consumida pela culpa, Ricki correu até ela e segurou suas mãos delicadas e de pele fina. A última coisa que queria era magoar sua avó. Sabia que, sob certa perspectiva, tudo aquilo parecia mais uma de suas cataclísmicas fugas da realidade. Mais um exemplo de como ela era "excessiva".

— Perdão. — Ricki se desculpou, quase chorando. — Você sabe que eu não contaria tudo isso se não fosse verdade. E entendo se você precisar de um tempo.

Dona Della afastou as mãos de Ricki das suas.

— Eu te amo como se fosse minha filha. Mas vamos encerrar a conversa aqui. E lembre-se disso: o vilão depende de quem está contando a história.

Então Naaz cuidadosamente conduziu dona Della para fora da sala. E Ricki se jogou de volta na cadeira, apoiando a cabeça na mesa.

— Eu acredito em você, não se preocupe. — Tuesday mordiscou um filé de peixe empanado. — Não vou deixar você morrer. Mesmo que eu tenha que te trancar no armário ou algo assim.

— Eu nunca vou me perdoar por magoar a dona Della — murmurou Ricki. — E não acho que ela vai me perdoar também. *Porra*. — Ela levantou a cabeça da mesa. — Desculpa.

— Você jura que está pedindo desculpa por dizer "porra"?

— Ah, isso é coisa do Ezra. Ele não gosta de xingar na minha frente. Ele é tão galante, à moda antiga. Ele diz "estapafúrdio" e "óculos de grau". — Ela deu de ombros, com um leve sorriso. — É fofo.

Tuesday arregalou os olhos, um leve sorriso surgindo em seu rosto.

— Amiga, você tá *apaixonadiinhaaaa*.

— Para.

— Tá sim. Tá estampado na sua cara. Parece até uma personagem daquela série que você vive lendo. Aquelas histórias eróticas sobrenaturais.

— Falando nisso, preciso ir. Tenho um ingresso para a leitura da Eva Mercy na livraria Sister's Uptown. Começa em uma hora, e meu futuro inteiro pode depender disso.

— Sem querer ofender, amiga, mas se essa é sua última semana na terra, você vai mesmo priorizar um evento literário?

— Não é um simples evento, Tuesday. Mercy é especialista em vodu. Vou perguntar como reverter a maldição.

Respire, Ricki, pensou ela. *Pode ser isso que vai salvar a mim e ao Ezra.*

— É o seguinte — explicou Ricki. — Eva Mercy tem ascendência crioula da Louisiana, como Felice. Ela escreve os livros da série Amaldiçoada, que eu sempre estou lendo. Enfim, ela tem pesquisado seus ancestrais no bayou e se tornou especialista em magia popular. Ela acabou de escrever uma peça fascinante na *New Yorker* sobre hoodoo e vodu caribenho, e a interseção das tradições religiosas africanas com o catolicismo no Novo Mundo etc. etc. Você leu?

— Não, agora que sou escritora, não tenho tempo para fazer nada além de procrastinar, me masturbar e chorar.

— Bem, ela é muito sábia. Se alguém souber como eu e Ezra podemos nos salvar, será ela.

— Que Deus te ajude — disse Tuesday. — E, Ricki, cuidado.

Uma hora depois, Ricki estava sentada em uma sala lotada na Sister's Uptown, uma livraria intimista em Washington Heights com um toldo roxo vibrante sobre a porta que podia ser avistado a quarteirões de distância. A loja, com vinte anos de existência, tinha cheiro de papel fresco, óleo de coco e uma vibe comunitária acolhedora. Ricki sabia que estava em uma sala cheia de fãs de Amaldiçoada, porque metade do público usava chapéus de bruxa roxos em homenagem à protagonista da série, Gia, uma bruxa poderosa.

Por que eu não trouxe meu chapéu de Atlanta?, pensou Ricki. *Cá estou eu parecendo uma fã de mentira.*

Mas ela tinha problemas maiores do que um chapéu. Em apenas cinco meses em Nova York, Ricki havia feito um trabalho primoroso em arruinar sua vida em todos os âmbitos possíveis. Exceto no profissional, mas, em breve, isso também não importaria. Nada importaria.

Ela chegara a tempo, graças a Deus. Aquela noite não era apenas sobre Amaldiçoada, Eva Mercy também falaria sobre sua pesquisa em magia popular e seu próximo livro de memórias. A escritora era tão simpática e gente como a gente quanto parecia no Instagram. Com seus óculos de armação grossa, camiseta de um show do DMX e tênis Adidas, ela tinha o visual de "a irmã mais velha descolada da sua melhor amiga". E, como Ricki a reconheceu do Insta, sabia que a filha adolescente de Eva, Audre, estava sentada na primeira fila, mascando chiclete com tédio. Ela parecia uma princesa da Disney, mas versão festival.

Ricki estava na plateia, ouvindo, tentando esquecer que era uma mulher com os dias contados e que estava profundamente envolvida com um homem com quem não podia ter se envolvido. E que talvez tivesse arruinado sua relação com dona Della, uma das pessoas mais importantes de sua vida. E, porque valia repetir, que era uma mulher com os dias contados.

Eva Mercy era sua última esperança.

— Como sabemos, muitas religiões são patriarcais, porque foram os homens que criaram as regras, certo? — Eva estava quase no fim de sua leitura, de pé em um púlpito de madeira à frente da sala, despejando fatos contundentes. — Mas o vodu era muito centrado nas mulheres. Africanos escravizados e revolucionários haitianos trouxeram o vodu para a Louisiana, onde ele foi depois fundido com a religião dominante, o catolicismo. Era uma alternativa poderosa ao cristianismo de base europeia. Mas o vodu era muito mais que uma religião, para ser sincera. Era especial porque, em uma época em que os brancos controlavam tudo, o vodu era só nosso. Os brancos não o entendiam. Então, ele dava aos negros senso de poder e proteção.

Ela sorriu e ergueu um punho em sinal de Black Power, recebendo aplausos animados. Uma sala cheia de mulheres leitoras, usando chapéus de bruxa roxos, levantou os punhos no ar. Ricki sentiu arrepios. Apesar de sua situação desesperadora, sentiu-se parte do coven mais poderoso da Terra.

— E então, durante o período da Grande Migração, os negros do Sul levaram a religião para o Norte, para cidades urbanizadas como Chicago, Denver, Kansas City e, claro, para o Harlem. O vodu foi incorporado a muitas expressões criativas: música, dança, livros. É um pouco triste que tantos cristãos negros contemporâneos tenham medo da religião. Ela *não é* inerentemente sombria ou maligna. A supremacia branca nos ensinou que vodu era coisa de selvagens, que era satânico, apenas porque era uma religião que, para eles, dava muito poder às suas propriedades humanas. Mas ele está longe de ser maligno! O vodu em si é inofensivo e pacífico. Mas, como qualquer fé, quando usado para o mal, pode ser perigoso. Se você evocar um espírito para prejudicar alguém usando maldições, poções e encantos, causará danos.

Como Eva havia entrado no tema do vodu sombrio e das maldições, Ricki decidiu que aquele era o momento perfeito para fazer sua pergunta. Sentindo a testa úmida de nervosismo, Ricki ergueu a mão.

— Oi, meu nome é Ricki Wilde e eu sou muito, mas tipo, muito fã sua. E eu tenho... uma pergunta rápida.

— Oi, Ricki — disse ela, sorrindo enquanto massageava distraidamente a têmpora. — Pergunte!

Ricki percebeu que Eva Mercy esfregava o rosto o tempo todo. Tinha lido em algum lugar que a autora sofria de inexplicáveis enxaquecas diárias desde sempre. Uma maldição e tanto.

— Bem, certa vez ouvi uma história sobre uma mulher que lançou uma maldição terrível em um homem pouco antes de cometer suicídio. Acho que ela era uma sacerdotisa poderosa, porque cada parte da maldição se concretizou. Existe alguma maneira de reverter uma maldição assim?

— Boa pergunta. — Eva assentiu devagar, assimilando os detalhes. Ajustou os óculos no nariz. — Você disse que a mulher que o amaldiçoou cometeu suicídio logo depois?

— Isso.

— Humm... isso não é bom — disse Eva, fazendo uma careta. Ela fez uma pausa, esfregando a têmpora mais uma vez. — Para realizar uma maldição de vodu sombrio é preciso primeiro invocar um loá, outra palavra para um deus. E suponho que ela tenha chamado Met Kalfu, o loá da magia sombria. Para invocá-lo, porém, é necessário um sacrifício. E, no caso de uma maldição muito sombria como essa, uma morte humana seria o sacrifício. Foi por isso que ela se matou, com certeza.

Ricki ficou pálida. Suas mãos suavam, e ela viu manchas escuras e borradas diante dos olhos.

— Ah — respondeu ela com uma voz baixa.

— Para responder à sua pergunta — continuou Eva —, outro sacrifício deve ser feito para reverter a maldição.

— Você quer dizer, outra morte humana.

— Isso! — disse Eva, animada. A plateia estourou em risadinhas suaves. Eva deu uma risadinha também, mas pareceu se contorcer de dor.

— Desculpem, pessoal — disse Eva. — Vocês sabem que eu adoro todas essas coisas de bruxa.

Ricki viu os olhos da autora se desviarem para o fundo da sala. Eva fez um movimento de boca, dizendo *Não* para alguém, uma troca rápida como um beija-flor, e então forçou um sorriso profissional e começou a responder outra pergunta da plateia.

Ricki olhou por cima do ombro. Na última fileira, avistou um homem lindo demais, de olhos âmbar-esverdeados. Ele erguia um pedaço de papel onde estava escrito VOCÊ ESTÁ BEM? Ricki o reconheceu como Shane Hall, autor best-seller e marido de Eva.

Nesse momento, Shane se levantou de sua cadeira e sussurrou algo para a anfitriã, que foi até a frente, ao lado de Eva.

— Infelizmente, teremos que encerrar alguns minutinhos mais cedo — disse a anfitriã. — Mas foi maravilhoso. Uma salva de palmas para Eva Mercy! Exemplares autografados da série Amaldiçoada estão lá na frente. E fiquem de olho em suas memórias ancestrais, *Belle Fleur*. O livro que será lançado no ano que vem!

Eva agradeceu calorosamente à plateia e foi cercada por leitoras. Enquanto tudo acontecia, Ricki percebeu como ela olhava para Shane, com gratidão e afeto que pareciam íntimos demais para o ambiente. Foi um momento terno e doce, duas pessoas tão em sintonia que quase se comunicavam por sinais. Um marido tão preocupado com o bem-estar da esposa que sabia quando ela já tinha chegado ao limite e intervinha por ela. Era um amor adulto, responsável. E tão romântico.

É algo que nunca terei, pensou Ricki, saindo aos tropeços da livraria em um turbilhão de terror e desespero. A realidade acabara de atingi-la com força, como se tivesse levado um tiro.

Se alguém tem que morrer para reverter a maldição de Ezra, então o dia 29 de fevereiro realmente será meu último dia na terra, pensou. *Só um monstro sacrificaria outra pessoa para continuar vivo.*

Atordoada, Ricki saiu para a rua no frio. Ela andou por intermináveis quarteirões. Washington Heights era um bairro estranho para ela, não sabia para onde estava indo, mas não importava. Nada importava. As lágrimas começaram a escorrer por suas bochechas, e ela andava cada vez mais rápido. Não se importou em enxugá-las, simplesmente deixou que caíssem, porque qual era o sentido? Sempre haveria mais.

Ricki tinha conseguido se manter firme até aquele momento, mas agora as represas estavam abertas. Ela tinha que encarar a realidade de que aquele era o fim. De tudo. Deus, ela não estava pronta para partir.

E não estava pronta para perder Ezra. Tudo o que ela queria era ele. Seu toque, seus braços, seu coração, tudo dele. Cega pelas lágrimas, ela continuou caminhando — indo para o norte ou para o sul, não fazia ideia — até sentir-se envolvida por um abraço poderoso.

Sem abrir os olhos, sabia que era ele. Podia sentir o cheiro dele. Senti-lo.

Ezra. Claro que era Ezra. Eles gravitavam um em direção ao outro, o magnetismo a que não conseguiam resistir, mesmo que quisessem.

— Você está aqui. — Ela chorou em seu peito, agarrando o casaco dele com força.

— Estou. Você está segura — disse, beijando o topo de sua cabeça. — Pode chorar. Deixe as lágrimas caírem.

Ezra a levou até um banco próximo, em frente a um café. Ali, abraçou-a e permitiu que ela chorasse em seu peito pelo tempo que precisasse. Ele não fez perguntas, nem tentou consolá-la dizendo que resolveria tudo magicamente. Não havia respostas fáceis, apenas emoções.

O tempo parecia se esticar. Depois de vários cafés com leite e chocolates quentes, o céu começou a escurecer. O sol estava se pondo. Finalmente, após um silêncio interminável, Ricki falou. Eles estavam sentados lado a lado, com a cabeça dela encostada no ombro dele.

— Achei que você odiasse abraços — disse ela.

— Eu odeio abraços. Mas gosto de você.

Apesar das lágrimas, Ricki sorriu.

— Você gosta de mim, é?

Ezra se afastou um pouco e então segurou o rosto dela com as mãos, inclinando-o para cima. Sua expressão era angelical, radiante de adoração.

— Eu amo você — afirmou ele.

Ricki engasgou suavemente.

— Ama?

Ele assentiu, o olhar vulnerável.

— Eu também amo você — sussurrou ela.

Em linhas gerais, eles se conheciam havia apenas um piscar de olhos no tempo. Mas, para os dois, não havia razão para fingir que estavam se fazendo de difícil ou que seus sentimentos não eram tão intensos quanto, de fato, eram. Eles não tinham tempo, mas tinham um ao outro. E tudo o que podiam fazer era se apegar a essa única e óbvia verdade.

O rosto de Ezra se abriu em um sorriso maravilhado.

— Queria ter dito isso na Starbucks.
— *Por que não disse?*
— Não se pode dizer "eu te amo" pela primeira vez a uma mulher na Starbucks!
— E como você sabia qual o comportamento apropriado para uma Starbucks se você nunca...

Ezra a interrompeu com um beijo que fez suas pernas falharem, um beijo que mexeu com sua alma e a deixou tonta. Ele a beijou até seus lábios ficarem inchados e sua pele arranhada pelo atrito da barba por fazer. Ele a beijou como se tivessem todo o tempo do mundo, até que a verdade soasse falsa, a escuridão fosse luz, e seu destino iminente fosse apenas um pesadelo terrível e sem fim.

CAPÍTULO 20

HIATO SEXUAL

21-25 de fevereiro de 2024

Se tudo estava prestes desmoronar, não havia nada que Ricki e Ezra pudessem fazer a respeito. Então, juntos, tomaram uma decisão madura e adulta. Decidiram se entregar um ao outro, sem amarras, sem hesitação, apenas paixão pura e sem filtros. Falando sério, que outra opção eles tinham? Iriam desperdiçar os preciosos dias que tinham juntos, sacudindo os punhos para os deuses e lamentando o destino? Não. Não havia sentido ou tempo para isso.

O mais importante, eles com toda certeza não iriam cometer um assassinato para quebrar a maldição de Ezra. Então, por enquanto, iriam fazer com que cada momento juntos valesse a pena.

Mas o pânico cego, a raiva e o medo estavam sempre ali, à espreita. A realidade da sentença de morte de Ricki — incluindo saber que Ezra continuaria vivendo para sempre depois de amá-la e perdê-la — fervia logo abaixo da superfície. A qualquer momento, essa realidade ameaçava explodir, sempre que as coisas ficavam um pouco mais quietas, mais calmas. Como nos poucos segundos antes de adormecer, ou nas pausas entre uma conversa e outra.

A única maneira de afogar esses Maus Pensamentos? Preencher cada momento com uma experiência! Ezra e Ricki correram pela cidade juntos, famintos para encontrar novas formas de se divertir, para se encantar um com o outro. Juntos, fizeram mais na semana seguinte do que jamais fizeram separados. (Bem, Ricki, pelo menos. Quando se tratava de viver experiências, não havia como competir com um perenal.) Se este fosse o fim, eles iriam sair por cima.

Fizeram uma aula de mixologia no Apotheke, em Chinatown, e se deliciaram ao degustar um menu secreto de "jantar às escuras" no restaurante Leuca em Williamsburg enquanto usavam vendas nos olhos. Passaram uma noite no Comedy Cellar, onde tiveram a honra de serem alvos de piadas de um comediante famoso (e ocasional apresentador do Oscar) por se beijarem durante o show. Passaram tanto tempo dirigindo de forma perigosa nos carros bate-bate de Coney Island que foram gentilmente solicitados a deixar as crianças da fila brincarem. Assistiram ao pôr do sol sobre o porto no Staten Island Ferry. Invadiram o deslumbrante, parcialmente escondido e bem exclusivo Gramercy Park para um piquenique de pizza com Focaccia, a cadela, (historicamente, o acesso era concedido a apenas alguns residentes elitistas do bairro, mas graças a um breve romance em 1962 com a esposa atrevida de um magnata editorial, Ezra tinha a cópia de uma chave). De forma espontânea, se juntaram a vários turistas em um passeio de Caminhada com Rosquinhas pela Upper West Side, e depois, em um pico de açúcar, Ricki convenceu Ezra a ensiná-la a tocar "Não falamos do Bruno" em seu antigo piano.

Com o objetivo de não desperdiçar um único momento separados, Ezra se mudou para o estúdio de Ricki. Sim, o estúdio dela era uma fração do tamanho da casa dele, mas a casa de Ezra parecia mais um museu do que um lar. E, além disso, ela ainda estava à frente da Rickezas. Não poderia largar a loja.

E agora, mais do que nunca, ela se sentia compelida a criar mais buquês fantásticos e colocá-los em pontos históricos do Harlem.

Eram como uma oferenda. Como pequenos agradecimentos à cidade que a acolhera tão bem, mesmo que por um curto período de tempo. E agora Ezra a acompanhava nessas missões matinais. De mãos dadas, ele compartilhava anedotas sobre cada lugar, pequenos detalhes que faziam suas legendas pulsarem de vitalidade, fazendo o Renascimento do Harlem ganhar *vida*. Era um presente para os fãs de história no Instagram.

Quando estavam em casa, falavam sem parar, histórias se derramando um do outro em uma cascata de entusiasmo enquanto o tempo se desdobrava ao redor deles. Frequentemente se davam conta de que tinham os mesmos pensamentos ou Ricki falava algo que Ezra já tinha pensado, *palavra por palavra*, e vice-versa. Havia uma eletricidade entre eles, e a potência nunca diminuía.

Outra coisa que eles fizeram muito? Transar. Descobriram que o sexo verdadeiramente transformador e que muda a vida os fazia sentir que tudo ficaria bem. Era uma droga potente, que os embalava em um doce sentimento de segurança. Então, continuaram. Fizeram em todas as superfícies, em posições cada vez mais criativas. Fizeram meio adormecidos. Fizeram depois de beber duas garrafas de vinho branco seco. Fizeram no Jardim Comunitário da 145th Street às duas e quarenta e cinco da tarde. Fizeram, talvez, um pouco demais.

Quando acordaram no dia 25, estavam exaustos. Então Ricki fechou a loja por um dia. E os dois declararam que fariam um hiato sexual. Estavam desfrutando de uma manhã preguiçosa e lenta, ambos enrolados em lençóis de linho amassados, aquecidos pelos raios de sol que entravam pela janela, com uma bandeja de porcelana com croissants meio comidos e café deixada de lado na mesa de cabeceira.

— Não sei por que perdi tanto tempo odiando abraços — murmurou Ezra, sonolento. Ricki estava aninhada em seus braços fortes, suas pernas entrelaçadas com as dele. Exceto pela calcinha e a boxer, estavam em seu estado preferido: nus. Ele enterrou o rosto no cabelo dela, inalando o cheiro de hortelã do seu shampoo. — Como não amar? Abraçar é bom pra chuchu.

Ricki abriu um sorriso enorme, se aconchegando em seu abraço.

— É bom pra chuchu mesmo.

— É incrível... não tenho medo de cometer linguerros com você. É bom não me preocupar em me confundir com gírias extintas. Normalmente, abro a boca e tenho medo de um pterodáctilo sair voando de dentro.

— Estou só esperando você dizer que eu sou uma teteia — disse Ricki, rindo.

O som era mais familiar para ele do que qualquer coisa guardada em sua memória interminável. Ele fechou os olhos, absorvendo como se sentia deliciosamente seguro e protegido conforme a abraçava. Memorizando o momento. Se entregando ao prazer. Este era o único lugar onde ele queria estar. O tempo parecia bocejar e se esticar, e então, pela primeira vez nos últimos quatro dias, a realidade começou a atingi-los.

Ela deve ter sentido também. Ricki se enrijeceu um pouco nos braços dele.

— Ezra?

— Pequena Richard?

— Não posso morrer antes de fazer trinta — sussurrou, quase inaudível. — Não posso te deixar aqui sozinho. Sem mim. E eu... não estou pronta para partir. Não é a minha hora.

Aquilo era A Coisa Que Eles Já Não Discutiam Mais.

— Não vou permitir — respondeu ele apenas. — Não vou perder você de vista. Vou levar você para a emergência no dia 28. Eu vou fazer *alguma coisa*.

— A não ser que a gente cometa um sacrifício de sangue, não há mais nada que possa ser feito. E não vamos matar ninguém. — Ricki virou-se nos braços dele para que ficassem frente a frente, quase nariz com nariz. — Mas eu tive uma ideia. E se você me tornar uma perenal? Assim, nós dois poderíamos viver para sempre.

— Não posso — disse ele, franzindo a testa. — Não funciona assim. A imortalidade é algo que é feito com você, não dá para procurá-la ou pedir por ela. A dra. Arroyo-Abril me disse isso no dia em que nos conhecemos.

— Como ela se tornou imortal?

— Você quer mesmo saber?

— Muito.

— Bem, ela era uma golpista. Pena que isso tudo aconteceu em 1883, ou acho que ela seria o tema de uma série documental da Netflix. De qualquer forma, enganou todo mundo na Europa e, de alguma forma, acabou na Flórida. Em Saint Augustine. Já ouviu falar?

— Já, foi lá que aquele explorador espanhol, Ponce de León, achou que uma fontezinha era a Fonte da Juventude — respondeu Ricki, aproveitando seu curso de história americana.

— É esse o lugar — disse Ezra. — Na década de 1880, os moradores já não acreditavam que o poço tivesse propriedades mágicas da juventude. Mas os turistas acreditavam. E Pilar vendia garrafas da água da fonte em uma barraca à beira da estrada. Um dia, ela caiu no poço por acidente, quebrou o pescoço e se afogou.

— *Fala sério.*

— Bem, ela devia ter se afogado. Em vez disso, acordou, colocou o pescoço de volta no lugar, subiu do poço e ficou com cinquenta e sete anos desde então. A Fonte da Juventude não é falsa — explicou ele —, mas tentar enganar a natureza quase nunca funciona a seu favor.

— Ela ainda é golpista?

Ezra beijou a ponta do nariz de Ricki.

— Isso depende se você acredita ou não em coachs de vida.

Ele a olhou por um longo tempo, tentando conciliar a profundidade de seu desejo por ela e a dura realidade da situação. Era impossível enfrentar. Talvez ele já devesse estar acostumado com a perda. Tanta prática deveria ter facilitado. Mas essa dor era excruciante, como nada mais. Ele iria perdê-la. Assim como perdeu sua família, e como perdeu todos que já conheceu.

Por muito tempo depois de se tornar um perenal, ele espionou seus contemporâneos. Quando estava no Harlem, os seguia — a pé, de carro — desejando poder viver sua vida com eles, em vez de observá-los de longe. Ou então acompanhava o progresso deles nas revistas *Ebony* ou *Jet*, cheio de inveja e desejo. Ora abriu um elegante estúdio de dança — ainda um dos melhores do país — e passou a morar com uma bailarina que ela fingia ser sua "amiga", até que morreram de velhice com seis meses de diferença. Viu Duke passar de um promissor iniciante para membro da elite até se estabelecer como um artista nostálgico bem pago. Um tumor cerebral matou George Gershwin alguns anos depois de compor "Porgy and Bess", a ópera. Mickey Macchione se tornou comerciante de flores no atacado e nunca mais pisou em outro cabaré depois que o Eden Lounge pegou fogo. Com o tempo, Ezra viu os nomes de Josephine, Bessie, Zora e Langston serem dados a escolas de arte e bolsas de estudo, seus legados se tornando tema de biografias e documentários. Hoje, eles eram ícones, mas, para ele, eram pessoas com quem trocava sonhos, com quem festejava, emprestava e tomava algumas moedas, e com quem esbarrava na lavanderia. Naquela época, todos bebiam da mesma água. À medida que o tempo avançou, ele permaneceu congelado no âmbar, enquanto eles se esticavam, floresciam e, em algum momento, murchavam. Como as pessoas normais faziam.

Ele desejava ser normal com Ricki. Ter uma família, fincar raízes. Ficar grisalho, engordar, mimar os netos. Às vezes, até se perguntava como teria sido se tivesse conhecido Ricki há um século. Quem ela teria sido?

— Quem você era, na sua época de ouro? — perguntou Ricki, espelhando seus pensamentos. — Andei bisbilhotando esses perfis de noticiários antigos no TikTok, esperando te ver ao fundo de algum clipe preto e branco meio pixelado. Não consigo imaginar você vivendo em uma cultura tão conservadora e antiquada. Tipo, um caos acontecia se uma dama mostrasse o joelho!

— Não era bem assim — afirmou ele, rindo. — Os anos dez e vinte foram animados.

— É louco pensar em pessoas mais velhas sendo jovens, fazendo coisas de jovens.

— É? Pessoas mais velhas são sempre vistas como castas, bondosas. Como ursinhos de pelúcia. Mas, quando passo por uma senhora na rua, fico pensando em quem ela costumava ser. Porque as mulheres que eu conhecia... — A expressão dele ficou maliciosa. — Eu poderia contar alguns segredos sobre essas vovós por aí...

Ricki deu um grito, o cutucando com o cotovelo.

— Me poupe dos detalhes das suas safadezas antigas!

— Você está me dando uma aula de moral em 2024, sério? Já evoluímos muito como sociedade.

— *Lição* de moral.

— Tanto faz como vocês chamam. Só estou dizendo que toda geração acha que inventou o sexo.

— É, é, é, sei do que você está falando. — Ricki apoiou a cabeça na mão.

Uma leve sensação de felicidade percorreu seu corpo. Não fazia sentido. Ela estava batendo à porta da morte, encarando o cano de uma arma, mas, quando estava com Ezra, não conseguia tirar da cabeça que sua morte não era mesmo real. O amor romântico nunca protegeu ninguém de verdade. Mas, com Ezra, parecia uma armadura.

E era uma ilusão perigosa.

Ela afastou o pensamento e, em vez dele, absorveu o rosto avassalador de Ezra. Como ela nunca tinha notado o quanto o arco do lábio superior de um homem podia ser sensual? Seus olhos passaram pela boca dele.

— Me conte tudo — disse ela, sonhadora. — Você estava na Studio 54 quando a Bianca Jagger entrou montada naquele cavalo branco? Onde você estava quando Martin Luther King Jr. morreu?

Ezra se deitou de costas, colocando a mão atrás da cabeça.

— Nunca fui à Studio 54. Não era muito fã de disco. Nos anos setenta, estava em Londres, tocando com bandas de reggae jamaicano-britânico. Não estava muito a fim de vida noturna; nada parecia novo. Os anos vinte eram mais selvagens do que os anos setenta. — Ele fez uma pausa, mordendo o lábio inferior. — Humm... Quando o dr. King morreu, fiquei sabendo pela rádio do carro. Estava dirigindo meu fusquinha para o Norte, rumo ao Westbury Music Fair. Pisei no freio com força e quase quebrei o nariz. — Ele fechou os olhos, franzindo um pouco a testa. — Acho que a Nina Simone dedicou a apresentação a ele. Mas aquele show é um borrão.

— Por causa do trauma?

— Não, porque usei ácido — disse. — Lembro que tinha acabado de ver *Planeta dos macacos*. O original, com os efeitos especiais terríveis de 1968. E depois estava parado no meio de um grande público; as pessoas estavam de luto, cantando, dançando... mas eu estava viajando de um jeito terrível. Minha mente ficou presa na imagem dos macacos montando os cavalos.

— Fala sério, essa é uma imagem dos infernos.

— A questão é que, no fim das contas, as pessoas são sempre pessoas, não importa o que esteja acontecendo. Você não percebe a história enquanto ela está acontecendo.

Ricki assentiu.

— Uma vez, perguntei à dona Della como foi viver durante a Segunda Guerra Mundial, e ela disse que a lembrança mais vívida que tinha era da noite, quando tudo ficava mais silencioso e ela estava sozinha na cama, preocupada se o dr. Bennett voltaria para casa vivo. Mesmo durante a maior coisa do mundo, o que importam são os pequenos momentos.

— Você sabe como é isso. Você também viveu a história.

— Será? Acho que sim. Obama. Katrina. A crise de 2008. — Ela fez uma pausa. — Os programas de clipes de música na TV.

Ezra riu e então fez uma pausa, refletindo a respeito.

— Ok, vou considerar. Agora é minha vez. Tenho algumas perguntas.

— Pode falar.

— Qual foi o seu momento favorito? De todos.

Os olhos dela encontraram os dele, brilhando e completamente vulneráveis.

— Além deste aqui?

O olhar de Ezra, de alguma forma, se suavizou e pegou fogo ao mesmo tempo. Absorvendo-a com os olhos, ele descansou sua palma grande na bochecha dela, passando levemente o polegar no lábio inferior de Ricki. Uma onda de calor languida se espalhou pelo corpo dela. A língua de Ricki tocou levemente o polegar dele, e a expressão dele se transformou em algo primal.

Como se tivesse se queimado, Ezra puxou a mão para trás.

— Hiato sexual — gemeu ele, ajeitando a enorme protuberância na cueca. — Meu Deus, você vai me matar.

— Hiato sexual, certo.

Ela se sentou ao lado dele e pressionou as coxas juntas. De repente, superconsciente de não estar vestindo nada na parte de cima, ela pegou a camiseta de Ezra, que ele havia deixado de lado, e a vestiu.

— Meu momento favorito — murmurou ela, pensativa. — Foi no meu segundo ano da faculdade, em 2014. Eu estava fazendo intercâmbio por um semestre em Sevilha. Não sei como consegui fazer meu pai concordar com isso. Acho que ele pensou que, se dissesse sim a essa ideia "louca", eu me concentraria mais depois de me formar. Enfim, eu nunca tinha ficado sozinha assim. Uma noite, fui a uma boate, a Club Catedral. Estava enfumaçado, barulhento e sexy. Eu estava no bar, bebendo uma sangria sozinha. Ainda não falava espanhol o suficiente para conversar, então não tinha pressão para socializar. Só fiquei observando. E vivi toda aquela vida, toda aquela alegria, sem a pressão de participar. E nunca me senti tão livre. E então percebi que ninguém em casa sabia onde eu estava. Fiquei até a boate fechar, por volta das cinco da manhã. Enquanto caminhava para casa pelas ruas estreitas e sinuosas de mil anos, fui atingida pelo cheiro mais intoxicante. Segui até encontrar uma pequena praça escondida, rodeada por uns arbustos cheirosos.

Ricki olhou para Ezra.

— Dama-da-noite? — O rosto dele se iluminou de prazer.

Ricki sorriu.

— Nunca tinha visto na vida real. Só em fotografias botânicas em livros na biblioteca. Quando era mais nova, eu era obcecada pela ideia de um arbusto inesperado soltando toda essa beleza secreta só à noite... mas, ao mesmo tempo, ninguém que o visse durante o dia conseguiria entender seu poder. Uma bela metáfora para o potencial escondido — comentou ela. — Adormeci na grama.

— Parece incrível — disse ele, encantado.

— Foi. Até que fui acordada pela Polícia Nacional. Eles me acusaram de vagabundagem e bebedeira, e me arrastaram até a delegacia. Fui mandada de volta para casa — disse com uma risada melancólica. — A história de Sevilha se tornou a prova favorita dos meus pais de que eu era uma pessoa inapta. Mas não me senti envergonhada, nem mesmo arrependida. Eu me senti viva. E, desde então, carrego essa lembrança de liberdade, esperando o dia em que a sentiria de novo. A ironia é que eu sinto isso agora. Apesar do que nos espera.

— Eu também sinto — disse ele baixinho.

Ele não disse o que queria, que era: *Isso tudo é minha culpa; eu arruinei a sua vida. Como é que vou viver sem você? Muito de mim pertence a você...*

Mas Ezra não foi por esse caminho, porque eles concordaram que não podiam. Então continuou fazendo perguntas — filme favorito, lugar favorito, a pior coisa que ela já fez, a melhor refeição que já teve — porque Ricki era a pessoa mais interessante que ele já conhecera, e ele tinha o melhor lugar da plateia. E isso abafou o terror existencial deles.

Ela contou todas as histórias que conseguiu lembrar até que ficou sonolenta e adormeceu em um sono tranquilo de meia-manhã. Ezra estava completamente acordado. Ricki não sabia, mas ele mal tinha dormido nos últimos dias. Não conseguia, porque estava vigiando. Ele mantinha os olhos nela sempre que ela dormia. Procurava qualquer sinal fora do normal — sua respiração desacelerando ou seu coração batendo de forma irregular. Como poderia descansar enquanto ela estava em perigo?

Ricki estava encolhida contra o corpo dele, segurando a mão de Ezra sob o queixo. O mundo ao redor deles ficou parado; seus dedos se enroscaram nos cachos volumosos dela enquanto sua mente vagava entre uma infinidade de cenários inúteis de resgate.

Ezra observava o rosto dela enquanto dormia. Sua respiração começou a acelerar. As sobrancelhas se franziram, mas o rosto ainda parecia relaxado. Ele a ouviu emitir um som suave e melodioso. Estava... cantarolando? Ela suspirou, satisfeita. Soltou um gemido baixo. E voltou a cantarolar. Então, ele reconheceu.

Era a música deles. A música dela. Aquela que ele vinha escrevendo para ela havia uma eternidade.

Perdida em algum sonho, ela se virou de costas na cama. Gemeu outra vez e, de repente, arqueou as costas, ofegante. Os mamilos se destacaram sob o tecido fino da camiseta. Ezra a observava, mesmerizado e, para sua infelicidade, ficou excitado no mesmo instante. As sobrancelhas dela se contraíram, a língua passou pelos lábios, e ela deixou escapar um leve gemido. Cantarolou outra vez, as mãos deslizando pelo próprio corpo e entre as coxas. Mordendo o lábio inferior, ela se esfregou ali, sussurrando, entre respirações entrecortadas, "me fooode".

Ezra estava paralisado. Só conseguia assistir, os olhos arregalados. Seu corpo latejava, a boca estava seca. As mãos se coçavam para tocá-la de todas as formas impróprias possíveis. Mas, então, os olhos dela se abriram de repente. Em um piscar, ela entendeu o que estava acontecendo e cobriu a boca com a mão.

— O quê? Nããão! — Ela riu, com as mãos no rosto. — Ai, meu Deus... me diz que você não estava vendo...

— Foi tão bom assim? — Ele sorriu, adorando aquilo.

— Me sinto tão exposta! — Ela tirou as mãos do rosto e olhou para ele, as bochechas marcadas pelo travesseiro e coradas. — Ai, o que eu disse? Eu parecia doida?

Ele a encarou com olhos cheios de adoração.

— Se existe algo mais bonito de se ver, eu desconheço. E eu já vi de tudo.

Antes que ela pudesse responder, Ezra a puxou para um beijo quente. Tudo nele era tão tranquilo e descomplicado... até ele beijá-la. Aí se tornava puro furor. Mergulhando a mão nos cabelos dela, ele inclinou sua cabeça para trás, posicionando-a como queria, sugando sua língua para dentro de sua boca, praticamente a devorando enquanto levava o joelho para entre suas pernas. Ela gemeu, esfregando-se contra a coxa dele.

Ezra continuou, beijando-a fundo, mas agora mais devagar, trazendo-a de volta à realidade. Mordiscou de leve seu lábio inferior e se afastou um pouco, só o suficiente para a provocar com a proximidade.

— Quem estava no seu sonho? — perguntou Ezra, um sorriso malicioso no rosto.

A voz dele tinha um timbre rouco, carregado de desejo, obsceno. Ele pressionou ainda mais seu corpo, sentindo o calor dela que parecia queimar sua pele. Ela estava presa à cama, completamente à mercê dele.

— Você. — Ela suspirou. — Só você poderia fazer isso comigo.

Ele colocou a mão sobre o coração dela. Batia acelerado.

— Por minha causa?

Com os olhos vidrados, ela assentiu.

Ezra deslizou a mão para dentro da calcinha dela, segurando o calor que a consumia.

— Por minha causa?

Arfando, ela assentiu de novo.

Os lábios dele roçaram os dela.

— Prove.

Ricki olhou para ele. Antes que Ezra percebesse, ela já havia arrancado a cueca boxer dele e estava montada sobre suas coxas, segurando-o com uma mão firme. Com um rosnado impaciente, ele deslizou as mãos por baixo da camiseta dela, envolvendo os seios com as palmas.

Com o lábio inferior preso entre os dentes, ela se posicionou acima dele e desceu até se encaixar completamente em seu colo. Os dois gemeram entre dentes cerrados.

Hiato sexual encerrado.

— No meu sonho, éramos só nós dois — arfou ela, as mãos espalmadas contra os músculos rígidos do abdômen dele, enquanto rebolava de forma torturantemente lenta. — Só nós, juntos na floresta, em casa. Estávamos assim no sonho. Eu estava fazendo isso com você.

Inclinando-se contra o peito dele, ela ergueu o quadril e voltou a descer, repetidas vezes, tomando-o de maneira inacreditavelmente profunda, até que ele gemeu alto e descontrolado, os dedos marcando a carne macia da cintura dela.

— E, ao nosso redor, estava a nossa música. Minha música. Eu não sei... — Ricki parou, procurando as palavras. — Não sei de onde vinha, mas era perfeita, estava por toda parte, e então eu soube... eu soube...

Ela perdeu o fio do pensamento quando Ezra deslizou a mão para o centro dela, esfregando o polegar sobre o clitóris em círculos lentos. Ela estremeceu e gemeu alto, a fricção deixando-a à beira da loucura.

— O que você soube? — perguntou, com a voz rouca, mal se controlando.

— Eu... eu soube que poderia ouvir para sempre. Soube que você era a música que eu poderia ouvir para sempre.

A onda crescente de excitação tornou-se insuportável. E era aquilo que a intimidade fazia, a sincronia, porque, naquele instante, Ezra e Ricki se dissolveram um no outro, movendo-se juntos com fluidez instintiva.

Ele a virou de costas. Em um movimento único e decisivo, dobrou as pernas dela e entrou fundo. Foi tão bom que Ricki perdeu os sentidos por um momento, abafando os gemidos no pescoço de Ezra. Ele continuou até que os dois se estilhaçaram — rápido demais e quase ao mesmo tempo. Eles se agarraram em um abraço apertado, enquanto ondas de prazer os envolviam como uma cascata vertiginosa.

Nada tinha sido tão sublime. Porra, nada no mundo.

Aos poucos, voltaram à terra, perdidos em uma névoa lânguida de lábios, línguas e mãos deslizando sobre a pele quente e suada. E Ricki percebeu que sempre era assim com Ezra. Sexo de fim do mundo. Sexo de catástrofe. Sexo de alto risco. Eles nunca teriam a chance de experimentar o sexo do dia a dia, como um casal que estivesse junto havia anos.

Sexo doce e previsível de aniversário, só porque era esperado. Uma rapidinha atrapalhada e "dá pro gasto" interrompida por uma criança entrando de repente no quarto. Essa normalidade nunca seria possível para eles.

Ela chorou. Primeiro em silêncio, depois com soluços intensos, profundos, de luto. Ezra a envolveu nos braços, mantendo-a junto a ele enquanto ela lamentava por uma história de amor interrompida, uma vida que nunca tinha sido realmente dela.

— Obrigada por retornar minha ligação. Essa matéria vai ser publicada às quatro da tarde, então você me pegou na hora certa — disse Clementine Rhodes, animada, pelo Zoom. Ela era uma repórter iniciante da revista *New York*, na seção "The Cut". — Estou louca para saber mais sobre a Rickezas. Seus arranjos florais literalmente dominaram o Harlem.

Já eram horas depois, cerca de uma da tarde, e Ricki e Ezra ainda estavam na cama. Perdidamente envolvida no drama de sua própria vida, Ricki só havia percebido recentemente que sua caixa de mensagens estava lotada de repórteres tentando contatá-la para falar sobre os pop-ups florais nostálgicos do Harlem que ela havia criado. Seu coração acelerou ao ver o reconhecimento de seu trabalho, mas seu primeiro instinto foi ignorar. Qual era o sentido de dar uma entrevista agora? Por que gastar tempo conversando com uma desconhecida enquanto seu destino estava no fio da navalha?

Mas Ezra, espiando os comentários efusivos por cima de seu ombro, a encorajou a responder a pelo menos uma repórter. Ninguém entendia mais do que ele a importância de deixar um legado, uma marca.

— A vida está difícil pra todo mundo agora, né? — disse Ricki a Clementine, equilibrando o laptop nos joelhos. Ela tinha passado um pouco de pó, gloss e colocado uma blusa bonitinha, mascarando habilmente a névoa pós-sexo para o Zoom. — O poder curativo da natureza é real! Meu objetivo era celebrar a história escondida do Harlem e alegrar o dia de qualquer pessoa que passasse por ali. Mas a comunidade que surgiu em torno disso, com as pessoas pegando as flores e decorando as próprias vizinhanças com elas... é uma honra. É minha maneira de deixar uma pequena marca.

— Amei isso. Construir comunidades é muito importante — concordou Clementine. — Ah, li uma estatística de que menos de dois por cento de todos os designers florais são negros. Uma loucura. Como é, pra você, ter uma floricultura em um setor dominado por brancos?

— É verdade, somos sub-representados na indústria. Mas olhe a Justina Blakeney... a linha Jungalow dela está na Target. Hilton Carter é um mago fazendo interiores verdes. Por todo o país, floristas negros incríveis estão quebrando barreiras: Andra Collins, no Texas; Nikeema Lee, na Carolina do Sul; Breigh Jones-Coplin, em Denver. Matérias como a sua só ajudam a espalhar a palavra.

— Sim!

Ricki viu a repórter assentir na tela enquanto digitava.

— Ouvi dizer que você fez os arranjos de casamento de um casal bem exclusivo. Deve ter sentido que chegou lá.

— O casamento foi tão chique. E sou eternamente grata a George e Daniel pela oportunidade. Eles foram os clientes dos sonhos, mas não acredito que, só porque certas pessoas contratam você, significa que você "chegou lá". É igualmente significativo para mim, se não mais, que minha comunidade tenha descoberto a Rickezas.

Clementine mordeu o lábio, batendo a unha contra o queixo. Ela não parecia satisfeita.

— Desculpa insistir, mas você pode dizer algo sobre as dificuldades de ser uma florista negra? Meu editor quer muito uma frase sobre diversidade. — Ela revirou os olhos. — Geração X, sabe como é, precisam se sentir progressistas.

— Amiga, eu entendo. Mas não existe uma única experiência de "florista negra". Temos origens, especialidades e influências diversas. E há beleza na nossa diversidade. A indústria é racista, claro. Temos o mesmo acesso a financiamentos, trabalhos, mídia ou oportunidades que floristas brancos? Não, mas isso tem a ver com sistemas de supremacia branca. A negritude em si não é limitante, é ilimitada. — E então acrescentou: — Para inspiração, recomendaria *Black Flora*, da Teresa Speight, aos seus leitores. É uma obra incrível.

Ezra, encostado na cabeceira ao lado dela e lendo *Flower Color Guide*, um livro de mesa da biblioteca pessoal de Ricki, não conseguiu evitar ouvir a conversa. Ele estava maravilhado. Teve que se segurar para não pular na cama e gritar de alegria por Ricki. Nos últimos dias, ele tinha folheado quase todos os livros sobre plantas que ela tinha e assistido a metade de *Batalha das flores* na Netflix enquanto Ricki dormia.

Enquanto ouvia, sentia-se radiante de orgulho. Ricki conseguia dizer tudo o que ele não pôde a uma repórter em 1928: que a negritude não era um conceito, uma ideia à venda. *Não havia qualquer relação entre nosso valor e o fato de brancos "comprarem" da gente. Porra, é isso.*

Ricki era quem ele sempre quis ser.

— Falando em origens diversas — disse a jornalista —, ouvi dizer por aí que você tem ascendência mexicana?

Ricki ficou boquiaberta, e Ezra teve que segurar a risada. Aquela confusão de identidade no evento de networking era um dos Rickismos favoritos dele. Era tão adorável.

Enquanto Ricki tentava explicar o mal-entendido, os ombros de Ezra se sacudiam com a risada silenciosa, e ela lutava com todas as forças para manter a expressão séria.

Naquele momento leve e efervescente, eles finalmente eram um casal comum. E estavam felizes. Naquele instante, estavam felizes.

Algumas horas depois, o artigo de Clementine, "Onde estão as Rickezas", foi publicado e logo alcançou o topo da lista de mais populares no "The Cut". Acabou sendo amplamente compartilhado por moradores do Harlem, designers florais, usuários do "FlowerTok", "Plantagram" e uma boa porcentagem dos formados em artes liberais da Georgia State de 2017.

Mas, naquela noite, a matéria chegou a uma das seguidoras mais devotas da *New York*: Rashida Wilde.

Alguns estados ao sul, ela estava sentada com suas irmãs, Regina e Rae, no restaurante South City Kitchen, em Buckhead, Atlanta. Rashida havia convocado um jantar de emergência para discutir o assunto.

As três, com cabeças quase idênticas, estavam inclinadas olhando para o celular de Rashida, aberto no artigo "Onde estão as Rickezas", com uma concentração intensa. Nenhuma delas conseguia acreditar que a caçula desajustada e impulsiva estava alcançando tal nível de sucesso com sua pequena floricultura aparentemente mal planejada.

— Eu simplesmente não entendo, gente. — Rashida estava tão chocada que não conseguia dar outra garfada em sua salada de pêssegos locais. — Como ela conseguiu?

— Um maldito mistério — murmurou Regina.

— Volte um pouco — pediu Rae. — Está vendo essa foto da Ricki na tal chuva de flores? Essa ideia foi mesmo dela? Ela deve ter um assessor de imprensa. *Como é que ela consegue pagar um assessor?*

Estressada, Rashida largou o celular dentro da bolsa. As três mulheres se recostaram nas cadeiras, empurrando a comida nos pratos em silêncio. Seus blazers de ombros estruturados da YSL pareciam murchar.

— A gente tem que ir até lá — afirmou Regina.

— Amanhã — concordaram Rashida e Rae.

As passagens de avião foram compradas antes mesmo da conta chegar.

CAPÍTULO 21

AS BRUXAS DE EASTWICK

26 de fevereiro de 2024

Uma ruiva usando roupa de academia e empurrando um carrinho de bebê de luxo entrou na Rickezas. Seus olhos foram direto para o cavalheiro vestido de modo casual, mas elegante, com jeans cinza e camisa de brim fina, que colocava um buquê tropical em uma prateleira alta. Ele tinha um ar... marcante. Ela se aproximou.

— Oi! Você trabalha aqui? — perguntou em um sussurro para não acordar o bebê.

— Bom dia, senhora. Sim, sou o diretor de primeiras impressões. Em que posso ajudar?

— Bom, você com toda a certeza causa uma boa impressão. — Ela piscou.

Ezra colocou as mãos nos bolsos e sorriu de maneira acanhada.

— Estou atrás de uma planta para dar vida à minha casa. Mas lá quase não bate luz.

— Entendi. — Pensativo, ele coçou a lateral do queixo e inclinou a cabeça. — Que tal uma planta com flores que aceitam pouca luz?

Tipo begônias ou lírios africanos. Pelo que ouvi dizer, elas crescem em qualquer lugar. Você só precisa garantir pelo menos oito horas de luz artificial por dia.

A ruiva sorriu, satisfeita. Saiu com um belo buquê de lírios africanos e uma pequena palmeira de salão para o quarto do bebê (o cara alto e gato, com cílios dignos de Tupac, garantiu que ajudaria a purificar o ar).

Do lado de fora, tudo parecia perfeito. Era um dia claro e ensolarado, e a loja, se não estava lotada, pelo menos parecia bastante movimentada. Ricki circulava entre os clientes e estava adorável em uma saia rodada de tule dos anos cinquenta, uma camiseta justa com a frase COMPRE DE NEGROS e sapatilhas de balé Capezio. Parecia calma o suficiente. Quer dizer, isso se você não notasse as olheiras profundas. Ou a ruga de preocupação em sua testa. Ou o fato de que Ezra exibia um olhar igualmente atormentado por trás de seus sorrisos educados e atenciosos.

Do outro lado da sala, seus olhares assombrados se encontraram. O ar crepitou com a intensidade do desejo. Eles estavam assim o dia todo, oscilando entre a melancolia desesperada e a dor aguda. Faltavam três dias. O tempo estava acabando, passava tão constante quanto os últimos grãos de areia em uma ampulheta. A realidade se instalara.

E o único conforto que sentiam era quando estavam a menos de dez centímetros de distância um do outro.

Mas era impossível ficarem juntos o tempo todo. Ricki chorava em silêncio no chuveiro. Ezra voltava das compras com os olhos vazios e a boca tensa. Após esses momentos silenciosos e devastadores, corriam um para o outro — ávidos, confusos pela necessidade — sem nada mais a dizer.

Ela *ainda* tinha coisas a dizer para dona Della. Mas a mulher havia se fechado completamente para ela. Ricki não sabia o que fazer. Já havia deixado cartas sob a porta. Mandado recados, arranjos de flores, assado biscoitos e bolos. Ela via Naaz indo e vindo com menos frequência e se perguntou se ela tinha se mudado para a casa para cuidar de dona Della em tempo integral. Sua saúde estava claramente piorando, e isso destruía Ricki. Quem cuidaria de dona Della depois que ela partisse? Ela esteve na vida da mulher mais velha por tão pouco tempo, mas eram família. Naquele momento, especialmente, sentia falta da visão prática de dona Della, dos toques gentis no braço, das reconfortantes xícaras de chá. Elas precisavam fazer as pazes.

Enquanto Ricki lutava contra esses pensamentos em sua estação de trabalho, Ezra foi puxado de uma conversa com um cliente por Tuesday, que acabara de entrar apressada na loja.

— Desculpa interromper sua venda, mas te devo um pedido de desculpas, na real — disse Tuesday enquanto o levava para o trono cor de esmeralda no canto. Seu rosto estava quase escondido sob um boné de aba reta.

— Pelo quê? — Ezra não tinha certeza de *qual* seria o motivo do pedido. Talvez por ter invadido a casa dele?

— Odeio o jeito como agi naquele casamento. Tentando brigar com você e tudo mais. Difícil se livrar de velhos hábitos.

— Não precisa se desculpar. — Ezra foi sincero.

— Sério?

Ele deu de ombros, com leveza.

— Você estava protegendo sua amiga. É de se orgulhar.

— Um fato a meu respeito: em geral, considero que os homens são culpados até que provem o contrário. Sei que isso é problemático, mas... — Ela suspirou, derrotada. — Olha, ainda estou me curando, tá?

— Todos estamos nos curando de algo — disse ele, com a voz cheia de compreensão. Ele se encostou na parede. — Não precisa dizer mais nada.

— Além disso — acrescentou Tuesday —, em minha defesa, você agiu de um jeito meio bizarro. — Baixando a aba do boné, sussurrou: — O jeito como você sempre, entre grandes aspas, esbarrava em Ricki por acaso? Como eu ia saber que vocês dois eram almas mágicas e apaixonadas, rendidas à gravidade involuntária do amor?

— Se você tivesse adivinhado isso, a bizarra seria você.

— Não acho nem por um segundo que vocês dois estejam com problemas reais. Maldição ou não — disse, com um gesto displicente. Já fazia dias que Ricki tentava se despedir de vez dela, mas Tuesday se recusava a permitir — A luz supera a escuridão. E o amor vence tudo.

— É o que dizem — respondeu ele, com um tom melancólico.

Ele mal conseguia ouvir essas palavras em voz alta. Era velho demais para acreditar em slogans.

— De qualquer forma, queria que você soubesse que eu não sou uma babaca, Ezra. Só sou protetora.

Ele riu da frase. Estava claro por que Ricki era tão próxima de Tuesday. Essa mulher era uma força da natureza.

— Eu sabia que estava vendo só um lado seu. Sempre pude perceber, pela sua performance em *Tá certo, Alberto*, que você é multifacetada. A criatividade se dobra, ela se contorce.

— Pera aí. — Ela deu um passo para trás e apontou para ele. — Você assistiu ao meu programa?

— Eu não perdia um episódio! — respondeu ele apaixonadamente. — Sou viciado em televisão desde que essa forma de arte nasceu.

— Eu esqueço que você é uma pessoa velha. — Ela balançou a cabeça, maravilhada. — Isso é muito *Uma sexta-feira muito louca*. Eu não aguento.

— Você trouxe tanta profundidade à sua personagem. Adorei o episódio em que fez o teste para ser líder de torcida, mas esqueceu a coreografia e saiu correndo do palco para o banheiro...

— E me sentei no vaso chorando e, quando me levantei, a audiência viu que a barra da minha saia tinha caído dentro do vaso.

— Você fez para ser engraçado, mas partiu meu coração. Seu talento é impressionante.

Lentamente, o rosto de Tuesday se iluminou sob o boné. Era raro que ela ouvisse comentários positivos a respeito de sua atuação. Sempre falavam apenas de sua aparência, seu corpo sensual.

Ela se pegou amolecendo e revirou os olhos.

— Isso é uma mentira das profundezas do inferno.

— Não é mentira — afirmou ele. — Recentemente, andei assistindo a esses programas de competição de design floral, para entender o negócio da Ricki melhor. E aprendi que o musgo pode carregar até quatro vezes o próprio peso em água. Suas performances eram assim. Você era muito jovem, mas o peso emocional que carregava era maior que sua idade.

Dessa vez, ela permitiu que sua alegria transparecesse. Um sorriso deslumbrante iluminou seu rosto.

— Ah, você só queria soltar seu fato curioso sobre musgos.

Ezra sorriu.

— Tão óbvio assim?

— Você ama a Ricki. Isso é o que está óbvio.

Ezra olhou novamente para Ricki.

— Eu a amo demais.

— Não existe isso de amar demais — retrucou Tuesday. — Ei, só pra mudar de assunto, estou escrevendo uma autobiografia. É tão difícil. Eu *odeio*, na verdade. Mas aquela foi uma frase ótima sobre minha profundidade emocional. Pode repetir exatamente o que disse, pra eu gravar no meu celular?

Ezra riu.

— Claro. Mas por que escrever uma autobiografia se você odeia isso?

— Pra esclarecer tudo o que passei em Hollywood. Contar o meu lado da história. Mas quanto mais me aprofundo na ideia, menos sinto que devo ao mundo qualquer explicação, por menor que seja.

— Acho que você não deve mesmo. Se pudesse fazer qualquer outra coisa além de escrever isso, o que faria?

— Abriria um spa medicinal — soltou ela sem fôlego, sem hesitar.

— Um spa medicinal! Olhe só. — Após um momento, Ezra perguntou: — E o que é isso?

— Um spa medicinal tem esteticistas para fazer procedimentos dermatológicos. Lasers, limpezas, vapores, botox, dermaplaning. De A a Z.

— Ah, dá pra ver que você pensou nisso.

— Sou obcecada por skincare. *Sonho* com a pele perfeita. Aliás, você quase não tem poros. É máscara de carvão?

— É a maldição — respondeu ele com uma piscadela. — Tuesday, esqueça a autobiografia. Você ficou radiante só de falar desse spa. Faça algo que a deixe feliz. Abra seu negócio.

Ela sorriu, irradiando uma empolgação nervosa. E então a empolgação se dissipou.

— Mas eu estava realmente investindo em ser uma memorialista.

— Talvez você *tenha sido* uma memorialista. — Ezra deu de ombros. — Mas nós mudamos o tempo todo, pelo que percebi. Ainda há algumas "versões de você" que ainda não conheceu.

Tuesday absorveu aquilo. Então, se inclinou e abraçou Ezra. Acenou para Ricki e saiu da loja, empolgada para começar a pesquisar seu novo projeto. Enquanto a observava partir, Ezra percebeu que aquele foi o primeiro abraço que não era de Ricki e que ele não odiou.

Na verdade, ele gostou. O amadurecimento tinha um jeito engraçado de chegar na hora certa.

Aos poucos, o movimento foi diminuindo ao longo do dia. Às cinco e quarenta e cinco, os últimos clientes saíram da loja com os braços carregados de delfínios e campânulas. Ezra trancou a porta atrás do casal e abaixou as persianas, mas não sem antes carimbar o cartão de fidelidade e dizer, com um toque de elegância: "Voltem sempre, hein". Era sua terceira noite fechando a loja. Já se sentia um especialista.

Assim que a porta se fechou, Ricki se apoiou em sua mesa de trabalho, completamente esgotada. Pegou uma taça de plástico de prosecco da mesa (ela sempre oferecia vinho aos clientes depois das quatro da tarde). Com um suspiro cansado, tomou a taça inteira e logo pegou outra.

Manter o ar de leveza e normalidade por oito horas seguidas era exaustivo. Ezra sabia bem como era.

Ele ficou de costas para a porta, observando-a nas sombras. Ricki levantou os olhos e encontrou o olhar dele. Não havia mais nada a dizer.

Logo Ezra estava à sua frente, imponente e reconfortante. Ele encostou a testa na dela. Seu toque foi um alívio, um suspiro. Ela soltou um pequeno som de rendição.

Ele se inclinou para a frente, deslizando o braço forte em volta da lombar de Ricki. Ela envolveu as pernas ao redor da cintura dele, que a ergueu. Eles se fundiram em um beijo voraz e possessivo, um turbilhão desesperado de mãos, línguas e dentes. Faminto, ele arrancou a camiseta dela. Enquanto Ricki deslizava beijos pelo pescoço dele, Ezra pegou a garrafa de prosecco e tomou um gole generoso. Com um rosnado baixo, ele transferiu o beijo para a boca dela, o líquido escorrendo por seus seios, molhando a renda fina de seu sutiã. Ezra deslizou a língua pelo pescoço dela, fazendo-a estremecer. Ofegante, Ricki arqueou as costas, cravando as unhas nos ombros dele. Então eles voltaram a se beijar com uma urgência deliciosa. Ezra levantou as camadas de sua saia, e então...

Triiiiiiiim! Era a campainha da Rickezas.

Eles congelaram, dois cervos pré-orgásmicos encarando os faróis.

— Talvez desistam — arfou ele.

A campainha tocou de novo. E então vieram batidas urgentes na porta.

— Quem pode ser? — sussurrou Ricki.

Eles se desgrudaram um do outro. Ezra correu para o banheiro enquanto Ricki ajeitava a saia, vestia a camiseta e cambaleava até a porta com as pernas para lá de trêmulas. Era irritante, mas, na verdade, faltavam cinco minutos para o fechamento — tecnicamente, a Rickezas ainda estava aberta.

Forçando um sorriso digno de atendimento ao cliente, Ricki escancarou a porta. E soltou um grito de arrepiar.

Quase instantaneamente, Ezra voltou correndo para a loja, sem camisa e brandindo um castiçal.

As três mulheres paradas na porta ofegaram. Todas tinham a versão quarentona do rosto de Ricki, mas eram mais altas — com mais de um metro e oitenta de salto alto — e intimidantes, com roupas monocromáticas de grife e austeras. Individualmente, já seriam impressionantes. Juntas, formavam uma barreira impenetrável de glamour gélido. Mesmo que as três não conseguissem concordar nem sobre a cor de uma laranja, elas se apresentavam como uma unidade.

Os olhos de Ezra se arregalaram. E os de Ricki se estreitaram com força.

Isso não estava acontecendo. Não. Havia coisas demais acontecendo. Ricki estava a três dias de uma morte certa, murchando em silêncio sob o gelo que estava recebendo de dona Della e tentando transar com sua alma gêmea por uma das últimas vezes. Ela não podia lidar com mais isso! Por que é que as Bruxas de Eastwick estavam na sua loja?

Ezra apenas ficou parado ali, em toda a sua glória sem camisa, o rosto oscilando entre fascínio e pânico.

— O que... — começou Ricki — caralhos vocês estão fazendo aqui?

— Estávamos na cidade a trabalho e queríamos ver sua loja. E você. — Rashida então apontou para Ezra, sem desviar os olhos de Ricki. — Você sabe que tem um gostosão sem camisa empunhando uma arma letal atrás de você? Que tipo de estabelecimento está administrando aqui?

O julgamento divertido brilhou nos olhos de Rashida. Ricki conhecia bem aquele olhar. Com um suspiro cansado, ela fez um gesto para que Ezra se aproximasse. Ele colocou o castiçal sobre a mesa com um sorriso confiante e se juntou a ela na porta.

— Ele não é um gostosão, é meu namorado.

"Namorado" era uma palavra fraca, mas ela estava emocionalmente esgotada demais para pensar em outra.

— Ezra, essas são minhas irmãs: Alvin, Simon e Theodore.

— *Ricki, pelo amor de Deus.*

— Desculpa. Ezra, essas são Rashida, Regina e Rae.

— Prazer em conhecê-las — cumprimentou, animado, apertando a mão de cada uma e tentando parecer normal. — Entrem, saiam do frio.

— Não, fiquem no frio — interceptou Ricki, levantando a mão para detê-las. — E respondam o que estão fazendo aqui.

— Por que tanta desconfiança? — perguntou Regina, que segurava o celular e tirava fotos com a urgência insana de uma fã que venderia as imagens para uma revista de fofocas.

Ricki tentou pegar o aparelho, mas Regina se esquivou.

— Queríamos ver você! E sua loja.

Rae espiou por trás de Ricki.

— É... eclética. E, uau, quanta planta.

— Parece um restaurantezinho temático de parque de diversão — acrescentou Rashida.

Ricki lançou-lhe um olhar mortal.

— Bem, estamos fechados. Não há nada pra ver aqui.

Rashida ajustou a bolsa speedy da Louis Vuitton no ombro.

— Você jura que vai virar as costas para a carne da sua carne, o sangue do seu sangue, depois de viajarmos de classe econômica pra visitar nossa irmãzinha?

— E eu tô morrendo de fome — anunciou Regina, finalmente abaixando o celular com um bico nos lábios.

Ricki e Ezra trocaram olhares. Aquelas mulheres não iriam embora. E, como em um passe de mágica, Ricki voltou ao velho hábito. Estar perto da família a fazia regredir àquela adolescente de dezesseis anos que queria desesperadamente agradar. Ser aceita, validada. Mesmo sabendo que sempre fracassava, ela tentava.

— Tudo bem. Vocês... hum... Que tal irmos jantar? Le Bernardin ou Jean-Georges? Restaurantes lendários de Nova York. Estrelas Michelin, superexclusivos.

— Ah, nos poupe. A gastronomia de Nova York não é mais chique que a de Atlanta. — Rashida suspirou. — Faz cinco minutos que você mora aqui... se acalme. E, a propósito, sua camisa está do avesso.

Com isso, as irmãs passaram por Ricki e Ezra, invadindo a loja, mexendo em tudo.

— Não queremos ir a um restaurante, queremos ver a *sua* casa — disse Rae. — Nos convide para jantar! Onde você mora?

— Eu moro... aqui — respondeu Ricki, baixinho.

— *Na loja?* — Rae parecia horrorizada. — Isso é pior do que imaginávamos.

— Não! Atrás da loja, por aquela porta. Mas é tão pequeno que eu não acho que...

Ricki sentiu um peso no estômago. Não estava preparada para que as irmãs vissem seu humilde refúgio particular. Ela lançou um olhar rápido e furtivo para Ezra. Os olhos dele eram tão acolhedores que ela quase desabou em lágrimas. *Pelo tempo que nos resta*, ele havia dito naquela manhã, *estou aqui por você.*

Ele a acalmou com apenas um olhar, entendendo automaticamente o estresse e a ansiedade que as irmãs causavam. E ele cuidaria disso. Ele cuidava de tudo.

— Tenho uma ideia — disse Ezra. — Que tal eu preparar o jantar para vocês?

— Onde? — perguntaram Ricki, Rashida, Regina e Rae.

— Aqui — respondeu ele. — Sou um excelente cozinheiro. Onde vocês estão hospedadas?

— No Wallace Hotel — responderam as irmãs mais velhas.

— Fica a apenas quinze minutos descendo pela Amsterdam. Que tal fazermos o seguinte: se voltarem para lá por algumas horas, consigo comprar os ingredientes e preparar tudo. Eu pago o Uber, ida e volta.

Ricki entendeu que ele também estava comprando tempo para que ela se preparasse emocionalmente.

— Eu preparo o jantar e depois vou embora — continuou Ezra —, pra vocês colocarem a conversa em dia.

As três irmãs mais velhas ponderaram. Estavam visivelmente chocadas por Ricki estar namorando alguém com habilidades práticas reais. E aquilo era interessante demais para que ele fosse embora cedo.

— Mas não queremos que você vá embora depois — ronronou Regina, com a sinceridade do gato da Alice. — Queremos conhecer você melhor.

Ezra olhou rapidamente para Ricki, que implorava com o olhar.

— Eu fico.

Três horas depois, estavam todos sentados ao redor da mesinha de Ricki, em banquinhos frágeis que ela reformara e pintara à mão. Suas irmãs estavam no modo julgamento total. Rashida perguntava: "Cadê o resto?", enquanto Rae admirava a habilidade de Ricki em maximizar um espaço "do tamanho de um Nissan Sentra". Regina encarava o radiador toda vez que ele chiava e se sacudia.

Enquanto as irmãs estavam no hotel, Ezra foi às compras e Ricki limpou a casa. Sentia como se o sexo estivesse espalhado pelo apartamento: nos lençóis bagunçados, nas xícaras de café na mesa de cabeceira, na pilha de roupas dele no cesto. O que era dela tinha virado deles, algo íntimo, belo e sagrado. Ricki não queria dividir isso com suas irmãs, que nunca a entenderam nem quiseram entender. Elas achavam que a caçula era uma louca promíscua sem autocontrole.

Quando suas irmãs voltaram, o lugar estava impecável. E Ezra havia preparado um menu delicioso: purloo de camarão, arroz vermelho Gullah e bolinhos de milho fritos, finalizando com torta de pêssego com creme.

E ela sabia, mesmo sem que dissessem explicitamente, que as irmãs estavam impressionadas. Dava para notar pelo jeito como pararam de ser tão críticas e só conseguiam falar da comida.

Não que eu me importe, lembrou Ricki a si mesma.

— Pra ser sincera, estou chocada — comentou Regina, encostando o guardanapo no canto da boca. — Com o histórico da Ricki na cozinha, eu esperava uma variedade de caixas de cereal no jantar. Ezra, você é um achado.

— Uma delícia bem caseira — elogiou Rae.

— Que legume é esse que estou sentindo? — perguntou Rashida, provando a sopa cremosa e cheia de sabor.

— Quiabo — respondeu Ezra, claramente orgulhoso de seu jantar preparado às pressas, mas delicioso. — Minha mãe me ensinou a cozinhar. Ela era de Daufuskie Island, na Carolina do Sul. O verdadeiro povo Gullah do Low Country coloca quiabo em tudo por lá.

Rashida, que não sabia nada sobre os Gullah do Low Country, respondeu com um educado "Ah, claro" e continuou tomando a sopa.

— Está muito gostoso — disse Rae. — Você cozinha muito bem, Ezra.

— Ah, tenho essas receitas há uns cem anos — disse ele com um sorriso. — Tive tempo de aperfeiçoá-las.

— Impossível comer assim e ser saudável — comentou Regina, pegando um pedaço de torta.

— Minha irmã só come pratos recomendados pela Gwyneth Paltrow — comentou Ricki, aliviada por Ezra ter assumido a conversa.

A presença das irmãs não apenas a desestabilizava, também lhe roubava um tempo precioso com Ezra... um tempo que estava desaparecendo. Ela sentia náuseas só de pensar. Graças a Deus Ezra estava preenchendo os silêncios na conversa.

Que privilégio, pensou ela, *ter alguém que completa as lacunas por você quando está esgotada.*

— Às vezes, a comida serve só para confortar — pontuou Ezra. — Não só como sustento.

Regina arqueou a sobrancelha na direção dele.

— Espere até fazer quarenta, garoto. É tudo muito divertido até o metabolismo te dar um tapa na cara.

Rashida já tinha se cansado daquele papo superficial.

— Então, Ezra, nos conte mais de você. Onde você cresceu? Onde estudou? O que você faz?

— Podemos pular a entrevista? — Ricki se virou para ela. — Já não basta ele ter preparado um jantar cinco estrelas pra vocês em, tipo, cinco segundos?

Ricki soava e se sentia como uma adolescente petulante, e sabia disso.

— Está tudo bem, Ricki — disse ele, calmamente, apertando o joelho dela sob a mesa. Como sempre, estava tranquilo como uma brisa. — Podem me perguntar qualquer coisa. Eu sou da Carolina do Sul. De uma pequena cidade no condado de Fallon... embora ela nem exista mais. Meus pais e minha irmã eram todos meeiros.

As irmãs se entreolharam.

— Meeiros? — disse Rae, indignada. — Isso parece tão antigo. Ser meeiro ainda é legalmente permitido?

— Vai lá saber o que acontece no meio do mato — comentou Rashida.

— Não, quis dizer fazendeiros. Eles eram... são... fazendeiros.

Isso não era bom. Sempre acontecia com Ezra quando estava com Ricki: ele baixava a guarda e dizia a verdade.

— Ahhh — exclamou Regina, animando-se. — Bem! A agricultura pode ser extremamente lucrativa. Harvard, Johns Hopkins e Cornell têm programas incríveis em ciências agrícolas. Meu namorado do ensino médio era de uma antiga família de fazendeiros de pistache na Califórnia e foi pra Harvard. Meninas, se lembram do Darryl Remsen?

— Ele era tão lindo — recordou Rae. — Mas chegou ao auge cedo demais. Alguém me contou que passou a usar o cabelo em dreadlocks e abandonou a esposa da igreja com quem estava havia vinte e cinco anos por uma consultora de masturbação que conheceu no OnlyFans.

— Não sabia disso — retrucou Regina. — *Enfim*, todas as grandes famílias de fazendeiros se conhecem. Certamente você já ouviu falar dos Remsens?

— Bem, minha família não era desse tipo. Venho de origens humildes — disse Ezra, servindo mais vinho para si mesmo e enchendo os copos descombinados das irmãs Wildes. — E eles não estão mais entre nós.

— Sua família inteira está morta? — sussurrou Rashida.

— Covid? — exclamou Regina.

— Não querendo me intrometer, mas qual funerária você usou? — perguntou Rae.

— Toda vez que acho que atingiram o fundo do poço, vocês conseguem se superar — disse Ricki, protegendo Ezra.

— Tudo bem, suas irmãs não têm intenção de machucar — disse Ezra de forma afável, embora fosse óbvio que as irmãs de Ricki tivessem essa exata intenção. Ezra, que sentia uma vontade desesperada de ter uma família, que sentia falta de sua irmã Minnie todos os dias, não conseguia ser nada além de gentil com elas. — Rashida, quer mais bolinhos?

— De jeito nenhum. Preciso parar de comer, temos o casamento da nossa prima Brandy em quatro meses. Ricki, você recebeu o convite?

— Recebi, mas acho que até lá já terei morrido — murmurou Ricki com sarcasmo, tomando um gole de vinho.

— Não consigo entender por que ela vai se casar com um homem que limpa rejuntes e azulejos pra viver — comentou Regina. — Um lituano!

— Esse lituano tem uma *empresa milionária* de limpeza de rejuntes e azulejos — rebateu Rae. — E ele é a cara do Chris Evans.

— Chris Evans! Que *homem*.

— Eu me casaria com ele amanhã.

— Com certeza!

Ricki revirou os olhos na direção de Ezra, dolorosamente ciente de que suas irmãs pareciam um bando de galinhas cacarejantes.

— Mas o pai e os dois irmãos da Brandy são de uma das mais tradicionais fraternidades de Morehouse... — disse Rashida. — E a tia-avó dela é presidente nacional da ONG Links. Um marido lituano é tão fora do padrão.

— Deve ser libertador pra caramba — disse Regina, esvaziando a taça de vinho. — Ela pode andar por aí com tornozelos acinzentados e cabelo desgrenhado, e ele nunca vai perceber.

— Vocês viram o tamanho daquele anel? Dez quilates e meio — sussurrou Rae.

Rashida deu de ombros.

— Grande demais. Só homem que trai compra diamantes tão extravagantes.

Rae colocou a mão debaixo da mesa, girando discretamente o anel para esconder a pedra.

Cheias e satisfeitas, Rashidaginarae continuaram conversando enquanto a noite avançava. Finalmente, por volta das onze da noite, a conversa começou a minguar, e Ricki não poderia estar mais aliviada. Hora de elas irem embora.

— Bem, preciso dizer — começou Regina —, estou impressionada com a Rickezas, Ricki. Quando lemos a matéria na *New York*, não sabíamos o que pensar!

— Imagine nossa surpresa ao descobrir que você conseguiu aparecer em uma publicação digital tão prestigiada — disse Rae. — Quer dizer, estamos falando da mesma garota que achava que previdência privada tinha a ver com banheiros.

— A mesma garota que achava que asinhas de frango já vinham picantes — acrescentou Rashida, rindo.

— A mesma garota que levou multa por estacionar debaixo do PARE porque achou que era uma placa de estacionamento.

As três irmãs se desmancharam de rir com aquele comentário, gargalhando alto e meio bêbadas. Rashida bateu a palma da mão na mesa, e lágrimas de diversão escorreram dos olhos de Rae. Ezra as observava, profundamente desconfortável. Cada instinto dele dizia para defendê-la, mas ele sabia que se meter em assuntos de família não era uma boa ideia. Ele era o forasteiro ali.

Ricki lançou um olhar sombrio, manchas avermelhadas e furiosas surgindo em suas bochechas.

— Por que não param de lembrar erros que cometi há séculos? O que vocês querem com isso?

— Ai, garota, relaxa — disse Rae, rindo despreocupada. — Você fica tão irritada. Por que não consegue levar na brincadeira?

— Quem está brincando? Vocês estão me alfinetando de propósito. E, aliás, eu era uma *criança* quando falei da aposentadoria privada.

— Você tinha dezenove anos.

— Eu era protegida demais.

— Ainda é. Por isso que o sucesso da Rickezas não faz sentido.

— Sem querer ofender, mas você é um ímã de desastres. Não nos culpe por ficarmos chocadas.

Ímã de desastres? Foi nesse momento que a paciência de Ezra se esgotou. Para o inferno com a etiqueta.

— Com todo respeito — disse ele, cruzando os braços —, eu preciso falar. Ricki tem uma mente criativa e incrível. Ela construiu este espaço do nada. Com uma visão clara, colocou em prática a loja do jeitinho que imaginou. Grande parte disso foi feita por ela mesma, com as próprias mãos. A Rickezas é linda, ela se esforçou para torná-la financeiramente sustentável e construiu uma comunidade em torno de sua arte! Parece que vocês estão diminuindo as conquistas dela porque, se estivessem no lugar da Ricki, não conseguiriam fazer o mesmo.

Regina fez uma careta como se tivesse mordido uma toranja com casca.

— Você é um fazendeiro, querido.

Os olhos de Ezra brilharam.

— Na verdade, vamos ser claros — disse ele —, sou um meeiro. E tenho orgulho de ser filho de meeiros, Big Ezra e Hazel Walker criaram a mim e minha irmã, Minnie, para sermos boas pessoas. Gentis. Prestativos. Generosos. Não tenho formação acadêmica, e eles também não tinham, mas aprendizado acontece em todo lugar, se você prestar atenção. Nem todos viemos de reis e rainhas e nem todos vamos para Harvard, e não há problema nisso. Peço perdão pela franqueza, mas vocês deveriam repensar essa visão limitada de excelência. E aproveitem também para repensar se querem ser do tipo de gente que aparece na casa dos outros sem avisar e ainda por cima os insulta.

O cômodo ficou silencioso. Ricki olhou para Ezra de olhos arregalados. Primeiro, ninguém jamais desafiava suas irmãs (nem mesmo os maridos delas). Segundo, ela nunca o tinha ouvido falar daquele jeito. E, terceiro, ninguém jamais havia tomado as dores dela contra sua família.

— Ezra, está tudo bem...

— Não, não está tudo bem. — Agora ele estava, de fato, exaltado. — E, além disso, que tipo de pessoa de cor nunca comeu quiabo? Vocês não são da Geórgia?

— *Pessoa de cor?*

As irmãs de Ricki ofegaram diante do termo ultrapassado que ele usou. Com o coração disparado, Ricki interveio depressa.

— Ele está certo — disse a elas. — Vocês não vão me insultar na minha própria casa. Querem saber? Passei a vida inteira tentando impressionar vocês três, buscando aprovação, como se vocês fossem a personificação de tudo que é perfeito. Mas vocês são bonecas de papel 2D! Que *alívio* não ser como vocês.

Furiosa, Ricki empurrou seu banquinho para longe da mesa.

— Vocês nunca cometeram um erro em público, nunca tiraram nota baixa na escola ou namoraram o cara errado. Mas vocês já tiveram um pensamento por conta própria? Já se arriscaram alguma vez? A mesmice de vocês é enlouquecedora. Mesmas instituições de caridade, mesmas artes nas paredes, mesmas roupas e os mesmos maridos sem graça, que largaram as próprias ambições pra trabalhar para o nosso pai. Não me importo se vocês não me aprovam. Tenho orgulho da beleza que trouxe ao mundo... mesmo que por pouco tempo. — Ela lançou um olhar triste para Ezra. — Não existe só uma maneira de viver bem. E estou feliz por ter escolhido a minha.

Rashida suspirou fundo e dobrou o guardanapo na mesa.

— Ricki, sempre quisemos o melhor pra você. E você nos envergonhou em todos os momentos. Você faz ideia do que o papai teve que fazer pra nos dar uma vida privilegiada? Você deveria ser grata...

Foi então que Rae a interrompeu.

— Eu sonhava em ser dentista. Por que você acha que renovo minhas facetas a cada cinco anos? Não é porque meu sorriso não é perfeito. É porque amo observar a arte sublime e escultural desse trabalho!

Ricki deu de ombros.

— Então por que não fez faculdade de odontologia?

— *Porque nós não somos dentistas!* — gritou Rae. — E a família vem primeiro! Por que você pôde sair correndo atrás de uma bobagem dessas enquanto nós não pudemos?

E lá estava. Depois de todo esse tempo, Ricki enfim enxergava com clareza. Suas irmãs estavam ressentidas porque ela teve a coragem de fazer exatamente o que queria. E sempre tivera.

— Escutem — disse ela com a voz firme. — Os pais trabalham duro para que os filhos possam ter escolhas. Esse é o verdadeiro privilégio, e não ficar preso a uma vida que você não quer, por necessidade. A vida é curta demais. Eu posso partir a qualquer momento. Vocês talvez tenham arrependimentos, mas eu não quero ter nenhum.

— Ricki, querida. Você é uma de nós. Não pode fugir de quem você é.

— Pode até ser verdade, mas *posso* expulsar vocês da minha casa.

As irmãs ficaram chocadas. *Ricki* estava chocada. Ela mal podia acreditar que enfim criara coragem de se posicionar de verdade contra elas. Sentia-se triunfante, quase tonta de vitória.

Rashidaginarae pegaram suas bolsas de grife combinando e marcharam até a porta, indignadas, mas não antes de Ezra — que, de fato, se arrependia de ter se intrometido na discussão — embalar um pedaço de torta para cada uma em papel filme.

De volta à casa dos Wildes, as irmãs mais velhas relataram a Richard Sênior e Carole que Ricki tinha enlouquecido. Que estava namorando um fazendeiro suspeitamente bonito e que estavam vivendo em pecado nos fundos da loja. Angustiada, Carole tomou dois comprimidos de Alprazolam e dormiu por dezoito horas.

Mas Richard ficou lá, absorvendo a notícia em seu silêncio característico. Depois que dispensou as filhas e Carole subiu para o quarto, ele permaneceu sentado à mesa, perdido em pensamentos. Ele estava, à sua maneira, silencioso, morrendo de orgulho. E teve uma ideia.

CAPÍTULO 22

DEIXANDO O RANCOR DE LADO

27 de fevereiro de 2024

Della não gostava de podcasts. Ou, pelo menos, não gostava do que estava sendo obrigada a ouvir no momento, que também era o único que já tinha ouvido na vida. Ser repreendida por um estranho não era nada divertido, a menos que fosse Joel Osteen ou Oprah no comando.

Ela estava deitada em seu divã, com o cobertor de chenile puxado até o queixo. Naaz tinha colocado um podcast para ela escutar, e o sotaque do apresentador, que era britânico e falava de um modo quase melódico e suave, ecoava suavemente pelo alto-falante portátil da enfermeira. A série, chamada *Normalizando a Grande Transição*, explorava rituais de morte ao redor do mundo.

Nos últimos quinze minutos, Della tinha aprendido que: (1) Rastas evitam corpos mortos, porque os tornam impuros; (2) os malgaxes de Madagascar abrem os túmulos a cada poucos anos para vestir os cadáveres com roupas novas; e (3) o povo Tinguian, das Filipinas, senta seus mortos em cadeiras, coloca um cigarro aceso na boca deles e faz uma festa ao redor.

Essa última parecia até divertida, na verdade.

Della estava esperando Ricki e Ezra. Tinha ligado para Ricki naquela manhã e os convidado para um almoço cedo. Ela precisara de um tempo desde a última visita de Ricki. Era muita coisa esperar que acreditasse naquelas histórias mirabolantes. Mas ela sentia falta da neta. A ligação deve ter quase matado Ricki de susto; a pobrezinha praticamente chorou de alívio ao ouvir a voz de Della. A mulher mais velha vestiu seu pijama de seda mais luxuoso e pediu comida do Sylvia's. A comida era para Ricki e Ezra, é claro. Ela mesma não tinha apetite fazia dias.

Della não se sentia como ela mesma. Bem, isso não era verdade; seu *cérebro* era exatamente o mesmo de sempre. A voz interior era a mesma que respondia a ela aos quinze, vinte e nove, quarenta e dois e, agora, aos noventa e seis anos. Era o corpo que começava a parecer estranho. Mesmo produto, embalagem irreconhecível. Sim, ela já era idosa havia muito tempo e, com o tempo, até começou a gostar do cheiro do mentolado da pomada que passava nas mãos para aliviar a dor.

Mas, ultimamente, quando se olhava no espelho, parecia que seu rosto havia ganhado mais trinta rugas. Sua postura estava tão encurvada que ela não conseguia ficar ereta, mesmo que tentasse. Estava ficando cada vez mais fraca.

Ela arrastava os pés ao andar (bem, quando tinha vontade de andar, o que era raro). O olho esquerdo, a bochecha e o ombro caíam um pouco. Suas aulas de zumba e hidroginástica? Impraticáveis. Não participava do Clube Links de Caminhada da Melhor Idade havia quase um mês, embora tivesse visto as amigas no dia anterior, quando passaram por lá com uma panela de gumbo, um cozido de quiabo, feito pela filha de alguém.

Você sabe que sua luz está se apagando quando as pessoas começam a trazer comida caseira pra você, pensou.

Em vez de atividades físicas significativas, Della espantava o tédio com pequenos afazeres, como tirar pó de suas esculturas de porcelana Lladró. Misturar folhas de chá para criar novos sabores. Naquela manhã, usava um batom novo da Fashion Fair que havia descoberto em sua assinatura da revista *Essence* (Naaz a ajudou a aplicar com um pincel de lábios). Della estava determinada a aproveitar a vida com toda a intensidade possível até o fim. Mesmo que, em certos dias, o máximo que conseguisse fosse aplicar um batom radiante.

Naaz havia se mudado para fornecer cuidados vinte e quatro horas, e sua única função era ajudar Della a se sentir o mais confortável possível em suas últimas semanas ou meses, ou seja lá o que fosse. Esse "seja lá o que fosse" era a pior parte. Della só queria ter alguma palavra final, algum controle. Parecia indigno ficar sentada esperando a morte chegar. Parecia passivo, submisso. Ela detestava não estar no controle. Todo o resto estava bem. Não sentia muita dor, então não queria depender da morfina. Só se sentia exausta.

Quando os médicos disseram que ela precisava de cuidados paliativos em tempo integral, seu único pedido foi saber exatamente onde estavam seus remédios, quantos deveria tomar e quando. Esse negócio de morrer já infantilizava por si só; ela não queria depender de Naaz para controlar a dor. Ela era uma garota adorável, mas, *pelo amor de Deus*, às vezes sua alegria implacável era como uma porta batendo sem parar com o vento.

Suyin passou por lá para fazer uma fornada de pão de milho horrorosa, que Della fingiu adorar. Na semana anterior, ela e Su terminaram seu romance de forma amigável enquanto sobrevoavam Manhattan em um helicóptero alugado por hora, que Della havia fretado (item número quatro da lista de desejos concluído!). O rompimento foi tanto pitoresco quanto inevitável. Della estava cansada demais para sair em encontros, e às vezes até fraca demais para se sentar no sofá e assistir aos programas de culinária delas. Mas mantiveram a amizade. Su adorava rir e contar histórias, e Della absorvia tudo. Os dias eram tão longos agora... ela gostava da companhia.

Ela precisava da companhia de Ricki também. Porém, não conseguia encará-la até aquele momento. Odiava ter dado um gelo na neta por dias, mas, se havia aprendido algo em seus noventa e seis anos, era que agir antes de estar pronta era imprudente. Quando Ricki contou aquela história sobre Ezra, Felice e a maldição, Della descartou como puro delírio. Claramente, Ricki estava apaixonada por um homem desequilibrado, que a tinha sugado para suas fantasias. Não era isso que ela sempre dizia que a família pensava dela? Talvez Ricki fosse tão maluca quanto sua família sempre alegou.

Mas Della sabia que isso não era verdade. Ricki tinha seus devaneios, com certeza, mas era sensata, razoável. E *falava sério* quando dizia que queria ser levada a sério, tanto na vida quanto nos negócios. Ninguém que estava tão obcecada para ser vista como capaz inventaria uma história tão absurda. E, no entanto, era absurda, claro que era.

Não é, pensou Della. *Você sabe que sempre ouviu fofocas sobre a mamãe. Quantas brigas você ganhou no pátio da escola, enquanto a defendia das filhas das mulheres que cresceram com ela?*

Mulher sem escrúpulos, profana, diziam. *De moral duvidosa. Nascida com um véu, quente do fogo do inferno. Ouvi dizer que lançou um feitiço na minha mãe por deixar o namorado dela acompanhá-la até a loja Broussard's Dry Goods. Rogou praga na minha tia por rir do vestido de estopa dela. Deitava-se com qualquer homem que lhe desse atenção. Rezava pouco, brincava muito. Cuidado com quem você se encanta, Della... pode ser seu irmão.*

Sempre que Della voltava para casa com os joelhos ralados, depois de defender a mãe em mais uma briga, ela implorava para Nana contar a verdade. Mas a avó nunca confirmava ou negava nada. Nana mal falava da filha que partira cedo demais. Em vez disso, passava o velho terço entre os dedos, rezando com solenidade pelas contas. Della sempre quis saber para quem eram as orações. Para a alma de Felice? Para a de Della? A de Nana? Ou talvez ela estivesse apenas de luto.

Quando chegou à adolescência, Della tentou enxergar as coisas pela perspectiva da avó. Nana era religiosa ao extremo, e o único homem que amara a abandonara antes do casamento, deixando-a com a filha bastarda. E, quando Felice cresceu e se tornou "atrevida" — e, segundo todos, uma bruxa, nada menos que isso —, fugiu para perseguir os prazeres diabólicos do Harlem, deixando para trás uma filha bebê. Mais um bebê bastardo para Nana criar. Outro fracasso aos olhos do Senhor. E então veio o suicídio de Felice. O fracasso definitivo.

As mulheres Fabienne foram feitas para a tristeza. Nana era melancólica, daquele tipo de melancolia que a deixava na cama por semanas a fio. Pelo que parecia, Felice era igual. Fazia sentido, porque Della também era assim. E a melancolia demorava uma eternidade para passar. Ela conhecia bem aquela sensação de... desespero que vinha de viver com medo das próprias emoções. Sendo esmagada por sua intensidade.

O que quer que fosse aquele mal emocional que ela e Nana compartilhavam, parecia que Felice o tinha em um grau ainda pior. Mas, em vez de enfrentar, Nana havia abandonado a filha e deixado Della sozinha para defender a honra de Felice e responder por seus supostos pecados. O peso da reputação da mãe era sufocante, e isso fez da infância de Della um inferno. Não estava apenas zangada, odiava Felice. Era um rancor que carregava consigo todos os dias.

Sim, a história de Ricki sobre a maldição de Ezra era irracional. Uma loucura. Mas a verdade era que Della sempre sentiu que havia algo de explosivo em Felice. A suspeita de que os rumores da escola eram verdadeiros sempre pairara em sua mente: não comprovados, mas poderosos. A suspeita estava na recusa absoluta de Nana em falar sobre a filha; nas histórias da cidade pequena que se transformaram em mitos que sobreviveram à curta vida de sua mãe; no mistério que cercava seu suicídio.

Della havia perdido sete bebês em abortos tardios e podia sentir o vazio em seu útero muito depois de partirem. A cada perda, perguntava-se: será que Nana sentiu isso quando Felice pulou do telhado? Será que sentiu aquele mesmo vazio eterno? O corpo de uma mãe consegue perceber a perda, não importa a idade do filho ou a distância? Era uma dor confusa e difícil ou tão limpa e nítida quanto um buraco de bala? Seria mais devastador perder um filho ou perder a mãe cedo demais?

Desde que conseguia se lembrar, Della procurava sua mãe em todos os lugares. Nos rostos das mães de suas amigas, em suas professoras, nos filmes de Ethel Waters. Como seria conhecer o perfume dela, sua risada, sua voz? O rumo de sua vida certamente teria sido diferente. Talvez ela não tivesse conhecido o dr. Bennett naquele encontro social de Natal na igreja, quando ele era apenas um jovem universitário visitando os primos no bayou. Della tinha ido àquele maldito encontro só para provocar as garotas populares da cidade, que sempre diziam que ela era "filha da bruxa" e não tinha nada que pisar na casa do Senhor. Se tivesse conhecido a mãe — se não tivesse aquela mágoa no coração —, talvez não sentisse tanta necessidade de provar que aquelas garotas estavam erradas.

Mas ela nunca saberia. Havia tanto que ela não sabia. Não foi por isso que comprou o número 225½ da West 137th Street? Para absorver a energia de Felice, tentar entendê-la melhor e, com sorte, obter algumas respostas?

E, ainda assim, pensou, *quando Ricki veio até mim com respostas, eu a afastei.*

Della não queria acreditar na história de Ricki, porque parecia verdadeira.

Houve algumas batidas à porta.

— Oiiii! Ricki! Quanto tempo! Já faz o quê, cinco dias? Uma semana? E você deve ser o Ezra...

A voz clara e melodiosa de Naaz ecoou pela casa. O estômago de Della se revirou ao ouvir o nome dele. Antes, Ezra era apenas o crush, o peguete, o amor de Ricki, mas, agora, se era quem dizia ser, era a última pessoa a ver sua mãe viva.

Ela estava recostada em travesseiros em seu divã de veludo quando Naaz entrou alegremente na sala.

— Dona Della, suas visitas chegaram...

Ricki entrou na sala, seguida por Ezra. No momento em que a viu, a jovem congelou. Seu sorriso radiante desapareceu, e Ricki ficou parada, olhando para ela surpresa.

Senhor, pensou Della, *estou tão abatida assim?*

Depois de um instante, Ricki largou a mão de Ezra e correu até ela. Gentilmente, Ricki puxou os ombros pequenos e curvados para um abraço. E então, com grande esforço, Della levantou os braços e retribuiu o gesto.

— Dona Della, sinto muito. Sinto muito por tudo. Sei que está zangada comigo; sei que tudo o que contei parece loucura. Nunca tive a intenção de magoar você. Mas eu precisava contar. Não podia ir embora... sem contar a história de Ezra, a maldição, tudo. Não cabia a mim falar de Felice com você. Eu nem devia ter dito o nome dela.

Ela despejou as palavras, quase sem parar para respirar.

— Está tudo bem, querida. Eu sei, eu sei. — Della deu dois tapinhas rápidos nas costas dela, indicando que o abraço havia terminado.

Respirar era difícil, e Ricki estava cortando seu ar. Com um último aperto, Ricki se levantou. Sua neta estava linda em um vestido longo de mangas bufantes que Della havia costurado para si mesma cinquenta anos antes. A peça feita à mão tinha sido seu presente de Natal para Ricki, que ficou tão emocionada ao abri-lo que chorou.

— Desculpe por estar inacessível, querida — continuou Della. — Só precisava de um momento comigo mesma. Você entende — disse, sem realmente perguntar.

Della olhou por cima do ombro de Ricki e viu que Ezra estava parado do outro lado da sala, mantendo uma distância respeitosa.

Uma mão enfiada no bolso, sua expressão era indecifrável. Dona Della não o via desde que ela e Ricki, inexplicavelmente, o encontraram em uma mercearia algumas semanas antes, e mal conseguia se lembrar de como ele era. Se Ricki não tivesse deixado tantas mensagens e cartas o mencionando, talvez nem se lembrasse dele. O que era especialmente curioso depois de vê-lo. Não era um homem fácil de se esquecer. Nem aquele rosto.

Valeria a pena morrer por aquele rosto?, perguntou-se ela. *Mamãe achava que sim. Mas isso não é justo, é? Os problemas de Felice começaram muito antes de conhecê-lo.*

Della estava tão absorta em seus pensamentos que só percebeu que Ezra segurava um buquê de girassóis e rosas amarelas na outra mão quando Naaz os pegou e foi procurar um vaso. Della fez um gesto para que ele se juntasse a elas.

— Prazer em vê-la de novo, senhora. — Ezra beijou-a na bochecha, elegante em calça de alfaiataria e uma camisa de colarinho aberto. Della sentiu que, se ele estivesse usando chapéu, o teria tirado em cumprimento. — Agradeço o convite. Imagino... bem, sei que sou a última pessoa que a senhora gostaria de ver.

— Com todo respeito, você não me conhece nem um pouco, sr. Walker.

Ricki estremeceu, seus olhos indo rapidamente para Ezra.

— Está certa a respeito disso, dona Della — respondeu ele com um aceno cortês. — Peço desculpas.

— Não há necessidade. Sentem-se, vocês dois — ordenou, indicando o sofá de dois lugares. — E comam essa comida... eu pedi tanta coisa. E certamente não consigo comer tudo. Recentemente redescobri as maravilhas do mingau. É praticamente tudo o que consigo digerir. — Ela tentou sorrir. Sabia que precisava contar a verdade para Ricki. — Sei que não pareço bem. Não estou bem. Não há uma maneira fácil de dizer aos seus entes queridos que você tem câncer terminal.

Ricki empalideceu. Ezra, ainda em silêncio, apertou a mão dela. Ela a segurou como se sua vida dependesse disso, os nós dos dedos ficando brancos.

— Estou doente desde 2016. Vem e vai. Mas, se os médicos estiverem certos, desta vez será a última. — Ela deu a notícia de forma prática, sem rodeios. — Mas não se preocupe. Todos morremos de alguma coisa, e minha vida foi boa. Estou feliz. Não tenho medo de morrer… na verdade, estou curiosa a respeito disso. Além do mais, a vida anda de mãos dadas com a morte. Ela está ao nosso redor o tempo todo. Ultimamente, tenho recebido visitas em meus sonhos. Pessoas que conheci e amei, e que já partiram. São os sonhos mais doces e acolhedores. Muitas vezes, acordo decepcionada por ter despertado. Só quero ir com eles, por mais bobo que pareça. Mas talvez seja essa a ideia. Os nossos nos visitam quando chega a hora, para nos ajudar na transição e para que não tenhamos medo da morte. E eu não tenho. A única coisa que me incomodava era que tinha visto todos, menos o meu dr. Bennett. Meu amado.

Sua voz vacilou na palavra "amado", mas ela prosseguiu. Della mal tinha dito duas palavras nos últimos dias, e agora parecia que não conseguia parar. Hipnotizados, Ricki e Ezra se sentavam à sua frente — Ricki, consternada, e Ezra, solene —, sem tentar interromper. Então, ela continuou.

— Ontem à noite, ele finalmente veio até mim. Tão bonito quanto o diabo, com seu chapéu de feltro, sapatos oxford e aquele sorriso encantador, grande o bastante para fazer seus olhos desaparecerem. Ah, quase desmaiei de alívio. E, sem que precisasse dizer, eu entendi que, para onde eu for depois, estarei segura com ele. Tenho sorte de ter tido um amor assim. Algumas pessoas não têm, sabe. Algumas partem antes de serem amadas da forma certa ou antes de sequer serem amadas. — Ela olhou para Ezra, um olhar penetrante, mas gentil. — Você ama a Ricki?

Ezra se endireitou no sofá.

— Sim, senhora.

— Com os olhos ou com o coração?

— Com tudo. — Ele apertou a mão de Ricki, sustentando o olhar inabalável de Della. — Por muito tempo, achei que sabia qual era meu propósito. Meu grande objetivo. Mas, quando conheci Ricki, soube que estava errado. Fui um tolo, achando que tinha nascido para algo maior do que amá-la.

Ouviu-se um fungar, e os três se viraram. Naaz estava no arco da porta, lágrimas escorrendo pelo rosto.

— *Naaz, vá arrumar algo pra fazer!*

A enfermeira acenou, enxugando os olhos com um lenço de papel, e voltou pelo corredor.

— Se a ama, por que contou essas coisas estapafúrdias de maldição? Imortalidade? Sobre minha mãe, Felice?

— Porque são verdade — confessou Ezra, baixinho.

Os olhos de Della se estreitaram. Ela o estava testando.

— Você amava minha mãe? Responda rápido, agora. Não invente uma mentira.

— Não — disse ele, com a voz baixa. — Eu não a amava. Eu não conseguia amar naquela época da vida. Estava tomado pelo luto, perdido e desorientado. Parecia que tinha tudo, mas estava anestesiado pelas perdas. E Felice... Estar com Felice me tirou daquele estado. Ela era incrível e destemida, e sua força era contagiante. Sua energia era intoxicante às vezes, mas eu não a amava, e ela sabia disso. A morte dela foi culpa minha. Assumo minha responsabilidade. Ela queria que eu voltasse com ela para a Louisiana, e eu não pude. Eu não era quem ela precisava que eu fosse.

Della analisou Ezra, incerta se podia confiar nele. Confiava em Ricki, mas quem imaginaria que, no capítulo final de sua vida, ela seria chamada a acreditar em algo tão absurdo? Ali estava ela, olhando para os olhos muito jovens de um homem que, aparentemente, conhecera sua mãe, a única pessoa que já havia lhe dado detalhes reais sobre Felice. Ela precisava ter certeza de que ele não era apenas louco ou delirante. Queria fazer justiça à memória de Felice.

— Você a fez acreditar que estava apaixonado por ela?

Ezra pausou, pensativo por um longo tempo. Depois de alguns instantes, respondeu baixinho:

— Sim, acho que sim.

— Porque gostava de se sentir necessário, imagino? — A boca de Ezra se contraiu. Ele parecia envergonhado, exposto, arrancado de seu esconderijo. — O problema é que homens acham que mulheres são personagens coadjuvantes em suas histórias. Já pensou que você poderia ser só um personagem na dela? Suponho que ela só queria uma família, um pai para a filha, um homem que a legitimasse. Não estou dizendo que ela estava certa em querer isso de você, mas você foi o homem que a decepcionou no dia errado.

— Então... você acredita nele? — perguntou Ricki.

— Não disse isso — respondeu Della, altiva. — Estou falando de forma hipotética.

— Trouxe algo para você. — Ezra tirou um envelope do bolso do casaco. Levantando-se do sofá, ele o entregou a Della.

Com as mãos trêmulas e o coração acelerado, ela abriu o envelope e retirou uma pequena fotografia delicada e já amarelada. Era uma imagem quase desbotada por completo de uma menina cobrindo os seios e sentada com as pernas cruzadas em um tronco de árvore. Ela mal era visível sob a sombra de um carvalho coberto de musgo. Seu cabelo descia em cachos até o queixo. Os olhos eram grandes, redondos e cheios de anseio. Ela parecia dolorosamente jovem.

— Na época em que Felice dançava no Eden Lounge, uma das dançarinas do coro conseguiu essa fotografia. Foi tirada quando ela era mais jovem, em sua cidade natal. A dançarina espalhou a foto, e Felice ficou envergonhada. Então comprei a foto da dançarina. Era a única cópia. Rastreei o fotógrafo e comprei o filme também. Eu queria ajudar. Eu só... queria ajudar. Uma das últimas coisas que ela me disse foi o quanto sentia sua falta, que a amava. E queria estar com você.

Della engoliu em seco, sentindo um nó na garganta. Ela havia esperado a vida inteira para ouvir aquelas palavras.

Piscando repetidas vezes para conter as lágrimas, ela olhou novamente para a foto. Era sua mãe, sem dúvida alguma. Era o mesmo rosto da mulher na foto promocional do Eden Lounge que Felice havia enviado para Nana. Era Felice. O coração de Della se entristeceu ao ver o desespero nos olhos da mãe. A vulnerabilidade que escapava por trás da fachada dura.

Essa é a garota cuja honra eu defendia no pátio da escola, pensou. *Eu estava lutando por essa menina perdida e incompreendida, que usava os únicos poderes que tinha para seguir em frente. Uma garota faminta por mais. Eu estava lutando por ela. E não era a única.*

Ezra também tinha lutado por ela.

Agora ela sabia disso.

— Eu acredito em você — afirmou.

Ezra e Ricki se entreolharam e depois olharam para Della. Sentaram-se mais relaxados, aliviados.

— Graças a Deus — suspirou Ricki.

Sim, Della acreditava neles. Mas, com um horror crescente, percebeu que aquilo significava que Ricki realmente tinha apenas mais alguns dias de vida. Ela podia ter aceitado a própria partida, mas não suportava a mesma ideia para Ricki. Sua neta tinha tanto a fazer! Tanta beleza a trazer ao mundo. Tanto amor bom para viver.

Não era a hora dela.

— Agora — disse Della, com a voz fraca de tanto falar —, o que pode ser feito a respeito dessa maldição?

— Não há nada que possamos fazer — respondeu Ricki, resignada. — Felice se sacrificou para a maldição. A única forma de revertê-la seria sacrificar outra pessoa. E isso é impossível.

— Escute o que digo. E eu realmente acredito nisso... vocês vão ficar bem — disse Della, suspirando. — Tenho a sensação de que vocês dois juntos podem superar qualquer coisa que enfrentarem. Maldição ou não. Mas agora estou cansada, preciso dormir. Ricki,

tire essa expressão da cara. Não será a última vez que nos veremos. E, Ezra?
— Senhora?
— Obrigada por isso. — Ela segurou a fotografia contra o peito. — Obrigada.

Depois que foram embora, Della ficou deitada no sofá por horas. Continuava pensando no que Ezra havia dito. *Ela sentia sua falta e a amava. E queria estar com você.* Enquanto Della refletia, se lembrou de que não tinha arrependimentos. Amara intensamente, fora bem amada em retorno e riscara quase todos os itens de sua lista de desejos:

1. Pintar o cabelo de rosa-choque.
2. Sair com uma mulher. De preferência, mais jovem.
3. Visitar uma daquelas casas de banho russas para nudistas.
4. Sobrevoar Manhattan de helicóptero.
5. Deixar o rancor de lado.

Deixar o rancor de lado.
Seu coração começou a bater mais forte. Sem pensar, ela pegou uma caneta e os cartões com sementes de flores silvestres de Ricki na gaveta da mesa de centro. Aqueles que Ricki dizia serem plantáveis. Com a caligrafia agora quase ilegível, ela escreveu:

Querida mamãe,

Eu entendo. E te amo.

Para sempre,
Sua Adelaide

Com toda a força que tinha, levantou-se do divã. Naaz a ajudou a descer as escadas e até a frente da Rickezas. Ao longo do caminho,

Ricki havia plantado um pequeno jardim de folhagens exuberantes. Com o auxílio de Naaz, Della cavou um pequeno buraco com as mãos. Enterrou o bilhete na terra adubada. Batendo a terra sobre o buraco, fez uma prece silenciosa para que o papel gerasse uma variedade colorida de flores silvestres. De seu perdão, um florescimento permanente cresceria em tributo a uma mulher nascida na época errada e no lugar errado — uma garota condenada, que, com os devidos cuidado, amor e apoio, poderia ter aprendido a usar seus poderes indecifráveis para o bem.

Della deixara o rancor de lado. E agora estava em paz.

CAPÍTULO 23

UMA CANÇÃO DE AMOR PARA RICKI WILDE

28-29 de fevereiro de 2024
Dia bissexto

Era chegado o momento.
　As horas que antecederam o dia 29 de fevereiro foram quentes, daquele jeito estranho e desregulado do clima. Para Ricki, o mundo parecia fora do prumo. Tudo estava desconexo, surreal e nebuloso — especialmente a energia entre ela e Ezra.
　O tempo dava saltos, pulando das onze da manhã para as três da tarde, depois para as quatro e meia. Afundados na tristeza, os dois mal se falaram durante grande parte do dia. O nível de impotência que Ezra sentia havia passado de cruel para torturante. Não havia como salvar Ricki. Ele até tentou interná-la preventivamente, mas descobriu que não havia como hospitalizar uma mulher totalmente saudável para evitar uma morte futura devido a circunstâncias desconhecidas.
　Ela foi até o apartamento de Tuesday para uma última despedida, mas sua melhor amiga não quis dar espaço para pensamentos

sombrios. Em vez de dizer adeus, Tuesday presenteou Ricki com uma limpeza facial com aromoterapia e uma taça de chardonnay. Dona Della também não quis se despedir. Quando Ricki bateu à porta, com o rosto abatido e os ombros caídos, a mulher mais velha sacudiu o dedo em sua direção, entregou-lhe um biscoito amanteigado e a mandou embora.

Um mundo sem Ricki era absurdo demais para seus entes queridos aceitarem.

Ela não entrou em contato com a família. Despedir-se deles envolveria explicar o motivo, o que era impossível. Desaparecer parecia, de alguma forma, mais simples. Mais gentil. No fundo, rezava para que as irmãs tivessem dito aos pais que ela estava bem, mesmo que fosse pouco provável, considerando que as expulsara de casa sem nenhuma cerimônia. Ela torcia para que tivessem contado sobre Ezra, sua comida deliciosa, sua loja deslumbrante e, quem sabe, mostrado o artigo que viralizara sobre suas flores. Esperava que o pai soubesse que ela havia alcançado o sucesso e que construíra tudo aquilo sozinha.

Ricki negociou com todos os deuses que conseguiu pensar para que lhe dessem um pouco mais de tempo, algumas semanas a mais, talvez. Dias. Horas. Mas ela sabia que era em vão. Sua história havia chegado ao fim. A história deles havia chegado ao fim. O tempo de se iludir com a falsa sensação de segurança ou proteção já havia passado.

À medida que a tarde se transformava em início de noite, os dois se olhavam através da pequena mesa dobrável de jantar de Ricki. Estavam em silêncio havia séculos, beliscando um pad thai que pediram de delivery e evitando se encarar. Por fim, Ricki quebrou o transe solene.

— Não era pra ser assim. Sempre achei que morreria velhinha, dormindo. Você se lembra daquele casal de velhinhos que morreu junto na cama no final de *Titanic*? Quando era criança, achava aquilo de um romantismo devastador.

— Aquilo foi horrível. Eles morreram afogados — suspirou Ezra, seus olhos cheios de tristeza.

— Mas morreram *velhos*, depois de uma vida bem vivida. E estavam juntos no fim. Dormindo em paz.

Com um suspiro pesado, Ezra fechou os olhos e esfregou as sobrancelhas. Aquela conversa, a realidade deles, era o mais puro inferno. E não havia como escapar.

Uma ideia surgiu em sua mente, como se emergisse das profundezas turvas de um mar escuro.

— Então talvez possamos resolver isso dessa forma. Vamos fazer como aquele casal.

Ricki abaixou o garfo e o olhou, intrigada.

— O quê, dormir até acabar?

— De todas as opções, parece a mais suave.

Ezra estendeu a mão por cima da mesinha e segurou a dela. A dra. Arroyo-Abril já tinha lhe dado muitos sermões sobre os perigos de usar a fuga como mecanismo de enfrentamento. Mas, com todo respeito, naquela noite, ele não se importava com os conselhos dela.

Então compraram remédio para dormir sem prescrição médica e uma garrafa de vinho branco ridiculamente caro — Le Montrachet Grand Cru 2015 —, e Ricki preparou uma fornada de brownies de maconha. Sem dúvida, a combinação os derrubaria antes da meia-noite, quando o dia 28 se tornaria 29. Era um bom plano. Se ela tivesse que ir, pelo menos não sentiria nada. Ela só... não acordaria. E Ezra seria poupado do tormento de vê-la desaparecer.

Às seis da tarde, enquanto Ricki tirava os brownies do forno, ela e Ezra se entreolharam, suas faces marcadas pela tristeza. As emoções dela espelhavam as dele. Sem trocarem uma palavra, sabiam que estavam sentindo a mesma coisa. Solenemente, reuniram um cobertor, travesseiros e um edredom, além do vinho e, tão inevitável quanto o magnetismo que os atraía um ao outro e ao Harlem, uma força invisível os levou. Como se fossem puxados por um fio invisível, sentiram-se compelidos a subir ao telhado, o local do crime. Subiram em silêncio e estenderam a cama improvisada. Ficaram abraçados durante horas, envoltos na escuridão daquela noite estranhamente quente. Ezra se sentou, segurando Ricki apertado, as costas dela apoiadas no peito dele. Seus braços estavam firmes ao redor dela, suas mãos, entrelaçadas. Não podiam suportar não se tocar. Ainda mais naquele momento.

É isso, pensou Ricki, olhando para o céu infinito. *O fim*.

E Ricki estava vestida para O Fim. Usava um vestido longo de veludo tangerina, com decote profundo, de 1961 (segundo o site CompreVestidosVintage.com), combinado com um casaco de pele sintética marfim. O veludo estava desgastado em alguns pontos, o forro, rasgado, mas o vestido ainda exalava uma sensação de grandeza. Ela não encararia a vida após a morte sem estar envolta em algo épico. Afinal, era a última coisa que vestiria.

— Não me arrependo de nada — disse ela com uma clareza embriagada. Segurando a garrafa de vinho pelo gargalo, deu um longo gole e passou-a para Ezra por cima do ombro.

— Do que não se arrepende?

— De nós. Eu não mudaria um segundo sequer do tempo que passei com você.

Ezra fechou os olhos com força, tentando gravar aquelas palavras. Ele não merecia o perdão dela, e muito menos seu amor.

— Eu sinto muito, Ricki.

— Por favor, não peça desculpas. Chega de se desculpar, tá? Não é culpa sua. Você não poderia ter impedido isso.

— Você nunca fez nada para prejudicar ninguém na vida. Não deveria pagar pelos meus erros. Por que você?

— Por que eu, por que você, por que Felice? — perguntou ela suavemente. — A gente poderia ficar se questionando para sempre. E não temos esse tempo.

Ela apertou as mãos dele com mais força. Suas palavras pairaram no ar, desmontando os dois. Rompendo a falsa sensação de calma.

— O que você vai fazer? — perguntou ela. — Você sabe. Depois.

— Não sei. — A voz dele era profunda, rouca, a dor marcada em cada sílaba. — Não existe depois. Só vejo tudo se apagando. — Ele repousou a cabeça no ombro dela, respirando sua pele, seu cabelo. — Nunca mais sentirei algo real. Nada mais vai importar.

Momentos se passaram, e juntos eles olharam para o céu. A lua estava tão vermelha. Parecia desproporcionalmente grande e perto. Uma lua de sangue. Do telhado, era uma visão hipnotizante, surreal.

Em seu curto tempo no Harlem, Ricki havia chegado muito perto de viver a vida que sempre sonhara e de se tornar quem sempre quisera ser. Muitos de seus sonhos haviam se realizado, e ela finalmente começara a enxergar o poder do que podia criar. Era algo que aquecia o coração. A única coisa melhor que isso? A ideia de ela e Ezra juntos até ficarem velhos e grisalhos, com uma vida cheia de realizações.

— Sempre pensei que viveria até os noventa — murmurou Ricki. — Chegando à sabedoria que dizem acompanhar a velhice. Será que ela chega mesmo?

— Estou esperando até hoje — disse Ezra, sua voz soando frágil. — Você pode não viver até ficar velha, mas olhe o que já fez. — Ele gesticulou para o bairro abaixo deles, onde as pessoas estavam aconchegadas em seus apartamentos, vivendo suas vidas normais e afortunadas. — Você viverá em todas as plantas e flores ao redor do Harlem. Sua arte está entrelaçada à essência deste lugar. E todos que a conhecem carregarão isso consigo. — Ele não conseguia respirar. — Eu levarei você comigo para sempre.

Emocionada, Ricki assentiu e se aninhou mais fundo contra o peito dele. Depois de um longo tempo, ela falou:

— Sabe no que não consigo parar de pensar?

— No quê?

— Na música que tocou pra mim. Aquela que aparece o tempo todo nos meus sonhos. Nossa música. Deus, é perfeita. É como se o sangue nas minhas veias tivesse se transformado em melodia. Vou levá-la comigo.

Ricki tomou a mão direita de Ezra e a pressionou na altura de seu coração. Um pequeno suspiro escapou de seus lábios. Ezra armazenou o som na memória, para guardá-lo.

— De onde veio a melodia? — perguntou ela. — Me conte a história por trás dela.

— Você — murmurou, sua boca tocando o topo da cabeça dela. — Você é a história. Estou compondo isso para você há cento e vinte e quatro anos.

— Ah — disse ela, reprimindo as emoções que cresciam. Não queria desmoronar. Ricki nutria a esperança de encarar o fim com graça, com algo próximo da calma. — Como ela se chama?

Ele nunca tinha pensado em um título. Parecia lógico dar um nome, mas a música vivia em sua alma, não em sua mente; vivia além da razão e do sentido. Ele respirou fundo, deu um abraço apertado nela e decidiu o nome.

— "Uma canção de amor para Ricki Wilde."

Conforme a meia-noite se aproximava, ficava mais frio. O ar da respiração deles virava vapor a cada exalar. Já não tinham mais nada a dizer. O vinho e os brownies tinham acabado. Agora, estavam deitados na cama improvisada, encolhidos de lado, um de frente para o outro: nariz com nariz, joelho com joelho, mão na mão. Por volta das onze da noite, os contornos do mundo começaram a se desfazer. Os sons da cidade no Harlem começaram a silenciar. Logo, a lua exagerada e ostentosa mal era notada. A imensidão de sua tristeza humilhava até a lua de sangue.

Às onze e dez, Ricki e Ezra decidiram que era hora, e cada um engoliu um comprimido para dormir. Em pouco tempo, a única coisa que registravam era o calor dos corpos um do outro. O bater dos corações. A respiração suave e constante. Por fim, caíram em um estado meditativo. Não havia mais volta.

A última vez que Ricki olhou o celular foi às onze e vinte e cinco. Conforme pegava no sono, flashes de memórias sensoriais — esquecidas há muito e totalmente aleatórias — apareciam. Momentos de seus vinte e oito anos de vida. Assistir a Rashida ganhar o Miss Georgia Teen na TV, sua memória mais antiga. Sentir o tule áspero por baixo do vestido de formatura do jardim de infância arranhar suas coxas. Provar mexilhões pela primeira vez na casa de praia de sua prima. Entrar em pânico enquanto o carro derrapava descontrolado em uma estrada rural congelada, quatro invernos atrás. Roçar os lábios na pele abaixo da orelha de Ezra, um ponto que nunca tinha reparado em outro homem.

Eram memórias díspares, microscópicas. Mas formavam uma vida rica. Ezra conferiu o celular pela última vez às onze e quarenta. Antes que o relógio marcasse meia-noite, o sono os venceu. Exatamente como tinham planejado. Quando o dia 28 se dissolveu no dia 29, eles não estavam acordados para testemunhar.

Graças a Deus pelas pequenas bênçãos. Pela primeira vez desde que se conheceram, o tempo estava a favor de Ezra e Ricki.

Ezra acordou de repente às oito da manhã, erguendo-se de forma brusca e desajeitada. O sol estava alto e com um brilho insuportável, inundando-o e cortando o frio. Na verdade, estava congelante. Finalmente, o típico clima de fevereiro em Nova York.

Fevereiro. Era fevereiro. *Era 29 de fevereiro.*

O sangue latejava forte nos ouvidos. Um fogo ardente corria por suas veias. Com a mandíbula travada, ele olhou para baixo. Ricki estava deitada ao lado dele, tão serena, tão encolhida. Imóvel. Se ele não soubesse, diria que ela estava apenas dormindo profundamente.

Sua Ricki. Ali estava ela, o fim de tudo para ele. Uma perda insuportável da qual nunca iria se recuperar. Como poderia?

Ezra fechou os olhos com força, tentando fazer aquilo parecer apenas um longo pesadelo. Em um suspiro trêmulo, soltou todo o ar do corpo. Precisou de toda a coragem para estender a mão e tocar o ombro de Ricki. Ele precisava sentir sua pele, seu pulso. Com cuidado, colocou dois dedos no pulso dela, do jeito que já tinha visto em filmes. Tudo parecia tão frio, tão irreal. Ele parou. Não conseguia.

Com um gemido baixo de dor, Ezra desviou o olhar para o céu branco de Nova York, além do horizonte, dos arranha-céus e dos edifícios colossais. Fitou o vazio, a mente inundada pela tristeza, e só percebeu que chorava quando as lágrimas quentes tocaram sua pele. Ezra não chorava havia pelo menos cinquenta anos, talvez mais.

Ele chorou e chorou, os ombros sacudindo, os olhos apertados. Chorou alto até a garganta ficar seca e as órbitas dos olhos parecerem machucadas. Soluços profundos e desesperados.

— Meu Deus, amor. O que foi?

Os olhos de Ezra se abriram em um instante. Ele virou a cabeça para a direita. Ricki tinha se virado de costas e o encarava, sonolenta, com uma preocupação vaga e confusa. Seus cachos estavam desalinhados, e as pálpebras, semiabertas.

— O quê? O *quê*? o quê?

— Por que você está tão agitado? — Ela se sentou sonolenta ao lado dele.

Bocejou.

E congelou.

Então gritou, levando as mãos às bochechas. Freneticamente, começou a se tocar de cima a baixo.

— EZRA, EU TÔ AQUI! EU TÔ VIVA?

— VOCÊ ESTÁ! VOCÊ ESTÁ VIVA!

E então o momento explodiu em puro caos. Tomada por uma onda de pura alegria e choque genuíno, Ricki pressionou os dedos sob o maxilar, sentindo o pulso e quase gritando de alegria ao perceber o sangue correndo em suas veias. Ao mesmo tempo, as mãos de Ezra percorriam o corpo dela com uma intensidade frenética e desesperada, apertando e segurando cada pedaço de pele que encontrava. Ele a cobriu de beijos por toda parte, do rosto aos pés. Enterrou as mãos nos cabelos dela, entrelaçando os dedos em seus cachos. Ele não conseguia parar de tocá-la. *Ela estava viva!*

Ezra se levantou de um salto e puxou Ricki junto, erguendo-a em um abraço exuberante. Com energia e sensações que transbordavam — a pele formigando, as terminações nervosas despertando, as mentes se aguçando —, perceberam o quanto haviam sido esmagados pela tristeza na última semana. Dominado pela emoção, Ezra soltou um som sufocado e começou a repetir o nome dela, "Ricki, Ricki, Ricki, Ricki", como um mantra, agradecendo silenciosamente a um deus que ele suspeitava estar ouvindo. O telhado parecia tremer sob eles. Talvez fossem os tremores de euforia que sacudiam os dois.

Por fim, depois de se soltarem de um abraço interminável, Ezra pousou Ricki no chão. Ele acariciou o rosto dela com a palma da mão, sorrindo radiante, os olhos ainda marejados. O rosto de Ricki estava iluminado de alegria. Ele se inclinou para beijá-la, mas, antes que seus lábios tocassem os dela, ela o empurrou.

— Ezra — arfou ela. — Espera, como eu quebrei a maldição? Quem você sacrificou? Você matou alguém enquanto eu dormia?

Ele riu, aliviado e eufórico.

— Aham, eu desci de fininho e...

Então, ele congelou.

— O que foi?

— Você está viva! Isso significa que a maldição foi quebrada.

— Eu sei, eu sei!

— Então agora eu devo ser... mortal?

O rosto de Ricki foi tomado pela compreensão. Ela ficou ali, paralisada.

Eu devo ser mortal.

— Cadê a garrafa de vinho? — perguntou ele de repente. *Não pode ser.*

Sem entender, ela pegou a garrafa vazia à sua direita e a entregou depressa para ele.

— Se afaste — ordenou.

Então ele quebrou a garrafa contra o chão, estilhaçando o vidro. Rapidamente, pegou um caco e, antes que Ricki pudesse protestar, cravou-o na palma da mão. O sangue jorrou da ferida no mesmo instante. E doeu *pra caralho*. Doeu como ele se lembrava de sentir dor cem anos atrás. Não era a coceira vaga e passageira que um perenal sentia. Era uma dor alarmante, cortante e para lá de real. A esperança que ele se recusava a alimentar começou a crescer.

Com uma careta de dor, ele olhou para a palma da mão, piscando em choque. Depois que começou, o sangue não parou mais de fluir. E o ferimento não se fechava no mesmo instante, curado. Não era nada perenal.

Ezra sangrava e sentia dor como uma pessoa comum. Como um mortal.

Ricki não entendia o que estava acontecendo, mas não ia ficar assistindo enquanto Ezra sangrava na sua frente. Pensando rápido, ela arrancou a fronha de um travesseiro e a amarrou com força no pulso dele, criando um torniquete. Pegou outra fronha e enfaixou a palma de Ezra. Aquilo era absurdo. Ele estava sentindo coisas que não experimentava havia um século. De repente, os pulsos começaram a doer da tendinite que tinha antes da maldição, fruto dos muitos anos posicionando as mãos de forma errada no piano, quando era um garoto sem instruções no condado de Fallon. Seu siso inferior direito doía. De repente, ele espirrou.

Por Deus, ele tinha se esquecido de que tinha alergias!

Ele irrompeu em uma gargalhada livre e cheia de alegria.

— Ezra, você está bem? O que está acontecendo...?

— Não sou mais um perenal. Sou eu, como era antes da maldição, acho. — Ele pressionou a ferida na palma da mão e fez uma careta, puxando o ar entre os dentes. Então espirrou de novo. — Não me sentia assim desde 1928!

— Não.

— Sim.

— *Não!*

— Eu juro, Ricki — sussurrou ele, a voz tremendo de espanto da mais pura surpresa. — Eu sou um homem normal de vinte e oito anos. *Puta merda.* Desculpe.

— Bom, um homem normal e *moderno* de vinte e oito anos não pediria desculpas — pontuou ela, com um sorriso enlouquecedor.

O rosto dele se iluminou em um sorriso radiante.

— Que se fodam as desculpas.

E então eles se jogaram novamente nos braços um do outro, derretendo-se em um beijo intenso e interminável. Embriagados pela sorte que tiveram.

Estavam tão tomados pela paixão que nem se perguntaram de onde vinha aquela sorte. Eufóricos demais para se importar.

Os dois amantes mais sortudos do mundo correram escada abaixo para compartilhar a notícia. Dona Della ficaria eufórica ao ver que eles haviam conseguido. Ou talvez não se surpreendesse, considerando que ela, como Tuesday, rejeitava completamente a ideia de que a maldição mataria Ricki.

Ricki bateu à grandiosa porta de carvalho e esperou. Tocou a campainha. Nada. Será que dona Della tinha ido ao clube de caminhada naquela manhã? Com toda a certeza, ela estava doente demais para continuar com as caminhadas. Parecera frágil demais no outro dia, na sala de estar. Até sua voz estava fraca, como se o esforço de falar um pouco mais alto pudesse dissolvê-la.

Ela não estava bem, isso era inegável.

Ricki e Ezra trocaram um olhar, a preocupação silenciosa surgindo entre eles. Ela levantou o punho para bater de novo, e Naaz abriu a porta.

A pele marrom-clara da enfermeira estava pálida e sem brilho. Os olhos estavam vermelhos, e ela fungava. A enfermeira, sempre tão animada e radiante, parecia ter passado a noite inteira acordada.

Ricki sentiu um aperto no estômago.

— Naaz...

— Ela se foi — sussurrou Naaz. — Dona Della... faleceu. Sinto muito. Sei quanto você a amava, Ricki.

Por instinto, Ezra passou o braço pela cintura de Ricki. Ela se apoiou nele, como se tivessem tirado todo o ar de seus pulmões.

— Mas... foi tão rápido — murmurou Ricki. — Eu não estava pronta. Não me despedi. Ela não queria se despedir...

Naaz balançou a cabeça.

— O câncer a teria levado em breve. Mas dona Della decidiu por conta própria.

Ezra estremeceu.

— Por conta própria?

— N-nós não estamos entendendo. O que você quer dizer? — A voz de Ricki subia, misturando pânico e dor.

— Morfina. Ela sabia onde eu guardava e tomou metade do frasco. — A enfermeira, gentil, estendeu a mão para tocar o braço de Ricki, com um leve sorriso. — Ricki, essa não é a primeira vez que vejo pacientes tão idosos e em estado terminal fazerem algo do tipo. Se serve de consolo, ter algum controle sobre a forma como deixam este mundo costuma ser o que mais os conforta. Você sabe como ela era... dona Della era uma força da natureza. Ela partiu do jeito dela. Acho que não combinava com ela ficar à mercê de uma doença contra a qual não podia lutar.

Tudo o que Ricki conseguiu fazer foi assentir, com o braço envolto nas costas de Ezra, agarrando-se com força ao moletom dele, enquanto o braço dele estava sobre os ombros dela, ajudando-a a se manter de pé.

Ezra assentiu com total compreensão.

— Quando ela partiu?

— Pouco antes da meia-noite.

Ricki sentiu um aperto no coração. Ela se afastou de Ezra, e os dois trocaram um olhar tenso.

Naaz enfiou a mão no bolso do uniforme e tirou um pequeno cartão. Era de um dos lotes do papel artesanal que Ricki fizera.

— Ela deixou um bilhete. É para os dois.

Ela entregou o cartão a Ricki. Seus nomes estavam escritos no envelope com a caligrafia trêmula de dona Della.

— Querem entrar? Comer algo, tomar um café? Estou preenchendo alguns papéis. O sobrinho-neto da dona Della, do lado do marido, chegou de Atlanta e está com ela agora. No necrotério.

— Não — respondeu Ricki. — Não, estamos bem. Obrigada por nos contar. E por ter cuidado tão bem de dona Della. — Ela estava atordoada demais para ser eloquente, para chorar, para gritar ou lamentar. Em vez disso, puxou Naaz para um breve abraço. Não conseguia entrar no apartamento, ainda não. A morte de dona Della pareceria real demais.

— Se cuide, está bem? — Naaz ofereceu um sorriso fraco e triste antes de fechar a porta.

Atônitos, Ricki e Ezra sentaram-se no degrau superior da escada. Ela abriu o bilhete. Com uma voz que não parecia sua, leu em voz alta.

Queridos Ricki e Ezra,

Pronto, está tudo bem. Ricki, não fique triste. Eu estava pronta para partir. Vivi uma vida linda. Vivenciei um grande amor. Algo que minha avó e minha mãe desejaram, mas nunca tiveram. Sempre me senti culpada por isso. Por ter sido a sortuda.

Não consigo pensar em uma causa mais nobre do que morrer por amor. Veja, o amor nunca deveria machucar. Rejeição, abandono, crueldade, essas coisas doem. Mas o amor em si? Não.

Ricki e Ezra, eu não aguentei ficar parada vendo vocês sofrerem, quando podia me sacrificar para salvá-los.

Prometam que vão escolher amar um ao outro intensamente. Todos os dias. E que passarão isso adiante. Esse será o meu legado. Sempre me perguntei qual era meu propósito, e você me deu um, Ricki. Ser sua avó foi uma das minhas maiores alegrias. Obrigada.

Por enquanto, é só. Vou reencontrar meu querido médico.

Com amor,
Dona Della, seu novo anjo

Ricki e Ezra estavam ali. Dona Della se fora. E, a partir de então, ela seria, para sempre, a heroína deles.

EPÍLOGO

29 de fevereiro de 2036
Dia bissexto

É de se imaginar que o dr. Bennett e eu passássemos o dia inteiro tomando chá no plano ancestral. Bem, não é *só isso* que fazemos. Sou uma mulher ocupada. Tenho muita gente para cuidar! Minha vida foi longa e cheia, e meus amigos são muitos. É claro que jamais classificaria as pessoas por ordem de importância. É até cafona pensar assim. Mas, se o fizesse, Ricki e Ezra estariam no topo da lista.

Sempre estive de olho neles. Vi a Rickezas crescer cada vez mais, tomando conta de todo o edifício. Richard Wilde Sênior estava muito orgulhoso, o que deixou Richard Wilde Jr. ainda mais orgulhosa. Ele apresentou uma proposta de negócios para Ricki: comprar uma pequena participação na empresa dela e instalar quiosques da Rickezas em suas franquias. Mas Ricki recusou, mantendo-se fiel à sua visão original. E isso, por sua vez, *me* encheu de orgulho.

Acho engraçado que ela e Ezra nunca contaram a ninguém sobre a maldição. Depois de um tempo, estavam tão envolvidos na maravilhosa banalidade da vida cotidiana que até pararam de pensar nela. Só Tuesday sabia, mas nunca falou nada. Ela tinha os próprios assuntos para resolver. Abrir aquele spa facial e se envolver em travessuras com... um cara de aparência bem improvável que ela conheceu anos atrás no casamento de alguém. A história de Tuesday é outra conversa, e, como disse, sou uma mulher ocupada.

Ezra também esteve ocupado. Concluiu sua graduação, mestrado e doutorado em teoria musical e composição na Universidade de Nova York, e hoje é um dos professores mais populares de Juilliard. Sua principal disciplina, Ciência dos Pop Hits 201, tem listas de espera intermináveis. Eu mesma assisti a algumas aulas. Posso confirmar que os jovens adoram quando conta histórias de bastidores de várias músicas populares. Seria de se imaginar que, pelo menos uma vez, alguém perguntasse como ele sabia disso tudo.

Ezra às vezes ainda se atrapalha com as peculiaridades modernas. Outro dia, ouvi alguns alunos tirando sarro porque ele havia impresso os planos de aula para a turma... em uma *impressora matricial*. Bom, eu não sei exatamente o que é isso, então não vou julgar. O que posso dizer é que Ezra é dedicado aos seus alunos, porém não mais do que foi em criar raízes com Ricki.

Alguns anos após a maldição ser quebrada, ele vendeu sua antiga residência. Então Ezra e Ricki compraram seu próprio sobrado, uma casa antiga e em péssimo estado na esquina da Rickezas. Meu Deus, aquilo foi um desastre no início. Inabitável do porão ao sótão. Cheia de vazamentos no inverno, insuportável no verão, sem nenhuma conveniência moderna. Mas eles a reformaram, e agora é um espetáculo. Seria ainda mais bonita se o schnauzer deles não estivesse determinado a mastigar tudo até virar pedaços. Eles decidiram chamá-lo de sw3. Nome completo: Stevie Wonder--Wilde-Walker.

Não sei onde estavam com a cabeça quando pegaram esse cachorro. Solta pelo em todos os móveis bons, e o nome soa como uma criatura de *Star Wars*. Mas não é da minha conta, claro.

O que *é* da minha conta? O casamento das minhas duas pessoas favoritas, em sua maravilhosa casa. E hoje foi o dia. Um 29 de fevereiro, acredite você ou não.

Sendo sincera, o casamento me surpreendeu. Ricki e Ezra nunca pensaram em se casar. O que o casamento provaria depois de terem enfrentado uma verdadeira batalha de vida ou morte pelo amor? Mas, no fim, eles fizeram isso pelas filhinhas: Hazel, Minnie, Ora e a pequena Della. (*Esse, sim*, é um nome.) No último ano, as quatro se sentaram no colo do Papai Noel e imploraram por um casamento.

A cerimônia, realizada hoje cedo, foi de tirar o fôlego. Tuesday foi a dama de honra. Hazel, Minnie, Ora e Della, as daminhas. sw3 foi quem levou as alianças. Novamente, isso não é da minha conta. Naaz colocou sua antiga carreira como animadora de festas de bat mitzvah em prática e assumiu o papel de dj, sempre animada e incansável. Um dos amigos professores de Ezra, um violinista chamado Glenn, tocou "Uma canção de amor para Ricki Wilde" enquanto Ricki caminhava até o altar. Ah, *aquela* foi uma cena e tanto. Como eu chorei.

Mas ri mais tarde quando, no brinde, Glenn disse que sentia como se conhecesse Ezra desde sempre. Ah, se ele soubesse que tocaram juntos na gravação de duas canções de Toni Braxton em 1991.

Ricki e Ezra pareciam aqueles bonequinhos de topo de bolo. Fiel ao seu estilo, Ricki usava um vestido vintage de Ann Cole Lowe, de 1947. Ezra usava um smoking feito sob medida por Ricki e parecia saído de um filme, impecável com sua nova barba grisalha. Só de olhar para eles eu sabia que estavam mais felizes do que nunca. Agora com quarenta anos, têm um pouco mais de sabedoria. O relacionamento amadureceu para algo muito mais profundo do que a paixão do amor novo. É seguro. Uma parceria verdadeira, com pequenos momentos do dia a dia cheios de silêncio, segurança e conforto.

Conheço bem esse sentimento.

Durante um momento agitado da festa na sala de estar, enquanto todos dançavam loucamente — Ezra fazia os passos coreografados de Cupid Shuffle com as filhas, usando uma tiara de princesa que Minnie colocou com todo orgulho na cabeça dele —, Ricki escapuliu para o ar fresco com uma leve brisa.

Levantando o vestido, a noiva caminhou depressa até o quarteirão seguinte, virando a esquina para a West 137th Street, sem parar até chegar ao número 225½. Por alguns instantes, ela permaneceu diante do prédio, minha antiga casa, a poucos metros da entrada de sua loja. Ricki trazia um sorriso melancólico no rosto. Com seu buquê feito à mão — uma mistura de hortênsias verdes-vintage, rosas-chá e dálias café-au-lait —, ela fechou os olhos e falou em voz alta.

— Obrigada, dona Della — disse ela. — Meu anjo.

O leve sussurrar do vento foi minha resposta. Ele bagunçou os cabelos de Ricki com toda a delicadeza, beijando suas bochechas, mexendo na saia de seu vestido; e carregava a fragrância fora de época de dama-da-noite. Um aroma tão inexplicável e inevitável quanto o próprio amor.

AGRADECIMENTOS

Antes de mais nada, obrigada a quem acompanha meu trabalho desde os tempos em que eu era editora de moda e blogueira de beleza (SYB Babes, cadê vocês?). A paixão de vocês me ajudou a superar anos complicados, meninas. E saber que ainda se interessam pelas minhas histórias é algo que me deixa grata e emocionada além das palavras. Um obrigada gigantesco também aos meus novos leitores — seus posts, playlists, resenhas e mensagens são tudo para mim.

Gostaria de agradecer a Jason Moran, o maior pianista de jazz e compositor do nosso tempo. (Ele também é meu primo, sem querer me gabar.) Antes mesmo de Ezra Walker ter um nome, você tirou um tempo da sua agenda para me ensinar sobre Willie the Lion, Duke Ellington, James P. Johnson, "Carolina Shout" e stride piano. Muito da caracterização de Ezra nasceu daquela conversa! Na próxima vez que estivermos em Cane River, senhor, as tortas de carne serão por minha conta.

Eu não sabia nada sobre flores até me tornar diretora editorial na Estée Lauder Companies e ter que escrever textos sobre perfumes. Aprender sobre flores (como a dama-da-noite!) com as incríveis desenvolvedoras de fragrâncias Karyn Khoury e Helen Murphy despertou meu interesse — obrigada pelas aulas! E minha eterna gratidão às incríveis floristas Kat Flower, Stacie Lee e Alexis Denis, por passarem informações valiosas sobre como é ser designer floral e empreendedora.

À minha editora, Seema Mahanian, você sempre sabe como extrair o que há de melhor em mim; como me encorajar a ir mais fundo e explorar novas direções. Que sorte a minha ser editada por uma mulher cujas sensibilidades românticas e paixão pela cultura pop combinam com as minhas. Também sou imensamente grata aos designers Albert Tang e Sarah Congdon, por criarem mais uma capa épica e perfeita! E à minha agente superestrela e telepata, Cherise Fisher: sem sua inteligência e tenacidade eu nunca teria tido uma segunda chance no mercado editorial. Nós avançamos tanto, minha rainha Monserattiana. Para sempre, #allhats.

Obrigada à minha família maravilhosa e aos meus amigos — especialmente ao meu cunhado, Adam Gantt, que me emprestou uma anedota sobre encontrar um piano antigo em uma casa velha. "É isso aí" mesmo!

Por fim, preciso agradecer ao meu marido, Francesco, que é o homem mais paciente da Terra, além de ser o mais lindo e o mais talentoso na cozinha. Você tolera minhas loucuras de artista emocionada e me mantém (quase) sã. Amo você imensamente. E à Lina, minha filha dos sonhos adolescentes, que me encanta todos os dias com suas tiradas, sua visão de mundo e seus conselhos de enredo preocupantemente sombrios ("E se tivesse um assassinato? Alguém devia morrer."). Você é meu mundo, joaninha. E, como sempre, está proibida de ler meus livros até os trinta e cinco anos.

Impresso no Brasil pelo Sistema Cameron da Divisão Gráfica da
DISTRIBUIDORA RECORD DE SERVIÇOS DE IMPRENSA S.A.